U0066431

艾雯全集6

小說卷一

生死盟

小樓春遲

魔鬼的契約

目次

Contents

魔鬼的契約

艾雯全集 6
小說卷一

生死盟

生死盟：高雄市，大衆書局，一九五三年八月初版。三十二開，一一二頁。

◎大眾書局版原目：

寫在前面、生死盟、隔岸的控訴、距離、吹笛子的人、密不錄由、夥計老闆、有生命的日子、夜潮、銀色的悲哀、正義的使者、沒有身分證的女人、季大夫、二十五孝、狡兔。

◎說明：

本集據大眾書局初版編入。

寫在前面

這是一本平凡的小說。

若要在這裡發掘傳奇性的故事，尋取羅曼蒂克的氣氛或英雄美人的禮讚和頌揚，那麼，朋友，你或許要感到失望。因為這裡所描述的只是一些平凡的人的平凡的故事，然而卻是親切而真實的。是用他們的血和淚，愛和恨，以及歡樂，憂愁，渴望串綴起來的。這些人默默地散布在各城市，各鄉村，各個角隅，默默地堅守著自己的工作崗位——一小塊耕地，一支槍，或是一支筆。除了酷愛和平、安樂，不作非分的奢求。他們都有一顆正直的心，一個樸實而善良的靈魂。他們的感情是單純的，直率的，愛就是愛，恨就是恨。僅為著一個好好活下去的信念，一份對真理的憧憬，有時，他們默默地忍受著生活的磨難，有時，他們默默地接受著時代的考驗。（那些卑劣的靈魂是受不住考驗便會倒下去的。）但他們是固執的，固執得像蔓生在山野間那風雨拗不斷，暴力壓不倒的韌藤，無論對人生，對生活，對真理，都有著執著不移的愛和信心！

有人說中華民族的特性是刻苦、堅韌，和固執。那麼，他們恰巧具備著這樣的特性！

也許，當你在街上遛達一圈，便有好些個故事裡一樣的人默默地經過你身畔。然而，你不認識他們，不知道他們，因為他們只是平凡的，甚至渺小而輕微的人，他們不懂得炫耀自己來吸引別人的注意。

沒有渲染也沒有誇張，這裡，我僅僅是用我笨拙的筆，把他們介紹給你。朋友，如果你不是自命超人，請勿因他們平凡而摒棄！

於屏東・民國四十二年七月八日

生死盟
——給一位困惑的友人

本能地，廖唯行感到那來自斜對面的二道視線，又正在矚望著自己。他佯作去硯池中吮墨，眼瞼卻緩緩地，彷彿不經意地從筆尖上抬起來，這次，他終於碰上了。是那麼清澈堅定而帶著夢幻般深思的眼睛，驟然迎著他的眼光，就似微風驚動了斂合著的蝶翅，她從沉思中驚覺過來。黑亮的眸子輕輕一轉，嘴角微微一披，又那麼不經意地移向窗外。

視線的主人是上面新派來的女同事程輝，樸素、大方中有一脈嫻雅端莊的神韻；加上她對工作那認真而勤懇的態度，更使不少同事敬慕。有好幾次廖唯行感到她似乎正在凝視自己，但等他抬起眼睛來搜索時，看見的總是一簇下垂的睫毛，靜穆地凝向筆端。但這次他終於捉著了她揚射過來的眼光，雖是那麼匆遽的一瞥間，他看見了蘊蓄在凝冷堅定的眼神深處，有一種熾燃著熱情，一種美麗而果敢的光輝，使領受它的人就像被三月的陽光照沐著一般，感到溫暖也產生熱力。

那天下午下班時忽然下起雨來，廖唯行沒有帶雨具，眼看同事們一個個走出辦公室，他略為悵茫地望著窗外，心想等雨小一點再走吧，但雨一味撒拉撒拉打著窗外那棵檳榔樹，彷彿全沒有歇的意思，廖唯行索性抽出支雙喜煙來，在窗台上頓了頓，一手去摸火柴。

「廖先生，沒有帶雨具嗎？」

「噢！」廖唯行驟然回過頭來，卻見程輝正打從他身後走過，停下來，帶著那溫柔的微笑望著他。

「可不是，台灣的天氣真是變化莫測，上班時還是太陽高高的，說下雨就下起雨來。」

「哪，我們可以共一段路。」程輝向著他搖搖手裡的油紙傘，大方地說。

「那那太那個……太好了！」廖唯行簡直是受寵若驚，說話顯得有點慌亂，「我先送程小姐回去。」

程輝不置可否，走到大門口把傘撐開來，廖唯行連忙過去接著，油紙傘的面積雖然不小，但兩個人撐必須靠攏了走才能不淋雨。程輝比廖唯行矮著一個額角，廖唯行嗅著從她髮際散發出來的幽淡的香味，不禁有點悠然。

「程小姐府上都來了台灣？」

「不，我一個人在這裡——你呢？」

「吠，我們的情形差不多，真是：『同是天涯淪落人，相逢何必曾相識！』……」廖唯行含意深長地說，偷偷地望了一眼程輝，見她正低下頭去拾旗袍角。風向轉了，雨挾著風從斜刺裡劈來，兩人的褲腳和旗袍角不一會就打濕了。這時正經過一家咖啡館，廖唯行提議進去避一會雨，程輝也沒有反對。咖啡館裡靜靜的沒有一個主顧，服務生百無聊賴地伏在椅背上看雨景。他倆隨便揀一個雅座對面對坐了下來，服務生過來把桌上那支小燈捩亮了。周圍立刻浸在一圈朦朧的光圈裡，程輝一手支頰望著小燈，那柔和的光線在她蒼白的臉上投下一層淺淺的紅暈，一綹淋濕的髮卷在她額上黏著，頰間還閃爍著一顆晶瑩的水珠——廖唯行看著不覺呆了，「真美極了！」他幾乎脫口喚出來，但馬上咽住了。只是殷勤地摸出塊手帕來遞過去。

「妳的頭髮打濕了。」

「是麼。」程輝隨便在頭臉上擦拭了一下，笑著遞回他，「你自己的肩頭還不是濕的！」

服務生在留聲機上放下了一張音樂片子，幽美的旋律，朦朧的燈影，乃使靜謐的室內有了詩的情調，夢一般的氛圍。廖唯行向周圍環顧了一眼，讚美地說：

「似這般恬靜溫暖，與外面那種苦風淒雨竟是兩個完全不同的世界，人真會替自己安排環境，製造安樂！」

「是的，也會替自己製造罪惡，安排戰爭。」

「其實犯罪和戰爭的動機還不是想冀求更多的享樂。」

「不是所有的戰爭吧？」程輝從咖啡杯上抬起責問的眼光，望著廖唯行說。廖唯行感到有點惶悚。

「妳是說……」

「你忘記了這一次反侵略的戰爭；是為真理而戰，為人權而戰。是要以戰爭消弭戰爭！」

「當然，當然！」廖唯行迭連點著頭，訕訕地說：「要不為這些我們也不會來台灣，不來台灣也不會認識妳……」

「台灣真是個天堂！」程輝突然無限感慨地讚歎著。

「你有這樣的感覺？」

「嗯，只要是在暗無天日的鐵幕裡失去過自由的人，在調景嶺的難民營裡受過苦難的人，都有這樣的感覺。而關在鐵幕裡的人，的確把來台灣看作比上天堂還要艱難。」程輝低沉的聲音，像低緩的鐘聲迴盪在靜穆的清晨，廖唯行似有所感觸的低下頭去，一味攪著咖啡。經過了一次短短沉默，他驀地從沉思中驚覺，抬起頭來，卻見程輝那對黑亮的眼睛，又正做夢似的凝視著他，嘴唇不自覺地翕動著輕輕地說：

「真像極了！」

「像什麼？」廖唯行盯住她問。

「唔，以後再告訴你。」她神祕的肅穆而帶著點淒涼的一笑，望著窗外說：「雨小了，走吧！」

經過這一次交談，廖唯行和程輝又接近了一點，她允許廖唯行去看她，她常常讓他在下班時伴送一段路程。她對他有一份隱隱的關切，但僅是那一份隱隱的關切，卻使廖唯行在情感上起了很大的變化。

那些日子，廖唯行陷入痛苦的深淵裡已有好些時候了。一個問題似一個難解的結，緊緊地繫在他心上。他不失為一個忠實的黨員，一個力行者。他一直朝著上面指示的路向，勇往直前地進行著。就在他爬上陡坡的時候，只是瞬那的恍惚，他踢著路上的一塊石頭——感情的癥結——，失足滑下路畔的泥沼。他掙扎，他消沉，但他沒有足夠的決心和毅力跳出這泥沼。如今卻在無意中瞥見了一線光明，那便是程輝那雙隱隱關注的眼睛，彷彿是彼岸的一座燈塔，使摸索在黑暗海面的這葉孤舟，情不自禁地向它航近。

程輝那誠摯的態度，坦率的言語，和永遠是清澈堅定的目光，無形中給廖唯行一種鼓勵。他感覺自己重新堅強起來，他感覺一股新生的力量在體內迅速萌茁。但那痛苦卻並沒有因此消除，相反地更在暗暗地扭緊他的心弦。每當寧靜凝思，那矛盾的情緒便在心內衝突不住，而且日形尖銳化了。彷彿一團針氈堵塞在胸膛，熬忍著不吐出來，心臟即將刺裂，而吐出來更需要莫大的勇氣。

是一個星期日的上午，廖唯行偕同程輝在近郊散步。他們活潑地交談著，踏著茸茸的野草，穿過一些狹隘的田徑。末了攀上一座傾斜的土坡，程輝微喘著在一棵樹下坐下來，眼望著天際，突然落在沉默中。在她腳下周圍是軟軟的綠浪，一道隱蔽著的溪流斷斷續續地吟唱著，彷彿脈管在躍動。廖唯行坐在一旁端相著她；但她只是凝望著遠遠的天邊，出神地浸沉在自己的思念中，忘記了身畔的遊侶。廖唯行頓時感到自己存在的渺小和空虛，他不禁將身軀往樹幹上一靠，長長地吁了口氣。

「人生是一場戰鬥，這戰鬥又是多麼悠長！」

「難道說你感到了厭倦？」程輝從沉思中找回了自己，略為驚異地看了他一眼。

「不，不是厭倦。只是孤獨的戰鬥，使人消沉。」

「孤獨？在共同的信仰下，在為不朽的革命事業奮鬥中，你忘記了還有那麼許多同志！」

「我沒有忘記。但在日常生活中我卻是一片空虛——沒有溫情，沒有了解，也沒有勉勵……」

「不要這樣消沉，我的朋友。」程輝舉起清澈的眼睛，鼓勵地望入他眼裡。「如果友誼可以給予你缺乏的，那麼，請把我當著你值得信賴的知己。當人生的重負使你感到厭倦時，你可以在友情的溫室裡休息，當有什麼煩惱攪亂你的心靈時，你可以盡情地傾訴你的苦惱，而在一顆真摯的心靈裡獲得安慰。」

廖唯行一直微啟著嘴，顯得那麼渴饞地傾聽著那懇切溫婉的聲音，那些言語注入他的心坎，就似落在久旱的泥土上被急不容待地吸收進去的水滴。

「輝，妳太好了，其實我已經從妳那裡感受了不少……」廖唯行激動地說，但一會兒眼睛裡那揚射著的喜悅光芒，就給另一種惶惑的情緒所吞噬。那針氈這時又湧塞住他的心胸，但在那坦率懇摯的注視下，他有了傾吐出來的勇氣。「輝，有一樁一直使我苦惱而不曾告訴過妳的事，便是我是結了婚的人。」

「我知道。」回答是那麼平靜，「奇怪的是：她怎麼不在你身邊。」

「只怪我一時失策。當我預備去接時，她已關進了鐵幕。」廖唯行無限懊傷地說，羞憤使他抬不起頭來。「而如今，人家告訴我說，她已被迫配給了匪幹。」

「啊！」程輝憤激地做了個決絕的手勢。「紅禍所及，不知多少人民被侮辱與損害。唯行，就為著這仇恨，你更該振奮起來復仇。」

「當然，我永遠忘不了這恥辱，這仇恨。總有一天，我會向共匪算帳！」廖唯行沉痛地申述自己的決心，頓了一頓，想說什麼，又顯得那麼猶豫遲疑，只是不住地摘下樹葉來撕成一丁一點，半晌才吶吶地說：「可是現在，她已經是那個的了，而我，在長久的戰鬥中，又多麼需要一個溫暖的託身之地，一顆可以供我偎依憩息的靈魂。我已把我全副精神付於革命事業，但我充沛的熱情卻無從寄託……輝，……妳」

「難道說你是預備重新起頭，而抹殺過去那一份情感？」

「不是我要抹殺，事實上已是不能團聚。」

「誰說不能？反攻大陸不是就在目前。」

「可是白玉已有瑕——」

「不，唯行，你的觀念是錯誤的。你當然知道共匪種種殘暴迫害的行為，你不會不知道在鐵幕裡的人民，是連死都沒有自由的。你太太在水深火熱中，正不知怎樣迫切地祈求著，盼待著你回去為她雪恥復仇。而你，你不磨厲以須，以備從敵人魔掌下奪回所愛，反因她在苦難中而生嫌棄。你不覺得有愧良心嗎？」程輝一番凜然的言語，使廖唯行愧恧地俯下了頭，更不敢正視那對炯炯地照人心腑的眼睛。程輝看見他那惶悚不安的神情，又換上平時溫婉的口吻。「再說，愛情是超越任何物質的；軀殼上的瑕污，未必有玷它的貞潔。肉體縱是毀滅了，愛情還是永遠不滅。——也許你不知道，我也是結了婚的。我一直用我全副心靈愛著他……」

「噢，他在哪裡？」廖唯行驚異中摻著幾分酸意。程輝緩緩地舉起眼睛來望著天際，聲音裡充滿了敬愛。

「他麼，他活在我心裡，也活在千千萬萬愛真理的人心裡。」

「那麼他是……」

「他是成仁了，——他本是研究歷史的，在一個大學裡擔任教授，當河山變色時，他還抱著學術文化超於一切政黨的觀念，沒有作走的打算，不想在以民主作幌子，實際上卻是執行極權政策的共匪統治下，什麼都不能保持本來面目。起初他們嫌他教的題材太老，有封建色彩。他們自己杜撰了一些有利共黨的史料，要他重新改編教材。他堅持歷史是經幾千年來由史家鑑定的史實，怎能隨便顛倒是非。於是，他便以思想不前進的名義，以大學教授的身分被送進軍政大學學習。但學習出來，他仍舊堅持真理只有一個，他不能違背他所服膺的真理。共匪認為他太頑固，只有送去徹底改造。在匪區，就沒有一個送去徹底改造的人生還的。我抱定決心，要死便死在一起，可是他卻阻止了我，他說落到這般地步，全怨他當時一念之差，沒有跟政府撤走。死，他倒不怕，也不後悔，他不相信共匪能永遠一手蒙蔽了真理。他要我為他活下去，要我設法逃出鐵幕，加入反共抗俄的陣營。直到收復大陸，親自祭告他：勝利，終於是屬『真理』的。那麼，他的靈魂就獲得了安寧。就這樣，我和淚吞下了我的誓盟。我受盡了匪魔的折磨，幾次失去了活下去的勇氣，但記起他的囑言，我又咬緊牙關同苦難掙扎。最後我終於九死一生地逃出了鐵幕，投效反共抗俄的陣營，是的，我只是一名無足輕重的小卒，但我隨時隨地預備為反攻大陸貢獻我綿薄的力量，甚至生命。——只為實踐我對他的誓言。」程輝說到最後幾句，聲調更是堅決，胸脯急遽地起伏著，眼睛有點潤濕，透過那層瑩膜，眸子深處卻光芒熾烈，彷彿觸著什麼便將燃燒。

「輝，想不到妳還遭遇這許多痛苦。」廖唯行感動地說。程輝覺察了他同情地撫視，從自己的悲憤中寧下神來，轉過臉，深切地看著他說：

「有時，也許我的注意打攪了你，是嗎？」廖唯行不好意思地笑了笑。程輝卻依舊坦率地望著他，「那是因為你太像他了。尤其是側影裡，當我擱筆小息時，情不自禁地總愛望著你，同時心裡彷彿響起了他剛毅的聲音：只要有決心和勇氣，沒有做不成的事！假使跟回憶相互印證，不僅更加強了我的決心，而且不時使我提高警惕，使我嚴慎小心地跨越過周圍那些情感的氾濫，免除種種人性上的感染。」

「我真慚愧，比起妳來，我竟是那麼自私，我實在不配做一個革命戰士，不配接受妳崇高的友誼……」廖唯行像一個在老師面前追悔的小學生般，羞愧地讓自己微弱的聲音沉瘖下去，似一片落葉在秋風裡抖落。

「不要難過，唯行，真摯的愛情本來似一片深邃平靜的大海，但海裡有時也會掀起風浪，記著，只要把住你意志的舵，渡過了波浪，呈現在你面前的依舊是一片深邃寧靜的海洋。」

「可是。妳不覺得我是那麼卑鄙而蔑視我嗎？」

「當然不囉。我不但是你親切的友人，如今也成為你戰鬥的夥伴。——不是嗎？我們要為生者雪恥，為死者復仇。」

「是的，我們要為生者雪恥，為死者復仇！」廖唯行陡然站起來，堅決地重複著程輝的說話。灼熱的血流剎時湧聚在他胸中，眼睛裡揚射出猛烈的憤怒的火花，苦悶的心靈有如給狂風暴雨洗刷過的舒暢。他伸出手去，緊緊地，緊緊地握住了程輝遞給他的手，兩對熾烈堅定的眼光，交織著同一的誓盟。

編註：本文原刊於《中國一周》第四十八期，一九五一年十二月三日，頁二十三。

隔岸的控訴

我徘徊在那家舊書店裡，像在泥沙中從事淘金似的。想從滿架的劍俠言情小說裡發掘一二冊文藝作品。可是，徒使眼睛做了一次疲勞巡行，帶著些微失望，視線無意間落在壁角裡一只不為人注意的籮筐上——那是專為裝載一些殘缺污舊的破書的。我信手在籮裡翻撿著，我沒有期待奇蹟，但奇蹟卻出現了。那正是一冊我想找了許久而不曾找到的《葛萊齊拉》，書的封面已付闕如，右角從下到上齧成一幢梯田樣的，想是蠹蟲的成績。這有幾頁全讓油浸透了。顯得十分污穢，可喜的是內容還算完整。當我以低微的代價換得時，那份喜悅不啻尋覓古董的人找到了一件罕世的珍寶。

抵家，我放下窗簾，燃亮檯燈。房裡有一種柔和的氛圍。我又預備了漿糊、裁紙刀、封面紙。開始裝修那本飽經風塵的舊書。僥倖的那張封底依舊存在。只是那應該印出版年月日的地方卻是一頁空白，不，不完全是空白，還有二行故事的結尾，顯然是故意黏住的。而且黏得那麼天衣無縫。手指的觸覺告訴我，二頁的體積似乎沒有這樣厚。於是我本能地沿著邊緣用裁紙刀小心地裁開來，裡面竟是一疊絕薄透明的航空紙，上面密密地排列著比五號鉛字大不了多少的一筆鋼筆字。噢，那原來是一封血淚斑斑，情文並茂的長信，是一個有熱情，有正義感的青年從鐵幕向彼岸的愛人訣別書。他在這裡傾訴，傾訴他對她的渴慕和深戀。他在這裡控訴，控訴共產極權加諸他的種種暴虐和酷刑。讀完我不禁熱血激奔，熱淚盈眶。連忙趕去書店向老闆追問書的來處，老闆說他幾元錢一斤買來的舊書多得是，誰記得那許多！我不想讓這麼一篇感人極深的文章埋沒，且借這一角園地披露出來。也許，受信的對象或信中所稱其他夥伴們有在自由中國的。也許，他們可能讀到這封信，知道一個忠貞的同志是怎樣犧牲了。那麼，我也算替作者償了一段心願，願他在天之靈安謐！

第一封

親愛的綠黛：

當失去的神志和知覺重新返回這被摧殘了的軀體時，我第一個思念便是想到妳。黛，妳現在在哪裡呢？是否已到達了那遙遠的海的彼岸正沐浴著美麗的陽光，呼吸著自由的空氣！那裡果真像我們想像中那樣美麗、聖潔而充滿著希望和信念嗎？那麼，親愛的，配合著政府反攻的步驟，勇敢地同霖他們按照預定的計畫去做吧。別因為我不在妳身邊而有些許徬徨、悲愴。我們的心神深深契合，我們的靈魂酣然偎依，我們兩個早便是一個。雖是遠隔重洋，我的思念裡常是充滿了妳，我的關戀總是縈繞在妳左右。如果死後果真有靈魂的話：那我的靈魂也將似守護神般永遠守護著妳。黛，也許妳還不曾忘記《戰地鐘聲》中那個英勇的羅拔最後留下來掩護他們撤退時向瑪利亞說的：「我們兩個便是一個，妳走了也便是我走了。我永遠與妳同在。」現在我也這般對妳說：我永遠與妳同在！

綠黛，那難忘的一晚還清晰地印在我腦中，但是情是景今生卻已不能再臨。那晚，雄把接洽船隻的事報告了大家，霖又把步驟分配妥善。大家把行動一決定，懷著難以抑止的亢奮，離開了我們那個「七重天」。黛，想著當第三天太陽再照耀世間時，我們就可以逃出這人間地獄，投向青天白日國旗飄揚下的自由中國，那時我真想拖著妳狂舞高歌一晚——但是，我們悄悄的腳聲只似雪片飄落地面，我們輕輕的談話有如微風穿過樹隙。黑黝黝的城郊是一片荒寂。清冷的月亮才透出一點光輝立刻又被雲翳遮掩。我們極力抑制著激動的情緒，重複地述說著我們的理想和計畫。我們的心跳和腳步合著一個節拍，朝著一個方向。我唯願永遠這樣走下去，走下去……可是妳說：

「回去吧，臨走還有不少事待整理。而且太晚了又要惹起那班狗的懷疑。」

於是——噢，親愛的綠黛，讓我暫時擱下筆，閉上眼，重溫一番妳最後留在我懷裡的溫暖，沾在我唇畔的芳馨！

……我望著妳走進那做為迂迴陣地的雜貨店後門，昏黃的燈光只那麼一閃，妳的身影便隨著消失了。我忽然有一個再見妳一面的衝動，想喚妳一聲綠黛。綠黛，但這親切的名字只是在心底漾起無限溫馨。我仰望著深邃的蒼穹，默默地祝福妳有一個安謐的夢！回過身，我踅向另一條僻巷，又彎進一個小街。這原是我們生長的土地，城裡每一條街道，街上每一座建築都為我們所熟悉。但我們卻像怕惡狗追蹤的羊群般只向窳街僻巷迴避。這是為什麼？只為我們是一群有血性、有正義感、愛真理、愛自由、愛祖國的青年。然而，就是這份愛，這份正義感，現在在這裡便是該死的罪。綠黛，我們怎麼會生在這可怖的時代！

不是嗎？那天我們分手的時候並不太晚，在平時（應該是未解放前）正是熙來攘往，摩肩擦踵最熱鬧的辰光，可是如今，櫃台裡迎著人的已不是殷勤延徠的笑容，而是一張張沮喪的臉孔。街頭躑躅遛達的再沒有那種悠忽閒暇的神情，倒是一個個低下頭匆匆忙忙地全像去避警報。現在還不過是深秋，但卻瀰漫著溽暑暴風雨將來時那種窒息鬱悶的空氣，隆冬陰霾欲雪時的淒涼氛圍。綠黛，那是怎樣一種世界末日的景象！我感到沉重，感到悲憤。苦難中的善良人民要幾時，幾時才能再獲得他們失去的安樂？一方面我又感到慶幸，因為我自己明天就離開這「悲慘世界」。這不是自私，我們不已為自己安排好一個使命，一份責任——就這麼一路想著，我已走到我住的那條街里。在黑暗中遠遠地便望見了我窗口懸著那一個白點——做為安全標記的毛巾。綠黛，妳說是嗎？不管是怎樣一個遮風避雨的住處，對自己安身過的所謂「家」，總有一份親切感。我正撇下雜念，邁開腳步……驀地黑暗裡暴發出一聲粗暴的吆喝「站住！」瞬時幾乎使我的心臟停止了跳動。但略一寧神，我便恢復了鎮靜。

「朋友，找錯目標了，我也是窮人哩。」我解嘲地說：

「媽的，住嘴——」猛然我左臉上重重地挨了一擊，身子向右一歪，腰部又碰上抵在身後那冰冷邦硬的傢伙。

我的臉在發燒，我的血管幾將炸裂，我吞下那凌辱像吞下帶棘的火球。綠黛，我知道我終於遭遇了日夜所擔心的那件事兒。

他們把我押回家裡，在燈下我方始看清了那兩個傢伙的嘴臉，那個打我的有一副深陷的眼，一個尖削的鷹鼻。皮包骨的臉上一臉陰險的神情。那個拿槍的粗眉厚唇，蠢俗得像一條豬。他一手用槍指著我，讓鷹鼻子去翻箱倒筐地大肆搜索。黛，我們愛在心頭恨在肚裡，一切行動也只是愛與恨的表現。除卻赤血丹心一片，又焉能留下痕跡！望著那傢伙瘋狗似的在空中聳著鼻子東嗅西嗅，我反覺得暗自好笑。可是，驟然間一個思念像一支閃電掠過腦際，我的神經頓時因緊張而攣痙。我想到明天妳一定會來，必然的，這裡也布置成陷籠。那時……噢，我不敢想下去，冷汗從我額角涔涔地沁出來。時間一分一秒地過去，已不容我再遲疑。我窺見鷹鼻子正聚精會神地對付一只字紙簍，蠢傢伙的眼睛也跟著他轉動——我倏然一個大轉身撲向窗櫺，推開窗子探出身去，就在我俯首下探的剎那，一顆子彈「叟」的從我髮際掠過，房裡一片驚嗅。

「放心，我絕不會從這樣高的樓上跳下去。」我喘著氣靠在壁上，手裡揚著冒險取來的那塊白毛巾。「我猜想你們存心來請到我去，絕不是一二個鐘頭可以解決的事。我只是預備帶些盥洗用具……」可是，不等我說完，那二個傢伙已狺狺地怒吼著，詈罵著一擁上前，鷹鼻子緊緊地攫住了我的手，蠢豬舉起槍來就用槍柄在我頭上著力敲了二下——就這樣，我糊裡糊塗的給押來了這人間的阿鼻地獄。不過從昨天起我已被安置在這所謂「優待室」，至於為什麼會有這轉變，且待我慢慢地再告訴妳，寫到這裡，我已盡了最大的努力。親愛的綠黛，數日來備受各種酷刑和飢餓。這隻幾乎癱瘓的手居然還能寫上這許多。我自己都不敢相信。想來這都是愛的力量，愛的力量是足以完成一切不可能的奇蹟。噯，綠黛，綠黛，我千百遍地將妳呼喚，像虔誠的信徒呼籲他們的主和上帝。當妳來在我心中，我的心靈便充滿了力量。我將憑藉這力量抗禦一切所能加諸予我的不幸。我將憑藉這力量不斷地向妳傾訴，直到最後一口呼吸。綠黛，我不知妳安息在哪裡，今夜，我將帶著滿身創傷和一顆完善的心，尋來到妳夢裡！

第二封

綠黛——我生命的陽光

昨晚夢中不曾尋著妳，那一連串的惡夢如今想來還是心悸。「人生如夢，好夢原難」，現實又是個多麼可怖的惡夢！漫漫的長夜，更不知何時方曉？綠黛，這些天來我不曾見過陽光，日子是一團混沌未開的黑暗，一片世界末日的陰慘。生命的延續只是痛苦的延長。我不由得懷疑太陽是否依舊在世上照耀；可是，綠黛，惡魔雖然剝奪了我的陽光。當我闔上眼默默地想著妳的聲音笑貌，立刻有一股溫暖似融化的蠟般貫流在身內，當我低低地喚著妳的名字，熱力和新的勇氣便產生在我心裡。噢，親愛的綠黛，妳永遠與美麗和光明同在；而我的心靈卻永遠地擁有著妳。

綠黛，清晨我整理了一下那紊亂的，給損壞了的神經，像一個紡紗人整理他被弄亂了的紡線似的。我要順著頭兒給妳捋下這些日子串綴起的種種，不管線軸抽不抽得到底，我把線頭先交付妳。我知道妳會為我記下仇恨而不是付出眼淚。

那晚，嗯，我說過那晚我糊裡糊塗地被弄來這裡，接著便被帶進一個類似「祕密法庭」的房間。第一次詢我的也是兩個人，就似搬演雙簧般一吹一唱地輪流著問我：他們說我是反動分子，是國特，有危害人民政府的嫌疑，他們要我招供組織和行動。我的答覆是請拿出證據來。他們說他們可靠的情報便是鐵證。綠黛，聽說可靠的情報，我真憂急萬分，不是為自己的命運。而是擔心他們已把你們一網打盡。不過，三小時的偵訊還是沒有結果，他們說我太「頑固」，需要靜靜地來一番「面壁思過」。

以不變來應付萬變。我泰然接受了這第一項刑罰。

所謂「面壁思過」看來似乎是一種輕微的刑罰，就是面向著牆壁，與牆間隔一臂又一手的距離。足並著站在一個鑄有足印的鐵欖上，於是伸直手臂，傴著胸，將一個食指點在牆上畫就的圓圈裡。起初我只是像一個被罰立壁角的小學生想望著窗外璨璀的陽光一般想著妳。眼前彷彿展開了一片壯闊的大海，波濤起伏間有一葉白帆正迎風破浪駛向一個自由的海灣，船上有妳有霖還有雄他們幾個；你們正扶舷引頸遠眺。驟然間海岸線上出現了一座巍然聳立的燈塔，塔上有青天白日的旗幟飄揚。綠黛，我就像聽見了你們那歡騰的笑聲，妳的笑聲永遠是我生命譜上最美麗的旋律。我為這旋律而神馳，然而一陣痛徹心肺的創痛打斷了我的遐想。那隻伸著的右臂已由沉重而痠痛，而麻痺，僵硬的手指不由自主地從牆上滑落下去，掌心正挨著鋒利的刺刃。我連忙忍住痛將手指擱回原處，可是不一會它又垂落下去。綠黛，我從未想到一隻手臂竟會變得那樣沉重而不聽支配。我的肩胛彷彿承受著千斤壓力似的在折裂。這一個罪受下來，掌心扎成了蜂窩。接上又是「疲勞轟炸」，三、四十個鐘頭裡不斷地傳訊傳訊，我困倦得站著也只想睡去，可是看守我的人只要一見我神志不清，就用力搖撼著我，就像要把我一身骨骼都搖散似的，還將我的頭用力碰撞牆壁。——以致我的頭腦一直到現在還不住作痛。之後，他們又把我關進一間像古時的囚籠般大小的房子，屋裡日夜燃著刺激神經的紅燈。若要蹲下去時，膝蓋便頂住了牆而起來頭又碰上屋頂，就這麼佝僂著關上一天，晚上仍舊帶出去傳訊，幾天下來，我覺得我整個神經體系都崩潰了，肉體更是疲累不堪。我恨不能馬上就這樣死去，化作一縷煙，一撮泥，擺脫那無窮盡的疲困、痛苦：然而他們仍是無休無止地把那些重複了千百遍的話強制著我那虛弱得如游離的浮絲般一點意識接受——「你的職業」，「你的思想」，「你們多少人」，「受哪裡支配」，「你們的組織在哪裡？」……

幾次我想把我曾做的，想說的話像炸彈般向那些狗擲去：但幾次都咬著牙關吞下去。我不能讓他們在我身上找出一絲線索。讓他們用盡方法集中精力對付我吧，我要延拓足夠的時間使你們脫身。

終於，過度的疲累使我完全失卻了神志。我的舌頭已不由我支配，我的意識化作煙塵上升到空中，任憑他們搖撞、搖撼，我的神經已像鉛絲似的麻木。

於是，他們暫時把我放進污臭不堪的普通監獄，一天二次「百寶飯」延續呼吸。

綠黛，我早把生命置之度外，那些恐駭、酷虐、凌辱都不足以折磨我；而真真折磨我的是對妳的懸念，懸念著你們是否平安。我躺在陰濕冰冷的泥地上，默默地為你們祈福。如果命運可以交換支配，我願一切不幸都加諸予我；而幸運都歸予妳。

我蜷伏在霉濕的一角呼吸了三天的腐臭空氣，神志恢復了，第三天晚上又被帶出傳訊。

那以前受的罪是精神上的破壞。以後，便是肉體的摧毀。綠黛，我不想描繪受酷刑時的痛苦，我怕追憶，更怕妳讀了心碎。我只能簡單地告訴妳，我受過鞭打，受過吊刑。尖利的竹針一支支戳進我的指甲，點燃的香煙在我胸口炙灼，他們更把電線繞在我大拇指上，讓電流通過全身，又把我直角形地按坐在長凳上，腿部緊緊綑住，然而將磚石一塊、二塊、三塊地填塞進腳跟……我也不知昏死過幾次，結果都被冷水噴醒。

綠黛，還記得嗎，在我們鄉間有一種火燒山的習慣，就是到每年冬天將那些長著草的山巒燃燒一遍，把草灰作肥料。山，往往是重疊綿延無數里，火種卻只要投下三四個。火可能自己慢慢地蔓延，也可能燒一會便熄滅。但如果有風助勢，那熾烈的火焰便會這山竄到那山，再無法撲滅。共產極權妄想用專制殘酷的手腕消滅人類的愛自由，擁護正義，不啻用風來消滅火。綠黛，別為我難過，做為一顆火種是光榮的。不是嗎，那些撒下的火種已燃燒在苦難中的祖國每一個角隅，也燃燒在自由中國的每一寸土地。想著總有一天這千千萬萬燃燒著的火星將匯成熾烈強大的一股，把赤魔和赤色細菌燒毀無遺，我從痛苦中迸出了勝利的歡笑。

親愛的綠黛，過去妳常說我感情太豐富，我認為那才是我值得自傲之處。愛，我要執著而熱烈地愛我所當愛。恨，我要深沉而嚴厲地恨我所當恨。如今，我只剩得用恨和憤來打發日子，用恨和憤來對付敵人。──我已把全部摯忱熱烈的愛，獻給了祖國和妳。

噢，綠黛，綠黛，我呼喚著妳，讓陽光再一次照耀我受創的軀體和心靈！

第三封

綠黛：

如果說人類還有值得歌頌的地方，那應該是「意志」和「信念」。那看不見，摸不到的意志和信念，有時它卻比鋼鐵還堅韌，比磐石還穩固。而這一切，都服膺於一個崇高無比的「愛」。我尊崇這個「愛」甚於我卑微的生命。綠黛，當妳一旦接得我的噩信，應該是驕傲而不是悲悼；因為我的軀殼雖然被摧毀，但我的意志依然堅強不泯，我的信念依舊永世不朽。

是從一次受刑的昏迷中清醒過來，發炎的眼睛因意外地受到明亮的光線而感到刺痛。綠黛，妳知道那些日子裡我已許久不曾接觸陽光了，我瞇矓著眼側了側臉，忽然一個嗲裡嗲腔的聲音和著一陣濃烈的香水味直竄進了我的感官：「親愛的，醒了嗎！」我驚奇地睜開眼睛，只見一張嬌豔的臉，正聚精會神地凝視著我。看見我睜開眼睛，立刻堆上一臉媚笑。我發覺我自己正睡在一間簡潔的房裡，身下墊的是軟軟的被褥。一縷陽光正從天窗裡射落在我臉上——一剎那我怔住了，重將困惑的眼光落在那張紅白分明的臉上，那鮮紅欲滴的嘴唇翕動著，水汪汪的眼睛那麼一斜一逗地。

「噯，我說你這個傻瓜，真是何苦來哩，拿雞蛋去和石頭碰，拿寶貴的生命去和死亡拚。俗語說得好：時勢造英雄，英雄造時勢。現在人民政府已配合著人民的要求產生成立，民心所趨，你還執迷些什麼？再說你所嚮往的國民政府又給了你們什麼，那些腐朽分子把持著只知自己爭權奪利，舞弊貪污。從沒有人顧及年輕的一代……」噢，剎那間美女天堂又恢復了鬼怪魔窟，我厭惡地闔上眼轉過頭去。

「任你們把謊話說上千萬遍，我也不會相信那是真理。」

「……再說我們都還年輕，除了政治生命還有更重要的愛……」她竟厚著臉皮湊上來跟我挽頸貼頰地喋喋不休。他們還想施用美人計呢，綠黛，要不是我的教養管制著我，我真想給那無恥的女人一個巴掌。但對這種人緘默還是最好的武器。儘管她是蛇是妖，纏著了石頭也就無法可施。

綠黛，那些蠢驢成天繞著我，把我當作磨軸般轉磨著，那個女妖才搭訕著出去，接上又進來二個穿列寧裝的。前面一個握著一捲紙筆，後面一個卻端了一盤點心和一壺水。

「水！」我本能地呢喃著舔了舔乾裂的嘴唇。

「是的，清涼的開水，還有精美的點心，這都是為你預備的。」拿紙的人呲著牙說：「共產黨一向是寬大為懷的。這都是給你的優待。不過，」他將手裡的紙筆擱在牀前。「有個附帶條件，就是你得在完成這份自白後再享受。」

他們把水和點心全鎖進一口鐵紗櫥裡，點心發出誘惑的香味，水壺伸著嘴像待我去親。我閉上眼，乾嚥了一口空氣。我喚住了返身出去的兩人。我說：

「為著證明你們的寬大和優待，我這裡有一個要求，那就是在你們沒收的書中有兩本我心愛的小說請發還我，因為我的神經已給你們『優待』得紊亂散漫，我必須靠書本恢復我的思索。」

那人遲疑著，立刻折坍自己的誇口似乎也有點不好意思。他答應去試試看，當天下午他竟著人捧了一大疊書來，一大疊的馬克思，新民主主義，唯物論……但在那中間，我還是找著了曾為我兩數讀不厭的《葛萊齊拉》和《牧羊神》。這一個恩典，幾乎使我對那人減了百分之一的仇恨。

綠黛，真得感謝妳那顆玲瓏透剔的慧心，記得嗎？我的那些藏書不全由妳用透明絕薄的打字紙包得潔白整齊。妳說妳喜歡用薄而透明的紙包書，一方面果然有保護作用，一方面又不失本來面目。沒想到這兩張包書紙現在正好讓我寫信給妳。我把它裁得同書頁一般大小，夾在書裡偷偷地寫著。而筆墨正好利用他們為我預備的。這已是二天以前的事了。我受了三天優待，也就是說三天未曾進過飲食，我的舌頭成為一塊沒有感覺的鉛塊，我的喉嚨腫脹乾裂，胃壁磨擦著像轉動一具空磨。我已不曉得什麼是餓，只覺得肚裡像有什麼強烈的消融液正在慢慢地消蝕著臟腑。——噢，不談這個吧，越提越是片刻不能忍受，難得有這麼一個機會讓我向妳傾訴衷曲。

綠黛，誰說生活只剩下回憶是可悲的！我說如果在生命的片刻彌留間能夠回憶才是幸福的。且當是在清水溪畔，綠草坡前，五月的陽光沐浴著我和妳。我們靠著那枝大槐樹坐在青草地上，緩緩地訴著各自的志趣。白雲下山嶺上，我們偎依著合唱那支〈我們在一起融和〉……如果妳是花朵，我願成為樹木，如果妳是青空，我願成為星宿。我們在一起融和……澗水琤琮伴奏，鳥兒輕悄和唱，我們深深相視，心靈真個在剎那融和。噢，親愛的綠黛。那時的世界多燦爛，那時的人生多豐美。星星伴著月兒，花兒偎著綠葉，相愛的人們為什麼不該以所愛的生活方式生活在一起？可是，可是那可怖的紅流毒雾，瞬時間就使燦爛世界變得星月黯淡，花木萎零。我們也驚慌失措，幾乎迷失了前程。從此，噢，從此那美麗的日子一去不返。綠黛，我忘不了那些日子，就同忘不掉妳，忘不掉我自己。如今，還加上忘不掉那仇恨。

綠黛，只要我們的信念不渝，我相信那美麗的日子總有一天還會來臨。只是，只是我已不能再見，為著爭取這美麗的日子，我們是付出了怎樣的代價啊！但我並不寂寞，在我之先，已有無數愛真理的青年這樣做了，在我之後，必然還有無數的來者。種子若不死去，怎有新芽萌發！沒有熱血灌溉，又怎能綻放璀璨的真理之花？

綠黛。我的頭在發暈，我的手抖慄著幾次失去了握筆的力量。我已是衰弱得像一枝折斷了的枯草。可是，我還有那許多要向妳傾訴，向妳細說的。我一直是個無神論者，但這時也不住向冥冥中那個主宰祈求。我一不祈求幸福，二不祈求生命的延續，我只祈求還給我保存一份力量，一份可以向妳述寫的力量。我彷彿聽見妳溫柔的聲音在耳畔低喚……

第四封

親愛的綠黛：

這一會是那麼靜寂，靜寂得就似嚴寒的隆冬裡，那些有毒的蛇蠍都蟄伏了。我捫捫自己那創痕斑斑的胸脯，裡面那顆愛自由愛真理的心正在作有規律地跳躍，我按按脈息，裡面那灼熱鮮紅的血液正在潺潺地流轉。這跳躍，這流轉已經循環了二十五年，可是，我從未關切過這些。而現在卻特別覺得親切可愛。就因為再有二小時，這可愛的一切便將與我的呼吸一起停止。永遠的停止。

綠黛，今天上午有人向我問起了妳。由於這一問，我不由得憂喜交集。憂的是惡魔的魔掌終於向妳伸探，喜的是他們既然向我探詢，我更確定你們已安全脫離了魔窟。黛，妳猜那人是誰，那竟是曾經與我們同學的馮子豪。妳總還記得他在校時功課雖是一團糟，卻是最活動的一個。他不是曾經那樣拚命地追求過妳，後來轉學不知轉到哪裡去了。不想如今站在我面前的已是一個徹頭徹尾的共產黨徒。他一進來表現得那麼熱忱和親切。我冷冷地觀察他像看一個丑角。

「當真是你！嗨，只怪我早不曉得，讓你受委屈了。你餓了吧，該死的他們怎麼連飯都不記得送。」他熱情地張羅著，一會兒飯跟水都端來了。禁不住飢火炙燒，我不管三七二十一地吃了起來。

「我聽上面說」，他鬼鬼祟祟地湊到我耳畔「他們已布置好了天羅地網，預備明天一網打盡你那些夥伴，林，當我聽說這其中有關你和綠黛，我不能不顧過去同學的情分。你在學校時才識過人，思想前進，一直是我們的模範，又何苦不明不白地犧牲掉！尤其是綠黛那樣的聰慧。只要告訴我她現在在哪裡，我憑人格起誓，我一定保證你倆的安全。」

不知是聽了他的鬼話抑是餓久了的胃臟不能消受，我只覺得噁心欲嘔，吞下飯粒像針氈戳著咽喉。我擱下了碗。

「別往下說了，老實告訴你，她去的地方你們不能去，而她要回來的時候，也就是你們覆滅的時候。」

「那——她去了台灣?!」

我冷笑著沒有作聲，他略一思忖，立刻收斂起一臉諂笑，現出猙獰面目。

「好吧，你也別神氣。讓我也老實告訴你：再過四小時他們也會乖乖地送你去台灣了。」

我知道他所說四小時後送我去台灣是指怎麼一回事，像預備出門遠行的人買妥了火車票似的，這樣我反而定了心。死並不是怎樣可怕的事，可笑他們又怎曉得世上還有死亡不能摧毀的東西！

我已知道你們安全離去，我已知道自己剩下有多少時辰，我還有什麼顧忌的?是的，我要告訴他們，我要毫不保留地說。再不用他們威脅利誘，我自己就要說。綠黛，就在上一個鐘頭，我完成了我的自白書。

這裡，讓我摘錄一些我的自白：

……我是中華民國的一個青年，我的血統裡有著傳統的正義感，我的心脈永遠配合著國家的脈動，我愛自己的祖國，我恨那些出賣國家民族的罪人。我不想做英雄，我只是平凡的凡人：但如有誰危害我所愛，我不惜以心身力抗。我厭惡戰爭，我酷愛和平，但如有誰凌辱我所愛，我不惜以鮮血洗滌。當我目睹你們——喪失了人性的暴徒，為著攫取政權，不惜把善良的人民驅供異族奴役，不惜把國家的利益奉讓給異族享用，像全國有正義感的人民一樣，我的血沸騰了，仇恨像烈火在胸頭燃燒。終於，我們一致轟起了反侵略，反極權，反專制的反抗的大纛！

正如你們過去高唱的：「人民的眼睛是雪亮的」。儘管你「謊說上十遍便是真理」，套著熊皮唬人的把戲人民早便看穿了。我承認，我做過不少破壞你們陰謀的工作，前年十二月西城外火藥庫被炸，去年秋天遣送去韓國的志願軍叛變，還有才發生不久的政務委員王金奎等三人失蹤，都有我的份。而這只是一個開端，這破壞工作將永遠地做下去直到你們整個地毀滅！

你們要問是誰主謀嗎？我的意志和良知。你們要曉得怎樣組織嗎？全國，不，全世界愛真理，反強暴的人民全是。

歷史上沒有一個暴君有好收場，我相信強權必然泯滅，我相信正義必然抬頭。我相信用欺騙恐怖奪來的政權結果必然是崩潰，我相信以民望作堡壘的政府日後必能復興。水可枯，石可爛，我的信念卻永劫不渝。

我為我的信念而戰。我的信念也就是億萬萬不願被奴役，不願受矇騙的人類所共有的信念。因此，縱使你們殺死我，毀滅我，而這信念卻如億萬支堵塞不盡的奔流，億萬顆吹撲不滅的火種。總有一天匯成洶湧的浪濤，聚成猛烈的火焰，將你們——國家的叛徒！民族的罪人摧滅殆盡……

噢，親愛的綠黛，又是一小時過去了。再有一小時我便將慷慨就義。我明知寫了也恐怕難到達妳面前：但我還是寫了。我記得廁所牆上掉了一塊磚，牆外彷彿是一條僻靜的小巷，我將這信妥密的封在書裡投出去，我不知撿到它的人將作何處置。

時間已很迫促了，我得趕緊這麼做。綠黛，我的綠黛；但丁有個聖潔貞靜的愛人貝雅特麗琪，我有個妳，貝雅特麗琪引領但丁從地獄登臨天堂，我並不想進天堂，我只願我的靈魂能化作一縷輕煙，永遠縈繞於妳身旁。綠黛，請試著輕輕地喚我，在那些深沉的黑夜。不管妳在哪裡，我都能聽見妳的召喚而趨赴皈依，記著，親愛的，我永遠與妳同在。

林荊絕筆　民國三十九年十月

編註：本文原刊於《文藝創作》第五十二期，一九五三年五月一日，頁八十七～九十六。

距離

記得當時年紀小
我愛談天妳愛笑
有一回並肩坐在桃樹下
風在林梢鳥在叫
我們不知怎麼睡著了
夢裡花兒落多少

盧驥一面擦著皮靴，一面輕快地哼著那支〈兒時憶〉。猛不防廖信義跑過來一巴掌落在他肩上，粗聲粗氣地說：

「盧班長，什麼事這樣高興？」說著，扳過肩頭來又向他上下打量了一番，更笑著咧開了那張大嘴：「嚇，靴子擦得那麼亮，衣服壓得那麼挺，再加上滿臉喜氣，倒像去出席克難英雄宴似的，不是有什麼羅曼蒂克的事吧？」

「胡說！」盧驥掙紅了臉把擦鞋工具收拾起來。「你忘了共匪不滅，不談愛情——人家是去看一個同鄉。」

「男的還是女的？」廖信義一步都不肯放鬆。

「同鄉就是同鄉，男女有什麼關係！」盧驥自己也不知道為什麼不敢作正面地回答。

「本來是沒有關係，可是，哈，你的臉為什麼那麼紅？」

盧驥一急，臉掙得更紅了。

「是你，是你自己把人急的，還說！」盧驥怕廖信義再開玩笑，邊說邊向外走。可是他又覺得光著手出去太嚴肅了點，又轉身把昨晚買來小心收藏在枕頭底下的一本《當代青年》抽出來，捲著拿在手裡，邁開步子走出去。

「二點鐘的小組辯論會可別忘了！」廖信義在後面補上一句。

「忘不了！」

出了營房門，盧驥覺得腳底下輕飄飄的。平時穿著嫌重了點的靴子，現在卻輕得沒有一點分量。他情不自禁地又哼著：

「記得當時年紀小

你愛唱歌我愛跳……」

才唱了兩句，他又猛然記起自己穿了一身戎裝，又在路上走著。於是立刻像綳斷了的弦線似的倏然中止了，內疚地望了望周圍看有沒有人聽到。從營房到城裡大概有二里多路，他此刻正走在一條平坦的鄉道上。兩邊全是稻田，二熟的稻又已長得一片蔥綠。他瞇著眼瞅著那一片無限的綠，心裡浮起一陣朦朧的，似夢又似霧的感覺——又一次他伸手到上衣的口袋裡，掏出那封背得爛熟的信。

盧驥：

聽吳蘊說你在青年軍，星期日上午請來我處一敘，我們等你一起午餐。

蘭

雖然只是這麼寥寥數字，卻給盧驥帶來了莫大的快慰、亢奮，帶來了兒時溫馨的回憶。他在記憶裡搜索著最後一次看到慕蘭時留下的印象，月白色翻領襯衣，短短的黑裙，二支長長的辮子……。唔，對了，還繫的綠綢結，像一對斂翅憩在胸前的綠蝴蝶。突然，隨著她把頭一揚，綠蝴蝶倏地飛起來又落在背後。圓圓的臉龐上嵌著一張微微嘟起的小嘴，一雙靈活的烏溜溜的眼睛。小巧的鼻子旁灑著三五顆雀斑，顯得頑皮而又可愛——那時她還是一個高小生。

盧驥和金慕蘭在長寧鎮是貼鄰而居的，只不過盧驥自小便生長在那裡，慕蘭卻在盧驥上小學的那一年才回去。盧驥還記得那天當自己背著書包放學回家時，卻發現金家門口站著一個從未見過的女孩子，翹著二支給絨線纏得硬邦邦的辮子正睜著一對烏溜溜的眼睛打量他。

「你也是住在這裡的嗎？」她一點也不怕陌生，老三老四的同他攀談起來：「我爸爸說這裡是我們的老家，要回來看看爺爺，我們就回來了。我叫慕蘭，你叫什麼？」

「盧驥。」他還有點靦腆，拿腳尖在沙上畫著，不看她。

「籮箕！多好玩的名字！不是裝米的吧。」慕蘭拍著手笑起來。「喂！籮箕。」

經過這一番自我介紹，他們便在一起玩了。一開始他們便發現兩人有一樣同好，就是盧驥喜歡畫畫，用蠟筆塗顏色，慕蘭也喜歡。慕蘭還有不少畫冊，把盧驥都看得入迷了。兩人塗塗畫畫就可以畫上老半天，不畫畫時，慕蘭就跟盧驥講城裡的種種，汽車啦電車啦，鑽到雲裡去的屋子，會升上降下的電梯啦，或是盧驥同慕蘭講鄉下的一切，摸螺絲、釣魚、上麥場！聽的講的都津津有味。不久兩人成了最密切的伴侶。有一點吃的要二個人分，有一點玩的，二個人一起玩。慕蘭人小主意多，盧驥總是依順。有一次許多小孩子在一起作「扮新人」的遊戲，盧驥扮新郎，另一個女孩子扮新娘，玩得熱熱鬧鬧的，盧驥忽然發覺半天不見慕蘭了。連忙讓別人扮新郎，自己去找她。原來她正抱著洋娃娃一個人躲在屋後的竹林裡賭氣哩。隔了一年慕蘭也上學了，兩人更是同出同進。不記得是誰的母親笑著說他們像一對「小情人」。他們暗地裡也以小情人自居。雖然情人是什麼他們那時還根本不懂。

有一次，盧驥約著慕蘭去一條小溪裡摸螺螄。慕蘭怯怯地不敢下去，盧驥把浪花濺得高高的，三腳二步就跨到了水中間，蹲下身子扳開了一塊石頭，就嚷起來：

「哎喲，哎喲，這裡好多螺螄，慕蘭快來！」

慕蘭怯生生地踩在水裡，流水沖得她有點搖搖不定，她緩緩地移了一步，用腳趾去勾著水底的石子。又舉起另一隻腳來，忽然身子一閃，她連忙踩上一塊石頭，但石頭又圓又滑，撲通一下她就跌進了水裡，雖然沒有跌傷，一身衣服卻跌濕了。

「都是我不好，」盧驥扶了她起來，慌得不知所措。

「回去媽媽要罵哩！」慕蘭喘息甫定，望著一身濕衣服，哭了。

「脫下來曬一曬。」

「你——」慕蘭蹬著腳，噙著眼淚向他瞪了一眼。他知道自己又說錯了什麼，想了想又說：

「要不妳去竹林裡躲著，把衣服撩出來我給妳曬。」

「我不，我就這麼曬」。慕蘭擦一下眼睛，走去太陽光裡站著，一面擰著衣服上的水。

盧驥趕緊去摘些樹枝來，給她遮著頭臉。

衣服曬得不過半乾，慕蘭的臉卻曬紅了，嘴半張著，眼睛水汪汪的。盧驥不由得盯著她盡看。

「慕蘭，妳真好看！」

「你壞死了，你！人家曬得頭發暈，你還取笑！」慕蘭使勁推了他一下。半怒半喜地嬌嗔著：「回頭告訴你媽，說是你叫我下水的。」

盧驥慌了，又是央告，又是許願，結果答應她紮個大蝴蝶紙鳶才甘休。

還有一次，是一個晴朗的春晨，隔日裡他們便相約好了，去攀登鎮西的牛角山，慕蘭不知從哪裡聽來的故事，說是在太陽將出未出之間，在坐西朝東的山上可以尋到一種絳紅色的仙草，吃了這仙草人便可以同鳥一樣的在天空飛翔。因此那天他們便起了個黑早，躡手躡腳地在屋後會合了，像二隻脫逃的兔子似的向山那邊跑去。那時月亮還沒有下沉，深藍的天空剩留著三五顆黯淡的星星。爬到山上，鞋襪已全給露水浸濕了。自然，他們沒有找到什麼仙草。可是當第一道柔和的金黃色陽光投射在山崖上時，慕蘭忽然高興地歡呼起來，一手拉著盧驥指給他看：

「看呀！那邊，我們沒有找到仙草卻找到了寶貝。吠，多美麗：我要，我要。」

盧驥看見了，在半山崖一叢綠葉中，正懸結著一串野果子，比櫻桃的顏色紅，比葡萄的顏色淺，在陽光裡看著彷彿是透明的，而晶瑩、玲瓏像一串琥珀珠子。只是崖壁很陡，除了比盧驥高二尺的地方長了二叢葦草，再沒有一處可以攀緣的地方。盧驥望望崖壁，又望望慕蘭那對閃閃發光的眼睛，他從來沒有拒絕過她的要求。於是，他像一個勇士般跑到崖壁前，把腳踏在一塊稍稍凸出的石尖上，身子才一著力，又滑了下來。他跳起來去拉頭上那叢草，卻又拉不到。最後，他用腳在石尖上一挺，身體一聳，終於險峻崚地拉住了那叢草。像猿猴般攀上去折到了那串果子，慕蘭鼓著掌在底下勝利地歡呼，可是，他扯住的草斷了，身體就像口沙袋般直墜下來。

「沒有關係。哪，寶貝先給妳。」盧驥看見慕蘭嚇得嘴唇都發白了，還安慰著她想一個翻身爬起來，可是左腿一伸，不由得哎喲一聲又坐了下去。原來褲腳扯破了一大塊。膝蓋下面二三寸一條創口還殷殷地出著血。

慕蘭連忙掏出自己的花手帕來，小心地給他裹好傷口。於是坐到盧驥頭邊去，叫他把頭枕在她腿上。

「你躺著不要動，不要想。唔，我講個故事給你聽好不！」慕蘭用大人的口吻說，手指輕輕地梳著他的頭髮。變得那麼溫柔、懂事，一個「小婦人」似的。

盧驥枕在她腿上躺著覺得十分舒服。陽光照在身上暖洋洋的。空氣裡飄著不知名的花香。慕蘭喃喃的聲音像一首催眠曲。他闔上眼，暫時忘記了腿的疼痛，彷彿自己又倒退幾年，睡在母親懷抱裡。

「你說這個少年勇敢不勇敢？」

「唔？」盧驥茫然睜開眼睛來。

「哈！原來你不在聽我講故事！」慕蘭笑著輕輕地在他頭上打了一下。忽然像想起了什麼般，眨著眼睛——當她想到什麼主意時總是這般眨眼睛——望著盧驥。「我告訴你一個祕密——嗯，你曉不曉得『將來』？」

「將來？」

「嗯，將來我……」慕蘭將頭俯下去湊在他耳邊小聲說：「將來我要做你的妻子。一個最好的妻子，替你洗衣服、煮飯，還有……釘扣子。」

「我給妳穿針。」

「我們要一座白的小房子，有綠的窗戶，黃的窗簾！」

「還要四個輪子可以推來推去。要一張有許多電燈的大玻璃桌子，我們在上面畫畫，塗顏色。」

「一個有許多許多花的花園。」

「還要果子樹。樹下可以繫鞦韆，妳坐著我推。」

「不，我們二個一起打。」

「還要……」

「還要……」

「將來？」

「嗯。」

「妳做我的妻子？」

「嗯。」

於是二個人都開心地笑了。

雖然盧驥為了那個創口發炎，足足跛了一個多月。可是那天下山時他還硬充好漢，說是根本同沒有跌過一樣。

●

「小時候的事真有意思！」盧驥輕輕自語著，從心底泛起了歡悅，彷彿又染上了兒時那份無邪的情愫，他記得當他去省城念初中的第二年，慕蘭跟著她爸爸去北方了。從此就沒有見過面。「不知她現在是什麼樣子？還繫不繫雙辮？」他瞥一眼街上的女人，又覺得自己的想像太落伍了。很快的，不覺就到了目的地。對著那旁邊懸著「陳寓」門牌的大門，盧驥又躊躇起來，他摸出手帕來揮了揮靴上的塵灰，又扶扶正領子，這才鼓起勇氣來按電鈴。

開門的是——

「噢，盧驥！」

「慕……蘭。」盧驥讓蘭字在舌尖無聲地打了一個滾，面前的就是他幼時的伴侶慕蘭？

除了那對眼睛，還是那麼烏溜溜地會說會笑。嘴、眉毛都變了樣。頭髮燙成短短的童子式，一件綠底碎黃花的薄綢旗袍裹得一身曲線畢露，腳上是軟緞繡花鞋子，她熱烈地伸出手來，他只是輕輕地挨了挨那塗著寇丹的手指，好像那是炙手的火炭。

慕蘭把他帶進布置得華麗的客廳裡，一個穿睡衣的中年男子正半閉著眼睛靠在沙發裡收聽收音機，一只煙斗刁在嘴角上。

「耀祖，這位就是我說的小同鄉盧驥，這是外子陳耀祖。」慕蘭替他們介紹著。那男的便取下煙斗，欠著身子說了聲：

「難得，難得。」這以後，當他們說話時，他便一直在收聽收音機。

「噢！多少年沒有見面了，十三、十四年？」慕蘭略帶感慨地說，做作地揚著眉毛。

「嗯，十四年了。」

「你比從前黑了，也更結壯了。」

「是嗎？」

「你看我呢？嗯，老了吧？」

「哪裡……」

接著慕蘭又問了一大串關於長寧鎮的人和事。盧驥只是被動地答覆著。像一個口試者面對著主試的人，不知為什麼，他總覺得這裡面有什麼不調和，以致講話梗梗格格地。他雖然一直試著要自己輕鬆隨和一點，但總不成功。

午飯時，滿桌子精緻名貴的菜餚，自然是軍隊裡吃不到的，但盧驥吃來卻覺得遠不如隊上的大鍋飯、大鍋菜香甜，慕蘭殷勤地挾布著菜，在他面前堆得高高的像一座小丘。他卻勉強扒了二碗飯便擱下了筷子。

「你一點不像現代軍人，扭扭怩怩，不豪爽！」慕蘭說話還是像杭州張小泉的剪刀片，又快又殺辣。

「我已經吃得很飽了。」盧驥掙紅著臉分辯。

「你軍隊裡的伙食吃得很苦吧！有沒有葷吃？」

盧驥告訴她他們的副食都是定量分配的。另外還有克難生產的成品作加菜。

「一個月關多少餉？嗳，你不吃巧克力？香港帶來的。」

盧驥說是二、三十塊。

「哎喲！這麼幾個錢，還不夠我家裡一天用的。」慕蘭大驚小怪地嗅起來。好像看了什麼不可思議的東西。「真虧你待下去的，不苦死了？」

盧驥正要告訴她一切由國家供給。他們也不需要太多的錢花，可是慕蘭卻逕自說自己的，不給他開口的機會。

「我真想不到你會去從軍，」她兩隻靈活的眼睛，又望了一眼他那不留寸草的光頭，看得他恨不得抓起帽子來戴上。「吃那麼些苦。我看」，她又瞥了一眼正踱進寢室的丈夫。「你乾脆別幹那個當兵吃糧的。到耀祖那個貿易公司裡去，大小找個事都比現在勝過百倍千倍。你說怎麼樣？」她頭一側，期待地望著他，一半兒關切，一半兒炫耀丈夫的地位。

盧驥不由得倒抽了一口冷氣，覺得那簡直是侮辱。他想不到幼時崇拜的那個樸實純真的天使，現在竟變了那麼庸俗的女人。

「謝謝妳的好意。」他冷冷地說：「我倒並不覺得苦。就算苦一點吧，整個的國家人民全在苦難中，我們當軍人的更應該吃苦。」他頓了半天，現在才覺得說話流暢了。「苦難像一塊砥石，唯有經過它磨練的鋼鐵才更鋒利、堅韌。當我們惦著本身的責任，瞻望未來的光明時，苦難更是微不足道的塵末芥子。相反的，逃避苦難而只圖眼前享受的生活，卻是一種看不見的硝酸，將腐蝕一個人的思想、靈魂……」

「得啦，得啦，」慕蘭攔住了他的話，臉上有點發燒。「你現在學得很會說話了。我一句話不想卻惹了你一大串。好吧，不談將來和現實，盧驥，你還記得我們小時候……」

可是盧驥卻要走了。他奇怪自己怎麼會跑來這裡，這華麗的客廳，嬌媚的女主人對他是那麼陌生，不融洽。甚至有點憎厭——他拿起了軍帽。

「怎麼，就走？睽別了這麼些年都不想敘敘舊情，暢談一下——噢，盧驥，你變了。」慕蘭顯得很不高興，用那對靈活的眼睛怨恨地瞅著他。「這時代中很多人都在變，有變堅強的，也有變……懦弱的。」他說。送到門口時慕蘭卻又激動地抓住他的手，悄悄地對他說：「如果你萬一有什麼需要或困難。別忘了這裡還有一個你舊日的伴侶，這裡的大門隨時都為你敞開。」

「唔。」盧驥漫應著，心想這便是最後一次來這裡了。他抬起眼來預備再打量一眼這舊日的伴侶。可是，他們中間好像隔了一條河，他已看不清河對面站著的她的面目，這是一道無法再縮短的距離。

歸途中，來時那份亢奮、愉快還帶著些綺思的心情，已消失殆盡。心裡反而像塞了些什麼東西進去而感到沉重、窒息。直到走近營房時，幾個熟悉的聲音在招呼他。

「盧班長，打從城裡來！」

「老盧！進城去也不哼一聲，給捎兩個信封。」

走進營房，廖信義又一陣旋風般從中山室衝出來，著力在他肩上一拍。

「來得正好，差十分鐘就開會。」

「馬上就來！」盧驥回答著。

這些親切的聲音，魯莽直率的舉動，緊張的生活，立刻又使盧驥振奮起來。匆匆回到自己鋪位前，首先就把那封曾經看作寶貝的信撕了，撩進字紙簍裡：連同擲卻那份不愉快的心情。然後，投入自己戰鬥的夥伴中，像一滴水注入湍激的溪流，向一個方向奔流。

編註：本文原刊於《當代青年》第五卷第四期，一九五二年十一月，頁十三～十七。

吹笛子的人

一

一片無垠的田野，一片無垠的綠。
陽光氾濫了肥沃的土地。
小溪一路歌唱著灌溉兩岸的田丘。
坪上有悠閒的牛羊啃齧嫩草。
古銅色的胳膀在青茁的秧苗裡忙碌。
古銅色的背在陽光下閃爍。
嶺上飄來樵夫的山歌。
溪畔揚起浣衣女的笑語。
片刻的靜寂中，「知了」奏起了插曲。
太陽淡去。

農夫負鋤賦歸。
茅舍上炊煙嬝嬝。
聲聲喧囂，是雞鴨豬羊……們
在矮柵邊圍住了提桶來的姑娘。
牧童的短笛響起了，
越過山嶺，飄過田野。
似一支和平的旋律在空中迴盪……

……這不是一首詩，也不是一幅畫，只是，只是從一支斑斕的竹笛吹奏出來的樂章。而吹弄笛子的是××連的二等炊事兵田順興。

二

田順興生長在長江下游的一個鄉村裡，精悍的個子，結實的肌肉，深邃的帶著憂鬱的眼睛，給莊稼漢那種樸實、粗糙的外貌上添上兩分清秀，連上就數他年齡最輕，可是他卻常常一個人納悶著，像給太多的苦難和折磨壓抑了的老人。他默默地但勤快地切著菜、刷著鍋，在三餐炊事的空隙，當別的夥伴們在追逐著、廝打著，快活地鬧成一團時，他總是挾起那支朝夕不離的伴侶——笛子，一個人溜去桂圓樹下，用舌尖輕輕地潤濕了薄薄的竹膜，用粗笨的指頭熟練地按上圓孔，先試上一試，然後抬起眼來，凝注著遠遠的天際，那清揚的音波，便從豐厚的唇邊，肥短的手指下，像一束若斷若續黏性的游絲迴盪在空氣裡，輕輕地黏住了一顆顆寧靜的心。弟兄們多半來自農家，他們熟悉牧笛的聲音跟他們熟悉泥土的氣息一樣。他們彷彿從挫揚的韻律裡朦朧地看見了青青的稻田，清澈溪流，插秧時田裡那軟綿綿的泥土，就像油一般滑潤，那嬌嫩的綠映得人把天都看成綠色。而收穫時那纍纍的黃澄澄的稻穗，該揉合了多少希望和欣悅，馴良的畜牲是農家的孩子最寵愛的玩侶，牠們那嘈雜的叫囂總是伴著他們的嘻笑。而黃昏，曬穀坪上閒話拉扯山海經，更是一天辛勞最愉悅的片刻……可是災難來了，腥羶的洪流淹沒了田莊，溪流不再歡唱，只是帶著它蒙受的恥辱，一路嗚咽，稻田不再要它灌溉。往日在田裡揮舞著古銅色胳膊的莊稼漢，成串地被牽著走去親人們永世見不著面的地方，家畜不再俯向它飲啜，牠們悲鳴著填了暴征者的口腹。而往日那些天真的浣衣村女再不來它身旁洗滌、汲水。魔爪抓去了她們，污辱了寶貴的貞潔。如今只有衰憊憔悴的老母親，在它身畔低低地，悲抑地哭訴著對兒女的思念，哭訴著遭受的饑饉和災難。溪水嗚咽著，就帶著這些血淚，流過荒蕪的田野，流過淒冷的村莊。這是恨，刻骨的恨，這是仇，海一般深的仇，但悲痛，憤怒，激昂的感情，通過那簡單的奏慣了悠揚田園樂的竹笛，卻變成了悲怨的嗚咽，那樣緊緊地，緊緊地扣著一支支繃緊的心弦。

田順興不知道他奏的音樂，樂曲裡的情調是怎樣感染人，他只是發洩，發洩鬱積在心底的思戀與悲痛，而當他憤恨地想怒吼時，奏出來的卻永遠是悲吟。

端午節那天，連上把克難的收穫來充一次牙祭。這天廚房裡直忙得人仰馬翻，接著晚上聚餐又忙了一陣，田順興一整天都沒摸著笛管，熬到晚上，帶了一點微醺和無限的感觸，只覺得心頭堵得慌。他照例挾著笛子，一個人坐到營房後黑黝黝的樹樁上，周圍全是黑黝黝的，只有不遠的民房裡，漏出幾處稀朗的燈光。他舐了舐乾焦的嘴唇潤濕了竹膜，於是舉眼凝注著黑暗的深處，吐出了幽幽的音波。

他心裡熱辣辣的，彷彿血全在那兒洶湧，有一個把什麼都傾瀉出來的衝動；他全神傾注地吹奏著，悲咽著，忘記了自己，忘記了一切。

在他左後側的小徑上，手電亮了一亮，三個黑影向他這邊移動著，皮鞋敲著石子發出沉重而整齊的聲響，但田順興浸沉在自己的情緒和音波中，沒有察覺這些。

「田順興！」，一個帶著點警告提醒意味的聲音在黑暗裡向他擲來。

「田順興！」

「田順興！」，當第三聲更響的喚聲驟然闖進田順興的聽覺之門，他正待站起來，回過身去，一道強烈的電光已對著他的臉射了過來，他窘怒地眨著眼，馬上又倉皇地敬了個禮，站在面前射電筒的正是連長自己。

「是你在這兒吹？我以為是老百姓。」連長不以為然地說：「當軍人的弄這種怪聲鬼氣的玩意兒，多不像樣，而且又是這麼深夜——下次不要吹了，聽到沒有！」

「是！」

皮鞋又清脆地敲著石子循著道路過去了，電光一路閃爍著。走了半響，三人中走在後面的一個回過頭來望了望，見一個黑影猶自像給斫光了枝枒的樹樁般，兀然木立在黑暗裡。

彷彿是斷了發條的鐘，田順興一連幾天都沒有開腔。

可是，約莫是隔了四天後的一個晚上，那是個帶點兒淒涼的夜，月亮沒有出來，三五顆星星在黯淡的天穹顫慄。已是夜闌人靜的時候了，晚風寒涼地掠過夜空，成排的樹簌簌地抖響著，在那悉索聲中，彷彿滲著一縷抑揚的音波，輕微得等人凝神去辨識時，卻又讓樹的吟唱掩沒了。但慢慢地聲音終於響了起來，雖然抑壓著的聲音很縹緲，很遠，在這靜得一聲梟啼可以劃破長空的靜夜，依然分辨得出那是笛聲。

王連長掩上書，修畢了晚課，照例走到窗口，深深地吸著氣，伸展一下身肢。突然他臉上現出疑惑的神色，屏息傾聽了一會，又探首到窗外黑地裡探望著，最後帶著些憤怒回頭招呼傳令兵李傑：

「你去看，是不是田順興又在吹笛子？把他叫來！」

不一會兒，李傑回來了，後面跟著田順興和他的竹笛，他畏縮地走進室內，眼睛望著地敬了個禮。

「抬起眼睛來！」

田順興用力抬起眼簾，彷彿舉起一對石擔般，惶悚的眼光迎著連長那嚴厲的眼光。

「我告訴過你不要吹笛子沒有？」

「我是，我心裡……我」田順興囁嚅地說，眼睛不安地閃眨著。

「我叫你不要吹，你偏要吹，你這不是故意違抗命令？」王連長越說越生氣了，濃重的眉毛蹙將攏來，眼睛發著威光：「把笛繳來！」

一陣顫慄從四肢與心裡一直輻射到全身，他像瀕溺死的人抓住木板般緊緊地抓住了那支笛，但手臂似乎硬直了，李傑憐憫地望了他一眼，把笛抽出來遞給連長。

「劈拍！」斑斕的竹笛在連長盛怒下折成了兩截，丟在牆腳下。田順興心疼地望著那兩截斷笛，竭力忍住了把它拾來按在胸口的衝動，霎時間他覺得一身精力在片刻間彷彿全從皮膚裡洩光了。沮喪、委瑣，像一袋沒有生命的沙袋似的，他勉強支持著軟弱的腿，把自己拖回營房。

三

「這孩子，敢情讓鬼摸了頭，成日價失魂落魄的，瞧這一籮菜裡還有兩顆不曾切的呢！你瞧你！要塞多少柴呀！把人都煙死了。」伙夫頭老張，這兩天他嘮叨的目標轉向田順興了。

田順興默默地把柴火抽了兩根出來，灶肚裡那壓窒得快熄的火又一下子猛竄起來，田順興覺得眼睛火辣辣的，用手一擦，手背卻濕濡濡的沾著些淚水，透過那層透明的簾膜，再看灶裡時，那火彷彿幻作鮮明的血，幻作一張張獰笑的臉。他恨得生氣地想撲過去，只覺得耳朵裡熱烘烘的響著，一股火熱猛衝上頭部，那些獰笑著的臉化作滿天金星，老張那不停的嘀咕變成一串無意義的單調的音符滑過他耳畔……

「報告連長，田順興病啦！我那裡的活做不完。」伙夫頭老張向連長報告。

「病了？這是什麼時候的事？」

「就是昨天，他煮飯、煮飯，忽然一下子倒在灶前哼起來。」

「唔！」連長矜持了一下：「回頭等我來看。」

望著老張退下去，連長想那天田順興還是好好的，莫不是繳了他的笛子，故意弄玄虛嗎？那天折笛子時他那副瞪眼咬牙的樣子，哼！這小子要故意在我面前耍狡猾，可得當心點兒——他喚過李傑，逕向後面的帳篷走去，帳篷裡三分之一砌著灶，擱著鍋子，水缸，僅右邊那個角隅裡，一並排架著四隻板鋪。午炊後的熱氣還瀰漫在室內，田順興便躺在其中一隻的草薦上，頭歪在那一捲做為枕頭的衣服一邊，眼睛閉得緊緊的，嘴卻半開著，醬色的臉變成灰褐色，胸口急遽地起伏著，呼吸急促而沉濁，顯然病得很沉重。

「還是燒得燙手呢！」老張用手在他額上按了按，很快地抽回來。

田順興翻了個身，嘴裡喃喃地說著囈語：

「小喜子，我們來比一下，看誰刈得快，不刈完這畝田可不准歇午……哈哈！我可又贏你一著吧——什麼！這田是我們的，我們世世代代靠他活，我們世世代代的血汗灌著它哪！不能，不能給強盜蹧蹋了呀！噢，媽……」病人憤怒著，啜泣著又急促地大聲呼吸。

「這孩子也怪可憐的！」老張同情地唏噓著。

王連長凝視病人，一面卻在想是不是自己的錯誤，一顆年輕的卻擔負著太多痛苦的心，他唯一用以宣洩悲憤的便是一支小小的竹笛，而自己卻把他摧毀了，這處置似乎是太嚴厲了一點，慚愧的是來時還懷了一個這樣卑下的念頭。一種懊悔歉疚的情緒像一條毛蟲般蠕動在他心頭，可是他一直沒有忘記自己的身分與威信，他依然筆挺地立著，充滿了威嚴和自信。

「馬上送他到醫務室去，醫藥費沒有的話，到我那裡去拿。」他截斷了老張的話吩咐著，向病人瞥了一眼，轉身走出去，但走到門外時，又頓了一頓回過頭來：「你告訴田順興，等他好了我調他去幹號兵。」

田順興的病來得兇猛，好得也快，當他從老張那裡獲得連長諾許時，那對憂鬱的眼睛裡立刻揚射出一股亢奮的美麗的光彩，使得那病後灰褐色的臉上也泛上了淡淡的紅色。他撐起身子來一把勾住了老張的頸脖，像一個飢餓得昏然睡去的貧孩子，突然一覺醒來在身畔發現了一缽香噴噴的米飯，但又怕是自己眼花似的，他勾住了老張油膩膩的脖子，逕自反覆唸誦著：「號手……號兵！」這可比拿槍桿子還要合他的心意哪！

這一劑精神上的藥可比什麼特效藥還靈，田順興一天比一天好起來了，也不那麼悶頭悶腦的「死不開腔」啦！他體力還不曾復元呢，便好歹要求著老號兵陳濤成教他練習吹號，當他第一次聽見那結實、有力、嘹亮的號聲從自己嘴裡吹出時，他的心就似灌滿了氫氣的氣球，只想膨脹、上升，以他對音律的愛好和熱忱，不久他就學會了起牀號、升旗號、集合號……他正用二倍的努力練習衝鋒號和進軍號，他常常跑到高高的山嶺上，眺望著海天連接處那一線遼遠的大陸，吹奏起雄壯、激昂的樂調，他用全心靈吹著，用全生命吹著，他從豪壯的號聲中憧憬那不久即將來臨的一幕；他彷彿已看見了萬千英勇的弟兄，在激昂雄壯的衝鋒號中，亮著刺刀，衝上大陸，衝進敵人的陣營，鐵幕衝破了！紅色的堡壘衝垮了！一切赤色的細菌都毫不容情地被肅清，血的仇恨還須血來償清。隨著青天白日的旗幟像暴風雨後的驕陽般，照耀著劫後的大地，農村復活了，溪流復又一路歡躍著灌溉青青的草坪，綠油油的田丘。岑寂了許久的柵欄裡又嘈雜地響著家畜的叫囂，溪畔的擣衣聲裡揉著少女的歡笑，放下槍桿的古銅色的胳膊熟練地舉起了鋤頭，清揚的牧笛越過山嶺，越過田野，似一支和平旋律迴盪在空中……

民國四十年八月

編註：本文原刊於《中國一周》第七十一期，一九五一年九月三日，頁十八～十九。

密不錄由

奉令：為值此艱危困苦時代，所有公私請客送禮陋習，不僅浪費時間財力，且造成浮靡風氣，應即糾正取締。各級……

收發員倪思平正將公文上的事由摘錄到收文簿上，他有一個習慣，就是抄寫時一定要喃喃地，用只有他自己聽得見的聲音，一字一字地唸著寫。當他這麼做的時候，給自己造成一種氣氛，像音樂演奏者浸沉在他奏出來的旋律中一樣，讓全副身心就耽溺在其中。因此，當辦公室裡輕微地揚起一陣騷動，似同一潭靜水裡掉下片葉子而掀起無聲的、逐漸擴大的漣漪時，他卻絲毫未曾察覺。直到有一隻手拍了他的肩膀，他才從自我浸沉中驚覺，本能地以為是張辦事員或是李書記找他，可是一看清是誰時，身體也跟著像上了彈簧般陡地站了起來，惶亂中手裡蘸得濃濃的墨筆落在收文簿上，浸黑了一大塊。

站在他面前的是楊祕書，帶著在倪思平看來不啻是黃梅天的陽光般罕有的笑容。

「噢，你看一下吧。」楊祕書遞給他一份寫在十行紙上的文稿，倪思平小心翼翼地雙手捧了過來。可是他越是努力想一口氣看出個結果來，那些字越是像鉛字滾過石板般，不在腦子裡留一點痕跡，只有一點記得的是那筆字是燒了灰也認得出的楊祕書的手筆，而在那篇大文章後面，龍飛鳳舞地簽了楊和三位科長的名字。他覺得楊祕書的眼光正盯視著他，並且帶著點催促地刷了一下喉嚨。不覺在額上沁出了幾顆汗粒，他極力鎮定著自己，重新再看一遍，這才明白過來，原來洋洋乎大觀歸根結柢是為方局長四十大慶，發起慶祝。旁邊一個備註，說明壽金分福祿壽三等，福二百、祿一百六、壽一百——

「咳。」楊祕書又乾咳了一聲，顯得有點不耐煩。「我看這樣，倪先生就寫個壽字吧。」

「嗯，好的，好的。」倪思平慌亂中不加考慮地應諾下來，翻開一頁十行紙，已長長的簽了一大串名字。他抖顫地握起筆來——第一次感到一支筆有這麼重的份量，在排尾的空白處寫下了自己的名字，又加上個壽字，費上那麼大的勁，就似赤貧的鄉下人在女兒賣身契上劃下十字。

「款子可以由出納上先墊付，在下月的薪津內扣除。」楊祕書功德圓滿地捲起簿子來在手裡一拍，擲下這句略似安慰的話給誠惶誠恐站著的倪思平。

「是的，是的。」倪思平望著楊祕書高視闊步地走進祕書室，這才吁一口氣，掏出手巾來擦了擦額角，環視室內時，空氣卻意外的有點沉重，張辦事員凝視著硯台，一股勁地醫著筆桿，把那個明太祖的下巴翹得更高，李書記鎖著刷帚似的濃黑眉毛，用力刻劃著鋼板，發出「沙沙」的聲音。緊張中都掩飾著一種煩躁不安，突然的，那個「壽」字又以泰山壓頂的聲勢向他壓下來，他一陣搖晃，頹然跌坐在椅子裡。

一切都是一剎那的事，不到「摘一個由」的工夫。輕輕巧巧就去掉了一百元。一百元，八分之一的薪津，五天的生活費用，雖說下個月扣，但下個月這五天的生活又怎生對付……

「倪先生，章科長問你今天的收文登記好沒有？」

「唔，馬上就好，馬上就好。」倪思平讓工友老田一句話打斷沉思，連忙拈起筆來，找著剛才未抄完的由續下去……

……單位主管尤應躬行實踐，並切實督導推行，希即遵照。

●

這天是方局長的正壽日，總務科長率領大批股長、科員、辦事員和全體工友，去局長公館布置了。出納主任也幫著採辦。祕書有督導的任務，局長來晃了一晃便再不見影子。局裡無形中放了假，剩下的職員一個個像鬆了轡韁的馬，看報的看報，聊天的聊天。只有靠門那只角裡，倪思平依舊埋頭揮著筆鋤在紙上耕。辦公室裡是怎麼一副情形，誰來了誰去了他向來漠不關心的。在等發文的時間，他總有一段空閒。這時他照例推開一張白紙，把收發文簿當作習字的帖，一字一字地抄錄下來。這是他唯一的消遣，也就因為這樣，那些由他手裡收發的公事，首先就在他腦子裡歸了一次「檔」。這天，他已經抄習了個把鐘頭的字了，但還不見一件待發的公文送來，他正耐著性子，重複地寫著他最心愛的「備查」兩字，忽然聽見李書記在喚他。

「老倪，還不收攤子嗎？人都走光了。」

倪思平回頭一看，辦公室裡果然冷清清的，張辦事員向他翹翹下巴翩然走了出去，李書記也把桌上的紙張筆墨收拾得差不多了。

「怎麼，下午放假？」倪思平愕然望著李書記。

「你怎麼搞的！」李書記輕蔑而譏嘲地抿了抿嘴。「真是燒香忘記了菩薩，今天是局座四十大慶喲！才孝敬過那麼大的禮分難道說就忘了。」

「唔，可是那也要到晚上囉。」倪思平搭訕著慢吞吞地闔上發文簿，洗淨了毛筆插進筆套裡，便也同著李書記一路出來。

「噢，老倪，今兒晚上請你太太同我跳一支吧！」李書記突兀地向倪思平說，帶著那副半真半假的神態。

「你說什麼？」倪思平漲紅了臉，恚怒地瞥了一眼李書記。

「你不曉得吧，今晚上局長公館裡有派對——派對就是舞會。」李書記向倪思平解釋著。倪思平只是不屑地在鼻子裡哼了一聲，聳聳肩頭，逕自踅向自己住的那條小巷子，去請太太一同赴宴。

局長公館還是二個月前用職員宿舍的名義買來，而新加裝修的。大門斜斜地朝三岔口開著，老遠便望見憧憧的樹影裡燈燭輝煌，如同白晝。客廳裡朝外懸著一幅大紅絲絨釘金字的壽幛。桌上堆著小山般一盤盤壽桃壽麵，鮮果香花，一對電筒粗細的紅燭，閃爍著熾熠的火焰，映著金字紅幛果然顯得喜氣洋洋的。方局長夫婦倆滿臉喜氣的站在門口接受來客的祝賀，局長是一身新製的凡立丁西裝，局長太太穿著長及腳背的花緞旗袍，富麗華貴，珠光寶氣，閃耀得倪家夫婦倆幾乎不敢正視。

盛宴開始了，先搬出來的是一只三層高的大蛋糕，接著全體舉杯祝壽。

「這一杯祝局座壽比南山，福如東海。」

「噢，壽星，請乾這一杯為君添壽！」

「請請請！」

「嘿嘿嘿！」

玻璃杯相碰，發出清脆的響聲，酒液開始在血管裡發酵，局長紅潤的臉更紅得發亮，局長太太的鑽石耳墜子晃得更撩人眼花。

滋……拔……空氣裡充滿了開酒瓶的聲音。趁夠資格敬酒的人正包圍壽星起鬨時，像倪思平這般平日難得嚐到葷腥的小職員便貪婪地吞嚼著，一個個填得青蛙似的，彷彿要撈回那些本錢來。

席散，十幾個工友便風捲殘雲地把方才豪飲狂嚼的痕跡收拾乾淨，當留聲機裡響起撩人的爵士樂，舞會開始了。局長醉意醺醺，步履蹣跚地挽著一個妖豔的女賓第一個起舞，接著一對對全攀肩挽腰地迴旋起來，倪思平看著看著覺得有點頭暈，側過臉去看太太時，只見她捏著揩汗的手帕，怔怔地看呆了。今天她衣服穿厚了些，衣領又大，露出一截仙鶴頸子，臉上的脂粉被汗沖蝕得斑駁凌亂，更顯得憔悴。她望著倪先生苦笑一下，又揮動手帕當扇子搧著。兩人局促在一個角落裡，被狂歡的人們遺忘了。

「回去吧，回去吧。」倪思平幾番三次在心裡嘀咕，卻總沒有開口的勇氣。眼看著一支又一支音樂過去，跳的人越是興高采烈繾綣忘情，他的頭也越來越暈了。好像連人帶屋一起在旋轉。那混雜著香水香、汗酸，和有酒精味的喘息的空氣，使他感到窒息而想作嘔。而太太那副受罪的可憐相……倪思平終於趁一個空隙鼓著勇氣告辭了。走出門口，倪太太深深地吸了口涼沁的空氣。

「噢，真是活受罪！」

「我說是受洋罪！」倪思平幽幽地陪了他太太一句。

「嘿，你老是唱著要家裡吃苦，要家裡克難，要人家把褲帶子束緊了過日子，還說上面也有命令來叫大家節約……可是你看人家，人家又是怎樣在過日子？」倪太太忽然感慨無限，向倪思平發起牢騷來，倪思平只是沉著頭，數著自己的腳步沒有作聲。

「命令，人事，就像兩列背道而馳的列車，從來沒有取得過一致的步驟，幾時有那麼一天……」想到這裡，倪思平不禁沉痛地搖搖頭，他當了那麼些年的收發，就沒見一樁命令被徹底執行過。

●

這些天倪思平做事老覺得不順遂。就像輪軸裡嵌進了幾粒砂子，轉動起來沒有那麼滑溜了。他覺得那些「事由」都似通非通，唸起來詰屈聱牙，寫起來更不得手。

才把工作告一個段落，耳邊彷彿就聽見太太在嘮叨。

「今天買菜錢都沒有了，你也想個辦法呀！小毛又咳得那麼厲害……」

倪思平煩躁地翻開收文簿，偏一翻就翻至那光禿禿註著個「密」字的一欄。他最不喜歡「密不錄由」了，倒並不是他愛探求祕密。因為每一欄都勻淨地排著字粒，到這裡卻突然一塊空白，就像一篇小說漏印了一段，一扇窗子缺了塊玻璃似的看著不順眼。而且那天為了這

「密」件碰釘子的事，他還是記憶猶新。那天早晨，他照例按著公文套上的號碼，一件一件仔細地查對，可是這裡面就缺了件人字第〇一〇三號。可能是楊祕書抽去了，卻又不曾簽註。倪思平做事，一向是十分謹慎的，立刻就捧了那疊公文連同信套去祕書室請示。

楊祕書一手撐著頭靠在辦公桌上，聽見門響像被撞破了什麼祕密似的驟然一驚。待看清是誰時，立刻眉頭一皺，一臉的不高興。

「楊祕書，這一件人字〇一〇三號是？……」倪思平惴惴地問。

「我拿了。」

「是不是登記密不錄由？」

「你看吧，這點小事也要來請示！」楊祕書不耐煩地叱責著，轉過臉去。倪思平陡的一下子血液全湧上了頭頂。臉上訕訕地退了出來，卻見辦公室裡大家交頭接耳，嘰嘰喳喳地正在議論什麼。看見倪思平出來，立刻所有的眼光就像一支支探照燈想在沉沉的海面搜出一船半帆似的，一起集中在他臉上。倪思平以為他們聽見了什麼，更尷尬地幾乎在張辦事員桌上絆了一跤。

「老倪，什麼事？」李書記忍不住悄悄地問，顯得很神祕。

「什麼事。和尚打道士，醬油泡豆豉！」倪思平憤憤地嘲弄著說，走到桌子面前將一疊公文一摔，然後蘸上墨汁，在收文簿三四二號摘由欄內撩草地寫下個「密」字——雖然事隔二三天，想起來還是不大痛快。他呆呆地瞪著那一塊空白，那一塊空白，噢，不，是一對眼睛，一對含憂帶愁的眼睛，呆呆地瞪著他。那是他太太的眼睛。接著又是一張營養不良的小臉，一張更小的咳得眼腫臉浮的臉，一起瞪著他似向他索取什麼，又似怨恨點什麼。一會兒這些都不見了，空白欄裡是一張藍色的花紙——錢！前天發下薪水來，扣掉半月借支、壽險捐、送局長壽禮，全部財產是二百十九元六角。如果不送那一百元，他原可以勉強維持的。他並不怕吃苦，整個國家在苦難中，個人吃點苦又算得什麼？突然，老田不聲不響將一件摺疊得稀皺的公文摔在他面前。

不管肚子裡有怎樣重的心事，公事終歸是公事。倪思平吞下一口冷開水，先一看發文機關，是廳裡來的。號碼是人字〇一〇三號，可不正是那件密件。於是他在摘由欄裡圈了那備「密」字。舔一舔嘴唇，喃喃地唸下去：

「查糾正送禮請客陋習，及勵行戰時節約各點，不止三令五申，該局長方則喜，身為單位主管……」什麼？倪思平擦擦眼睛重新用手指按著看下去，可不是那麼回事！他情不自禁地放聲唸出來：「不思躬行實踐，督導推行，反忽視命令，以身試法，著即於令到三日內辦理交代，聽候處分。」

倪思平聲音一響，辦公室內個個屏息傾聽。儘管消息靈通的李書記在一邊嘲笑地說：

「老倪別放馬後炮了！」大家還是一擁上前，圍著倪思平的桌子爭相傳閱。倪思平索性把筆一擲，身子向椅背上一靠，他絕對沒有那種報復的、幸災樂禍的心理。可是他的確感到痛快。那「壽」字以及類似這類的什麼字和事，像一些頑劣的石塊，落在一些人肩上成為重負，擁塞在革命的途上變作障礙。如今，他彷彿看見一隻無形的巨手正在從事鏟除。儘管那路是漫長、崎嶇和一路上不少困苦，但除去了重負，沒有了障礙，總有走到的一天！倪思平興奮地一拍桌子站起來說：

「聽我倪思平嘴說，命令和執行不再脫節，國家就有辦法了！」

這時，祕書室的門一響，楊祕書挾著皮包走出來，向他們瞪上一眼，匆匆地低著頭出去了。樣子有點像一隻打敗的公雞。

民國四十一年九月

編註：本文原刊於《中國一周》第一二七期，一九五二年九月二十九日，頁二十二～二十三。

夥計老闆

和平路在郊外緊貼著北上的公路，原是十分冷落僻靜，近來卻日漸熱鬧起來了。一幢幢像孩子用積木堆成的棚屋，鱗次櫛比地展延開來，沒請工程師畫圖設計，也沒有哼呀唉的打樁聲，只是把粗竹子紮成個架子，安上竹編的牆，再塗上泥塈，蓋上草，新屋便悄然落成了。別小覷它那麼簡陋，不但遮風避雨供給一家子起居作息，還帶著做買賣哩。方方的窗洞便算是櫃台，貼一張紅紙便算是招牌，擱上五六個玻璃瓶子的是雜貨店，擁有三二張小桌子的是點心鋪，開茶館的就門口擱幾張竹靠椅，有著二面大鏡子的理髮鋪是最輝煌的了——這一條原是冷僻的街道，就讓這些個棚屋繁榮起來，形成了一個小小的市墟。

靠大路拐彎第三幢棚屋最近才落成，如果拿棚屋的等級來說，那該是屬於甲級的。牆上不僅刷了白塈，竹柱上還塗了綠色的漆，屋內盡揀有明星照片、廣告畫、五彩卡通的英文報紙裱糊得熨熨貼貼。最別致的是那副招牌，人家的招牌不管是紙的還是木頭的，都只能用眼睛來領略，他的卻是先從聽覺告訴你；原來那是用尺許長的洋鉛皮製成的，每塊上用紅漆寫上字，五塊洋鉛皮就高高地，疏疏朗朗地從馬路這邊的電線木上懸到馬路那邊的電線木上。只要颳一點風兒就嘩啦嘩啦吵個不停，引得過路人不由得聞聲而抬起頭來，讓眼睛做著四級跳欄式地欣賞那五個仿顏體大字：「大陸切麵店」。

大陸切麵店的全體人員只有三位：一個掌櫃，一個搖輪，還有一個女的大概是老闆娘，掌櫃的短短身材，尖尖臉上有一對骨溜溜直轉的小眼睛，常把頭髮梳得精光的滑，穿一件香港衫，樣子像個小開，逢著主顧上門，總是他堆著一臉生意人的笑容前來招呼，你要說：「這麵條怎麼這樣濕啦！」他準會說：「現成剛剛才杆起的，正好趕著新鮮！」你要嫌麵不大新鮮麼，他又會說：

「就是這樣乾爽利落，煮著才爽口哩。」他秤起麵來總看著添得殷勤。你要買一斤麵，他準是先給擱上十二、三兩，又加成十四兩半，末了再給補上一綹往秤盤上一捺，指頭那麼一掀，你剛只看到秤桿往上一翹，他已迅速利落地將麵往你籃裡倒了下去，嘴裡還說：

「老主顧，富裕點！」你準以為揀到了小便宜而感到滿意，不相信嗎？回家一秤，頂多十五兩半！

那女人按理說自然是女掌櫃的了，可是她絲毫沒有做老闆娘的樣子，從來沒見她照應一下生意，有時臉上搽得紅紅的像個猴子屁股，頭髮上帶上三四個紅紅綠綠的化學髮夾，穿一身桃紅花洋布旗袍，扮得花樣一朵。有時又蓬著一頭喜鵲窠似的黃髮，旗袍上五個扣子扣三個，猶自搔首弄姿地倚在門口，看見賣冰淇淋的要喚住買二個，看見賣柚子的要叫來秤幾斤。再不然就拿一角包花生米在手裡，有一顆沒一顆地往嘴裡丟，逢到有勤務兵廚子什麼的來買麵，便露出那一嘴塗滿牙垢的黃牙，跟人家兜兜搭搭，說什麼粗話都不作興紅一紅臉。說得一個不對，順手抓住人家一把胸襟，或是在背上用力揍上二拳，而這一套調調兒，她跟那掌櫃的更是家常便飯。

去大陸切麵店買過一二次麵的，大概都留著這二個人的印象，不大會留意到那總是不聲不響在角隅裡待候切麵機的搖輪的。搖輪的是個勤勤懇懇帶著點拙訥的老實人，厚嘴唇，闊顎骨，有著北方原野上莊稼漢的典型。一身棕色的皮肉從汗背心的破洞裡鼓出來，一頭頭髮就像春天裡原野上的繁草，一股勁地豎立著。左腿有點兒瘸，但這並不影響他的工作。大熱天，他雙手把著切麵機的鐵柄，一股勁兒地搖，大顆的汗粒從臉上的皺褶裡直滲出來，滴在腳下的泥地上很快地被吸收了。搖累了便歇下來用毛巾擦擦臉揩揩手，喝一大碗冷茶。這時若沒有主顧，那掌櫃的多半是叉著手靠在櫃台上閒眺。看樣子，誰都會認為那掌櫃的是老闆，那女人是掌櫃的老婆，而搖輪的自然是夥計了。因此鄰近的人都管著掌櫃的叫老闆，管搖輪的叫夥計。後來日子長久了，才知滿不是那麼回事，這店原來是二個人合夥開的，搖輪的還是大股東哩。他本來在軍隊裡當一名炊事兵，有一次擔著飯往戰壕裡送去，不提防對面飛來一片彈片，就打從他左腿穿過去。起初醫生判斷說是左腿難保，上面就讓他退伍了。不想後來竟又治好了，只是有點瘸。就在他拿到一筆撫恤金去×市的車站上，遇見了現在那個女人，憔悴得不像人。她訴說她丈夫死了，沒留下一個錢，現在她要去×市尋一個親戚，問他能不能可憐著帶她去？他一發慈悲就替她買了車票。到了×市她卻沒尋著什麼親戚，就這麼跟著他過活了。他開頭只做點包子饅頭叫賣，一年多省吃勤做又積了些錢，不知怎麼又認識了現在這個掌櫃的。這個人在麵店裡待過，還識得幾擔子西瓜大字，便慫恿搖輪的開家切麵店，一個大二股，一個小一股，大家做老闆，掌櫃的管交易、記帳和秤麵等等輕鬆工作；一切送麵、搖輪的重頭事便自己來做。按理他還是個大老闆，可是因為大家早就叫慣了他夥計，等明白了他身分，一時改不過口來。既叫出夥計，馬上又想起他是個老闆，又拖上「老闆」，結果便叫成了「夥計老闆」，從此，這「夥計老闆」便叫出了名。

有時掌櫃的閒蕩去了，夥計老闆便擱下搖輪自己來秤麵，他的動作沒有掌櫃的那麼靈活，有點蹩手蹩足的，有瞧著不平的問他。

「你們既是兩個人合夥開的店，為什麼不僱個伙計呢？犯得著一個人出那麼大的力？」

「那不算什麼，反正閻王爺的力氣，用掉了還不是會來的。」他掀著厚嘴唇回答，顯得那麼好心眼兒的。

「大老闆又何苦省那幾個錢喲！」

「大老闆！你佬說得好。」他自己嘲笑著說，話裡似有不得已的苦衷。

「怎的，不是大老闆嗎？」

「你佬曉得『在家千日好，出門一日艱，』要不共產黨迫得人活不下，哪個又會丟下一腳踩得出油的沃地，出來混飯吃啦。」他搖著頭沉痛地歎了口氣，又接著說：「莊稼人除了一把呆力氣，什麼也不懂，做買賣更叫不在行，只指望積下點錢嘍，多早晚等共匪打垮了，也好回去成個家，歸還我種田的本行。」說著，眼睛又閃著希望的光亮起來，彷彿又看見了那一片綠油油的大豆高粱。

「成家，你不有了！」說話的人向外面呶呶嘴，夥計老闆跟著他的眼光望了一眼站在門口嘻嘻哈哈的女人，臉色一暗便低下頭，不再作聲了。

據說那女人初跟他時也還安分守己，慢慢地可就露出本性來了。好吃懶做又貪玩，三五天洗一次衣服，煮一頓飯也要男人催著幫著才動手，整天嚼著零嘴。帳是掌櫃的管的，她省得夥計老闆嘀咕，乾脆就問掌櫃的拿。小街讓她玩膩了，有一晚她吃了晚飯忽然心血來潮地向男人說：

「悶死人啦，進城去看場電影吧！」

「看電影！」夥計老闆像迅雷擊頂般猝然吃了一驚，「這是有錢有閒的先生太太的玩意兒，妳敢情瘋了頭，忘了我們是做小本經營的。」

「有錢的先生太太長著二隻眼睛，做小本經營的還不是長著二隻眼睛，你不去我偏要去。」女的不服氣地進房去搽紅了臉，木履一路敲響著石子逕自拖上進城的公路。

夥計老闆正自己一個生悶氣的時候，掌櫃的梳亮了頭髮，也悠悠地蕩了出去。自此以後，那女的便常常晚上出去，別個看到她一拐彎，便同掌櫃的在一路，有時還結伴回來。買點好吃的東西二人便爭著分吃，把夥計老闆撇在一邊。夥計老闆索性不問她的事，每晚看著生意差不多了，便逕自打烊睡覺，第二天天未亮便得起來，切好麵朝城裡幾家麵館送去。從店裡進城著實有點路程，來去總要花上點把子鐘。本來他一上路店裡也就開始做買賣了，近來掌櫃的卻說開早了店門會走財，趁夥計老闆一走，他又掩上門補上瞌睡。那天湊巧附近有人吃了早點要去趕火車，推開大陸切麵店的大門，只見店堂裡靜悄悄的，掌櫃的鋪也空著，喚了二聲，才見掌櫃的打從夥計老闆的臥室裡出來，臉紅紅的。閒話立刻像飛絮般四揚開來，大家都為夥計老闆氣憤，可是他自己還像蒙在鼓裡般，一味勤勤孜孜地埋首在刻板的工作裡，早早睡，早早進城，讓掌櫃的去填他的熱被窩。

一個風雨飄搖的晚上，夥計老闆忽然和掌櫃的爭吵起來，只聽見掌櫃的大聲嚷道：

「別說我訛你，這裡有帳你自己看好了！」

「你這不是存心誆我，你曉得我是不識字的。」是夥計老闆的惱恚的聲音。

「開支大，賺頭小，再加上你們兩口子濫吃濫用，不賺錢怨的誰？省的你疑心我吞了你的，明兒個趁早拆夥！」掌櫃的越來越盛氣凌人了。

「誰又說你吞了我來！只是花那些力氣原指望賺幾個，不想還要賠折……」夥計老闆的聲浪逐漸低沉下去，掌櫃的還在一股勁地嘟囔，只是讓雨聲遮蓋了。第二天店裡只夥計老闆一個人忙著搖輪又對付著生意，老闆娘也破例地閃在裡屋沒停在門口。人家問他：

「掌櫃的呢？」

「進城收帳去了。」他坦然地說，可是這一收帳，和平路便再沒有人見著掌櫃的，他把收來的帳，該付沒付的幾袋麵粉款，切麵機的租金，另外還拖了些帳，還帶著那女人，那女人又帶著夥計老闆全部積蓄，一股腦兒逃之夭夭了。「大陸切麵店」便打從那天起，關了一個星期的店門，等第八天上又貼上紅紙開門時，卻已換了個老闆。夥計老闆把棚屋及一些生財家具頂給人家，了清了債務，孑然一身揹著個鋪蓋捲，離開了經營半年的「大陸切麵店」。

「怎麼，夥計老闆歇手了嗎？」街坊們關切地圍著這個老實人。

「歇手了，咱不早說過攬買賣咱可不在行。」他自己打著哈哈。

「你就這麼放過那個傢伙嗎？太便宜他了。」有人不平地問他。

「不放過去又怎麼呢？告到官裡去先就得花錢，就算抓了他回來，那幾個錢還不了啦，能剁他皮抽他筋嗎？」他苦笑著攤開雙手，顯得無可奈何的樣子。

「那你女人呢？」

「她麼……怎麼來還不是怎麼去。」夥計老闆嘴唇抖顫著，眼睛跟著臉俯下去，但一會又昂然抬起頭來，大聲說：「真是，回得家去還怕攬不到下得地、斫得柴的婆娘？」

「那麼你這會子去幹什麼營生呢？」

「咱家嗎？」他挺挺腰桿子，聲音也歡朗了：「如今腿也好啦，還不是光棍一根去攬出來時的老本行——砌大灶、煮大鍋飯，讓弟兄們吃飽了有力氣打共匪，這可比做買賣痛快多啦！再幹上一年半載總該回家鋤地了——少陪啦，街坊們。」夥計老闆舉起手來齊著眉向大家行了個軍禮，顛一顛鋪蓋捲，灑開了腳步，向公路走去，一留心，還看得出他的腳有點兒顛頓，但那並未影響他寬闊的步伐。

民國四十年二月

編註：本文原刊於《明天》第二十九期，一九五一年三月一日，頁三十一～三十二。

有生命的日子

一片麻木沉滯的鉛色，布滿了天空，時而大雨滂沱，時而又飄揚著牛毛般的雨絲，大街小巷一樣的泥濘、污穢，垃圾堆發著喘，將內部腐臭的惡氣，散布到窒悶的空氣中，每一件物件都潮膩膩地冒著汗，夾著濕濕的南風，吹得人們困倦而懶散；彷彿連時針都移得遲緩了。

不分晝夜都開著電燈的繕校室裡，瀰漫著灰濛濛的煙霧與人們吐出來的碳酸氣，雖然開著窗，低壓的空氣卻頑固地抵著窗口，怯弱的碳酸混合物只能遲鈍地在室內徘徊著。那些龍蝦般伏在桌上抄寫的人，正聚精會神於手頭的筆桿上，斷續的咳嗽與紙張的翻動聲，不時地攪動著這污濁的空氣。

衛菁從一陣劇咳中平靜過來，胸脯才靠到桌沿，喉嚨又作怪的癢起來。他憤恨地抑住了氣，眼光迅速地在公文上搜尋剛才中斷的句子，但喀的一聲，一顆摻著血絲的黏液卻奪關而出，有力地噴射在地上，他連忙蹲身在痰盂面前，踉蹌地吐了一大頓，痰盂裡立刻浮上了一層濃綠中摻著紅絲的液體。鄰近的同事皺著眉將椅挪過了點，憎厭地用手巾按著嘴。衛菁回到座位上還不斷地喘著氣，蒼白的臉上泛著桃紅，眼眶都潮濕了。他一手按著胸膛，心丸彷彿要從喉嚨口竄出來似的。

「小衛，病得這樣厲害，怎麼不請假休息休息？」坐在斜對面的老楊半憐憫半帶責備地說，好像怪衛菁不知輕重。

衛菁苦笑著看了他一眼，依舊振作著提起筆來，「誰不愛惜自己的身體呢？可是要生命延續下去，就得生活。要生活就得以工作來維持呀！這次局裡奉命緊縮，正不知挨刀的是哪些倒楣人，自己既無背景可恃，又無顯貴可托，位置已經是岌岌可危，如果再在這時候請假，那豈不是跟命運開玩笑！自己一個人倒無所謂，馬上就去請纓入伍好了。但是還有老母弱弟怎麼辦呢？」他不敢再往下想，頭部覺得重甸甸地。公文上已抄錯了一個字。

「衛先生！任科長請！」

他的心陡的一跳，打了個寒噤，猶疑地走進了科長室。

任科長半響才從報紙上抬起頭來，冷峻的眼光逼射著來人。

「聽說你有病？」

「唔……」衛菁在對方咄咄逼人的眼光下感到一種威脅，更局促不安起來。

「有病應該請假，在辦公室不但有礙觀瞻，且妨礙別人的健康，懂吧！」看到衛菁惶恐的神色，繃緊的肌肉稍微鬆弛了一點，「准你一星期病假，去填張證明書來。」

衛菁如釋重負般走出科長室，拭去額上滲出來的幾粒冷汗，去辦公室收拾了一回，便趑趄地向醫院走去，候診室裡人很擠，他掛的是三十四號，而在看的還只十七號，他找了個空位坐下來，等了許久還沒叫到三十四號，在他後面卻又陸續進來了五六個人，小小的房間幾乎擁擠得水洩不通，他感到一陣噁心，便又嗆吐起來：同坐的人連忙站起來驚訝地盯住他，趁此機會他占到一個較大的空隙，可以撐著昏眩的頭靠一回。

三十四號終於輪到了，聽他申述一頓病狀後，醫生便拿起了聽筒聽了片刻。

「從前沒有吐過？」

「沒有。」

「覺得發燒嗎？」

「有一點。」

於是醫生略一凝思，便動手開方子。

「請問醫生，這是不是肺病？」他惴惴地說出自己最恐懼的病名，想從醫生嘴裡探詢自己的命運。

「吐血不一定是肺病，不過頂好是好好地休養休養。多吃點有營養的食品。」醫生注視著筆尖的移動，緩緩地說。

第一句話才給了一服定心丸，第二句話又使他涼了半截，休養、營養，這都是他辦不到的事，如果沒有休養，沒有營養，那麼……？他心裡一寒，黯然低下頭來。

如果你有一個母親；那你還不是世界上最渺小而輕微的人物，不問你在社會上的地位是怎樣低微，學識是怎樣淺薄，甚至是白癡，是殘廢，母親依舊會將她那偉大的慈愛源源地灌溉著你，衛菁在他母親盡心攝調下，精神居然有了進步，血也少了，一隻生蛋的老母雞在他滋補的條件下犧牲了。當他咀嚼著那絲瓜筋似的雞肉時，彷彿那就是營養最豐富的補品般吃得津津有味，何況母親是那樣善意地在一旁鼓勵他加餐呢！飯後，他注視著灰暗的屋頂仰臥在牀上，思想像野馬般奔馳著：他回憶到輝煌的求學時代，也串連起一束兒時的瑣事，彷彿在一棵濃綠的柳蔭下，父親垂釣河中，輕輕講述著「水鬼」的故事。自己卻蹲在地上，一聲不響地諦聽著；又彷彿自己正支頤凝神地思索一個難題，夜已深了，但燦爛的希望卻支撐著他的生命力，一個美麗的前途在幻想中蜿蜒地伸展開來，他憧憬著，追求著，正要大踏步踏上那條路時，自己卻陷入了深巨莫測的泥潭，眼看那前路像蛇一般蜿蜒地越離越遠，自己只有眼睜睜地乾望著，掙扎，不可能，悲哀、怨恨只會浸蝕生命。一個剛成年的孩子是無法抗拒命運的，兩年前，家鄉淪入魔手，父親便打發他們母子三人先來了台灣，自己留在上海料理一些商業上事務，他早便嚮往著美麗的自由寶島了，滿想在這裡給完成了學業，誰想風雲不測，耗音傳來，太平輪在海中覆沒，而父親正是其中的乘客之一——，父親的慘死給他留下了那泥潭，一個飄泊異鄉的家庭，彷彿是一枝從肥沃的大地上移植到小盆裡的樹木，沒有了灌溉與肥料是會枯萎下去的，衛菁就做了這種灌溉人，他用自己的血汗維持了家，可是卻犧牲了學業與前途，為了獲得那一點微薄的收入，他付出了所有的精力，甚至青春，健康……，而弟弟那因缺乏營養而蒼白的臉色，母親那因操勞過度而佝僂的身軀，無不縈繞於心頭，而使他苦惱。「幾時才不受生活的壓迫呢？」他睜大了眼睛凝注在天花板上，但那兒除了一片灰暗，沒有一個答案。「不知動了手沒有？」他突然又記起了裁員的事，「大概沒有關係吧！請假是科長特許的，何況自己在工作方面素來是勤奮的。」他自己寬慰著，似睡非睡的閉了一下眼睛，恍惚自己正走在一條陰暗的山徑裡越走越狹，似乎是沒有路了，驀的眼前一亮，一個窄隘的山洞呈現在面前，外面是一片藍天，他正想側著身出去，忽然兩邊的山向他擠攏來，擠攏來……他陡地驚醒過來，冷汗已滲濕了襯衣，只見他母親正倉皇地將一封信什麼的塞進她牀上的褥子底下去。

「那是什麼？」他問。

「沒什麼……一封老早的信。」他母親掩飾地說。離開牀向他走過來。

「給我看。」

「噯，你才好些，勞神去看那些勞什麼子的廢紙幹嘛？」

「不，我一定要看，」衛菁執拗地說著作勢要自己爬下牀來。他母親沒奈何，只得囁嚅地過去摸出個信套來遞給了他。

可不是他熟悉的××局的信封！他的心猛地一跳，又驟地停止了。

「本局書記衛菁應予免職，此令。」

每一個字像一把鐵鎚般重重地落在他心上，他只覺得一陣熱衝上喉頭，眼前掠過一群金蠅，彷彿母親的聲音哭喚起來，於是一切都模糊了。

等他甦醒過來時，覺得頭上胸前都敷上了冰冷的手巾，口腔裡腥黏黏的，渾身肢節就像解散了般的軟癱。母親倚在牀邊泫然地淌著眼淚，雨珠正淅瀝地打著屋頂，慘澹的燈光晃出了無數陰影。

「菁兒！喝杯鹽湯。」母親鬆了口氣，抖抖地喚著他。

他下意識地舔舔像被鹽汁煎得乾枯拆裂的嘴唇，搖了搖頭。

「喝了吧！至少也可以止止血。」母親懇求似的聲音使他不忍再堅拒，只得皺著眉在她手裡喝了幾口，便側身向裡不再開一句口。

時間在死樣的沉寂中一段一段地逝去，衛菁痛苦地翻了個身，從所有的希望中被摒除出來，生活像一葉失了舵的小舟，給巨浪沖進急轉直溜的漩渦，他——一支力量薄弱的木槳，已整個地失去了支持力，什麼都完了，有的只是一個渾噩的黑暗，怎樣也突不破、撥不開的黑暗。「一切都完了。」他滯澀的眼光落在平伸的臂上，那青色的靜脈蚯蚓般凸起在黃瘦的皮下，只要一刀……「總是要完的！」他咬著下唇，緩緩地支撐著上身，在桌上摸那把小刀……。

「哥哥……是要茶嗎？你不要起來，等我來倒。」

那殷勤而帶點急促的聲音使衛菁吃了一驚，撐起的身子頹然向枕上一傾，握著刀的手也就縮進了被窩。

進來的是他弟弟衛葆，他三腳兩步跨進來，侍候他哥哥喝過茶，便拆開他帶來的一個小方紙包。

「哥哥，我給你帶了魚肝油來。」他將一個黃色的小瓶子塞在衛菁手裡，衛菁猶疑了一下，衛葆又立刻接下去講：「說是現在新出一種治肺病的特效藥，叫什麼……痨得治，價錢也很便宜，過些時再去給你買一瓶來……」

「可是錢呢！」衛菁不耐煩地擱下魚肝油，頹然地歎了口氣，藏在被窩裡的那隻手下意識地捏緊了刀子。

「我當然有辦法囉！」衛葆那稚氣的臉上浮上一層得意的笑，烏黑的眼珠帶著些淘氣的神情，骨溜溜直轉。

「你？」

「唔。」衛葆神祕地點一點頭，但又忍不住說了出來：「告訴你，這瓶魚肝油是我二個星期天擦皮鞋賺來的，到月底我還有一大批錢好拿，……那是我送報的工資。等放了暑假，我便可以整天都去擦皮鞋，下學期反正我亦不去上學了。」

「怎好又耽誤了你的學業？」

「那有什麼關係呢，再說我早晨送報，白天擦皮鞋，晚上還不是可以在家裡自修，等你病好了，有了工作，我一樣可以再去上學。」衛葆那誠懇的態度，自信的語言，緊緊地抓住了衛菁的心，他一直把衛葆當作不懂人事的孩子看待，不想他竟是有這樣的主見和堅定的自信心，他驟然記起了自己方才起的那個怯懦的念頭，不禁臉都漲紅了，多麼卑鄙的自私的想法喲！他覺得手裡那把小刀像塊燒紅的烙鐵般燙著手心，他悄悄地卻又迅速地把它藏在被窩底下，跟逃避一隻惡毒的蠍子似的，抽出手來，緊緊地握住了衛葆的手，嘴唇微微抖慄著：

「弟弟，這太苦了你了！」

「比起大陸上千百萬沒有工做，沒有飯吃的人民，這點苦又算得什麼？」衛葆坦然地說。眼睛裡忽然燃亮著熱情的火花，他輕輕搖撼著衛菁的手，懇切地問道：「我記得在一本小說上看到這樣二句話：『有生命的日子，就有戰鬥，有戰鬥，才有路。』只要有信念，有生命的日子就有路。哥哥，你說是嗎？」他那明朗而年輕的聲音，像春天陽光下躍進的水流，陡然沖散了室內黯淡的空氣，帶來了希望和蓬勃的生之韻律。兩隻炯炯有光的眸子卻凝注在衛菁臉上。

「是的……有生命的日子，就有路……」衛菁激動地重複著衛葆的話，猝然轉側過臉去，不讓他看見那兩串奪眶而出的熱淚。

改舊作・民國四十年六月二十日

編註：本文原刊於《當代青年》第三卷第四期，一九五一年七月十六日，頁二十四～二十六。

夜潮

今天我又看見了他，依然一尊雕像般佇立在海灘上不動也不語。

這是第四次了。

偶然有這麼一個給我來海濱小住的機緣，對海的享受我竟變得那麼貪婪，我愛那一片諧和的藍，在我溜隘的心中喚起了柔情和美，我愛那粗獷而帶有鹹腥味的海風，吹散了塵思煩慮。我最喜盼眺陽光似金色的液體般滑下海鷗白色的翅尖，氾濫了海面。我最喜凝視碧空萬里，讓一切蕪思雜念就像海水蒸發成水氣般，化入虛無縹緲間，每天，每天，我把大半時間消磨在海畔，逗留在沙灘。記得就在那天，我正沾沾自滿那新發現的天地——一塊三面臨水，像一個三角洲似的沙灘，那裡的砂似乎特別柔細，那裡的貝殼也更加美麗，我悄悄地坐下，看微波輕拍著沙岸，白浪宛如曇花展滅，一任遠揚的白帆綰縈著鄉思隨波款擺。

彷彿落葉擦過砂礫，身後起了輕緩的腳音。是撒網的漁人抑是拾貝殼的孩子？就在我忖思間，那腳音便在我左側不遠處中止了。除了浪花輕躍，海風低吟，周遭又歸闃然無聲，但我平靜如水的心境，卻似投下顆石子般攪亂了，一種有生物的地方不該有的靜穆，促使我側過臉去，只見離我一丈多遠的地方，正端立著一個蒼白的青年，說青年是不正確的，某種苦難或憂抑在他臉上留下的痕跡，顯然要比時間所做的超過了十年，頎長的身材已顯得有點佝僂，未經梳理的頭髮下覆著一張雖嫌清癯而輪廓仍不失端正的臉龐，豐厚的嘴唇唇角卻稍稍鬆弛，隆準的鼻子上已打了縱橫的皺紋，那對黑白分明的眸子想來當年一定灼亮有神，而使多少女孩子迷惑，但現在卻滯澀地向前直視著，不是欣賞藍天，不是領略大海，只是癡望著那一線海天交界處，而我那樣久久地審視著他，他依然旁若無睹地望著前面，一點不為一個陌生人的視線所攪擾。要不是那一排睫毛在微微閃動，恰似一座僵立在沙灘的化石。

他始終保持著那個凝神肅立的姿態，直到黃昏的薄霧瀰漫了海面，我被越來越勁砭的海風驅回歸程。遠遠地回過頭來，見他猶自屹立著，風恣意地掀弄著他灰色的外衣。

一天、二天、三天，天天一定的時候我在那僻靜的沙灘上遇見了這個神祕的人。他那夢遊者似的精神引起了我的好奇心，但他卻一直未曾瞥過我一眼，他那直視的摻有些微期待的眼光，永遠像兩支固定的探海燈，探過廣袤的海面，連著三天，總是我在先，他在後。但是今天我來得稍晚，他已先我站在那裡了。

我認為打攪別人的沉思是一件不可饒恕的錯失，於是我放輕了腳步，生怕一粒砂礫的轆轢，一片貝殼的破裂會使蚌蛤般易於受驚的思維之門關閉。可是，正當我要繞過他身旁時，我聽見了一個聲音，（幾天來在這只有浪吟風嘯的海邊終於第一次聽到了與我同類的人聲。）沉緩、低微，但清晰動聽。

「今晚將有大風浪。」依然是兩眼望著前面，頭髮都不曾動一根，只是那說話無疑的是出於他嘴裡。

「大風浪？」我停下腳步，不信地望望他又望望海面。依然是蔚藍的天，一朵白雲像張滿著風的白帆。依然是微波盪漾的海，只不過似乎比平常藍得更暗更深邃。「這樣平靜的海會有風浪？」

「平靜的表面往往潛伏著深沉的不安，就像莊嚴的岩山裡蘊藏著熾烈的火焰一樣，一旦它不想掩蓋時便勃然爆發了。就在今晚，這些微波將變作洶湧的浪濤，這悠悠的雲朵將化作狂疾的風暴。」

「你對海這麼熟悉，想是曾經弄潮破浪，縱橫海上！」我終於找到了一個探索他身世的機會，宛如發掘密封的地藏。

「除了這次來寶島，我還未有過航海的經驗。」

「那麼你有一個充滿著波光濤聲的故鄉？」

「我生長的地方雖有恬湲的江流，卻無浩瀚的海洋。」

「你是研究海洋學的？」

「渺小的人類又怎配研究恆廣的自然。」

「你……？」我有點窘了。

「我……？」他也有點恚然，回過頭來，用那深邃的眼睛懷疑地瞪視著我。

「哦，對不起，請恕我的唐突！」我以歉疚回答他的慍視。「我只是愛探究真理，發掘人性。」

「那你是個用幻想和筆桿來捏造故事的人？」

「噢，不。小說的生命是真實，雖然寫的不必一定是曾有的事實。但必須是會有的實情。」

「好吧。隨你怎麼說，但你們這種人就似一部榨壓器，榨壓著別人也榨壓著自己。」他撤除了眼睛裡的懷疑和不友善的表情，重新回過頭去，「那麼，我告訴妳，我常在這裡等著一個人，一個我心靈上的主宰。因此，我便熟悉了海。」

「心靈的主宰！」我抬頭瞅一眼高高的蒼穹，私忖他是一個虔敬的教徒。

「是的，心靈的主宰。但那並不是冥冥中的上帝，而是有著善良的心與超潔的靈魂的血肉之軀。她是我的貝雅特麗琪（註）——也罷，我給妳說了吧。也許，有那麼一天我等著等

註：但丁的愛人。

著等得身心交瘁了。借重妳的筆，也好讓她曉得我一直是至死不渝地等著她。」他兩手交疊在胸前，仰望著天際悠悠地說，從那熾熠著的智慧之窗裡，我窺見了一顆被痛苦嚙齧著的心。

●

就像兩支奔向一個方向的溪流，終於匯成一支河水般，我們的認識是很自然的，這裡面沒有什麼羅曼蒂克，也沒有什麼矯揉作態，心與心之間有了默契，靈魂與靈魂便密切擁抱了。

她愛真理，她有熱情，雖是江南女郎，卻有燕趙兒女的英爽氣概。那時我正從事一樁工作，她那堅毅的意志，慎密的思慮，實在是我精神上的支柱。沒有了她，我只覺得我是整個地要崩潰了……

那時南京已陷敵，上海亦相當緊張，我為著工作，上面有命令教不到最危急的時候不准離開，可是就在我得到准許離滬赴台的命令那天，她來了，她那常是開朗的臉像是上了雲翳的太陽似的，忽然凝集著憂忿憤怒，她不理我的詢問，卻奇蹟般點燃了支紙煙，吸了一口，又用力一摔，驟然問我。

「如果你一旦發現了你最親愛最尊敬的人，卻是國家民族的敗類，你怎麼辦？」

「大義滅親。」

「親手毀滅自己最親愛的人？」

「自己不制裁，別人還是一樣要制裁的，而且制裁得更厲害。」

●

「中庸一點便是脫離關係，各自為政。」

●

「要不只有昧卻良知，眼看他賣國害民……」

「不，我不能昧卻天良！」她痛苦地絞著雙手說：「我，我真想不到，父親竟會這樣做。」

「妳父親？」我和她父親只見過一面，那是個頗有些地位的政客。他對我沒有好感，但我知道她對這把她一手撫養起來的父親的感情。

「他那天把我介紹給一個什麼共匪的地下工作者，說是日後要接收上海的警衛司令部的，其實是一個大流氓，看到他那副醜態，我真想一巴掌打平那些個麻子，想不到父親還要我同他多來往……」

「先拿女兒去籠絡好了，將來還不是『新貴』！」我冷冷地說。

「你！」她恨恨地瞪了我一眼，「人家可還打聽你哩，好像他們已曉得你所做的工作了。」

「打聽我倒不怕，工作完了，我本來就要走的。」

「可是你還留在這裡。」

「誰說我要留在這裡？」我掏出了那紙命令。

「真的，真的好走了！幾時動身？」她高興得按住了我兩肩直搖。

「幾時買到船票，就幾時走。」我執住她兩手，望入她眼裡，「妳？……」

「我，」她頓了一頓，終於含著兩眶熱淚堅決地表示：「事已至此，我當然是去定了你要去的地方。」

可是來台灣的船票那時比什麼都難買，還有登記了個把月沒有音訊的，我奔波交涉了半個月，結果依然是漫無頭緒。

「喂，船票打好了罷？我已把行李帶來了。」她彷彿無視於我的苦惱般，提著一隻小皮箱找我來了，我搖頭又歎口氣，她立刻神色嚴重起來。

「這兩天更緊張了哩。國軍開始撤退了，聽說那些黑心鬼已暗暗布下了天羅地網，預備一網打盡走不掉的忠貞愛國分子，再不走恐怕不能行動了。」

「可是買不到船票教我怎麼辦呢？」我懊傷地說，頹然將頭埋進手掌裡。

「瞧你。男子漢大丈夫，受到一點挫折就像隻鬥敗的公雞似的，除了死法便沒有活法嗎？」我由她嘲弄著，沒作聲只是把頭俯得更低。

「還未被擒呢，別就裝出那副俘虜相喲！」她用力震撼著我掩住臉的雙手，我手一鬆，眼睛還固執著地望著底下，可是天！赫然呈現在我眼前的不正是我日夜渴望的船票！一共二張。

「妳哪裡弄來的？」她習慣地做一個得意的表情，把頭一側，揚一揚眉毛。

「你怎麼樣也想不到吧！是利用那個麻皮流氓買到的。」

「這樣妳不出賣了自己？」

「冒險從虎牙間衝出去總比待在虎口裡等它吞下去強些。你這傻瓜，我就會告訴他船票是我們買的，船是後天下午三時開。到那天呀，你先把行李雜物安頓好了，我就先跟他們周旋一陣，到二點半鐘時悄悄地喚部出租汽車，神不知鬼不覺地開到船埠，等他們發覺時船早已出海了。」她神飛色舞地說得滿有把握。

事情便這樣決定了。到了那天，上海已有點陷入混亂的狀態，外灘碼頭更是擠得水洩不通。不少登記了沒買到船票的想擠上船去，大哭小叫那種樣子可真叫慘。船上也擠得沙丁魚似的。我好不容易在艙面上找到了一塊立足地。等到二點四十分她果然倉率地趕來了。

那時我們擠在密密的一群投向自由，逃避迫害的人叢中，彷彿已看到了光明，望見了美麗的遠景。血液在我們血管內迅速地流轉著。彼此從握著的手中感到了心跳的速度。我們沒有用多餘的言語沖淡這肅穆諧和的情緒，只是從默默的注視裡交流著心聲。我只覺得幸福要從心腔裡洋溢出來。這世界是我們的世界了。在未來的戰鬥裡，我們是相依為命，並肩作戰的一對！

可是三點鐘過了，船還在上著貨，直到四點敲過，汽笛才拉了第一聲長嘯，起重機停止了轉動。送客的紛紛下了船，水手們全聚集到甲板上來。她拉我走到船舷邊，帶著無限感傷和依戀環顧那一角亂紛紛的都市。

「別了苦難中的城市，不知哪天再能回到你的懷抱？」

「這日子不會太久的，讓他們猖獗一時，看我們回頭來收拾！」我在她耳畔說，她緊緊握一下我的手，表示她的信任和同意，可是就在這時，她的臉色驟然轉成了蒼白，握在我手裡的手猛烈抖了一下。

「你看！」她顫動著嘴唇發不出聲來，我隨著她指示的方向看去，只見她父親同著個麻臉傢伙，還有二個腰裡都佩有匣子炮的壯漢，正匆匆地擠進人群，向靠船的碼頭走來，「他們追來了。」

我的心也不由得跳起來，但馬上裝作鎮靜地說：

「管他！反正船馬上開了。」

「可是，你不曉得，那麻臉傢伙有權力叫船不開，你看，他不已找著那個指揮開船的了。」

「他們上來了又能怎樣？」

「不，不能讓他們看見你，我下去！」她突然咬著牙摔開了我的手向前衝去——我永遠忘不掉她那時的神情，就似耶穌為人類去受難時的神情。

「妳不能去！」我趕上去一把拉住了她，「要去我們一同去。」

「你怎麼能去！你忘記了你的責任，你忘記了自由祖國需要你。現在已是那批惡棍的世界了，你曉得他們種種陰險毒辣的手段，你還投進他們的羅網！我到那裡去只要跟父親說是來送一個朋友的，他們見我沒有走，沒有什麼藉口，也許便放過了你，以後我一個人還是好去台灣的。」她急促地將兩手按在我胸前說，臉上露著焦灼和懇求的神色。

「妳不能去，妳不能去！」我只是笨拙地重複著這句話。

「讓我去，我把他們哄住了，下一條船我馬上就來台灣，你等著我，我一定會來的。一定。」她猛然把我一推，衝至甲板，阻止了正在抽梯的水手，一陣旋風般飛掠下去，捲入人群，奔到那幾個指手劃腳的人面前，立刻，那正舉著手想發什麼號令的人垂下了手，她父親就像生怕她又逃走似的一把抓住了她，這事發生前後不到五分鐘，我讓這驟然的舉止弄傻了，一時不知所措，猛然又是三聲尖銳的汽笛喚醒了我的知覺，我連忙衝到梯口時，鐵梯已抽起，錨也拉上，船身輕晃著起碇了。

我看她蒼白著臉夾在那一群狐群狗黨中走下碼頭，我看見那個流氓一手按在腰間，回過頭來惡狠狠地向船上掃射了一眼，我一個勁勢要想躍下欄杆去給他兩個嘴巴把她搶過來，四面八方卻伸出了那麼多手臂攔住了我。

「我沒想到這竟是最後一艘開台灣的船——」

這時，一個浪花掩去了他那越來越低沉的聲音，海面上不知何時起已籠罩了一片灰濛濛的霧雲。貞靜的大海這時也收斂起明媚的淺顰，沉下臉來不安地騷動著，像是方才從陽光的懷抱中睡醒了一覺要舒展舒展身肢。「嘩啦」！粗野地伸一伸腿踢在岩石上，「呼……」舒一口氣激起了大朵浪花。淒厲的海風夾著更濃厚的鹹腥味，開始漲潮了。

「懦夫，我真是個懦夫，那時我為什麼不知道，選擇了這條路呢？」他突然懊恨地蹬著腳說。

「兩人攜著手投進它廣博的懷抱裡。」凝視著起伏不定的大海，做夢似的「那裡再沒有什麼政治的鬥爭，再沒有人與人間的仇隙，是我們兩人的世界，任我們遨遊……」

「嘩！」又是一個巨浪落在近處，激起的水沫細雨般濺在我仰起的臉上，這時我才發覺潮水已潮起多高了。我們坐著的那個三角洲頓時縮小了許多。我連忙站起來，他卻似不曾看見，還在絮絮不休。

「但是我知道她會來的，她說了要來，一定要來的，我要等著等著……」

「漲潮了。快走吧。」我退後一步，避開了一個沖上來的浪花。

「漲潮了，船便好攏岸了。」他依然矚望著遠遠的海面囈語著，一個浪頭撲到他腳邊，又迅疾地退去。

「天，再不走馬上要遭覆滅了！」我驚惶地喚起來，就在這時，一個更洶湧的浪濤砰然摔碎在他身畔，激起的水沫浪花一時迷失了他的身形，他全身震撼了一下，這才像清醒過來似地緩緩走到長堤上。

不多一會兒我們登過的那塊沙灘已完全給黑黝黝的潮水淹沒了。一個比一個兇猛的排浪，憤怒地沖激著堤腳，風似要掠去一切似地狂嘯著。夜潮帶著風浪來了。

風浪來了，整個海猛烈地激盪著、扭曲著，像一匹受傷的野獸，黑夜更給風浪加上可怕的氣氛，遠處船隻上的燈簇就似一顆顆搖搖欲墜的星星。只是不安地閃爍著。獷厲的海風有著不可禦的凜然冷意。

「你不回去嗎！」我問旁邊那個人影，可是他沒有作答，就像一支嗚咽了一會復歸緘默的汽笛，又啞然無聲地肅立著。

我只得先走了，幾次回頭探索那漫漫長堤上黯淡瘦小的影子。直到夜霧阻塞了視線。

「她會來的，她會來的。」一路上猶自聽得風呼嘯著，海怒吼著，伴著他呢喃的囈語。

民國四十年三月

銀色的悲哀

——焉知盤中鹽，粒粒皆辛苦

一

下弦月落下去了，只剩下稀朗的星群，淡淡地點綴著蒼穹，銜接著這黑黝黝的天空的是一片無垠的，又似平原，又似田野的窪地。地面上一層朦朧的白色，彷彿蓋著雪似的，這裡那裡一座座皚白的，小山似的形體，就像是沙漠中的沙丘，黎明前的海風一無遮攔地奔馳在田野中。不遠處，海水挾著退潮時的浪頭沖擊著堤岸，恰如搏鬥了一夜的巨獸做著疲憊的喘吼。

田野一端間隔不遠，有一排簡陋矮小的屋子，那麼歪斜、凌亂，在白色的田岸的盡頭，就像一排老人的殘缺剝蝕的牙齒，向天呲齧著。這時靠東首的一幢屋子發出一種腐朽了的木頭磨擦聲，一個人影閃現在黑暗裡，手還在臉上擦拭著，彷彿要拭掉殘留的睡意，在田野裡巡遊了半天的風，像陡然發現了目標般猛然向出來的人撲去。他咳嗆著略微彎下腰，仍舊匆匆地向海邊走去。穿過那些錯綜的田徑，爬上橫貫的堤岸，身上那件單薄的衣服頓時給海風灌得膨脹起來，他熟練地打開水閘，一股黝黑的海水立刻奔瀉進來，沖下堤岸流進到蓄水池裡，眼看終於氾濫過了那些白色的田丘。那人費力地又把閘門關上，向堤外正在退落的潮水茫然凝視了一會，然後轉過身重新走下堤岸，這時海天交接處已露出濛濛的灰白色。當他穿過那幾乎為海水浸沒的田徑，回到家裡時，那些黑黝的小屋裡都已起了騷動，灰色的室中隱約瀰漫著灰色的炊煙。屋子的門已打開了，裡面也是黑沉沉的，全靠灶裡一點火光映出室內模糊的輪廓，這屋子稱為住宅實在是很勉強的。又矮又小，簡直像個窯洞，用不著窗戶，那一條條拆裂的牆罅裡自會漏進了白濛濛的曙光和涼沁沁的海風。東壁一張龐大骯髒的坑便占去了一半的面積，還有一半砌著一口灶，擱著鍋子水缸，一張破桌子和堆著大大小小的製鹽工具什麼的，擁擠得要打一個轉身不是撞著人便是碰到了家具，但就是這麼一張坑一間屋，三代七口子，吃著睡全在裡面。這時，這家子的大半人口都已起來了，一個少女正沒精打采地蹲在灶前燒火，看樣子不過十七、八歲，但臉上黃黃的毫無那種青春的光彩，旁邊一個憔悴的中年婦人，披著件千補百衲的衣服，忙著將畚箕裡的番薯簽往鍋裡倒去，另外一個青年卻蹲在門旁，湊著一點兒光在整理一把耙鹽的大耙。

「咳咳咳……茂成！……沒……咳……沒有下雨吧？」那人一進門便有個蒼老瘖啞的聲音摻著不斷的咳嗽從坑上發出來，接著一陣悉率，一個老人摸索著起來，坐在坑沿上。

「沒有。」茂成淡淡地說，但他的聲音全讓劇烈的咳嗽掩沒了。老人咳得一口氣喘不過來，一手按著胸口，把腰折成了兩截，茂成蹙著眉拿起板桌上半盞冷茶遞了過去，這時站在灶前的婦人正在將番薯簽盛起來，回過頭來向著坑上喚道：

「進福，該起來啦！你爸都灌了水回來，得去下田了。」

「唔。」坑上的進福懶懶地轉側著，將纏蓋在身上的破布順手往裡一撩，正堆在猶自熟睡的小媽祐身上，他也不管，逕自跨下牀來不住地揉著眼，他不去那盆一家人公用的水裡洗臉，卻用瓢另外在淡水缸裡舀了點水往眼上抹拭，水滴滴淋淋地瀉了一地。

「你造什麼孽呀！」一直在灶邊默默燒火的阿秀看見他滴滴淋淋的舀水洗眼，不禁痛惜地嚷起來：「人家十里八里挑來那一點仙水，這樣蹧蹋！」

「我是故意蹧蹋嗎？人家眼睛痛得睜不開哩！」進福不服氣地頂著他姊姊，阿秀還想說什麼，卻被祖父的咳嗽遮斷了，只得嘟著嘴將一把蘆草狠狠地塞進灶裡去。

一家人把淡而無味的番薯簽吃過了，除掉負有挑水任務的阿秀和最小的媽祐，大家都帶上大草笠準備出發到鹽田裡去，那青年默默地挑著大耙小耙、鹽籠、馬蹄槓什麼的工具打頭先走了，老人還時斷時續地咳著嗽，也扶著牆向門口走去。

「爺爺，你在家歇歇，帶著看媽祐，別去田裡了吧！」茂成勸說著。

「還歇！真是，大汛期（註一）馬上要過去了，要不趁現在多收點鹽，誰知道打哪天起一下雨，就只得在家裡孵豆芽了咳咳咳……」老人邊咳邊往外走，茂成沒奈何，只得騰出隻手來攙著他。

太陽才從海岸線上探出半個血紅的臉來，那荒瘠的沒有綠色的原野完全變了樣。呈現在眼前的是一片無邊無涯的銀白色。幾使人疑心置身在北極的冰天雪地中，那鋪得平平整整的潔白無塵的是才撒下的雪，那一座座峰巒凸起的是小冰山，強烈的陽光照著更揚射出璀璨光耀的銀光。從黑屋裡出來，大家都被光亮射得睜不開眼來，進福更一手按著眼睛直呼痛，只有老人依然若無其事地直視看前面。四周的景物映在他那雙矇然的死白色的眼珠上，就似映在磨光玻璃片上——原來他的眼睛已經瞎了，那數十年強烈的日光和白色鹽光的反射，已燒壞了他的眼珠，奪去了他一生的光明。

「痛得厲害嗎？」看見進福盡讓手按住眼睛，蹣跚地走著，做母親的走過去挽住他正開始發育的肩頭，俯過頭去察看他的臉。

「唔。」進福試著拿開手掌，用力地撐開眼皮來，但只透入一線強烈的光線，便像投進了數十支銳利的鋼針般，一陣攢心的疼痛，刺戳得他眼淚紛紛地湧出來。

「回頭跟你爸說，今天去蒸發池放水吧，別下結晶池了。」

「可是哥哥腳痛不也是要去大蒸發池。」進福囁嚅地望一眼走在前面的青年說，他卻正換一換肩膀，略帶顛跛地搬動著那雙給鹽滷浸得拆裂的腿，右腳正在潰爛，大姆趾的指甲都已爛脫了，淌出來的膿血，一路斑斑點點地印在地面上。

母親順著他的眼光望望大兒子進榮血肉糢糊的腳趾，不由得又看一眼丈夫茂成那畸形的腳，左腳就像一塊斬了鬚的魷魚，光溜溜，無頭無尾的，右腳還剩三個腳趾，孤零零地歪在一邊，阿翁那蹣跚的步子這時也特別怵目驚心呈在她眼前，盲目，脫趾，這鹽工不可避免的不幸的命運，顯然已開始加諸下一代的身上了。可是她的兒子還那麼年輕……她心裡正想著，腳下已到鹽田，再沒有充裕的時間供她悲憂，繁重的工作已等著她了。

進榮在田徑上放下工具，才一腳踩進水裡，立刻像被蜂螫了一口般，陡地提了起來。大蒸發池裡還是淡薄的鹽水，但腳上的爛肉驟然一浸著鹽水還是痛得攢心。他用力咬著嘴唇，腳一探一縮的最後還是雙腳一起踩了下去，浸久了也就麻木了。他把鹽水從大蒸發池放到一丘到五丘，一丘一丘地放引著，海水經過蒸發濃縮，逐漸成為濃的滷水，茂成將滷水用水車灌進小蒸發池裡。昨天放進小蒸發池的滷水，面上閃著薄薄的一層白色，很像落著一層霜，那邊翁媳三個卻在結晶池裡忙碌著。滷水在這裡已凝成一粒粒白色的結晶體，帶著尖利的銳角，玻璃屑似地扎入腳底。他們將散在田裡的鹽粒鏟攏來，用鹽耙撈入鹽籠裡，進福便將鹽挑去小丘似的鹽堆上。

註一：三月到六月是大汛期，是鹽民的黃金時代。一年的生活多半靠這四個月的收穫。七月至十月是雨季，在這四個月中產鹽完全停頓。十一月至二月為小產期，這四個月中的太陽不夠熱烈，曬鹽收穫不多。

太陽越升越高，也越來越熱，就像一大盆炭火在頭頂上烘著，田裡的鹽滷燙得炙腳，海風吹著也是熱辣辣的，鹽粒反射著白熱的光，工作著的人那古銅色的赤膊上也濕漉漉地閃著汗光，大顆的汗粒從頭上身上沿著胳膊直往鹽裡滴，一個個張大著嘴喘著氣，彷彿要把體內積壓的熱氣全從那裡噴出來。鹽水在高度的陽光下濃縮得更快，而人們體內的水分也蒸發得更快。

「媽媽的！今天熱得可真悶人！」茂成第四次放下喝了一半的水壺，捺不住大聲嘀咕著。

「可不是！怕會下雨呢！」鄰田的陳有隆接過去說，停下鹽耙，用一手遮住眼望著天際。

天空是一片無遮攔的蔚藍，正好讓驕陽發揮無邊的威力。只有在遠遠的天際有一抹灰暗色，顯得有點沉重地壓著地平線。

「別是風吧！」茂成跟著他望去，擔憂地說：「天見佑的，遲一點下雨吧！上月雨水多，我就沒收好，跟著雨季馬上一來可就慘啦！」

「上月你是收幾噸？」

「收倒是收了十二噸半，偏生擋斗壞了，廠裡說沒用到日子，得自己買，這下就去了一大注。」

「我家還只收了十一噸不到，我怕淡季只能吞一、二個月海米粉了。（註二）」

「說也是，記得往年大汛期還能飽啖幾頓米飯，今年的大汛期倒快過去了，米還沒進門哪！」茂成將鹽耙憤慨地往籮裡拋去說。

「鹽嗎！還是外甥打燈籠，照舊三十七元錢一噸，米價可俏了呢！這就叫沒毛的田抵不上有毛的田。」有隆嘲笑著將鹽鏟集在一堆。

「我說，有隆哥，這日子下去怎麼過啊！」

「怎樣過過來，還不是怎樣過下去，誰讓我們吃這行飯！噢，我忘了告訴你個消息，說是就是上次來的那個什麼……春生，你說什麼團來？」有隆側過臉去問正預備挑起鹽籠走的兒子。

「勞工福利考察團。」

「噢！那個團說是向上面報告，提高鹽價，抽一份給我們攬什麼……噢！攬什麼？」

「福利。」春生遠遠地大聲答應著，頭也沒回地挑著走了。

「佛力！想來就是管我們吃啦，穿啦那些事的。」

「那個，那又遠水救得近火。」茂成等他說完了，歎口氣又舉起鹽耙來。

註二：海米粉即海藻的一種，扁形的叫海藻，細長的叫海米粉。

「不過，有人曉得顧憐我們，總比給不死不活白擱在一邊要好些。」

「嘿。」半天沒出聲的進榮不以為然的在旁邊用鼻子哼了一聲。

「唉！靠天吃飯哪！還是要老天多照應。」茂成一邊說一邊向一丘一丘的蒸發池走去，兩人隔遠了，彼此又沉默在工作裡。

田野懾在陽光的淫威下，除了喘氣，再沒有一點聲息，只聞滷水泊泊地從這一丘流進那一丘。

二

緊接颳了兩次颱風，台灣南部那連人都會上霉的雨季開始了，風助著威的斜雨，箭一般密密地射一頓後，綿綿無盡的牛毛雨又織成一片灰色的網，驟然間也會從那滯重的雲堆裡投射出一線沒有熱氣的陽光，但那只像曇花一現般，跟上卻又是大滴大滴敲得屋瓦嘩啦嘩啦價一片響的雨珠，就這樣子一天、一星期、一個月黯淡地霉爛下去，那一片潔白璀璨的銀色地帶，那曾經在陽光下晶瑩奪目的結晶池，在雨水的浸淫下都呈現出木楞楞的皚白色，還有一些揉合著泥濘跟沙土的，看來十分荒涼，而鹽工們住的那一排寥落的小屋，襯著灰暗的天空，更顯得破舊齷齪。

茂成兩手支著下頦擱在膝上，窪下的眼睛怔怔地望著稠黏黏的雨，和雨裡的田岸，他像多數鹽工一樣，雨季不能曬鹽，就只有閒著在家裡發愁。破鑼似的咳嗽聲在他背後震動著那一片死般的凝靜。老人在坑上呻吟著，嗆吐著，黯淡的屋裡充塞著一股濃濁的氣味。阿秀湊著窗洞裡的光，在縫綴一件給補釘遮去了本來面目的短衫，茂成嫂摸摸鍋，弄弄灶，又用水瓢在水缸裡舀了一舀，不耐煩地催著女兒說：

「妳打算什麼時候去挑水哪！」

「昨天不還有積下的雨水麼？」

「雨水！那一點眼淚水妳指望用上一輩子？真是越吃越饞，越歇越懶，這十幾二十天的長腳雨，妳少挑了多少水——還要推三阻四的。」

阿秀反手將短衫往坑上一撩，沒有言語，便挑起空水桶，沒精打采地走出去，懶懶地抬起眼來望了一下天空，沉重的灰雲低低的就像壓在頭頂上。雨滴灑在她裸露的腿臂上，涼沁沁的，風一吹，沉重的胸膈倒反比在空氣惡濁的屋內舒朗些，她深深地吸了口氣放開步子，索性將手撒開，讓空水桶在肩上輕飄飄地晃著，那少女的胸脯也在薄薄的衫子內微微顫動。

那個供給淡水的潭，離住處來回足有七八里路。走過那白茫茫的一帶鹽田，還得拐上三、四個彎，而一路上光坦坦的沒有一棵可以遮陰的樹，沒有一間可以歇足的棚，在烈日當空，炎熱炙人的大汛期，挑水的女人沒有不曬得脫幾層皮的，可是現在是雨季，雨季不需要大量的水供飲用，但雨季的娘們可比炙日下更憔悴，一連吃上十來天沒有營養的海米粉，阿秀跟她家裡人一樣，眼眶多了一道深窪，在新鮮空氣的刺激下快走了幾步，又不自覺地鬆弛下來。

「阿秀！」

阿秀聽見那熟悉的喚聲，臉上一陣熱，心蹦蹦地跳著，又故意埋下頭，加緊著腳步裝著聽不見。

「阿秀！阿秀！」春生喘著氣奔到她後面，呼出的熱氣噴得她頸項濕几几的。

「叫妳怎麼不理我？」

「人家又沒有聽見。」阿秀將頭一偏抿著嘴瞟了他一眼，「去撈海藻嗎？」

「唔。」春生搭訕地掄著手裡的網，眼睛卻望著阿秀，「這幾天怎麼少見妳挑水？」

「下雨不下田，又能用多少水。」

「那麼妳應該喜歡下雨了。」

「省了力氣，餓了肚皮，左右還不是這般命！」阿秀悻悻地自嘲著往泥地裡吐了口唾沫。

春生一時無話可說，只是將撈網左手換到右手地掄著，兩人默默地走了一會，他那凸出的喉結，不住一上一下地顫動著，像是想說什麼又嚥了下去，最後他終於用力嚥下一口口水，怯生生地望著地下說：

「阿秀。」

「噢。」

「妳這陣子好像不大理我……」

「這不是在理你嗎？」阿秀嘴角翹翹地，又在眼角刁皮地溜了他一眼。

這時他們走過一個鹽倉後面，春生突然丟下撈網一把抓住了阿秀的手臂，乞求地望著她。

「阿秀，告訴我，妳到底喜不喜歡我？」

阿秀讓水桶滑下肩頭，俯下頭去，無言的搓著衣角。

「阿秀，我們不是一直都很好嗎？我們從小便一起玩，一起長大，我，想妳很久了，阿秀妳……」春生兩手緊握著阿秀雙臂，迫切、誠懇的眼光在她臉上搜索著她的眼光，她那俯下的眼皮正劇速地顫抖著，慢慢地慢慢地終於像蚌殼般開啟了，露出一脈嬌羞含情的眼波，臉上泛起一層青春的紅潮，這無言的注視，深深的含意，勝過一切言語的答覆，春生狂喜得震撼著她的雙臂，喃喃地說：

「那麼明天我就挽人跟妳家裡說，揀個好日子把妳接過來……」

「不。」一臉的柔情熱意還不曾收起，阿秀突然抬起頭來，咬著下唇，堅決地從齒縫裡迸出個單字來，那字就像晴空裡的流彈，被擊中的春生驚惶地瞪著眼，張大著嘴急問。

「為什麼？」

阿秀把臉倏地轉過去，他只瞥見充滿了淚水的兩眼和咬得發白的嘴唇。

「究竟為什麼？」春生緊攫住她想把她轉過臉來，但她驟然一扭，擺脫了他，雙手捧著臉，緊貼著鹽倉板，肩頭劇烈地抽搐著，幾年來的委屈痛苦一起像缺了堤的水流般奔瀉出來：

「我，我不能挑一輩子的水。」

春生給她突然的舉止駭呆了，就這麼手足無措地怔怔地站著，興奮的紅光褪去，臉上轉成蒼白。他慢慢地才體味到阿秀話中的意思，他一個衝動想走去告訴她，他愛的是她，他只要她做他的妻子，同他一起生活。他絕對不叫她再去做那最磨人的工作。可是就在這時，另一個聲音又清晰地在他耳畔響著：那是不多幾時他母親跟他說的話：「春生，趕緊弄個媳婦來接我的手吧！媽老啦！挑不動水哪？」

在惶惑不安中，終於有一個念頭做了他的救星，他過去撫著阿秀的肩頭安慰道：

「別哭啦！阿秀，哪裡就會挑一輩子呢！政府都馬上要來鑿井了！」

「真的？」阿秀眼眶還是紅潤潤的，不信地回過頭來盯著春生。

「誰騙過妳來？人家七股鄉便有了自來水了。」

「七股，阿娟表姊不就嫁在那裡，噢！她的命真好！」阿秀凝望著遠處，彷彿地獄裡的居民聽見別人說起天堂怎樣怎樣似的，流露出十分欣羨的神情。

「妳也想嫁到那邊去嗎？」春生不禁嫉妒地調侃著她，阿秀臉上一陣熱，狠狠地望著他「啐」了一口。

「那麼這裡幾時來鑿呢？」

「那個……我……。」

「那個……我……還不是你撿到雞毛當令箭，看見起風就說落雨。」

阿秀嘲諷著，遠遠地看見有人挑了水朝這邊走來，她用手背拭拭眼睛，又挑起了水桶。

「阿秀，妳還沒有答覆我的話呢？」春生看見她要走，著急地一把拉住水桶的繩子。

「別扯，有人來了。」阿秀擺脫他糾纏，連忙撒開腳步走去。

「那麼妳……」春生依然不捨地追問。

「哪天鑿好井，哪天就嫁你。」阿秀讓衝到喉頭的話又嚥了下去，踉蹌的腳步說出她內心的紊亂。

「怎麼？雨下到妳眼睛裡去了嗎？」對面來的阿英從春生臉上看到阿秀臉上，又故意望望天，俏皮地打趣著。

「哪，人家讓風颳的。」阿秀強笑著掩飾自己的失態，低下頭匆匆地加速了腳步。

春生沮喪地望著她的背影走遠了，悵然撿起地下的網，朝海邊趑趄著走去。

阿秀悶頭悶腦地闖了一陣，沉重的心情終使踉蹌的腳步又滯澀下來。她內心鬱結著的那份矛盾，像左右奔馳的兩匹耕牛，分裂著她那顆柔荏的心。她愛著春生，他們從小便在一起玩得頂好的，她信任他，依順他還勝於自己的哥哥進榮。當進榮取笑他兩是小兩口兒時，她幼小的心也羞怯地默認自己非他莫屬了。當他們長到父母認為可以做幫手時，一個便掮起鹽耙下了鹽田，一個也挑起水桶，用小小的身軀擔負起那沉重的負擔。長年累日地曬著烈日，赤足踩著炙辣而燙足的路徑，一個來往八里，二個來回十六里……的挑個不歇，肩胛疼了又腫，腫了又瘦，衣服肩頭破了又補，補了又破，四五年便這麼過去。她還是愛著春生，但一想到如果嫁了他，還得長年累月地挑水，至少得過上二十年等有媳婦接手了才有出頭的日子，不禁感到說不出的厭煩和恐懼。由於疑懼，在心的一角她又產生一個渺茫的願望，就跟這鹽村裡每一個姑娘的祕密願望一樣——嫁到外鄉去。種田、做工都可以，只要不再長年累月跑這些路去挑水！

二桶水已注滿了，阿秀卻似一身勁都融掉了，怔怔地佇立在澗畔，不想動腳，她越想越苦惱煩躁，但解決不了的問題卻似一條小蟲蠕蠕地齧著她的心，怎樣也擲撩不掉。直到空空的肚裡春雷般盡鳴個不止，頭裡有點發暈，才猛然記起早上起來還沒有東西進過口。進福他們該撈了海藻回家了，家裡準等著她的水煮海米粉哩！於是撂一下披下的頭髮，也撂去了那份紊亂的心思，挑起水來匆匆地趕回去。驟雨一路敲著她頭上的大笠帽，侵襲著她裸露的腿肚，浸透了的單衫黏住在她瘦小的身上，一瞬間她便被包圍在密密厚厚的雨層裡，似一頭迷途的羔羊般盲目地摸索著路途。

三

「媽媽我肚子痛！」「媽媽我肚子餓哪！」小媽祐不住地嘟囔著，光著半截身子從屋裡跑到毛廁，又從毛廁裡跑到屋裡，瘦削黝黑的四肢就像細長的蚱蜢腿，一個小肚皮又像籃球般鼓鼓地隆凸著。那些毫無營養的海藻，通過人的腸胃恰如水流通過導管，從咽喉吞下去立刻又迅速地由肛門排泄出來，既不停滯也沒有一點東西留在體內。孩子的胃沒有東西消化，孩子的腸失去了吸收作用，他只是蹣跚地出出進進，捧著肚皮喚。

「媽媽我肚子餓了！」「媽媽我肚子痛！」末了他伏在坑沿上哭了。

「小媽祐乖，別哭了。」老人伸出手來，摸索著孩子的頭撫慰著：「你爺爺、你爸爸都曾這般過來的，等過些時吃了米飯便好了。」

「米飯！爺爺好久好久沒有吃米飯啦！那還要等幾時呀？」

「唔，要等太陽出來，太陽出來好去曬鹽，就有米飯吃了。」

媽祐擦擦眼睛，鼻涕眼淚塗了一臉，回過頭來，睜著眼睛向門外灰暗的天空瞅了一眼，又失望地轉過去將一個食指含在嘴裡哼唧著。

屋裡亮了一亮，茂成嫂又在引火預備煮海藻了，濃重的煙一時衝不出門窗，盡在室內迴旋盤繞，老人猝然給煙薰得咳嗆著，進福連忙闔上眼睛，一陣痛辣，熱淚迸射出來，一時黑沉沉的屋內充滿了濃霧似的白濛濛的煙氣，半天半天，才慢慢地淡了、散了。突然屋裡又是一黑，一個人影擋住了門口那一點微光，進來的是進榮，他將一個口袋往地上一放，便動手去脫水淋淋的笠帽和簑衣。

茂成用眼睛估計一下地下那淺淺的口袋，依舊有要沒緊地捆紮著一只鹽收仔，懶懶地問：

「只有這一點嗎？」

「這一點還說盡了好話才肯賒，王老板說番薯簽又漲了，十斤賣二元零。」

「什麼？賣二元零，樣樣都起價，就是我們的鹽，我們的鹽犯賤！」茂成憤恚地將鹽收仔轉了個身。

「進榮，鎮上有什麼消息麼？」有隆踅過來站在窗口問。

「沒有什麼，就是說辛鬱、竺墨林他們十幾個鹽民代表，今天動身往省城請願去了。」

「當真便去了！」有隆帶著點驚喜十分樂觀地說：「阿彌陀佛，這下總該求出個辦法來吧！」

「但願上頭真能鑑諒我們的困難，替我們解決痛苦。」茂成眼望著天，用祈求的口吻說：「其實我們也並不指望穿綢吃肉，我們只指望能夠溫飽，指望活得比現在好一點。」

「哪個不這麼想哪！噢！要是廠裡真能收回魚塭租給我們，那這一個雨季也不致天天吃海米粉了。」

「收回？我怕那有錢的主兒沒有這麼容易放手，上次不也打一陣子雷，結果還不是沒見一滴雨水！」進榮撇著嘴說。

「不過上面如果一定要辦的話，那可就不同哪……啊？雨大了呢。」有隆一個閃身，又踅進了自家那個矮門。

進榮回來後，一直一手肘著下巴，默默地坐著，緊鎖的眉毛說出了他滿腹心事，剛吃過番薯簽和海米粉的混和餐，擱下飯碗，媽祐又捧著肚子上毛廁去了，肚裡填下了那些稀裡糊塗的東西，大家都懶懶地不想開口，進榮嘴唇翕動一會，終於冒著勇氣喚了一聲。

「爸爸。」

「唔。」茂成吃驚地從迷糊中抬起頭來。

「我想改行。」

「你說什麼？」

那些瞇著的眼睛睜開了，那些閒著的耳朵一起朝這邊伸過來。

「我的意思，我想出去找點別的工作做，不再做鹽工了。」進榮囁嚅而堅決地說出他的計畫。

「呵？」進榮的話彷彿在一潭死水裡投下了一顆石子，激起了漣波，大家驚訝地相顧，一時不知說什麼。

「我們一輩子這麼做做做！腳浸爛了，眼睛吹瞎了，末了卻連肚子都填不飽，這種不死不活的日子，盡這麼捱下去，誰曉得捱到哪輩子出頭！」

「可是你別忘了，你祖上，你爺爺都是做鹽的，都這般勤勤懇懇地養活了一家人。」老人第一個從牀上撐起來厲聲反對。

「你出去了，你就不想想你爺爺老了，你弟弟還小，就靠你爸一人獨木支大屋，你忍心呀！」茂成嫂說著眼眶都紅了。

「我出去也是為大家好……」

「再說改行，你除了做鹽還會做什麼？外面就有事在等著你？就是做個小生意也要本錢啦！」茂成抓著了一點也憤憤地向兒子進攻。

「憑一身力氣，二個拳頭，天下總沒有餓死人！」進榮猶自強辯著。

「現在你也不曾餓死哪！要受苦挨餓，大家在一起。」

「我們也不想享什麼福，做鹽工就是苦點罷了，要大家都不曬鹽，荒著鹽田又給誰曬呢？不要這山望著那山好，做人就憑良心。」

老人沉著臉，茂成憤激地生著氣，茂成嫂懇求地望著他喋喋不休，弟妹們也全用敵對的眼光盯住他。在四面楚歌中，進榮硬榨出來的那一點勇氣挫折了，那一絲初萌的希望幻滅了，大家不了解他。他沉痛地咬著下唇，將蓬鬆的頭深深地埋在手裡。

這些善良而愚昧的人民，他們沒有能力改善生活，他們更缺乏勇氣爭取更好的生存方法，他們只會耐心地盼望等待，盼待更好的一天，會像雨季的陽光般照臨他們。

晚上，小屋裡黑得像荒廢的墓穴，大小七個人擠在坑鋪上，濃重的碳酸氣讓人窒悶。黑暗裡大家懷著心事沒闔眼，老人間歇的咳嗽和媽祐嚷著肚痛的夢囈，不時突破黑暗裡幾乎要凝結的沉寂。阿秀讓那份矛盾撕裂著她年輕的心，進榮苦苦地思索著，為什麼他們榨乾了勞力，總是吃不飽，他們為什麼應該承受這般命運！茂成卻默默祈禱著，但願代表們不虛此行，上面能鑑納他們的請願，而幫他們解決痛苦，更祈求著明天，明天讓一天陽光帶給他們工作……

雨徹夜地下著，遠遠地海風挾著浪濤在呼嘯。

民國四十年九月一日

編註：本文原刊於《明天》第四十四期，一九五一年十月十六日，頁二十三～二十七。

正義的使者

那還是六年前，中國對日抗戰進入第三階段的時候，那時我正服務在贛南山城的一家報社裡，敵人一步一步逼近，附近各縣幾乎全淪陷了，當敵人的炮火離縣城只十幾里地時，我們便跋山涉水搬進了一個山坳裡，這時縣城已成半空狀態，避難在山坳的人們仍是惴惴不安地準備著一點衣服糧食，待風聲緊時再往深山裡跑。可是也許就是那些巨人般鎮守著的層層疊疊的峰巒，那些迂迴崎嶇的小徑，終使敵人只在邊境巡視，卻始終未曾踏入縣城，一張張報紙就在這荒僻的山坳裡印成了分發給各鄉各鎮，報社在經過一度風浪後，彷彿像擱上淺灘的小舟，雖是暫時苟安，又必須再找出路，這時報紙銷路驟減，而數十名員工卻不能減少一個，經費因之十分拮据。原來在緊貼山坳的鄰省Y縣報社也設有一個辦事處，現在該縣跟山城一樣地尚未被敵人侵占，可是二縣之間的道路卻已被封鎖，唯一的出路是離山坳五里的西北角的一座大山，據傳說翻過這座山那邊便是湘境了，只是這山十分陡險，約莫有八十多里崎嶇山路，山坳裡的枯葉深可沒膝，叢林裡常有野獸出沒。清晨更是滿山瀰漫著惡濁的瘴氣，如果沒有能耐一天翻過這山，那麼前無宿處，後無退路，只有飽之獸吻了，因此，除了中午有鄉人去打柴，或是偶爾有逃稅的商人結隊偷越，從來沒有人去翻過山嶺看個究竟。社方決定要打通這一條對外的出路，顯然的，這是帶點危險性的工程，誰又能負起這艱苦的探險重任呢？大家考慮很久，不約而同地推薦說：「問問賴發藻肯不肯去？」

賴發藻，同伴都愛呼他叫賴牛，他是社裡搖輪兼打雜的工人，高高壯壯的個子，造物者在雕塑他時似乎只用銼子粗粗地鑿成了他的臉而不曾加以仔細琢磨，因此看來十分粗糙，大鼻子，厚嘴唇，二隻小眼睛中間是一塊塌扁的平原，但在那粗糙的外表裡卻蘊藏著一顆完樸憨直，而熱忱的心，讓他做什麼從不打折扣。成天總是咧著嘴，沒見他蹙一蹙眉頭，或是愁苦著臉。一急說起話來有些結巴。一天走得百十里路，挑得起一百二十斤的擔子。吃飯時總輪著他刮桶底。自己分內的事做完了，還喜歡給人幫忙。這個說：「賴牛，幫我挑兩擔水吧！」他不聲不響地便把水輕鬆地挑來了，那個喚：「賴牛！來給劈劈柴啦！」他就跟摧枯枝似的三下二下便把堅實的樹根劈開了。他那用之不盡取之不竭的精力，充沛得真有點驚人，當人家覺得他太累了該休息休息的時候，他卻滿不在乎地憨笑著說：「那算得什麼！閻王的力氣，用了還不是會來的。」

社長叫了賴牛來，特別和藹地將事情跟他一說：

「唔。」他像平常叫他給挑水劈柴似的，毫不思索地允諾了。

「自然，那是很辛苦的，而且有點危險性，如果你……」社長見他那樣漫不在乎地輕諾，以為他還沒攪清楚，重新把事情的嚴重性述說一遍。

「我曉得。」賴牛點點寬闊的下頦，依然著實地回答。

事情便這樣地決定了，賴牛毅然地接受這份差使——正義的使者，擔負起神聖的任務了，第二天，月亮還沒有下去，賴牛便起個黑早，喝了一壺米酒，一盤辣椒炒鹽菜拌下了五碗飯——這些全是抗禦瘴氣的。又帶上一衣兜冷飯，一束當天的報，便打點上程了。直到第三天傍晚時分，才踏著星星背著一身風塵回來。來不及喘口氣抖一抖灰土，便找著社長急急巴巴報告他探險外交成功：「……我……我翻過山時恰是一座荒林，人影都沒……沒見一個，走二里地時，才進了一個莊子，我跟他們打聽Y縣在哪裡？原來這就該Y縣管的，我找……找到辦事處，牌子早……早不掛啦！第二天陳主任又……又掛……掛出來，把報紙貼……貼上，這一下，看……看報的人，就跟……就跟螞蟻嗅著糖一樣，帶去的報哪消一頓飯工夫，全給搶光了，還有不……不少登記訂報的。」天並不熱，可是賴牛說完這些話，卻不住在額上拭著汗。

社長滿意地笑了，大家也覺得高興。

「路上沒有危險嗎？」

「那個麼？」他抓抓頭皮望了一眼自己的腳，這時大家才看到他的褲腳撕破了一塊，腿肚上截了好幾條鮮明的傷痕。「就是路生地不熟，不大好走，鬼子可沒……沒碰見，村裡人說，說是我下去的那個山坡，只要一拐彎，不到一里地，便是鬼子的哨崗。」

「是嗎？那可得小心哪！」

「我理會得。」

從此賴牛便專任這份跑腿的工作，兩天跑一個來回，颳風下雨從不脫班，報紙五十份一捆，捆成筒子擱在籮擔裡，十天來已由六筒增成十二筒了，一天，賴牛又跟發行股說能不能另外給幾十份散的。

「哪，路上那些先生們看見我擔著報紙，都要向我買。」他向問他的人解釋道：「我說我只管送報，可不能管買賣，你們要買跟辦事處訂好了，他們說他們離辦事處這麼遠，辦事處不好送，自己也不能去拿，你賣了報紙拿錢繳上去，不是一樣的，你就行些方便得啦！我瞧著他們那份猴急相，不好意思不照著辦了。要買的可越來越多，賣給了一個又不好意思不賣給第二個，賣呀賣的那天分報時卻少了十來份，陳主任可怨下來啦！前天才好笑哩！」他舔了舔嘴唇想起了什麼得意的事似的，向大家瞥了一眼：「走下山二里地有個茶棚，我每天總在那裡歇腳，前天因為出腳遲了些，到得晏一點，老遠便見茶棚門口有人探呀探的，下得坡時，更見不少人擁到門口朝我這邊望，我以為他們迎接什麼的，可是看看四邊又沒見一個人影，等我到了茶棚前才曉得他們原來是等我哩！」賴牛顯然為自己成為眾人所矚目的人物而感到榮幸，紫膛色的臉上由於興奮而漲成了豬肝色，厚嘴唇咧開著闔不攏來。

贛南冷天不及江南冷，可是真難得三天晴，斜風夾著冷雨，路上老是泥濘滑濕的，坐在屋裡時也得烤炭火，這時的賴牛卻仍是毫不懈怠地在風雨裡爬上崎嶇的山路，走過泥滑的田徑，褲腳捲得高高的，披一身笠帽簑衣，一雙給泥水浸塗得重甸甸的草鞋，老遠就拍搭拍搭響地來，這時白天較短，加上路又難行，賴牛回來總趕不上大家吃晚飯，只得叫廚子給他剩一些飯菜。也許是體力消耗得厲害，二個月下來賴牛顯然瘦了，紫色的臉轉成了深褐色，他自任送報以來另有一份津貼，別人勸他多買點營養的菜吃，他總是笑著搖搖頭說：

「有飽飯已是好的了，這年頭還講究這些！」說著逕自在灶下吃著給他留下的一碟辣椒炒鹽菜什麼的。

「留著錢娶媳婦嗎？」

「那個說！」他漲紅了臉聲辯著：「得留著孝敬老娘呢！要不鬼子占了老家，哪個還能丟下七老八十的老人家，自個兒來混！」

慢慢地冬天過去，賴牛搭拍搭拍的水草鞋也越來越輕了，但緊接著便是炙人的盛暑，賴牛冒著烈日，脫了一層皮又曬焦一層皮，除了報紙他還增加了一大瓶水的負擔，他又趕著大夥兒吃飯了。有一天，那是熱得稻子樹葉都垂下了頭的一天，賴牛卻例外的過了時間還不曾回來。

大家在坪上乘涼，話題不由得轉到賴牛身上，全為他擔著心，慢慢的夜深了，露重了，一個個又端著椅子進房去。這時忽然一個學徒指著遠處一點火光要大家注意，那點火在黑黝黝的田徑裡不住晃搖著，顯然是一支鄉人慣用的竹篾火把，正緩緩地向這邊近來，等走近了才看見原來走著有三個人，第一個老人擎著火把，挑著副空籮擔在前導路，後面一個青年農夫扶著的卻是賴牛。

「賴牛怎麼了？」大家不約而同地近上二步驚叫起來。

「沒……沒什麼，中了點暑。」賴牛猶自強笑著，抬起頭來說。

「現在的年輕人啦！真倔強！」老人看看賴牛給扶進去後搖著頭說：「躺在山腳臉都青了，只差一口氣，我把他給救了，怎麼說也得連夜趕回來，說是他是送報的，可不能誤了看報的人。」

賴牛在牀上躺了二天，發行股的報紙也積了二天，第三天，賴牛便掙扎著起來，打點出發了。

「哪，身子躺著心裡卻乾急，人家全等呀望的，一天不看報，就比我賴牛一天不吃飯還難過吶。」他跟勸他休息二天的人說。照例用肩頭將扁擔一聳，腳步卻打了個閃，但他馬上一作勁大踏步跨著走了。

就像將死的人迴光返照似的，占據了城鎮的敵人在一陣瘧疾性的殺戮過後，三十四年夏又開始向各鄉村流竄，山坳裡風一陣雨一陣的，人人都提著心過日子，山那邊也是一般。而這時國軍在盟軍協助下，反攻的部署已完成，勝利透出了曙光。社長疑惑著是不是要再送報去，賴牛卻直率地說：

「人家天天那麼望呀望的，要送囉，總得把鬼子打垮的消息給人家送去才有交代哪！」

報紙在賴牛力爭下，結果還是照舊送去，只是為了減少危險性，將報紙偽裝了。原來山城生產一種高枉紙，便是用來印報的，我們把報紙摺疊成一刀一刀的白紙模樣，外面也包上白紙，又在籮擔上面蓋上幾刀真的白紙，看著便像個兜銷紙的小販了，賴牛裝著紙販的聲音，嘵聲喚著：

「上好的高枉紙啦！」又高高興興地挑起擔子走了。

可是就是這麼一去，從此我們便再沒見著他那結壯魁梧的身影，再沒聽見他那粗啞結巴的聲音。

就在賴牛失蹤後不到一個月，侵略者終於打垮了，他天天餐風淋雨不避危難地給渴望自由酷愛正義的人們傳遞祖國的消息，卻終未等到把敵人打垮的消息再給送達，但他那勇敢的精神，那堅決的信念，卻永遠活在人們的心裡，報社從山坳遷回原址後，在國定勝利日舉行了一個慶祝盛宴，在舉杯慶祝前，社長扶著桌沿站起來，極力抑制著顫抖的聲音，一字一頓的說：「……勝利是必然屬於正義的……首先，讓我們祈禱我們的殉難英雄——賴發藻在天之靈安息。」

大家哀默地俯下了頭，有的擦著眼睛，賴牛的聲音笑貌，這時又復活在眾人心坎。紀念那些為正義犧牲的英雄，有形的紀念碑矗立在天地之間，無形的紀念碑卻矗立在人們心裡，同樣地永世受人尊崇。

民國四十年八月

沒有身分證的女人

「太太，我給找了個內地老媽子來啦！」馬得順挽著個滿滿的菜籃子，一進門就報功似的直嚷。金太太正哄著三寶在牀上想多睡一會兒，聽這麼一嚷，順手撈了件旗袍往身上一套，便抱了三寶出來。只見一個穿藍衫黑褲的年輕女人正踧踖地站在台階上。瘦瘦地顯得有點憔悴，削直的鼻子，厚厚的嘴唇，左額有一條寸來長的刀疤，眉目間卻還透著秀氣，她怯怯地抬起那對蔽著睫毛的深黑的眼睛——那樣憂鬱陰沉，像是經了巨大的痛苦而永遠不能忘記的一般——向金太太瞥了一眼，馬上又俯下眼瞼，手指無措地摸著那個隨身帶來的小包裹。

「我買菜回來，在路上逢到她在問一個買菜的太太要不要僱用人，我一想，咱們家不正要一個，就這麼把她帶來太太瞧瞧，那，這便是太太，妳也叫一聲嘛！」馬得順一股勁地討好著，小女人只是動了動嘴唇。

「怎麼？是路上逢到的！」金太太一聽來路不明，先就洩了三分氣，像估量砧板上的肉是瘦是肥般，她又上上下下打量了那小女人一番。

「喂，妳是哪裡人？」

「浙江。」小女人還是眼望著地下，小聲地說。

「妳現在的家呢？」

「我沒……我原來跟我男人在海南島隊上，後來，後來共產黨一來，在撤退時衝散了。」

「那麼妳現在只一個人。」

「嗯。」

「找不找得到保人？」

「我，我在這裡沒有認識的人。」她乞憐地看看馬得順，看看金太太，又黯然俯下頭，像一匹待宰的羔羊。馬得順同情地搖搖頭，金太太緊蹙著眉尖，陌陌生生，又沒有保人……可是她想起了二年來用下女的嘔氣、煩神，如今只弄得衣服沒人洗，孩子沒人帶，就在家裡摸上八圈也是定不下心的，而且，而且看樣子人倒很老實，不討厭……

「好吧，妳先在這兒試試看，飯有馬得順煮，主要的是洗衣服、帶孩子、收拾收拾房間，還有……哦，妳姓什麼？」

小女人這才像有了生氣，憂鬱的眼睛裡閃爍著喜悅時卻也這麼晴朗、晶澈。她在緊閉的嘴角上掛上一個感激的微笑說：

「我娘家姓李，夫家姓王。」

「那麼，王嫂，妳先將東西安頓好，回頭來帶寶寶。」

就這麼著，這個有著憂鬱性的小女人，便在金家待下來了。她默默地把骯髒的衣服洗得耀眼，默默地把桌椅和榻榻米擦得發亮，金太太一出門拋得凌亂的衣服、皮鞋、化妝品，她默不作聲地便收拾得整整齊齊。三寶身上也是一天到晚乾乾淨淨的，一有空暇還補補衣襪，給孩子們縫綴鞋子。她手腳伶俐，做事也勤懇，只是悶頭悶腦不大開腔，問她一句答一句，叫她一聲應一聲。——除了對著三寶例外，那時她也會軟聲軟氣地哄長哄短，憂鬱的眼睛裡洋溢著一種溫柔的光輝，溫柔得幾乎要化作水滴出來，那樣地關切親暱，幾乎連做母親的看了都要嫉妒！素愛扯談的馬得順自討了幾次沒趣後，背後批評她：「沒見娘們的嘴鎖得那麼嚴，想是她投胎時閻王給吃了桼糰，黏住了。」金太太一提起王嫂也總是說：「王嫂能幹倒是能幹，對孩子也好。只是心事太重了。常日掛著臉不作聲。同著她呀！就像六月炎熱天蓋在頭頂的烏雲，悶煞人！」

王嫂還有個怪癖，有時走在路上碰著穿草綠裝的軍人，她便會沒頭沒腦兀然走過去問人家：「你是××師的嗎？」或是「你曉得××師駐在哪裡？」等別個答覆她「不是」或「不曉得」後再要說什麼，她卻又一聲不響低下頭逕自走了。只要有軍隊操練過門口，她不管手裡在做什麼，都要擱下了跑到門口去看——不僅是看，簡直是一個個地端詳、審視。看過了軍隊，這一天她一定會比平時更沉悶，做事做得更多。彷彿要以不停的工作來麻痺腦筋似的。

不管王嫂有這些怪癖，憑良心說還是最得力的傭人。這是金太太引以自豪，而為那些在台灣找不著好傭人的太太們所羨慕妒嫉的。

這天在牌桌上，一位劉太太又妒羨地問起金太太：

「妳家王嫂真好。是哪裡找來的？」

「她嗎？」金太太賣關子的掀了掀嘴角，「是路上撿來的。」

「又來胡扯了，偌大的人路上撿得著，妳倒給我撿一個來。」

「當真不騙妳。」於是金太太簡略地把王嫂的來歷說了遍。

「唉呀！嘖嘖嘖，」對面林太太丟出一張白板，大驚小怪地嚷起來：「我說金太太妳的膽子可真不小，這麼一個來路不明的人便敢收留在家裡，要我，倒貼我錢都不敢要。」

「她人倒很老實，本本分分的。」

「嘿，這年頭知人知面不知心。」

「從前我一個親戚家裡被盜，據說就是老媽子做的內線。」下家楊太太也不甘落後的插進嘴來。

「做內線倒又是一回事。現在最怕的是間諜，碰！我一個朋友就因為一個傭人的朋友在她家借宿了二晚，後來不曉得怎麼查戶口查出來說那人身分不明，有匪諜嫌疑，帶累她受審，如今傳訊了三個多月還不曾脫身，妳說倒楣不倒楣！」

「所以在這種亂世年代，不知底細的人最好還是少結交……和了，清一色，不求人，姊妹花……」

金太太聽她們妳一句我一句，嘴裡雖然不響，心裡卻有點疑疑惑惑，彆彆扭扭打完了末四圈牌，吃飯時，不由得向王嫂多窺了幾眼。飯後，瞅著王嫂不在，馬得順卻又躡手躡腳擺著一面孔要緊事湊到金太太面前說：

「太太，妳道王嫂當真是跟她男人逃散的嗎？哼！才不是那麼回事。她是共產黨那邊捉來的俘虜。」

「共產黨那邊捉來的俘虜！」金太太像給黃蜂螫了一口似的跳起來，「嘿！」馬得順鄭重其事地點點下頦。他說今天有一個鄉親來看他，齊巧也是海南撤退來的，他認識王嫂，王嫂卻紅著臉含糊應了一聲便避開了。於是他們談到了王嫂的身世。據那鄉親說那天白天他們與共匪有一次火拚，晚上便在戰壕附近捉到這女人，罩一身臃腫的共匪裝，帽子蓋得低低的。一掀，嘿！一頭頭髮，我們連指導員便審問她是不是女間諜？她說她是來找她丈夫的，她丈夫叫王長吉，在什麼軍當班長。她要告訴他王家全讓共匪絕滅了。他們說他父親是

「老國特」給活埋了，他的弟弟押了去參軍，他母親一氣一急一根索子結了命。剩下她跟十五歲的小姑，共匪迫她們加入慰勞隊，還搶了她三歲的兒子，她捨命去搶時，共匪就用刺刀在她額上一截。說：孩子算什麼，妳去了慰勞隊要多少有多少。她們押進了慰勞隊三天，小姑受不了蹂躪，敲一塊窗玻璃抹了脖子。可是她不想死，她一定要活著告訴她男人這三代的血仇。她終於等到了一個疏隙，便混了過來。連指導員訊問了幾次沒見破綻，便將她放在隊上，算是看禁，趁便也替弟兄們縫縫補補，後來我們要撤退台灣，連指導員便預備釋放她，哪曉她苦苦哀求著把她帶來，說是軍隊全在台灣，她丈夫一定亦在台灣，她忍辱偷生，就為的要見丈夫一面。連指導員見她說得可憐，就讓她上了船。後來到了台灣上岸時一擠，就沒見她了……

「唉！還有這一段歷史。」

金太太瞪著眼聽馬得順一五一十道來更覺得惴惴不安，越想越恐懼，她是個有匪諜嫌疑的俘虜，一旦查究起來，自己先就脫不掉窩家的嫌疑，而且又當過慰勞隊，那「女匪幹」書上不說那裡的女人全染上了毒……

第二天一早，王嫂正撿了衣服要去洗，金太太胸有成竹地喚住了她：

「王嫂，衣服不用洗了。這是妳的工錢，妳另外去找家好人家吧。」

王嫂像驟然遭遇了雷擊般，全身猛地一震，臉色馬上變得慘白。她恐懼地望著金太太手中幾張鈔票，嘴唇顫抖著，囁囁地半響才問出來：「太太，是我做錯了什麼嗎？」

「噢不，妳做事很好……」

「那麼……」王嫂似乎恍然領悟到昨天有人來說了她什麼，頹然俯下頭去，歇一歇又仰著臉哀求道：「太太，妳就當行好事，再收留我一下，等我打聽到我男人的消息，把話跟他說了，我也，也沒臉再登在世上了。」她的聲音越說越低沉，最後只剩了喉際的哽咽。

「並不是我不要妳，主要是妳沒有身分證，日後查起戶口來可麻煩。」金太太別過臉去。輕輕地說。

「身分證，又是身分證！」王嫂絕望地絞著雙手，憤怨地自語，「找一個住處要身分證，幫人家又要身分證，沒有身分證就連個安身處都不能有嗎！」她咬一咬牙，一轉身脫下金太太送她的旗袍，換上自己原來那身藍衫黑褲。

「噢！妳動用過的東西，統統拿去好了，我不要了。」金太太看她脫下那件旗袍，就像看見了無數毒物細菌似的。

王嫂機械地將些零星衣物包進那塊小包袱，陰鬱地向屋子掃視了最後一眼，剛跨出門檻，突然又轉過身來。

「太太，可以讓我再看看小少爺嗎？」

「三寶嗎，不曉得馬得順抱去哪裡了。」金太太曉得三寶喜歡王嫂，早就打發馬得順抱出去了。

王嫂歎了口氣，舉起沉重的腳步，悽然走下台階，在一片如火如荼的驕陽下，曳著個瘦弱、伶仃的影子，顯得那麼無助，那麼渺小。

金太太望著她走出大門，如釋重負般舒了口氣，但心裡卻又有點悵然。

幾個月後，一天金太太帶著三寶去看病，走過一處拐角時，彷彿有一個熟悉的聲音在後面喚了她一聲「太太！」她還不曾轉過臉去，卻聽見原是沒精打采伏在肩頭的三寶，高興地喊起來：「王嫂，我要王嫂。」

可不是王嫂！依然是那一身清潔的藍衫黑褲，依然是那一副怯怯的神情，在她旁邊是二塊木板子架起的香煙攤，跟所有的香煙攤一樣擺著各種牌子的香煙，唯一與眾不同的標幟是在寬寬的木盒邊上用黑墨寫了四個大字「尋王長吉」。

「噢！是王嫂，妳現在做這個營生？」

「嗯。」王嫂羞怯地笑笑。

「好久了？」

「還不到一個月。」她說著走上二步，伸出手想去抱三寶，但金太太沒有讓她抱的意思，她只得拉起三寶的小手在自己臉上撫貼著無限憐惜地說：「小少爺瘦了。」

「就是嘛，三天二天鬧病，他……」金太太說了一半忽然把話嚥回去，她覺得在王嫂面前這麼說不啻是告訴她自己帶孩子不及她仔細。「妳做這個沒有身分證不要緊嗎？」

「身分證我已經領到了，是婦女教養院替我申請的。」王嫂口說還伸手到衫襟去掏著，掏了半天才寶貝似的，小心翼翼請出一張嶄新的身分證來，給金太太看：「這下到哪裡都行得通了。」

「唔。」金太太淡淡地看了一眼，心裡有點悔，「妳男人還沒有消息？」

「沒有。」王嫂的眼睛裡又罩上那份憂鬱，垂下了眼簾，但一會兒她又抬起頭來，望一眼攤上的黑字，沉著而堅決地說：「在這裡擺滿了一個月攤子，下個月我想到別的城裡去擺。只要他來了台灣，總找得到的。」

「嗯，慢慢地找，總找得到。」金太太順著她的口氣安慰她說，喚住一輛三輪車坐了上去，「沒有事可上我那裡去玩！」

車子轉彎時，金太太不由得又回過臉去看了一眼，只見王嫂正帶著那副怯怯的神情，遞一包香煙給一個穿中山裝的主顧。

民國三十九年十月

季大夫

車子駛過民族路黯淡的一段，就像經過惡狗村似的。才閃避過亂吠亂追的一群，剛要轉彎，不提防又是一頭狗不顧死活地狂吠著直撲前輪，我一慌把龍頭急遽一彎，大轉彎改了個陡險的小轉彎，誰想橫路裡又是一輛腳踏車載著軍人急駛而來。

「糟糕，這下可要衝著丘八爺了！」說時遲，那時快，我的車已對準那輛車直衝上去，那位軍人卻也機靈，車身只那麼一側，他已兩腳落地站穩了。但我卻連人帶車地往地上一倒。

「對不起！」我拍拍膝頭的浮泥，低著眼皮去接那位軍人給我扶起的車子——可是他沒放手，我詫異地抬起頭來，正接觸到二道在我臉上搜索審視的眼光。我本能地閃了閃，但馬上也迅速而勇敢地打量了他一眼。

「熊小姐！」

「季大夫！」我們不約而同地脫口喚出來，一種他鄉遇故人的亢奮和喜悅緊扣著心靈。

我重新仔細地打量他一番。他是變得多了，黧黑、蒼老，處處留著風塵和辛勞磨蝕的痕跡，嘴角那一抹幽默的微笑和奕奕的精神，卻絲毫不曾打折扣。

「怎樣，這身二尺五我穿著還神氣嗎？」他見我盡打量他，故意緊緊皮帶，扯扯衣角，裝得一本正經地。

「神氣得很！你本來有名醫的儒雅，穿上這身戎裝，又有名將的英武；這麼一湊合，竟是十足儒將的風度哩。」

「哈，妳真會說，看樣子，您的身體似乎比從前好得多了，是幾時來台灣？」

「去年。你呢？」

「上月才從海南島撤退過來。」

我邀他到我家裡談談，他先不作答，看了看手錶才說：「好吧，現在是八點二十，十點鐘我得回去檢查病房。」

●

我認識季大夫還是在××處服務的時候，那時他是該處附屬醫院的醫生，說話愛帶一點詼諧，時常用輕鬆的口吻破除病人的憂鬱，以鼓勵的語氣祛除病人的恐懼，對工作很認真、很熱心。那時我正患過二次急性肺炎，身體很衰弱，因此對事事抱著消極、悲觀，季大夫看出了我的疑懼，便懇切地開導我說：

「沒有什麼可怕的，只要妳平時對飲食起居多多注意。這跟一架機器一樣，要是曉得了哪裡有了鏽斑或是一枚螺絲釘鬆動了。稍加修理不就完整了！最要緊的是要有信心、耐心。而懼怕，是一切疾病的得力助手。記著：信心、耐心，這便是治病的兩劑特效藥。」

我感激地接受了這兩劑特效藥，直到今天還起著作用。當我離開××處時，季大夫還是被許多的信譽簇擁著。

「這裡面並沒有什麼英雄式的傳奇情節，如果妳聽了失望，可別怨我白費了妳的時間。」季大夫用力吸了二口香煙，笑著回答我要他報告從軍經過的要求說：「做醫生的人多半是酷愛和平的，他把消滅人類的死敵——病菌，當作自己的責職。自然也會把消滅毒害人類的公敵——紅色細菌，忝為己責，因此當我接到一個在軍隊裡的同學來信說，前方需要醫務人才，我便毫不猶豫地去了。」

「我診治過不少不治的絕症，目睹過不少病人在痛苦裡輾轉，但從沒有像第一次看見那些從前線下來的傷員一樣，使我激動。那些傷員究竟是弄槍桿子的，可真有種！動手術時死咬緊牙根臉上直白，可連大聲兒都不哼一聲。創傷才好一點，又急著問：『大夫，我幾時才能上前線！』有一次一個左腿槍傷中毒的必須切除，他卻死拉著我的衣裳苦苦哀求：『大夫，你行行好別跟我鋸掉，我的父母妻兒一家子全葬送在匪手。如今我只打得一仗，也不知有沒有打死一個仇人。你好歹給我留著腿報這血海似的深仇吧！』他那麼年輕，又說得那麼沉痛。我用力睜著眼睛才沒讓眼淚流下來，可是心裡卻像有蟲子在齧著。」他說到這裡頓了一頓，眼睛看著地板，那樣子，又像有蟲在齧心。

我不想打岔，悄悄地遞上一支香煙，燃著了，他望著那一圈一圈青色的煙圈，像是記起了什麼值得亢奮的事，一抹微笑又展現在嘴角。

「不過這裡面亦有使人高興的事。我過去一直幹著治療身體的工作，在這次戰爭裡，竟出我意外地做了一次拯救靈魂的事。那是去年春天，我們向浙西一個駐紮了敵人的小村展開一次夜襲，午夜時分任務達到，攻克了那個據點。妳曉得勝利不是愛國獎券，靠僥倖；而是要多少血的代價，一整夜我忙得不曾透一口氣。天將黎明時，該動手術的傷員也只剩一個了。突然一個情況說是敵人匯合增援部隊，已向村子反攻，馬上得轉移陣地。

「還有一個傷員，做好我就走。」我向傳令兵說，一面叫趕快抬最後一個傷員。

那是個腹部中彈，腿部灼傷的傷員，傷勢很險急，病人沉在昏迷的狀態裡。我一解開那件日本呢大衣，就像給毒蠍螫了一口般馬上縮回手來，軍服領上一把鋤頭一把鐮刀赫然呈現在我面前。那是一個共匪！看階級還是個連長。

我面臨著一個難題了，在道義上說，他是個罪大惡極的民族公敵，戕之有餘。而在行醫的道德上，他是一個無助的病人。我們的良心不能冷眼讓一個無助的病人自趨死亡。稍加考慮，我終於本著服務的本能，選擇了後者。我只是盡我的責職挽救一個瀕於死亡的人。至於他道義上的罪犯，應該讓可以裁判他的去判決。於是我預備好一切器械，正在我戴上橡皮手套的一剎那，救護兵又氣急慌忙地跑進來。

「敵人離此只五里了。」

「只要十五分鐘，我就料理停當。」我逕自做著消毒工作。

「可是部隊已經開始行動。」

「這樣好了，你同擔架隊先走，留一匹馬和二個擔架夫給我。」

「你們……都走。我不要治。」這時那個共匪忽然呻吟著從昏迷中醒過來，聽我們這麼說，困難地移動著身子，不讓我下手。

「不治？馬上化膿了。」

「由它，由它化……膿，我、我不要治。」他說得那麼固執，以致使我誤會了他的意思。

「當然，要是你不願接受我們這邊的濟助，我也不能勉強。不過要等你們那邊的來，怕已來不及了。」我覺得這個人的思想中毒太深了。不想再枉費心思。

「大夫，我絕不是這個意思！」他聽我這麼說，痛苦地申辯道：「你不顧自己生命的危險還要救我，我再沒有心肝，也不能這麼恩仇不分……我的意思是……是像你這樣的醫生，比起我來是重要得多了，不能為了我，使你受累……大夫，請你走吧……啊唷，我的媽！」一陣劇烈的痛苦痙攣了他的臉，又昏過去。我不再遲疑，便動起手術來。

當我們這一小隊人馬離開村落，走不到一里地，後面便傳來了連串的槍聲。

那個共匪的創傷開刀後經過良好，當我有一天去換藥時，那麼一個魁梧的關東大漢，竟對著我涔涔然流下眼淚來，他說：

「大夫，我的性命完全是你拾來的，而你們都待我那麼好，我沒有什麼可以報答，如果將來給我機會，我一定要想法贖罪……」後來我就離開了那兒，聽說他痊癒後也就轉入新生營去了。

這次到了海南島前線，想不到又碰到了他，帽上扣著青天白日的國徽，肩上也閃著熠亮的梅花，肅穆地在指揮作戰。看見我，他跑來緊握著我的手，半晌說不出話來。

「大夫，看到你我真高興。」他鎮定了一回，才顫抖著說：「老早我便要讓你知道我的一片心意，看這裡，」他用眼睛向四周一掃做了個表示，約莫一連戰士沉著地瞄準著匪陣俯伏在壕溝裡，「我帶他們反正過來了——如果用你們醫生的話：是消弭了一批殘害人類的細菌，增添了一批抗毒的白血球！」

「妳真想像不到我那時的感動，從醫這麼些年，這是一生我最痛快的事。」季大夫拭去鼻上沁出的汗珠，用激動的話聲結束這段繪聲繪色的故事。他笑著換了口氣，接著又說：

「除了這個，再有就是那些由我一手治理的傷員，重上前線來向我告辭時。望著他們一個個又是雄糾糾氣昂昂的英姿，我不由得從心底泛上笑來，我覺得國家培植了我，總算沒有白花了。」

「不但不白花，由於你的功績，選擇你這一行的都該值得驕傲。可是，季大夫，你亦得留心一下你自己的健康。」我望著他那峻削蒼老的臉，短髮裡摻雜著的白髮說。還只三十來許的人呢，過度的工作竟壓得他有點佝僂了。

「我自己好好的有什麼關係？」他挺了挺腰滿不在乎地說：「何況做醫生的活著鞠躬盡瘁，也只是為了病人。」

「就是為了你的病人，你更需要休息休息。」

「休息！在人類的公敵——紅色細菌沒有消滅之前，我們是沒有時間休息的。」他斷然地說，端起了茶杯還不曾碰到嘴唇。但一看手錶，又馬上擱還原處，倉卒地站起來。

「糟糕！只十分便十點了。」邊說邊就抓起帽子，敏捷地行了個軍禮，便迅疾地返身向外跑去。待我站起來送他，他已嘴裡嚷著：「再會！再會！」推著腳踏車一陣風似地走出了大門。

民國三十九年六月二十六日

二十五孝

四月的江南鄉村，再不是昔日的紅嫣綠翠，春色無邊，柳樹有氣無力地搖拽著三五條憔悴的枝葉，桃花欲放還凋零，卻似害貧血的少女。「布穀」聲聲，是蒔秧的時候了，可是那往年在這時已是一片青翠欲滴的稻田，而今不是乾枯裂龜，便是莠草叢生。草坪上不見牛羊躑躅，廣場上沒有雞鴨踱蹀，茅舍棚屋，家家柴扉寂寂，難得有幾家屋頂上還飄忽著時斷時續的炊煙。

一個莊稼漢從村尾一家白堊斑駁的屋子裡走出來，遮著夕陽焦灼地向四面眺望了一回，黯淡的眼光一落到荒蕪的田裡，便急遽而痛苦地收斂起來，像怕見一個在死亡裡輾轉而又無力拯救的親友，他踅進空空洞洞的牛欄裡，在那裡撿集了些枯草，進得屋來順手塞了一把在屋角的灶眼裡，突然炯亮的火光照出他黝黑、忠厚，卻是憔悴不堪的臉，也閃熠出室內黯慘的景象：四壁蕭條的牆上只殘留著不知哪一年的污舊的年畫，三二把鋤頭鐵犁斜倚在角隅上鏽。被條椅依著爛方桌，幾片篾蓆與爛布遮著一張板牀，牀上，一個奄奄沉沉的老人蜷縮在一堆破棉絮裡。老人呼吸低沉，灶裡火星別剝，莊稼漢惘然凝視著跳躍的火花，將一片枯葉在手指間捏成碎粉。

老人一個翻身，沉重地呻吟了一聲，微微睜開眼來：

「兒啊，我只覺得頭昏眼花，四肢動彈不得，肚裡像有蓬火在燒著，怕是不行了。」

「爸，我正在給你煮『雜燴』哩，熬著點吧。」莊稼漢撒下乾草，跑過來就著老人輕輕地說。

「有一餐，沒一餐，溫湯裡煮鱉，勿死勿活的，不吃也罷，讓二個孫孫多吃點，一把老骨頭，要了還不是由他了。」

「煮多著哩！」莊稼漢只得這樣寬慰著說。

老人欲言還罷，只是搖搖頭，又闔上了眼睛。深陷的眼眶和高聳的顴骨，就似骷髏上蒙了一層蠟黃的皮。數不清的皺紋裡嵌著數不清的怨恨、愁苦。莊稼漢對這張最摯愛最尊敬的熟臉視了半響，覺得一陣心酸，正待轉身，又聽得老人微弱地喚他。

「你媳婦去『慰勞』還不曾回嗎？」

莊稼漢咬住下唇搖搖頭，沒有作聲。

「唉，這叫什麼劫數哪，從前老話頭總說沒有殺了頭還要充軍，剝了皮還要抽筋的，如今可不正應了這句話。又是「獻糧」、「支前」，又是「肉體慰勞」，人家一年忙到頭，連穀種都沒留一顆。餓得只剩一副骨頭了，那些禽獸也還要啃骨頭，敲骨髓……」

「爸，」莊稼漢阢隉惶悚地望望門口又看看窗外：「爸，不要這麼說。」

「怕嗎？已經給『清算』剩這把老骨頭了，任憑那些沒天良的再說我是『老頑固』也好，要『鬥爭』也好，我是不怕了。我就要說，我偏要說，這些土匪，長毛賊……」老人越說越憤激，蠟黃的臉上也泛上了淡淡的紅暈，但語聲陡地中斷，就似一支瘖啞的胡琴驀然斷弦一樣，老人又嗆又哮地喘作一團。

莊稼漢無可奈何地替老人揉著拍著，直看到他喘息平定了，臉也恢復了原來的澹黃，這才住了手站起來說：

「雜燴煮好了，我給你去舀一碗。」

所謂「雜燴」，只是豆餅混著野菜什麼合煮的，黑黝黝稀糊糊不像羹也不是湯。莊稼漢盛起一碗攪涼了。一匙一匙小心翼翼地餵老人吃著，約莫餵了七八口，老人突然一個噎嗆，一口湯水直噴到莊稼漢臉上。

「不要了！」他略帶歉疚地望兒子不拭去臉上的穢水，卻忙著替他拍胸：「人老了，喉嚨也細了，真想不到從前餵豬的現在人都拿來當寶貝吃。」一提起從前，老人無盡地感慨又油然而生。「阿兒，你可記得我們最後一次吃肉是什麼時候，那還是前年割禾時的事，新穀一登場，大家便大碗地喝米酒，大塊地吃肉，那時多痛快，算算到現在已有一年多沒過這樣的日子了，真是，從前窮窮窮哩，逢時逢節總還有點葷腥吃吃。如今可好啦，窮人『翻身』了，這一個身可翻進了十八層地獄——唉，老來苦真真苦。土齊肚臍了，還要來啃草根樹皮。」

莊稼漢忠厚淳樸的臉上籠罩著一臉無能為力的悲哀，只是望著那碗雜燴發怔，這時二個五六歲的襤褸的孩子走了進來，大的一個提著一籃野菜，破夾襖的袖口給扯斷了一截，叮叮噹噹地掛著。小的一個是一臉的泥巴鼻涕，手裡還拿著幾根「茅茅針」（草）在嘴裡吮吸。

「爸，」大的孩子一進門就嚷著：「我剛剛在田溝裡撿到一只番芋……」

「番芋呢？快拿來煮給爺爺吃。」莊稼漢聽說有番芋，趕緊接過籃來在菜草間翻尋。

「我本來放在籃裡的，後來給斷命的阿狗看見了就來搶，我捏在手裡，他就拚命地拿我的手咬了一口，蕃芋給他搶去了還把衣服都給撕破了。」孩子看看手背上一圈痕印，又委委屈屈地擦起眼睛來。

莊稼漢失望地放下籃子，沒說什麼，便將野菜抖一抖連泥帶根地投進鍋裡。

「餓得肚子痛啦，爸，給點什麼吃吧，」小的孩子像頭羊般，將茅茅針整根整根地嚼嘸完了，便捧著肚子蹲在地上哼起來。

莊稼漢歎了口氣，把那碗剩餘的雜燴遞給他們，又塞了把枯葉在灶裡。

將熄的餘燼又復熾熠著暗紅的火光，老人又昏沉地睡著了。癟嘴一掀一掀地，不住發出些窒悶的呻吟和含糊的夢囈，突然一聲長歎，繼續的聲音兀地響亮起來：

「肉，肉，我要……要吃，肉，哪怕只……一口，死也甘願。」

接著又是一串呢呢喃喃的嗚咽、怨嗟。

莊稼漢聽著心裡說不出的難受，眉峰深鎖，兩手緊握著擱在胸前，祈求的苦惱的眼光久久地停留在窗柵上——突然一個思想閃電般掠過他腦際，他驀地捋起袖口來，捺捺左臂的肌肉，捏捏又撫撫，像一個慨然赴義的勇士般，端起一只碗和一把刀便匆匆地跑到門外去。歇了半響，才見他趑趄著進來，腳步顯得有點踉蹌，臉色慘白得如同蠟人，右手巍顛顛地端著碗，碗裡是塊鮮血淋漓的肉，他支撐著把肉倒在另一只小鍋裡，加了點水放到灶上，自己一陣搖晃，便扶著牆跌坐在地下，眼睛緊閉著，闇藍色的衫袖上，隱隱滲出一灘褐色的斑跡。

鍋裡水滋滋地沸滾了，白色的水蒸氣瀰漫了一房。老人忽然睜開眼來，用尖削的鼻子在空氣中亂嗅。

「什麼東西煮得這樣香？有點像肉味。」

「是的，我託人去鎮裡賒了點肉來給你餵湯吃。」莊稼漢從齒縫裡回答。

「真的嗎？快，快點拿來我吃。」老人聽說有肉，精神為之抖擻。

莊稼漢咬著嘴唇一手打開鍋蓋，一手便本能地伸出去端碗……突然「嗆啷」一聲，碗砸在地上碎成片片，一陣痙攣，大顆的汗粒從額角滲出來。

「怎麼啦？」老人急忙問。

「沒什麼，燙了手。」莊稼漢極力鎮持著，重新拿只碗放在地上，再將肉倒出來，二個孩子一見到肉，便一窩蜂跑將過來，圍著鍋子直跳直嚷：

「我要吃肉，我要吃肉！」

「不許胡鬧，這是爺爺有病吃的。」莊稼漢趕緊喝阻道。

「我自己來。」老人不等兒子餵他，便亢奮地掙扎著坐起來說。他伸出枯槁的手臂，抖抖地捧過碗來便貪婪地啜了一口，不住價扁著嘴，邊稱讚邊還跟兒子道：

「好鮮，好鮮，你嚐點不？」

「不，我才吃過菜羹呢。」莊稼漢苦笑著推辭，這時二個孩子已饞得什麼似的。可憐巴巴地，眼睛一瞬不瞬地盯住老人的癟嘴，大的不住價嚥著口水，小的饞涎已掛到了襟上，老人看著不忍，抖簌簌撕下一片肉遞給他們：

「二個分著吃，不許吵架！」

可是孩子一見肉就沒了命似的，小的搶上一步抓住了肉，大的馬上又劈手奪了過去，二個你搶我奪，打做一團。

莊稼漢想要吆喝，喉嚨卻似給一團什麼梗住了，轉過臉去，偷偷彈去沿著臉頰墜下的熱淚。

編註：本文原刊於《當代青年》第一卷第六期，一九五〇年五月十八日，頁十一～十二。

狡兔

在通往鬧市的××路口，似蜂兒包圍了花樹般，簇擁著一大群人。交通亦暫時阻斷了。群眾的中心是三五個青年學生，周圍像擺雜貨攤似的堆滿了汗衫、毛巾、肥皂、罐頭之類。還有人不斷地給這「堆」擴大面積。

「先生，這裡是半打毛巾，俺拉了一天車買來的。」一個三輪車夫擱下車子，從車墊下拿出一捲雪白的毛巾，興匆匆地交上去。

「這裡是一打汗衫，二十塊肥皂。我們三個小夥計合捐的，請點一點。」一個店夥模樣的青年，雙手托著一大堆東西，汗淋淋地直往裡擠。

那幾個青年學生滿面堆著笑，應接不暇地報數、登記……衣服全被汗水黏附在身上，臉上的汗珠滴溜溜滾下來也顧不得抹拭。擔任勸募的聲音也瘖啞了，還在聲嘶力竭地向路人勸說：前方將士正在浴血作戰……

這時一輛一九四九年的別克轎車，風馳電掣般開到這裡，停了下來。坐車的一眼便可以看出來不是寓公便是商業鉅子之流。紅潤肥圓的臉龐，微凸的肚子上包著嶄新挺括的西裝，充分表露著營養良好和生活優裕，這一停，似乎打攪了他養性恬情的工夫，在肉堆裡的小眼睛滯澀地朝外望了望，尊嚴地聳了聳厚實的大鼻子。冷冷地問：

「又出了事麼？」

「是募捐的吧！」司機陰陽怪氣地說。

就在那個商業鉅子做出憎嫌、鄙夷的表情時，一張誠懇樸實的臉出現在車窗上，接著車門被拉開了。

「先生，我們是一人一物勸募隊。」那青年客氣地打著招呼，「由於前方將士的浴血作戰，我們今天才能在後方安居樂業，為了表示我們的一點敬意，請先生慷慨……」

「將士拿國家的餉，自然得跟國家打仗，干別人甚事！」商業鉅子不等他說完，先就一肚子不耐煩地打斷了話頭。

青年怔了怔，但馬上又堆上笑臉道：「不是這麼說，先生……」

「不是這麼說又怎麼說？任你死的說成活的，我也不會捐一文。對不起，我可沒那麼些閒工夫聽你們說教……福根，走！」隨著這聲威嚴的命令，車門「碰」的一聲，車子便開動了。青年沒提防這驟然的舉動，一隻手還扶在車窗上，車子一走，便一個踉蹌跌倒了。

「壓倒人啦！」

「沒有良心的東西！」

「冷血動物！」

群眾從後面擲來無數的詈罵，商業鉅子只是不屑地冷笑著。吩咐司機開快點。衝過這包圍圈，轉過二條大街，車子在××百貨公司門首停下來。商業鉅子——公司的老闆兼經理郭潤才像一隻鵝般昂首闊步踱了進去。那些閒著的職員趕緊擺出副畢恭畢敬的姿態，做著事的也顯得更緊張忙碌。郭潤才愛理不理地掠過這隸屬於他的一群，只對一個瓜子臉的售貨女郎瞟了一眼，便逕自走進經理室。公役連忙給他泡上一杯濃濃的香茗，燃上支茄力克牌香煙，他坐在絲絨墊的圈椅裡，架起二條腿，極悠然地噴了幾口煙圈，這才從容地翻翻面前那一疊表單，簽上幾筆名字。一會工夫，桌上那架電話機卻「鈴鈴鈴」地響起來。

「是我的小鴿子嗎？」是一個女人矯揉的嗲腔，「昨晚為什麼不來，得罰你。今晚的派對一定要來！」

「當然，當然。」小眼睛擠成了一條縫，貼著發話機幾乎就想吻上去。

「來早點，我有體己話同你說……還有昨天我走寶昇銀樓過，看見一只五克拉的獨粒鑽戒，光頭很不錯。記著給我帶來好不？」

「唔……」小眼睛睜大了，有點猶疑。

「怎麼？不便嗎？那就算了！」聲音裡有著威脅和不在乎的意味。郭潤才趕緊堆下一臉惶恐地笑說：

「哪裡，哪裡！妳吩咐的事我幾時又拗違過！」

「我知道你聽話，要不我白疼了我的小鴿子！咕咕，回頭我……不說了，再見，再見！」電話在誘惑撩人的笑語聲裡掛斷了。郭潤才擱下電話一身骨頭都像搥過般鬆快。心裡癢癢的再捺不下來做事。他興匆匆地打開保險箱，點了點票子，卻又躊躇起來只三萬多元，大概只夠買只鑽戒。也許還得「沙蟹」一下呢！不要帶點賭本嗎？於是他關上保險箱，按鈴叫公役請出納主任。

門上起了輕微的剝喙聲，進來的卻是服裝部售貨員王建成，郭潤才只輕慢地在鼻子裡哼一聲，算是答禮。

「經理，」王建成給他做為詢問的瞪了一眼，更顯得嚅嚅地，「我家裡病得很兇，我想借一點錢。」

「這也用得著見我！」郭潤才夷然地他顧而言，「你不會去找出納主任？」

「我已找過金主任，他說，他說我本月份的薪津已透支，要壓經理特准……」

「既是透支了還借什麼？你看見誰個主顧不拿貨品便付錢的！而且，而且現在公司裡頭寸又很緊。」

「可是，這情形特殊，還要請經理恩准。」王建成苦著臉哀求著，幾乎墜下淚來。

「你亦情形特殊，他亦特殊情形，公司不給支空了！不成。」郭潤才不耐煩地擱下臉來，但馬上又在嘴角浮上一個微笑遞給推門進來的出納主任，金主任斜睨了一眼瑟縮在一旁的王建成，好像說：怎樣？找上經理還不是碰一鼻子灰，可是王建成正浸在自己的憂急中，沒理會的便孤苦無告地走了出去。

「今天庫存有多少！我要一筆小款子。」郭潤才望著王建成走遠了，隨手遞一支香煙給金主任問道。

「約莫四萬多元。二萬元是明天要付黃專員折息的。後天張處長那筆十一萬元的借款滿期了，還沒有著落哩！」

「情商他再續借一期不就得了。」

「泰記也早來過通知要提回現款，昨天盛昌號又來了催那批貨色。」

「總要設法把定海囤著的五十包棉紗去搞回來才好。」郭潤才矜持了一會說：「這一著可真傷透腦筋，上次看定要漲了，偏生又逢著陳誠來組閣，給壓抑下去。一擱淺又擱了三個多月。如今只有看吳榮生這一著了，他媽的，這次二百兩黃金走一趟香港要不回來四百兩，我姓郭的算白活了。」他說著又亢奮起來。金主任瞬著眼彈了彈煙灰，悄悄地湊過臉來。

「聽說這一陣查得很緊呢！」

「查個屁！」郭潤才從鼻子裡嗤笑了一聲，「吳榮生跑這個已是老門檻了，何況機艙裡那個又是我餵著的。憑那些鷹犬怎麼狠，可也捉不住這頭狡兔。嘿嘿嘿……」

「嘻嘻嘻……」

「這樣，我現在有急用，你先拿二萬給我好了。」

●

郭潤才從交際花胡麗娜那裡回來，已是翌晨三點多鐘了。幸好太座打牌還不曾回，幾杯香檳開始在肚裡作著怪，糊裡糊塗上了牀，彷彿還是在麗娜家裡。她今天對他特別殷勤，把他安置在自己左手的位子上。起舞時又緊緊地偎著他，那豐盈的胸，那纖細的腰，就在他懷裡輕顫款擺。打發他走時，她的膩潤的粉臉貼在他頰旁說：「明天，明天……」便伏在他肩頭上吃吃地笑著捏了一把……郭潤才從夢中笑醒來，似乎有人在震撼他的肩頭，不過是換了下女阿桃，他二隻手一抱，便將她往熱被窩裡拖。

「別，別吵！有電話。」

「管他什麼天皇老子的電話也不接。」郭潤才含糊地說著，還是一股勁地拉扯著。阿桃脚一軟折了下去，二個肘子齊巧撐在他胸上。忍著氣惱大聲地對著他面孔喚道。

「是公司裡金主任的電話，說是有要緊事。」

這公司裡的要緊事，立刻把郭潤才的酒醉睡魔一起嚇退了。衣服也沒披便三脚二步趕到樓梯口接電話。

「什麼?舟山有撤退的消息!真的。趕快,趕快打電報,我馬上就來。」

郭潤才趕到公司裡,金主任馬上報告他電報打不通,消息已成事實。接著又告訴他張處長那裡派了人來,說是寧願吃虧十天的拆息,今天一定要收回借款。盛昌號回報定貨不要了。算他吃定了虧,馬上要提回現款。還有幾家……

「回頭再說,讓我靜一靜好不?」郭潤才給一連串的報急弄得有點昏頭顛腦,一手支著額角,二條淡眉毛皺成了一個八字。金主任憐憫地望了他一眼,悄然退出去。

郭潤才定了定神,這才估計到損失的嚴重,就跟在緊張中受了傷,到停下來才覺得創傷的疼痛一樣。他有這個場面,大半是靠拆息高利貸來移東補西。仗著他香港定海安排了熟人,給他跑腿的又是過去跑單幫的老搭檔,便專做些營業以外的非法生意。還兼帶給同行辦辦貨,從中賺利。譬如拿到一筆定金,他便把來先兌黃金,偷運去港,賣掉了辦貨。貨再偷稅走私,這一轉手,賺頭自然大了。定海那批紗,本來亦早運來了,只為一限價,他不甘心脫手,加著查緝得緊,一時不容易找著機會偷運。如今這一失,可把郭潤才的小半江山搞垮了。所有挪得動的款又統統變賣了黃金運港。偏生人又總愛打死老虎,風頭稍微緊一點,大家又迫著要錢。他想著拿什麼來交貨,拿什麼來付借款。要搪塞不過去,信用一失,照牌也就倒了。如今只有想法拖延著等吳榮生辦回貨來——去香港的輪船是昨天開出的……

突然經理室的門，不經通知便推了開來，一個渾身短裝，草帽壓著眉梢的人衝進來，郭潤才陡地吃了一驚。但待他揭下帽子時，卻更驚惶地嚷了起來。

「吳榮生，是你！你怎麼就回來了！還是沒去香港？」

那叫吳榮生的抿著嘴將帽子往茶几上一丟，屁股坐進沙發裡便老實不客氣地點了支香煙，這才憤憤地說道：

「他媽的，老子喝過海水，跑過江湖，想不到今天倒栽在陽溝裡。」

「你是說……栽了？」郭潤才二手撐著桌子，小眼睛睜得桂圓似的，汗從額上涔涔地滲出來。腳一軟，便又跌坐在圈椅裡。

「可不栽了！他們用的什麼檢查儀器。擱在臟腑裡都會給查出來。好得我機警，一看苗頭不對，便問水手阿金借了套衫褲，趁他們沒留神便腳底搽油溜跑了。聽說機艙老丁已遭鷹犬逮捕了——咦，經理你怎麼啦！」吳榮生擱下話頭，二步就跨到郭潤才面前，只見他仰靠在椅背上，二眼緊閉，胖臉直泛著青白，吳榮生用手在他額上一按，卻是冰涼黏濕。嚇得他連忙放開嗓子大叫：

「快來人啦！郭經理不好了！」

嚷聲未畢，門口已起了紛沓的腳步聲，只聽見一個生硬的口音在問：

「你們老闆在裡面嗎？還有那個叫吳榮生的，何雄，你給把著大門，別讓狡兔們漏網！」

民國三十九年六月

編註：本文原刊於《台灣新生報・每週文藝》，一九五〇年六月三十日，第九版。

艾雯全集6

小說卷一

小樓春遲

小樓春遲：台北市，帕米爾書店，一九五四年七月初版。三十二開，一三〇頁。

◎帕米爾書店版原目：

在並轡馳騁的日子、漩渦、割愛、小樓春遲、生命的綠洲、螟蛉、落寞的女客、菲菲、漁家女、狼。

◎說明：

本集據帕米爾書店初版編入。

在並轡馳騁的日子

壁櫥發現了些白蟻，害我把箱箱簍簍全翻出來接受陽光的洗禮。打開一隻收藏書籍的舊藤箱，搬出一疊霉味的日記、書本，忽然「撲落」一聲，一張紙片從夾著的書裡跌落在地上。

那是一張精緻的聖誕卡，上面遮了一張金邊的半透明紙，用紅色絲帶繫在一起。揭開來便是一幅彩色的雪景，一個穿紅色披風的女郎和一個穿藍色燕尾服，戴大禮帽的男人，並轡緩行在雪地裡。看樣子像個幽靜的鄉村。路的盡頭，三五棵樹簇擁著一座紅磚的小房子，揚射著一片柔和的燈光，顯得溫暖而安謐，彷彿正在親切地向他兩招呼。卡片上沒有落款也沒有簽名，只簡單地寫了一行：

當我們並轡馳騁的日子……

啊！啊！當我們並轡馳騁的日子！像在平靜的水面投下了一塊石子，我那止水似的心湖裡掀起了粼粼漣漪。那些日子裡充滿了青春的歡笑，熱情的奔放，生命是一杯香醇的蜜酒，心靈浸沉在酒液裡，陶醉了。春天是一年中最美麗的季節，而那些日子，便是我生命中的春天，一生最璨璀絢爛的日子。

眼前的那張聖誕卡忽然模糊了，雪景變成北國的春天，春天裡綠漫漫的原野。遠處有蒼鬱的山巒，近處有茂密的樹林。那女的穿著白色法蘭絨上衣，外面罩一件猩紅薄呢背心，淺灰帶藍的馬褲，大紅小馬靴，馬刺亮的耀眼。帶著白手套的手裡，揮動著一根精美的鞭子，長長的鬈髮用一根紅緞帶繫著，給風吹得飛飛揚揚——那便是我，我同著我心愛的小棕馬「愛麗絲」，伴著我的是英俊的楊侃和他的「閃電」。

那些日子，除了嚴寒的冬天和有風沙的日子，我們幾乎每天都騎著馬出去溜達。我的騎術還是他教會我的，起初我只敢並著他慢慢地走，慢慢地我可以單獨騎行了，後來我馳騁得同他一樣快。我們在山林裡緩緩地並行，在鄉道上跑著小快步，在遼闊的原野裡便拉緊韁繩，盡情地馳騁。常常把正藏在深長的草叢中吃草的牛羊群，衝得四散奔逃，恐懼地叫喊一片。於是我們便勒住韁繩，像二個淘夠了氣的孩子，停下來相視大笑。

楊侃有一點使我著惱的，就是有時走得好好的，他卻故意落後一步打量著我，就像我們欣賞一件雕塑的藝術品似的。從他的眼睛裡可以看出他對我的讚美，而且他也不只一次用言語來表達他的讚美，說我騎馬的姿態多麼輕盈，多麼優美！可是他自己穿上騎裝配著他那魁偉的身材，和北方人特有豪放俊邁的氣概，不曉得多麼誘撩女孩子！

一天，是一個花事正繁的暮春，北方的風沙在這時已弭跡了，陽光暖暖的使人嚮往著草原、山林、雲天。我眨上一襲新縫的騎裝，蜜黃軟綢的大燈籠袖襯衫，領上繫一個大黑綢領結，黑綠的馬褲，黑馬靴，頭髮捲得短短鬆鬆的，用一根蜜黃綢帶綰住。楊侃瞪著我瞅了半天，那樣子簡直有點傻里巴氣。我噗嗤一笑，他才眨一下眼睛吶吶地說：

「妳真懂得怎樣適合妳自己！」

「人還有不曉得適合自己的！準備好沒有？」

「有請，我的女騎士。」楊侃屈著一膝，手指交叉著攤開來，等待我上馬。

「什麼？『你的』？」

「是的，妳是我所尊敬的女騎士，就同我是妳最忠實的騎士一樣。」

我將馬鞭在他面前虛晃一晃，一腳踩著他攤開的手便跳上了馬背。我們並著轠轡，一會兒緩行，一會兒急馳，到了我們常去的那座山林，我們把馬繫在一棵松樹上，向綠林深處走去。我所以愛這座山林，不僅由於它的幽靜，而因為它還有一支百看不厭的湍激的澗溪。溪畔叢生著紅白鮮妍的山花，和綿延的青草。當我們極目遠眺時，城裡那綠瓦紅磚的宮殿，巍峨的城樓，像一些小擺設似的隱約呈現在蒼鬱的林木中。

當我眺望著風景時，楊侃卻在凝視著我。

「我主張你們南方的女孩子都該到北方來住一陣子，北方粗獷的風沙會使妳們弱不禁風的體質變得更婀娜剛健，而妳們柔軟的聲音說起京片子來又不曉得多好聽！」

我淡然一笑，沒有作聲。

「藍薇。」隔了一會，他輕輕地喚我，也許由於激動，聲音有點顫抖。「藍薇，時間過去得真快，我們認識的日子已不少了，還記得嗎？去年，去年也是這個時候，我永遠忘不掉那珍貴的一天……」

「背台詞嗎？」我頭也不回地說。

「不要這樣，藍薇，妳聽我說，我一直是一個豪放不羈的人，我愛像一頭鷂鷹似的自由飛翔。可是，當我第一眼看見妳時，我就覺得我整個身心都隸屬於妳！」

「做一個盡責的馬夫。」

「不許妳這樣，藍薇！」他突然用力握住我的雙肩，將我的身子扳過來面向著他。他的眼睛燃燒著，我感受到那股灼力，那足以使心靈熔化的灼力。我將頭一昂，抑制著自己的情感，像壓制火山裡即將爆發的熔岩。「我一定要告訴妳，我愛妳，愛得比海還要深，比地球還要永恆。我們要生活在一起，像天上的星星和月亮，一棵樹上的花朵和葉子。妳說，妳說我愛你。」

「我用嘴巴說我愛你就愛你了嗎！我重複你的話就是愛你了嗎？我想，愛情終不至於簡單得跟老師教小學生背書一樣吧！」我故意冷冷地說，嘴角上始終掛著那一縷嘲笑。

「藍薇，妳！……」他眼睛裡燃燒的火焰隱退了，失望、痛苦地望著我，握在我肩上的手慢慢鬆弛開來。

「哈哈哈哈……」我高興地揚聲大笑著，一個旋轉離開了愕然的他。很快地解開愛麗絲，一躍而上，我在馬背上向他送了個飛吻，揚一揚手，腿肚子一夾，愛麗絲便撒開四蹄飛快地奔馳起來。

「藍薇，妳這個作弄人的壞妮子！看我捉到妳——」我聽見他笑著嚷著，跳上「閃電」追了上來。

我拚命催著愛麗絲，一排排樹變作幢幢的黑影掠過，耳邊只聽見呼呼的風聲。閃電的蹄聲近了，我聽到了牠粗濁的喘息。我又加了愛麗絲一鞭，就在那一剎那，愛麗絲忽然向前一跪，我一股勁勢從牠頭上翻了過去……

等我醒來時，發覺自己正枕著楊侃的大腿躺在草地上。我本能地將手在地上一撐預備坐起來，右膝部一陣劇烈的疼痛，使我不由得重重呻吟了一聲又倒下去。

楊侃把我安排得舒舒服服的，半擁半偎地靠在他懷裡，閃電走得很慢，愛麗絲一跛一跛地跟在後面。我第一次與異性靠得這麼近，感到那從男性身上散發出來的、特殊的氣味有點使人窒息。

去醫院檢查的結果，醫生說我腿上有一塊骨頭扭傷了，沒有多大關係，但必須靜養些日子，而且不能用力。於是，我像一隻海闊天空翱翔慣了的海鷗，一旦被關進了狹隘的籠子，我寂寞、煩躁，幸好楊侃每天下午都來陪我，有時給我送來鮮花，有時給我送來糖果，有時是幾冊有味的雜誌。而他的溫存和體貼，是我病中最大的收穫。他沒有再提起過那天在山林中說的話，因為我們心與心之間的默契已遠勝過一切語言。

我的腿一天一天地好起來，我開始每天早晨在花園裡散步，甚至一點受傷的痕跡都沒有了。但到下午楊侃來的時候，我又裝作步履不便的樣子。因為我想使他突然驚奇一下，有一天當他來看我時，我卻騎著愛麗絲在門口等他了。

那天上午，我悄悄地騎著愛麗絲照例的散步，不知不覺卻走到了我們常去的山林裡，這時杜鵑花已開了，映得山林紅豔照人。我緩緩地循著那條熟悉的小徑走上去，突然眼前一亮，那繫在松樹下悠閒啃草的不正是楊侃的「閃電」？在牠旁邊，原來該是愛麗絲站的地方，繫著另一匹白馬，在牠頭上的樹枝上懸了一頂寬邊草帽，帽上綠色的緞帶在微風裡飄揚。

林中靜悄悄的，只有澗流和山風的雙重奏。

我好像被一隻無形的巨手在心上狠命捏了一下，不加考慮的，立刻掉轉馬頭，循著原路急速回去。我從來沒有覺得這條路有這麼長。我幾乎在馬上坐不穩，但我還是支持到家裡，放下韁繩，手心裡滿是黏濕的冷汗。回家我第一句說話就是吩咐僕人，說我不見楊侃，無論何時。

傍晚楊侃來了個電話，一聽見他的聲音，我馬上擱下了傳話機，我覺得解釋是多餘的事。

第二天上午他寄來了一封信，一看是楊緘，我拆都不曾拆開就撕碎了擲進字紙簍裡，以後雪片般地飛來，我還是雪片般地灑在字紙簍裡。

一個月過去了，我的激動慢慢平靜下來，我的自我抑制也鬆懈了。在清晨或黃昏，當看書看得煩膩時，楊侃的影子又衝進我思維的領域——我忽然記起來已有好些日子沒有信撕了。

望望窗外，杜鵑已開得闌珊。

我百無聊賴地踱到書桌前，隨手拿起一本不知幾時撩在哪裡的一本《家庭》，卻發現書下躺著一封信，楊侃的信。

「看看他究竟說些什麼？」抱著這樣的心理，我拆開了信。

藍薇：

到今天什麼話都是多餘的，我已說盡了一切，如果X光能透視心靈的話，妳可以看到它已碎成片片。

我永遠忘不掉那一天，那判定我死刑的一天。上午，我伴著隔夜從上海去天津經過這裡的二妹，騎馬去我們那「愛情的溫牀」——松林，因為二妹常讀到我在信中的描述，早便心嚮神往了，一來就孩子氣的拖著我去。下午她要求我同著來看妳，可是……藍薇，我怎麼也想不到妳為什麼一下變得那麼狠心！

醫生說我如果不願做一個精神病患者，那麼馬上離開這裡去換換環境。我已買好了明天上午八點鐘的車票，去為人所不知的，很遠很遠的地方。藍薇，請允許我最後一個請求。我不希望別的，只希望知道事情的原委，究竟是我的過錯，還是妳變了心——憑過去那一段愛情，請給我最後一次解釋。判了刑的犯人終得知道自己的罪名，才能死亦甘心！

虔誠地為妳祝福！

侃

看完信我已熱淚橫溢，我詛咒我自己那不可恕的疏忽、妒嫉和倔強，如今要求寬恕的是我自己！我擦著眼淚預備換衣服出去，可是一抬頭，日曆上印著的是十四兩個阿拉伯字，而他信上的日子是六月十二日。我還是抱著僥倖心趕去他住的公寓，門房說楊先生是昨天早晨走的，並沒有留下地址。

第二年聖誕節他寄來了那張聖誕卡，除了郵戳上印著新疆的地名，再沒有別的地址。這以後便再沒有任何消息……

「媽咪，妳看什麼？……噢，這張畫片真好看，給我好不？」孩子放學回來，書包還沒有放下便擠過來一把奪了去。

「不，明天給你買張更好的，這張媽咪要留著……」

「媽咪這麼大了還要玩畫片？」孩子提出了抗議，執著不肯放手。好不容易許了他一個願，又賠上一個故事，才取回了那張聖誕卡。我鄭重地把它鎖進藤篋裡，連同我的回憶。

《明天》．民國四十一年九月十八日

編註：本文原刊於《明天》第五十九期，一九五二年十月一日，頁十一～十三。

漩渦

小引

河水從上游潺潺地，澶湉地婉流下來，才一繞過崖角，卻突然的被一股吸力猛吸過去，儘管掙扎，還是不由自主地打個迴旋，接著一個迴旋又一個迴旋，一圈一圈往裡旋，一圈比一圈迅疾，盤旋谷轉，漩澴縈瀠。這時從山麓飄墜三五片花瓣落葉，只輕輕挨上渦環，便一個旋捲得杳無痕跡。若是粗大些的樹枝，便或浮或沉，時隱時現的由漩渦帶著旋轉，轉入渦心裡時陡地直豎起來，一剎那就飛箭似地疾向漩渦深處射去，再無影蹤——上游的水不斷地流下來注入這急速旋轉的回流中，漩環不斷地擴大、膨脹，一圈緊似一圈，旋轉力越來越強，渦心深深地陷落下去，彷彿一隻急轉著的大漏斗。旋，旋，旋，驟然間渦流像高山深谷般猛然湧升，掀起了一排水柱，又突然降落。掙脫了漩渦的河流立即帶著狂暴的威力，湍激地沖瀉下去，奔流下去。於是，漩渦又開始吸收新的水流，不斷地旋，旋，旋……只要是碰上它的任何東西都吞噬無遺。一個古老的傳說說是渦底有一個深不可測的洞穴，洞裡潛伏著一條千年老龍。漩渦，濆瀑，全由於它的呼吸引起的。人們慣把它喚作「龍漩」。

龍漩在蘊碧河中流，蘊碧河風景秀麗，幽靜可喜，在風和日麗的日子，月色清明的夜，不少遊人泛舟河上。只是船家在租船時若看著是面生的人，便會小心叮嚀。「別往遠處划囉，記著看到那棵遮著半條河的榕樹，千萬不能拐彎。」拐彎便是龍漩，而那棵從山崖上橫衝出大半棵枝葉的榕樹，正在轉彎角上成為最醒目的標記。

一

林琦像一陣風暴般，撞開房門，猛闖進室內，一手攫住桌上的照相架，便使勁往地上摔去。「砸浪！」玻璃碎了，她俯下身去從碎玻璃裡抽出張相片來，三把兩把撕碎了。重又摔在地上，兩隻穿著大紅網眼鞋的腳在上面亂踐亂踏，若沒有地板攔著，那股狠勁，準能把它踏進地層下去。接著，似乎怒猶未盡，順手拿起那原是供在照相架旁邊，插著兩枝玫瑰花的小花瓶摔得遠遠的，還帶上一個鎮書的小獅子，最後，林琦把自己擲在牀上，頭埋在枕頭裡，胸脯劇烈地起伏著，兩肩微微聳動，終於忍不住迸射出屈辱的眼淚。

妒恨像一條兇狠的毒蛇啃齧著她的心，那毒汁很快地滲進血液，浸蝕全身。

雖然只是那麼匆遽的一瞥，留下的印象可比雕琢的還要深刻。不錯的，那是他，他那含情的諦視，他那瀟灑的笑，都是為她所熟悉的，然而他的諦視，他的笑，不是為她而是為另外一個女人——兩人正親暱地挽著手臂從電影院散場出來，又並肩跨上自行車向燈影闌珊的街上疾馳過去——一霎時她彷彿受了電擊，搖搖欲墜，勉強靠著人行道上的電線桿支持住自己，那麼，友人們被她認為謬論的暗示、警告竟是事實！那麼，近一個月來他常說事忙而誤了約會，竟是推託！兩人曾經像兩股熔岩般燃燒在一起，兩人曾經似兩支水流般，交流在一處，愛得那麼熾熱，那麼強烈，這是可能的嗎？那麼山誓海盟，心與心的熨貼，靈魂與靈魂的偎依，竟是過眼煙雲嗎？然而，她曾經信賴他的真誠，一如信賴自己堅貞不移的愛情。做夢也想不到他的心亦似水銀似的閃熠不定，善幻多變！

「我真傻！他會變，我為什麼又不變？多少男士匍匐在我腳下承歡我的顏色，稀罕他！」林琦轉過身來，憤激地想，晶瑩的淚珠還殘留在頰上，真是，憑她林琦，還同別的女人去爭奪一個男人的愛！這簡直是不可思議的事。而一個男人得到了她的愛竟會再去愛別的女人，這更是莫大的屈辱。她決計明天開始跟小周表示親暱，故意做給他看，也氣氣他，是的，氣氣他……哦！不，這麼一氣他，正好促使他整個地投入那女人的懷抱，沒有這樣容易的事。「我絕對不能放棄他！」林琦一拳擂著牀沿，嗅出聲來，激怒著像一頭咆哮的母獅。「我要報復，我一定要報復！」於是，她咬住下唇，暫時落入沉思中，時間之流躡手躡足地從她身邊悄然流去——突然，她定下眼神，屏息著，小心翼翼的在思想的海洋裡捕捉著什麼，接著，臉上掠過一道陰沉的表情，抿緊的唇角勾起一個叵測的微笑，那被太多的妒恨、屈辱、痛苦所晦暗的眼睛，又像滴上滑油般明亮起來；不是那種為愛情而洋溢的柔和的光輝，也不是那種因恚怒而揚射的激動的光彩。而凝冷凜冽，就似冰霜映著月色反射的兩點寒光。

她毫不猶豫地從牀上跳下來，打開抽屜，鋪下信紙，略一思忖，便振筆疾書下去：

親愛的弘：

又是兩天沒有看見你了，這兩天在我竟像是兩個世紀般悠久，這兩天我就似生活在荒涼的沙漠，無邊的寂寞和對你的思念，幾乎使我一下子變老了。而昨晚我以更其迫切的心情盼望著你，從滿天晚霞淡去，嵌上滿天的星星，從月亮把花影由西邊移到東邊。我那樣焦急地盼望著你，為的要告訴你一個重要的消息，這消息使我如是的坐臥不安，憂心如焚。

昨天，我接到我叔父的信，要我趁暑假去他那裡——新加坡。你知道叔父是我唯一的親人，他撫育我一如己出，我不能拂逆他老人家的意思，但是，我又怎能離開你！我不知道這一去叔父是否會留住我，也許這一別……噯，親愛的弘，你看我多傻，只要我們愛心不渝，相見還不容易嗎？縱使雲山迢迢，也有靈犀一點通。我總會回到你身邊。只是，弘，這一段別離時的相思，又怎能排遣得了！也許，只能從回憶中去尋取愛情的溫暖，是的，回憶是美麗的，甜蜜的，弘，讓我保持一個最鮮明的回憶，做為臨別的贈予，行嗎？那麼，不管怎樣忙，請在這一星期內揀一個晴和的日子，伴我逛一次蘊碧河。重溫一次舊情。還記不記得。在河上我們定情的夜！月色是那樣柔和，水流在船下低低地吟唱，你把我擁在懷裡，我們因喝下太多芳醇的愛情的醲醴，而陶醉了，一直醉到今天——但願我們長醉不醒！

我等待著你，像一株向日葵等待太陽上升！

你的琦琦

把信封發了，林琦反覺心頭寬敞了一點。用這個計策去網他，他是不會不落網的。她在窗口小立一會，臉上陰沉的表情逐漸緩和了，那絲叵測的笑意隱入嘴角，眼睛裡閃熠著寒光也慢慢地收斂。她轉過身來。從碎玻璃屑中撿出撕毀的照片，按在桌上的白紙上小心地拼湊著——那是一個儀表俊偉的男士，那雙深邃而富有魅力的眸子，彷彿正含情脈脈地凝視著林琦，瀟灑的在唇畔逗著一個誘人的微笑……林琦諦視半晌，愛情的光輝突然使她的臉變得美麗而柔和，她驀地勾下頭去，用熱吻蓋住了相片裡破碎的臉，而迸出了眼淚，喃喃地說：

「親愛的，親愛的弘弘，你不能怪我，你知道愛情的眼睛裡是容納不下一粒沙子的！」

二

蘊碧河靜靜地蜿蜒在溶溶的月光下，低低地吟唱著。微微的水波映著月色，像千萬片銀鱗閃爍，突然一隻魚兒迎著月亮躍騰起來，又倏忽沉落水底，水面的月亮碎了，一圈連一圈的漣漪，向四面盪漾、擴散。有一艘遊艇正緩緩地駛進漪漣，背向著船頭坐下一個男的，與他面對面的是一個女人，一人一支槳，漫不經意地搖著划著。

「弘，我走了你會不會忘記我？」女的說。

「當然不會。」是男的低沉的口音。

「永遠，永遠？」

「永遠，永遠，天長地久。」

「始終不變？」

「始終不變，有明月為證。」

「是心裡頭的話嗎？」

「琦，妳難道還不知道我的心。」男的說著，一槳打去，正顫抖著快凝結攏來的月亮又被攪碎了，碎成無數塊大大小小的白玉。

「嗯，我知道，我知道得太多了——」漫長的聲音裡摻著無限譏刺、嘲諷。「我知道你那顆堅貞不移的心，原來是水銀澆成的。」

「琦，妳不知道，妳說這樣的話是侮辱我麼？」

「受侮辱的不是你，而是那把心靈與愛情奉獻給你卻受了欺騙的人。」

「我不懂妳的意思。」他淡淡地說，接連用力划了幾槳，船身因這突然的力量歪斜了，她連忙划了幾划糾正過來。怨恨地譴責著：

「哼，別反穿皮襖——裝羊（佯）啦，何必一定要揭穿了說哩！」

「噢，我的琦琦，我當真不懂妳指的是什麼。除了愛妳，全心全意地愛妳，我是什麼也不知道。」他委委屈屈地申說，她雖是不屑的在鼻子裡嗤了一聲。

「我猜妳一定聽信了想破壞我們愛情的謠言？」

她輕輕地划著槳，沒有作聲。

「也許妳我間有了什麼誤會？」

她默視著從舷沿滑過的深暗的水流，沒有開口。

「琦琦，別生氣了，在這臨別的前宵，讓我們盡情地享受一番，陶醉一番吧！」他擱下槳，無限溫情地向她伸過手去，她卻把臉一揚，這時小船正經過一叢樹蔭，月光在她身上投射下一片陰影。她咬著嘴唇，強自抑制著一個衝動。

「妳還不相信我嗎？琦，妳知道我忠於愛情更甚於生命……」

「別說了！以詭辯掩飾既成事實，比犯罪本身更愚蠢而不可恕。」她憤激地擱斷他的話，聲色俱厲地說。他怔了怔突然一下子變得沉默了。

「說什麼海可枯，石可爛，此情永不移，說什麼天會老，地會荒，愛心長相依……原來都是謊，你把這美麗的謊當歌詞一樣到處唱。」她的聲音因激動而顫抖著。

「琦！……」

「你騙取了我真摯的情感，我全部純潔的愛，如今日久了，厭倦了，便想見異思遷……」

「琦，我絕對不是見異思遷，我只是同那女孩子，想給她一點溫暖。」他低著頭吶吶地分辯。

「所以你把曾經奉獻給我的愛情，又收回去獻給她！」

「不，曾經奉獻給妳的，便永遠是隸屬於妳的。」

「這麼說你是萌生了新的愛情？」

「沒……」他囁嚅地，她又急亢地攔住他說下去：

「但愛情是完整的，沒有新舊之分的，我愛著的不允許人家染指，人家愛著的我也不屑分潤。我要的愛情是從頭至腳，完完全全屬於我的愛情。如果……」她突然地收住了沒有說完的話。深深地凝視著他，他兩手支著下頦，沉思著，欲說又休，顯得十分杌隉不安，一支槳隨意在舷邊飄浮著。河水越來越深暗了，他們已遠遠地離開那些遊艇，往下游流去。

「弘，抬起眼睛，望著我！」她突然嚴厲地命令著，他惶憾地望著她。「憑著你的良心，憑著你的人格，在這蒼蒼天宇之下答覆我：你究竟愛她還是愛我？」

他不知哪來的勇氣，冒然迸出回答：

「兩個都愛。」

「好罷！」她的心往下一沉。身子也跟著癱瘓下去。但另一個意念立刻又使她堅強起來，她挺一挺胸，抿緊著嘴，雙目直視前面。使勁地划著槳——不知何時起，兩支槳全由她支配著。船無聲地在水面滑駛前進，小舟載著太多的沉默，夜也沉默著。只有流水低低地嗚咽。

「弘，」她柔聲喚著，聲音出人意外的平靜。「你還記不記得那個故事？」

「什麼故事？」他茫然睜大了眼睛，驚奇於她暴風雨後的平靜。

「不是說有一個什麼小國，那裡的法律一向嚴禁王族跟平民締姻，犯者必死。可是就有一公主不知怎麼認識了一個青年平民，兩人深深地熱戀著。消息傳到國王耳朵裡，當即下令，逮捕青年，關在監獄裡等候發落。

「到了判決的那天，國王命在宮殿前的廣場上布置了兩間小屋，左邊屋裡關著一隻兇猛的餓獅，右邊屋裡只是一個年輕的少女。教青年站在中間，由他們選擇自己的命運。他若是打開左首的門，無疑的，將立刻飽啖獅吻。若是打開右首的門，少女便成為他的妻子，她將伴著放逐到很遠很遠的地方去共同生活。但青年不知道這些，他的命運完全操縱在公主手裡，因為她清楚小屋裡關的是什麼，青年惶惑地站在廣場上，專等著公主的暗示去開門……

現在假如你是那公主？」

「當然告訴青年開右首的門。」他毫不猶豫地回答。

「不，你錯了。」她搖搖頭說，在唇畔挑起一絲殘狠的微笑，眼睛發著光。「與其她自己所愛的送到別人懷裡，不如讓他毀滅。」

「妳是說……」一語未了，船身忽然搖晃起來，接著一個黑影迅疾地掠過，正是那棵俯衝在河面做為危險標記的大榕樹。他連忙回頭一看，臉上立刻駭成死灰色，驚惶失措地喚起來：「哎！不好了！漩渦！快，槳給我……」他一手緊抓住船舷，去接她手裡的槳，但她以更敏捷的動作把手一抽一撒，兩支槳頓時撒離船舷，逐波浮去。船身一側，她趁勢猛撲過去倒在他身上，緊緊地摟著他，壓著他，瘋狂的吻雨點般落在他頰上唇上，一身顫抖著像犯了熱病似的，一面夢囈般斷斷續續地呢喃著：

「你這狠心的小傻子，你想撒下我去愛別人，告訴你，我寧與你同歸於盡，也不讓別人分享我的愛情——我愛你，我要整個地占有你——去新加坡是假的，我就要你陪我去極樂世界，那裡沒有人再奪我的愛——讓我們長醉不醒，讓我們……」語聲終於被喧譁的水聲淹沒了，船被吸力猛吸過去，一片落葉般顛簸著，晃搖著，最後高高地拋起又驟然降落，被捲進了漩環。於是一圈跟著一圈，彷彿行星在軌道上疾轉著，一圈比一圈快，一圈比一圈小……驀地船身陡地豎立起來，倏忽間又似一支脫弦的飛箭般，一直射向渦心深處——

三

當第二天的太陽又照著蘊碧河的時候，在龍漩的下游，一艘塗抹著綠漆的遊艇，船底向天地覆在水面上，載浮載沉，隨著湲湲的河流向前流去，像一塊被人拋棄了的大西瓜皮。

漩渦依然日日夜夜不停地旋，旋，旋……

編註：本文原刊於《暢流》第八卷第八期，一九五三年十二月一日，頁二十五～二十七。

割愛

深夜，把春季大演習的計畫草案擬好，我大大地伸展了一下肢體，燃上一支「七七」，把自己埋在「吱吱」發叫的藤椅裡，半闔上倦澀的眼睛，享受片刻舒適。我噴出一口濃濃的煙圈，慢慢地散開，淡了，灰色的氤氳中露出翠綠、粉紅兩抹鮮明的色彩——那是一支機動的模型潛水艇和一個凸著大肚子的胖娃娃。這都是這下午上街去買來，被安放在堆滿著什麼《孫子兵法》、《反共抗俄基本論》、《精神剿匪》以及零零星星，梳子、牙膏、綁腿等等的壁架上，顯然的這兩件小玩具放在這充滿了單身漢的寂寥，和大兵氣息的小房間裡，是十分不調和的。要問我為什麼要買這兩件玩意兒嗎？那是送給小嘉的——一個沒有乾媽媽的乾爸爸送給他乾兒子的禮物。後天是他一周歲生日。

我怎麼會有這樣一個乾兒子，說來話就長了，我本來不願意提這樁事。準備這輩子就讓它發不出芽的種子似的瘠死在泥土裡，可是，夜那麼靜，那麼長，我的精神被「計畫草案」提了上來，彷彿呷了一杯濃濃的咖啡，沒有一絲睡意。我那過剩的思想不由得被兩件小玩意黏住了線頭，於是，我燃上第二支煙……

應該是三年前了，一個初夏的晚上，我從台北出差回P市，離防地不遠，我就安步當車慢慢走回去，走過××街一家小酒店門口，卻見裡面鬧喧喧圍著在看什麼，突然一個大著舌頭的聲音喊嚷著：

「快拿酒來！要不老子砸了你們的店。」聲音雖然含糊不清，但我依稀辨得出是親切的鄉音，一時出於好奇，我從人隙裡擠進去一看，只見一個醉漢斜倚在靠壁的一張座位上，臉正好背著光，他手裡端著一只空酒杯敲著桌子催酒，旁邊站著一個店主模樣的擺著一副莫可奈何的厭煩神氣。

「誰說我喝醉了！酒入愁腸化作相思淚，曉不曉得？化作相，思，淚，」醉漢說著，身子卻在往桌子底下溜，「砰」一聲，手裡的杯子墜在地上跌得粉碎。

好熟的聲音和模樣！一個熟悉的名字忽然衝上喉際：

「嘉德！」我試著用較高的聲音喚他，「嘉德。」

「誰在喚我？」他似吃了一驚，身子向椅子上挪了挪，回過頭來，給酒精薰紅的眼睛茫然環顧周圍，「誰，也，不，會，喚我……」他搖搖頭，一字一頓地說著，神經又鬆懈下來。終於像一隻鰻魚般滑到桌子底下去。

不錯，正是他——吳嘉德，雖然我們已有五、六年沒有見面，而他現在的樣子又那樣憔悴、落魄，但憑我們那一段時間所不能磨滅的友誼，哪怕他缺一個鼻子少一個嘴巴，我也還是能夠認出他來。

「這是我的一個朋友，」我向酒店老板說，「去替我叫輛三輪車來。」

我替他把酒錢付了，扶著他上三輪車，一直朝我駐紮的營地馳去。

他醉得很厲害，我用盡了冷敷什麼的那些解酒方法都不能使他清醒。在車上他嘔吐了一次，在屋子裡又吐了一次，之後，便沉沉地睡去，呼出來的呼吸使一房間瀰漫了污濁的酒氣，在我的記憶中嘉德是不會喝酒的，是什麼刺激使他變得這樣酗酒？

吳嘉德是我中學時的同學，雖然我比他要高二班，同學四年我們卻一直是形影不離的至友，那時從我家裡到縣城的中學去一定要坐一天的船，記得我念初二的那年，我在家裡度完了一個暑假返校，一跳上篷船便見艙裡有一個比我小幾歲的少年，由一個莊稼漢模樣的中年人陪伴著，我進去時他的腳縮攏些讓出路來，一眼望見了我胸前的校徽，那時他深邃的眼睛立刻明亮起來，嘴唇翕動著，想打招呼卻又不好意思，只悄悄地去捶旁邊的同伴，那人把我打量了一番，笑著搭訕道：

「這位大哥也是去城裡上中學的麼？」

「是囉。」

「噢，這下可好了，路上有個伴，到學校也好請這位大哥關照關照。」那人替少年歡喜道，我也斜過臉去看他，只見他彷彿在客地遇見了親人似的，大眼睛裡洋溢著喜悅，清秀的臉上湧上淡淡的紅暈，怯怯地，用誠懇的聲音問我：

「大哥是幾年級？」

「二年級。」

「我叫吳嘉德，是才考進去的新生。」他很謙虛地說，眼睛卻望著我，似欲從我這裡獲得什麼，我們就這樣認識了。

在學校中，恰巧我們被安排在一個宿舍裡，他便一直用帶著幾分尊敬的口吻喚我大哥大哥，我呢，家裡五兄弟就數我是排尾，如今平白地跑出一個小老弟來喚我大哥，也就儼然以大哥自居，不曉得的人，還以為我兩真是親兄弟哩。

吳嘉德同我一樣，喜歡看小說，喜歡幻想，只是我憑恃著自己有幾分小聰明，對功課總是不大用心，他卻不然，不僅功課，對任何事情都很認真，他誠懇、熱情、謙和，但卻不大交朋友，在學校裡只跟我一個人好，也許由於他自小便是在寡母的溺愛中長大，有點神經質，一點兒煩惱便當作痛苦，我簡直連跟別的同學玩都得忌諱幾分，記得有一次我患急性的腸炎，全仗他請了假，日日夜夜守在我牀前照顧我，吃的、痾的都由他不避污穢地一手料理，等侍候我病好，他自己卻消瘦了三四磅。

他母親知道我們要好，有時送什麼吃的東西來總是雙份——一份她兒子，一份給我，暑假裡他常常要我到他家裡去住，我們一起去釣魚去尋植物標本，有時便懶懶地躺在樹蔭下，敞開心扉，毫無隱瞞地講那些小小的祕密，青年人美麗而荒謬的夢想，將來的志願——嘉德只希望自己能辦一個小小美麗的農場，過著平靜的生活，沒有煩擾，只是充滿了溫柔與恬美，歡樂與幸福，而這一切，都籠罩在一種愛的氛圍中——他的母親，和一個可愛的妻子。說起他未來的伴侶，他那對深邃的眼睛立刻揚射著無限柔情和希望，他早在心裡築了愛的聖壇，只待人兒放上去供奉。我的願望卻與他完全不同，我想做個飛將軍，馳騁天空，我又想做個海上英雄，乘長風破萬里浪，有時我又想做個掘金者探險家……我的夢想就似春天的雲，詭譎多變，但我從來沒有想過女人將在我生命裡占什麼地位。

在高中還差一年畢業的那年，我終於瞞著家裡，偷偷地考取了陸軍軍官學校，為這事，嘉德幾乎生氣不理我了，但結果還是他幫我收拾行李，噙著兩眶熱淚送我上汽車。

當我在軍校當入伍生的時候，我們還一直通著信，後來日寇迫近桂林，學校奉命遷渝，接著交通阻斷，我們便失了聯絡，一直到勝利之後，我們的部隊駐防南昌，離我家裡只不過三天路程，於是我請了半個月假返里省親，Y縣跟那些僥倖逃過魔掌的小城一樣，始終沒有受到敵人的蹂躪，嘉德那時便一直在鎮上的國民小學教書，我的回去，對他簡直是瘋狂的快樂，我們成天盤桓在一起，彷彿一支滾滾的溪流，有說不盡的話，幾年來，我從未像對嘉德似的，對誰曾這樣披肝瀝膽地傾談過，我們覺得我們比分手時更懂事了，世故了，但一提起往事，恍惚又回到那愛做夢、愛幻想的歲月中——這一次重聚，更加深了我們的友誼，回到防地，他不時寫來熱情洋溢的長信，有一次他告訴我他始終不曾放棄他的志願，他已物色到一塊優良的土地，正在進行中，又有一次他說寒假將到南昌來看我，同時，同一個我想像不到的人來，他說他的生命一直只愛著兩個人——母親和我，如今又有一個第三者，一個可以使他早年的夢想實現的人，他所以早不告訴我，只是要我吃一驚……我猜他是有了愛人了，但不知是怎樣的女人？——那時和談早已破裂，共黨索性拆穿紙老虎，訴之暴力，我沒有等到寒假看到他和她，便奉調上海、廣州……戎馬倥傯，這期間只來得及給他一封信告訴他Y縣不宜久留，便來至台灣。

這幾年他變得有多快！眼眶嘴角下降，清秀的臉尖瘦了，因此那個原是挺直的鼻子顯得削直，而顯示著忠厚的厚嘴唇稍向下掛，苦難加諸他臉上的痕印，遠勝於歲月的雕琢——我搖著他，想喚醒他問問他這些年的遭遇，但他只翻了個身，嘴裡含糊地說著囈語，吐出一口惡濁的酒氣。在等待中，我自己卻被困倦所征服，不知不覺睡熟了。

「大哥，大哥！」噢，久違了的親切的聲音，我睜開眼來，嘉德正站在桌前喚我——昨晚我竟是伏在桌上睡熟的。

「酒醒了！」我握住他擱在我肩上的手，好像昨天還在一起釣魚似的。

「大哥，想不到今生還會遇到你……」他激動地說，聲音顫抖著，羞愧地俯下頭去。我瞥見兩顆晶瑩的淚珠在那深邃的眼睛裡滾滾欲墜。

「嘉德，不要這樣，你先歇歇，我們細水長流，有話慢慢說。」我勸慰著，一面打發勤務兵去買豆漿油條，又張羅他盥洗。

「伯母來了沒有？」

「沒。」他的聲音哽在喉頭。

「就你一個人出來的？」

「嗯，但計畫中原是兩個人。」

「怎麼說？」

「你記得她……哦，你還沒有見過，就是我寫信告訴你要同著到南昌來看你的那個人，我們計畫著一道來台灣，她先要回她家去看看，約好在廣州會合，可是當我走到曲江時，忽然病倒了，躺在旅館裡人事不知，還是旅館裡的人把我送進醫院的，生的是傷寒症，等我清醒過來時，一問日子，離我們約好的日子多過了三天，我連忙央求護士替我寫幾個字寄去，這時我們家裡失陷了，曲江也十分混亂，也不知信有沒有寄到，病稍微好一點，我就掙扎著到了廣州，我到她那個同學家裡，卻是人去樓空，好容易找著鄰居一問，知道他們全家都搬到鄉下去了，在他們未搬之前確是有一位小姐住在那裡，後來聽說好像是去了台灣，就是這一點線索，我又從廣州偷渡到香港，在香港，做了一年多的難民，好不容易由一個堂叔給辦了入境證到台灣來，如今算是來了也快半年了，找不著事做，在堂叔家裡住著吃閒飯，我堂叔家裡人多，家境也稱不上富裕——」嘉德說到這裡，深深地歎了口氣，閉上眼睛，似乎跋涉了一段艱辛的路程，等他再打開眼皮來時，黯淡的眸子裡又罩著一層柔和的光輝。「你知道，我是不能忍受寄人籬下的生活的，然而我卻做過難民，待人布施和救濟的難民，如今我又做著食客，我忍受一切所不能忍受的，只為著一個愛，只要她在台灣，哪怕上天入地我都要尋訪——我的苦心總算沒有白費……」

「她在台灣？」

「就在這城裡。」他的聲音又低沉下去。

「你見了她？」他點點頭。

「她說要重新考慮，對我們的愛情。」

「是生你的氣！」

「我已向她解釋我失約的原因，她諒解我，可是一切解釋都已遲了。」

「她已結了婚？」

「還沒有結婚，但她說她的允諾已準備舌尖，只待他開口。」

「什麼人竟有這樣的魔力？」我不禁有點妒恨那個人。

「一個軍官。就是帶她到台灣來的那個人，她說若不是他，也許她今天還關在鐵幕裡，又說她一路上暈船十分厲害，多虧他小心照顧，來了台灣，投親不遇，人地生疏，也全虧他照拂她，安慰她，他待她太好了，她無以為報，只有愛情……」

「說得好聽！女人都是水性楊花，嘉德，我看你還是死了這條心吧。等回到大陸，俏的美的還不由著你挑選！」他那婆婆媽媽的樣子惹得我火性上來了。

「大哥，她不是那種女人，你要認識她就知道。」嘉德急得掙紅了臉為她分辯，一手在貼身裡衣的口袋裡摸摸索索的，摸出一只膠玻璃套子遞給我，「你看那樣子就曉得她不是那種玩弄愛情的女人——咦！大哥，你認識她！」

怎麼不認識？那圓圓的臉蛋，那黑黑的眉毛下一對閃爍著智慧的眼睛，誠摯地望著你。嘴角曳著一抹溫柔的微笑，這一切都似我的影子般熟悉。——我竭力忍住了幾乎喊出來的衝動，掩飾地回答嘉德。

「嗯，好像有點面熟。」我為自己的撒謊漲紅了臉，但嘉德沒有覺察，只顧得意地介紹。

「可能你見過她，她叫黃婉嫺，就在這裡中正小學教書。」

我望著照片不能說一個字，嘉德見我不響，又繼續他的申訴。「我倒並不怪她，如果她跟那軍官結合比跟我更幸福，我當然希望她幸福，愛，是平平的鋪路，我願意做這路上的石子，讓她的腳步踐踏過去——只是沒有了愛的希望，整個世界好像失了它的光明，我再沒有與苦難搏鬥的勇氣，再沒有生存的力量，我想到了自殺，在那小酒店內……」

「住了！別盡說那些沒骨氣的廢話！」我不知哪來的火氣，猛地喝住嘉德，將相片向他懷裡擲去，他留著半句未講完的話在舌上，張大了嘴，驚愕慌張地望著我。

「這是什麼年頭，還唱那些調調兒，千辛萬苦從鐵幕裡跑到這塊自由的土地。只為的談情說愛？你殉情殉愛，你要死了就不想想那日夜盼望你回去的，守寡把你養大來的老娘？」我像一匹發怒的驚馬般在屋子裡旋轉著，咆哮著，不住噴著氣。

「大哥……」他痛苦地阻止我，但我就似一挺失去了控制的機關槍，仍是一股勁地放射下去。

「你沒有想到大陸是怎樣變色的？你有沒有想到過今天我們肩上負的是什麼責任？你沒有信仰，你脫不了個人主義的色彩，在這樣生死絕續的緊要關頭，還在自我陶醉，自暴自棄。」

「我知道，大哥，我知道我是個沒用的人。」嘉德的聲音是那麼充滿了羞愧的顫抖，像一個犯錯的孩子在母親面前懺悔，「我對我生活著的這個世界是貢獻得太少了。我不是沒有信仰，而一切政治的，宗教的信仰，在愛的面前都失去了力量。我像一部機器，愛情便是燃料，沒有燃料，機器便不能轉動，大哥，你知我是那樣的人——沒用的人。」

他那低沉的聲音叩著我那緊閉著的同情之扉，我一下子又軟化了，我奇怪我怎麼會對他使那麼大的性子，他一直尊我為大哥，事事求教於我，尊重我，如今一別數載，我卻在他痛苦時揶揄他譴責他——我的使性是沒有來由的，只為的。哦！只為的，掩飾我自己內心的不安，我責他自私，但我比他更自私——

我燃著一支煙，又老牛牽磨似的在屋裡打轉，嘉德沉著頭在咬著指甲——這是他在心思複雜時的習慣。

沉默像一塊濕棉絮，堵滿了小室。

「你說你現在找不到工作？」我打定主意，停在他面前問他。

「啊？……嗯。」這突然的提出使他怔了一怔。

「不管什麼工作你都願意擔任？」

「都願意。」

「那麼這樣，你今天休息一天，明天先回你堂叔家去，暫且把那件事擱置一下，等我在這裡給你找妥工作，再來。陣線若沒有整個崩潰，只有勇往直前，沒有畏縮後退。」

「大哥，你待我太好了！」嘉德感激地望著我，忽然又用關切的眼光在我臉上搜索著，怯怯地問：

「那麼你這些年來依舊是單槍匹馬？」

「匪賊未滅，何以家為？」

「大哥，你真行！這一點也就是我最佩服你的，我知道你內心蘊藏的情感是熱烈的，但你卻能捨棄『我之小愛』，完全納獻給『我之大愛』。我就不成，記得一位什麼作家說過：愛就是我們的生命——我們賴愛而生，愛給我們以活力——如果有愛情的督促，我或許還能做出點什麼。但若缺乏了愛情……這是我永遠不能向你看齊的，大哥，我知道你一定會罵我自私……」嘉德抬起那雙深邃的眼睛，誠懇而羨慕地望著我，好像我真是一個聖人似的。我避開了他的視線，為掩飾自己的惶悚，翻著桌上的一本雜誌淡淡地說：

「《聖經》上有這麼一個故事，一個女人犯了罪，眾人要用石子摔她，耶穌就向他們說：你們之中自問沒有犯過罪的才能用石頭摔她，於是那些舉著的手一隻隻垂了下來——世界上沒有一個人不犯過失，不在內心不藏點錯失憾恨，我又怎能責備你——」

「你當然能，只有你是正直無私……」

「不要恭維我。」

「不，我絕對沒有那個念頭，我只是說我心裡想說的話。」嘉德近於固執地分辯。

「也許有時我的舉動有些過火，你知道這都是長期的單調生活所致，譬如剛才——」我迅速地瞥了他一眼，他正以純樸的眼色望著我：「你不會介意吧？」

「為什麼？」他驚愕地瞪大了眼睛。

「就是那些使性子的話。……」

「噢，那怎麼會？」他釋然地笑了。「大哥說的句句都是金玉良言，都是為我好。」他那平靜而略帶尊敬的聲音更激起了我的慚恧，我幾乎要衝口而出地告訴他那個祕密，但當我接觸到他那單純的，充滿了信任的眼光時，我的決心更堅決了，我像搥下一枚釘子般在心裡搥穩了那主意。

這晚上，聽著在對面行軍牀上輾轉了半夜的嘉德終於有了鼾聲，我還是瞪著眼望著帳頂，平時挨著枕頭便會做夢的我居然失眠了。回想到三十八年認識「她」的經過，這似乎是很偶然的，但又像是上帝故意安排的局面。那時廣州的局面已十分混亂，到處都是想離開廣州而買不到船票車票的難民，我們的部隊早已全部遷台，我留在廣州護送最後一批眷屬，派給我們的船是載重只二千五百噸的商船，當開船的前一天，得先讓人和行李安頓上駁船，我便在碼頭上照顧著。從住處到碼頭上做為運輸的交通工具只有一輛十輪卡車，必須卸完了一車再回去載第二車。在這空隙，我一腳踩著碼頭上的鐵柱子，燃上一支煙，眼望著面前靜靜的海，眼角卻總有一個影子在晃動，那是一個窈窕的身影，似乎在我們來時她就在那裡徘徊了。那時為忙著照顧行李無暇注意，這時我不由得多看上二眼，她穿一件安藍旗袍，一件紅絨線外衣，兩支辮子長長地拖到腰際，側影裡只看到高高的鼻樑，凝視著海天交界處，似沉思，一會又躑躅幾步，瞥一眼這邊的駁船——當她投射過來的眼光無意間與我的接觸時，她畏縮地閃避開來，但頓了一頓，彷彿下了莫大的決心，舉步向這邊走來。

我用力吸了兩口香煙。

「少校先生，請問這船是開去台灣的麼？」一個柔和的聲音帶著幾分靦腆，像誰輕輕撥動小提琴的E弦。

「是的。」我說，轉過臉去，迅速地用視線在她臉上掃射了一眼，這是個沉靜的少女，有一張圓圓的，討人喜歡的臉，彎彎的眉毛下是一對貓一般溫柔、卻又閃熠著智慧的光輝的眼睛，豐潤的嘴唇，微笑時露出潔白的牙齒，顯著帶一點稚氣。但此刻卻有一種憂慮和焦灼不安的神情，洋溢在那對大眼睛裡。

「幾時開呢？」

「明天上午。」

「少校先生，你大概是負責這船的了，我想——我有一個冒昧的請求：能不能准許我搭你們的船去台灣？」她委婉地說，迫切而期待地望著我，那種眼光叫人不能拒絕。

「不成。」我看著地面搖搖頭：「這一船已經夠擠的了。」

「我只要很小的一塊立足之地。哪怕是貨艙裡……」

「嘿，我們本來只分配到一個貨艙。」

「那麼，只多我一個人，也不會擠到哪裡去。」

「可是……」

「若不是這般進退維谷，我也不好意思向你啟口，少校先生，不看別的，且看在我們都是不願叛棄祖國的一群……」

我吟思不語，這事是要我負責任的，但她那柔和的聲音中卻有一種不能違拗的力量。

「少校先生……」

我猛吸一口，把煙蒂擲入海裡。

「好吧，今晚八點鐘以前上船，可是我先告訴妳，這一段旅程是很困苦的。」

「我相信船上那幾天的苦難，比起將來被關進鐵幕裡的痛苦，要好上千百倍！謝謝你，少校先生，我去取我那一點兒行李。」她一下子彷彿重新獲得了生命的活力般，愁慼的臉開朗了，向我感激地笑了笑，用那迅速，輕盈而又穩健的腳步走下碼頭。

那天的船真擠極了，陷阱似的，沒有通風設備的貨艙裡，人和行李堆疊了起來，塞得滿滿的，簡直像一罐沙丁魚，分配下來，每一個人只能占四個拳頭那麼寬一塊面積。在怨言嘖嘖之中，好容易替一家家安置好了，猛然想起還有她，她不在艙裡，可是我明明看到她上了船，我懊悔地攀上鐵梯，爬出貨艙，一抬頭，卻見她正背著光悄悄地倚在船舷上。

「黃小姐，妳怎麼不到下面去分鋪位？」我沒好氣地喚她，要再勻出一蓆鋪來不曉得有多麼煩。

「我睡在那邊好吧。」她指著艙板上靠機器房的一角，那裡已鋪好了她的鋪蓋，向外用幾條長凳攔住，長凳外面的艙板正是我和李副官他們預備睡的。

「不成！女的都在艙底睡，回頭海風會把妳颳下海去。」

「有這樣厲害的海風？」在黑暗中我依舊感到她閃爍的眼光。「我一直嚮往著大海，但從來沒有見過，讓我留在上面多看看，我會小心照扶自己的。」她那溫柔的語氣中永遠有那麼一點不可抗拒的堅持。

彆扭！我一聲不響地離開了她，但我知道如果要我到艙裡去呼吸那令人窒悶的，惡濁的碳酸氣，我亦情願在艙板上冒給颳去海裡的危險。

第二天早上，船終於起碇了，望著廣州市逐漸拋在船後，小了，遠了。我深深地舒了口氣，信步攀上第一層甲板，上面靜悄悄的，又是她一個人悄然扶著欄杆佇立在那裡，無限深情地凝眺著落在後面的一抹黑影。

「有點留戀麼？」我走過去站在她旁邊。

「唔，」她沒有轉過臉來看了我一眼，我見那對眼睛裡正閃爍著晶瑩的淚水，「何止有點？誰料得到這一離開幾時才能回來？」她那沉痛的聲音加重了空氣的分量，彼此都覺得胸頭有什麼堵著，黯然無語。

這時那一抹黑影已消失在海天交界處，海風更獷厲了。三五隻海鷗一路追逐在船尾上下翱翔，海水由暗藍轉成蒼綠，細細的波浪，有似女人長裙上的褶。遠遠的海面上浪花像曇花般忽明忽滅地幻變著。

「這下可看了海吧？」我試著把空氣弄輕鬆點，無意間想起她昨天的話。

「海是看不夠的。」她俯視著海說。

於是我們談起海，我們發覺我們都一樣地愛著海。

「海如果有它的言語，它一定會講一個永遠講不完的，充滿了驚險，浪漫的故事。」我說。

「海如果有它的文字，它一定可以寫成一首壯偉絢麗，而又深永超絕的史詩。」她說。

「嗳，看海的答覆了。」我指著遠遠起伏的浪波，它向船撲來，船向它駛去，接著船身搖盪了。她緊緊地握住欄杆。

「暈船嗎？」

「不。」她笑一笑，有點勉強。「看那些海鷗，一直跟隨著船盤旋，也不憩息。」

「牠們是最忠實的一群護航使者。」

「有翅翼的是有福的了！」

「但牠們還不是跟人一樣，要在風暴浪濤中追取生活。」

「風暴浪濤卻並不影響牠們的自由。」

「難道我們不正是奔向自由？」

「你是去台灣？那當然。但不是個個人有這份幸運。」

「請恕我冒昧，黃小姐到台灣有什麼計畫和目的嗎？」我趁機把空談扯回現實。

「計畫和目的？」她十分詫異地睨視了我一眼彷彿我是個白癡似的。「計畫是像你所說的奔向自由，目的也是奔向自由啊！」

「我的意思是……」我極力想一個恰當譬喻！「譬如空氣也是生命所不可缺少的，但你總不能光憑著空氣生存下去……。」

「哦，你是指那個……」她笑了一笑。樂觀而自信的。「我一直把教育當作終身事業，過去是，將來也是。相信自由中國總不至於拒絕一個準備以心力貢獻的子民。」

風浪更大了，說話的聲音有時被風吹散，無所聽聞，我看出她談笑間早便有了暈意，只是故作鎮定，我說：

「下去吧，當真別讓風颳到海裡去。」她還逞強。

「我還想……」一語未了，巨浪襲來，船身猛烈地搖盪起來，倏忽她變了臉色，直奔鐵梯，到得下面，便和衣躺在艙板上，一聲不響，看樣子心裡十分難受。午時她勉強起來吞了一碗飯，不到一小時又統統嘔了。這之後風浪更大了，她便一直躺著，沒吃過東西，但還是不時作嘔，有一次她恍恍惚惚地走到甲板上去，腳一軟，竟滑倒在被海水打濕的甲板上，我連忙去攙扶，不提防她嘔出來一口黑水正好吐了我一褲腿，她還掙扎著要替我擦拭，我不理她，逕自把她扶回艙鋪，看她實在動彈不得了，我把我的臉盆供她嘔吐，倒水給漱口，為她搬好被子，起初她還推辭，後來每當我為她做什麼時，她只是感激地看我一眼——不管怎樣難受，她從不讓我看她的苦臉，也從不呻吟。

四天的海程，她明亮的眼睛失去了光彩，豐腴的臉龐消瘦了，紅潤從唇上褪蝕。四天的海程我做了生平未曾做過的事，照料一個女人，而患難相處，四天的友誼有四年的深固。

到了台灣，她曾經有一段十分黯淡的日子，成日陷在為工作的奔波和失望中，我是唯一可以安慰和鼓勵她的人，也是她唯一能夠傾訴積鬱的人。一直隔了半年多，她才在中正小學考上一名教員，生活才算安定下來。

這一段時期，我們一直往來得很密切，一星期總有三四個下午我騎著車子去找她，她雖然比我小五六歲，卻儼然一個姊姊似的對我很關切，很體貼，我的扣子掉了，她給我釘，我的衣服破了，她給我補，我身上穿的毛衣和毛襪，都是她親手織了送給我。她要燒了點我喜歡吃的菜，一定囑我去分享，逢上假日，我們便備上乾糧，我用腳踏車載著她，到山林田野暢遊一天——我說不上我對她的感情是屬於哪一類，但我們彼此都知道這其間沒有虛偽，而是真摯、率直、坦白，我們從未提起過愛情，也從無這樣的暗示，我們只覺得在一起玩得十分融洽，十分快活，像一對密切的兄妹，而一切發展都是十分自然的。

她是誰？她便是黃……婉……嫻。

第二天我把嘉德送上火車，他卻把他的希望留在我這裡，我感到它的重壓，但我必須挺起胸膛，扮演並完成那個艱難的角色——舞台上沒有一個角色會需要這般吃力和堅強的意志。

我懷著沉重的心情，踏上去中正小學的路——往日我總是以最輕鬆的心情走這條在P市最熟悉的路——走進校門，老校工照例用眼睛向我打了個招呼，穿過靜靜的操場，推開走廊末端那扇綠色的小門，小室內陳設依舊，那淡綠色的窗簾，淡綠色的桌布，淡綠色鑲邊的枕褥，給室內造成一種柔和的氣氛，她常坐著改卷子的椅子上擱了一件白色外衣，彷彿因上課匆促脫下來的，我送她的那只白兔子鎮石蹲在桌上一疊齊整的簿子上，這旁邊便是我最喜歡讓自己伸著腳偎在裡面的藤圈椅——這些平常看慣了，也就不覺得什麼，可是那時看著卻都覺得特別親切，彷彿它們都在向我打招呼，它們知道我們曾在這小室內度過不少歡洽的時間，這一切都使我眷戀，不忍想到別離。……噢！我們沒有侈談過愛情，但愛情已像柔韌的蠶絲慢慢地用網包圍了我們，我像一個愚昧的亞當，但嘉德已教我吞下了智慧的蘋果……遲了嗎？不……我頹然跌坐在她的椅子裡，雙手捧住頭靠在桌子上——

門外熟悉的腳步聲近了，我捺下愁容，強自振作精神。

「我猜到是你在裡面。」她用溫柔的眼光歡迎著我，把點名冊放在桌上。「不是說前天就該回來嗎？」

「因為事情沒有辦完，多耽擱了二天。」我向她撒下第一句謊，恨自己心跳得像在告密。

「我濾了一大鍋綠豆沙等你來吃，結果都餿了。」她嘟著嘴半嗔半惱地瞪了我一眼，忽然，她的神色嚴肅起來，望著我關切地問，「怎麼啦！氣色這樣難看，不是病了吧！」說著她走到身畔很自然地伸出手來摸我的額角——平常有時她也會這樣摸我，但那就像母親的手一樣只帶給我一種溫暖和安慰，可是那天她的手掌一觸到我的額角，我就像觸到電流似的，一股熱，一股暈眩，從頭上直滲到心坎——我不由得閃避了一下。

「沒有什麼，稍微有點頭痛。」我的眼皮垂了下來，不敢看她。

「大概是受了暑，吃點八卦丹好吧。」

我無可不可的由她擺布著，她拗了一小方八卦丹給我，又倒了一杯開水，玻璃杯上兩條鮮紅的金魚有如浮在水裡，我想起那天陪她在店裡買杯子，她揀了一只綠的，一只紅的，她說綠的一只她自己用，紅的一只是為我預備的——開水在我喉際生了刺。

「下午還有沒有課？」我擺弄著杯子問她。

「沒有了，還有一個半鐘頭降旗——想做什麼？」她總是一眼就看透我在想什麼。

「去椰林裡走走。」

「頭不痛了？」

「換換空氣或許要好點。」

於是，她讓我把那件白外衣披上，掩門一同走出來。

椰林就在學校後面，有一片芊綿的草地，傍著一支終日吟唱的小溪，十分幽靜，我們常常去那裡散步。

我心裡很亂，平時一片新生的葉子，一隻驚起的小鳥，都會引起我們興高采烈的談鋒，這天我卻一句話都講不出，只是沉著頭默默地走著，有時偷偷地瞥一眼她，她總是保持著那份恬靜，神態悠悠，只是在那對溫柔的眼睛四圍隱隱的有一圈黑影，顯然近幾天來她也曾為什麼事煩擾過。

「看幾天不見，這些椰子大多了！」她抬起頭來仰望纍纍的椰子要我看，我心不在焉地敷衍著。

「是嘛。」

「噢！前些日子來的時候還沒有長花苞哩，一下可就開得那麼美！」她又歡喚著，趨前幾步，在溪畔一枝鮮妍的杜鵑花前蹲下來，一手撫著花，一面輕輕地哼著：

淡淡的三月天，杜鵑花開在小溪畔……

我在她旁邊的草地上坐下來，她折了一朵盛開的杜鵑花插在髮邊正起勁地唱那一句……

哥哥，等你打勝仗回來，我把杜鵑花，插在你的胸前……鮮紅的花映著她的臉更顯得嫵媚，眼波盈然欲流，豐潤的嘴唇比花還嬌豔。當微微啟闔時貝珠似的牙齒發著亮——我彷彿第一次發現她那麼美，那麼媚，像一只紅熟的蘋果般誘人，我記起嘉德告訴我的她的話，竟有心旌搖搖，我忽然有個衝動，我想，我想……

「幹嘛這樣瞪著我，不認識了？」她回頭來用那雙溫柔的眼睛瞪著我，我感到臉上一陣熱，惶惑地搭訕著：

「看妳插上這朵花，更襯得美了。」

「啐！幾時你也學得這般油嘴滑舌的。」她用兩隻手指把一小根樹枝彎的弓似的，手指一彈正射在我臉上，她勝利地笑了，轉過臉去摘了片葉子在手裡扯著，一面問我：「你聽過杜鵑花的故事嗎？淒豔得很……」

「講講看。」

「據說杜鵑是最專情的鳥，一次一隻雄的杜鵑死了，雌杜鵑日日夜夜悲啼著，泣出了血，那些從受傷的心裡滴出來的血正滴在坡上一叢小白花上，那些小白花一晚之間便……」

我癡癡地凝視著她掀動的嘴唇，她的說話逐漸模糊而滲入淙淙的溪流聲中，我想如果這時我告訴她我愛她，她那已準備在舌尖的允諾是否將從唇際輕輕吐出！從此我便有了家，有了溫暖——趁這個機會說吧，……忽然，嘉德那顫抖的聲音像一個迅雷響在我頭頂，「……

我像一部機器，愛情便是燃料，沒有燃料，機器便不能轉動——愛就是我的生命，我賴愛而生，愛給我以活力——如果有愛情督促，我或許還能做出點什麼，但若缺少了愛情……大哥，你知道我是那樣的人——沒用的人——」

「嗨！你究竟在不在聽我說？」她用二個手指在我膝上彈了一下。

「怎麼不在！我是聽出神啦。」我怵然驚覺，連忙掩飾地說。

「看你今天失魂落魄的，不是有什麼心事吧！」

「沒有的事。」

「要真不舒服，就回去憩歇。」

「妳不用為我操心，我好得就跟這塊石子一樣堅實。」我裝著笑撿起腳下一顆石子在樹根上無意識地敲著，極力從心裡摒除那些邪念。我喚著自己的名字，不要感情用事，忘記了今天來的使命，我站起來，又坐下去。感情和理智劇烈地搏鬥著——終於，我找回了自己的堅定。

「婉嫻！」

她被我嚴肅的聲音吃了一驚，立刻，女孩子那種特有的敏感，使她意識到在這一聲喚聲後，將發生什麼不平凡的事，她的豪爽也消失了，低著頭忸怩地在鼻子裡「嗯」了一聲。

「我又要出差去南部。」

「哦！」她的緊張鬆懈下來，「幾時？」

「就在這幾天。」

「晏一點多好！」

「為什麼？」

「等我放了暑假一路去。」她說得那麼天真率直。我心裡又怦然一動。

「這次去恐怕時間很久，而且……」我故意吞吞吐吐。

「而且什麼？」

「我要去看一個朋友。」

「女的？」

「嗯。」

「愛人？」她仍舊用調侃的口吻。

「曾經有過那麼一回事。」我說。

她似乎受了一震，倏地轉過臉來用懷疑的眼光在我臉上搜索著——我的臉一本正經地沒有一絲斜紋，她又轉過臉去，兩手支住下巴望著水流說：

「好像沒有聽見你說過。」

「原來我自己也以為這事早已完了，忘記了，不想還會聽到她的消息——她轉輾地託人帶個信給我……」

「她叫你去？」

「嗯，她正陷入不幸中，需要鼓勵，需要同情——人有的時候處理情感是很矛盾的，譬如有些事自以為已經深深的用時間埋葬在心底——只待與軀殼一同埋葬入泥土，可是，只是那麼輕輕地一撥，立刻所有的記憶又重新呈現在眼前，而且比未曾埋葬得更鮮明，清晰——」

「你預備讓死去的復活？」

「不，我願意失去的重獲。」

「那麼你這一去……」

「不一定還回來。」

她的手帶著點痙攣把一束草花撕得一瓣一瓣，在側影裡我看見她眼瞼低垂，銀齒緊咬著下唇，似乎很激動。半晌，她用淡淡的，抑制著的聲調揶揄著：

「想不到你這老實人還保留著這樣一樁祕密！」

「我相信每一個人都曾在心裡保留一二樁祕密。」我說，偷偷地看她一眼。她沒有動，也不作聲，難堪的沉默像一片濃霧湧升在我兩之間，霧更濃，隔閡更深——突然，她頭一昂，垂在胸前的髮辮甩去腦後，看一下手錶，很快地站起來也不看我，說：

「糟糕，馬上降旗啦，走罷。」

「妳去吧，我想在這裡多耽一會，等天黑了就回去。」

「那麼再見！」她的聲音顯然是做作的生硬。

「再見！」我極力抑制著內心的痛苦，也生硬地說，她依舊沒有看我，趑趄地走前了兩步，忽然又轉過身來，走到我身邊，將鬢邊那朵杜鵑花取下來。

「這朵花……代表我的祝福！」她深情地把花插在我口袋裡，緩緩地抬起頭來，我看見那對溫柔的大眼睛裡竟是水汪汪的盈然欲涕——我感到心裡一陣激動，伸出手臂。

「嫺……」但她已旋過身去，用那迅速而穩健的腳步走出樹林。

我無力地垂下雙臂，渾身就像失去了骨骼的支架般跌倒在草地上，我想哭，也想笑，我的神經似一些破碎的金屬片被搖撼地作響，她走了，所有的幸福只在一瞬那被我幾句話斷送了，她還祝福我——是的，有一點我是勝利了，我想不到自己會撒那樣一個大謊，而且撒得那麼像！

我癡癲似的把那朵花擱在嘴裡咀嚼著，遠遠傳來降旗的號音，暮色逐漸在我周圍合攏來。

在等候調差命令的那些日子裡，我經歷到從未有過的痛苦和寂寞，我不敢走出營房，我常常藏一瓶酒在房裡，讓自己沉醉而避免思想，避免失眠。

在我未離開P市之前，我替嘉德在××處政治部安排好一個文書上士的工作，我要他對黃婉嫺不要灰心，但不要在她面前提到我，因為女人最嫉恨有第三者策劃的愛情，最好連我的名字也不要說起，如果她的那個軍官朋友是我所認識的，大家都不便——嘉德永遠把我的話當作金科玉律。

一個月後，我悄悄地離開P市來了這裡，同事對我的乍然調職，都感到有點驚異而至謠言四起，但我都不理會。

一年後，我接到嘉德寄來的結婚喜帖，又一年他寫信告訴我添了第一個麟祥兒，而且一定要拜在我名下做乾兒子。

我把「計畫草案」稍稍推開一點，在底下的玻璃板裡露出一張親切的笑臉。貓一般溫柔的大眼睛，豐潤的嘴唇，只是長長的髮辮已改作鬆鬆的短髮更襯得臉蛋豐腴——噢！那時只要一句話，我如今早便有一個溫暖甜蜜的家，乾兒子也便是嫡嫡親親的兒子，又何至落得年過三十，襪破無人補，下得班來，衾寒枕單淒淒清清？——我猛地抓起「計畫草案」一擲，那張圓圓臉旁邊立刻又露出另外一張誠摯、親切的臉，深邃的充滿了信任的眼睛，正微笑地凝視著我，兩人的微笑中一樣地閃著幸福的光輝——我激動的心情，慢慢地平靜下來，代之而起的是一份淡淡的，半摻著輕愁的驕傲。

嘉德在工作上的表現據說有驚人的努力，現在他已是上尉連指導員了，我耳畔彷彿還響著他懇切的聲音：「愛才能給我活力……如果有愛情的督促，我或許還能做出點什麼事業，——」

明天，明天我想我或許該親自去一趟P市。

編註：本文原刊於《暢流》第七卷第八期，一九五三年六月一日，頁二十九～三十；第七卷第九期，一九五三年六月十六日，頁二十八～二十九；第七卷第十期，一九五三年七月一日，頁二十八～二十九，原題〈成人之美〉。

小樓春遲

一

「咯！登，咯！登。」那聽慣了的，著著實實就像舂米似的腳聲，同著另一個三步兩跳的腳音，正打從吱吱作響的樓梯上往上爬，在苦思中的凡甯一聽見這聲音，似同受了一擊，驀地抬起頭來，卻見坐在對面的綠村也忽地停筆斂神，兩人正打了個照面，不由得相視做了個會心的苦笑，就在這時，腳聲停止在門口，破舊的紙門拉開了，房東台灣阿婆同著她的小兒子，大剌剌地走進這間充滿了文藝氛圍的寫作工廠。

阿婆抱著胸當門一站，像一挺架好了的機關槍，接著對準兩人辟立拍拉一頓放射，不嚮了，等著那在國民小學念書的孩子翻譯，孩子似乎有點靦腆，眼望著牆腳的書堆囁嚅地說：

「我媽媽問你們欠了二個月的房租，究竟幾時付清？」

「過幾天有了錢馬上就付。」凡甯客氣地說。

「過幾天？」

「三天……頂多一個星期。」凡甯咬著嘴唇，恨自己不得不說謊。

阿婆又是一頓連珠式地放射，孩子接著說：

「我媽媽說，要是過了三天你們再不付房租，房子我們要收回來自己住了。」

綠村氣得把筆一丟，想搶白幾句，凡甯連忙使一個眼色，笑著一口應承：

「娃哉秧，娃哉秧！」

於是，槍口掉轉方向，「辟立拍拉」同著「咯登，咯登，」「吱加吱加」的聲音一路從樓梯上下去，遠了。凡甯深深地舒了口氣，綠村卻一個箭步跳到門口用力把紙門拉上。

「虧你耐煩同這樣的老太婆敷衍。」

「住了人家的房子，付不出房錢，當然只好客氣一點囉。」

「這種破爛房子還當寶貝！」

「別嫌它破爛，此處不留人還別無留人處哩！再說，這個小天地總是屬於我們的。」凡甯說著順手推開桌前的兩扇窗子，立刻一團煤煙迎面撲來，慌得他忙不迭又把窗關了。

「哎，真可惡！好端端又把人家的煙士披里純給攪走了。」綠村氣惱地一拳擂在那張兩人當作書桌的方桌上，震得桌角上一疊吃了未洗的碗碟嘩啦啦直響。「要是雪萊、拜倫處在這樣的環境裡，恐怕也寫不成一首像樣的詩！」

「我不贊成你的論調。」凡甯悠悠地說，大大地伸展了一下身肢，弄得骨節咯咯作響。

「第一等人創造環境，第二等人克服環境，第三等人應付環境，最無能的第四等人才向環境屈服。我們縱使現在不能做第一等人，至少應該做第二等人——克服環境。其實世界上許多名著也不見得全在窗明几淨的清靜環境中寫成的。」

「那是寫小說。」

「寫詩難道不一樣？」

「當然，寫詩好比老蚌產珠：蚌把體內的分泌物塗抹在砂礫上使之成明珠，詩人把心血和腦汁揉合在題材裡使之成為詩，蚌一受到恐懼或干擾立刻就停止分泌，同樣的，詩人的情緒一受到煩擾也就無法產生靈感……好的詩便是一顆晶瑩無瑕的珍珠，也是藝術作品的頂點，因此，寫詩一定要有詩意的境界，詩的氛圍……」

「得啦，老兄，可別忘了現在是動亂時代，多少人流離失所，多少人沒有了家，好歹有個遮風避雨的場所，還講究環境，氛圍……」

「你也得啦，老兄，這樣有力的句子該安嵌在你的作品裡，可別白白在我面前吹了。」

照例，結束這些善意的，無謂的爭辯總是一笑了之。

綠村把自己瘦長的身軀擲進椅子裡，凡甯也重新拿起筆來。小樓又清靜下來，可是綠村逃走的靈感卻似從籠子裡逃走的小鳥，再也捕捉不回來。他苦惱地凝視著推開在面前的稿紙：一行題目，三行參差的詩句，使勁抓著他那一頭亂草似的頭髮，突然，他想像到了救兵似的，抬起頭來問凡甯。

「還有香煙沒有？」

凡甯似乎正把握住靈感，迅速地在紙上寫著，頭也不抬地把左邊一只新樂園盒子撩過去，綠村拿起來一看一抖，僅存的一支香煙同著煙絲渣子一起倒在桌上。他躊躇地看了一眼埋頭速寫的凡甯，把香煙折成兩截，半截仍舊擱在煙盒裡撩過去，半截便啣在嘴裡燃上了，貪饞而深思地望著那一個個煙圈在空中迴繞、分散、消失——

二

凡甯和綠村合租下這間樓房還是半年以前的事，他們兩個一個是失業青年，一個是失學青年，但他們對文藝都有著執著的愛好。一年前，兩人在縣立圖書館中遇合了，由於天天碰頭見面，彼此便熟識了，而當探知對方的志趣與自己相同時，更成為莫逆，他們談著詩，談著小說，談著今古中外名著，談著自己的志願和抱負，談著寄居的環境怎樣煩囂而不宜寫作——突然的，一個意念像一道閃電同時掠過兩人的腦際，他們何不合租一間房子，以便潛心從事寫作。

「如果我們租了房子，我預備在一年中完成一部敘事詩，像密爾頓的《失樂園》那樣，用一個我國流傳下來的，古老的故事作題材，寫二十首十四行詩；寫三十首新詩，另外再翻譯一些普希庚和雪萊的詩。」綠村興奮地說，對未來租房子的事充滿了美的憧憬。

「我的計畫是先寫一部十五至二十萬字的長篇小說。」凡甯對租房子的事也希望無窮。樂觀地說出自己的計畫。「寫十萬字短篇創作，再五萬字包括散文和雜文。也許再可以寫兩個中篇。」

「可是，你想過稿子的出路嗎？」綠村忽然想起來說，像一個匆匆忙忙向前走的人，突然在樹根上絆了一下似的。

「當然想過，短篇投給報刊雜誌，換取點稿費作生活費，長篇呢，有雜誌願意連載當然最好，不然乾脆等寫完了出版單行本。」

「我也這樣想，拿到版稅，我還預備辦一個詩刊，十六開本，五十頁，半個月出版一期，稿費特別高，售價特別低廉，清寒的作家還可以先支稿費，書名就叫作——叫作《詩時代》！」綠村說來手舞之腳蹈之，就像詩刊已在排印中了。

「我要辦個巨型的文藝刊物，也是半個月一期，十六開本，一百頁，有錢的話，還辦個出版社，先出版一部文叢。包括長篇、短篇小說、散文、劇本……」

「也有詩？」

「當然有。噯，最好再弄一個專為文人集合或工作的場所——就算叫『文人之家』吧，裡面擁有一個設備完全的圖書館，周圍就像咖啡雅座一樣，安置一些安適的寫作雅座，並備有筆墨稿紙，以便一面閱讀，一面寫作，晚上把日光燈一開，柔和的燈光下，偌大的屋子裡只聽見悉索的翻書聲，筆在紙上書寫的沙沙聲——這鏡頭多麼莊穆，又多麼和諧！」凡甯做夢似地凝視著窗外的一塊藍天，眼睛裡揚射著喜悅的光輝。

「要這樣，乾脆就建一座很大的大樓好了。」綠村接上去說：「每一層樓包括一個部門，每一層樓的布置、情調、風格都不同，譬如三樓是音樂，就叫『音樂之家』，四樓是美術，就叫『美術之家』……只要是愛好藝術的人，可以隨便參加一個部門，在裡面，彼此研討、練習、閱讀、寫作，對無錢又無家的人，還可以供給住宿——整個大樓的名字就叫『藝術之宮』。」

「哎呀！哎呀！扯得太遠了，我們簡直像在講《山海經》。」凡甯笑著收住話頭，像收回一支放得太遠的紙鷂。「就是這樣說，房子是租定了？」

「租定了。」

「那麼，話分兩頭，事歸一樁，我們就進行吧！」

於是，兩個人開始探聽、奔跑、接洽，花了不少的周折和精神，才租下這間樓房。這樓已很舊了，原來是房東開雜貨店時作棧房的，如今店不開了，卻依舊堆著些破爛家具什麼的，而把這間看棧房人住的小房間租了出去，房間只有六個榻榻米，窗子下面又是廚房的煙囪，唯一可圖的就是那份不為人打攪的清靜，兩人住在小樓上就同老鼠躲在洞穴裡那樣安謐。他們向房東借了一張方桌和兩只木凳，桌子居中放在窗下，兩邊便是各人的天地。搬來的那天各人的書都齊著左右牆腳疊得整整齊齊的，鋪蓋捲塞在壁廚裡，牆上貼起幾張從雜誌上撕下的大文豪的畫像，綠村還花了五毛錢買來一束鮮花插在辣椒醬罐裡，看著也還像個家，可是半個月一過，情形就完全不同了，堆滿稿紙書冊的桌子上，做為點綴的是一疊吃了未洗的碗碟，地上的鋪蓋捲白天鑽出、晚上鑽進，從無摺疊起來的時間，書籍像颱風吹坍的城牆，東一冊西一冊亂磚似的抛滿一房，桌子底下，牆角裡到處是廢紙團、報紙……這凌亂的一切都寫出了屋主人的忙，因為忙而疏忽了生活秩序。

凡甯和綠村的寫作精力充沛得簡直驚人，他們白天寫，晚上也寫，睡到半夜裡忽然靈感來了，就立刻披衣起來掮亮電燈再寫。為著節省時間，有時索性連飯也不煮，買點饅頭什麼充了飢。凡是一切生活上可以免除的瑣事，都免除了，有時綠村感到困倦了想去休息，但看見凡甯還是一股勁地寫著，他又重新振作精神繼續想下去，寫下去。有時是凡甯想睡個懶覺，但一看見綠村已伏案凝思，連忙一骨碌跳起來工作。常常為了一句詩句的推敲，一個詞句的鍾鍊，一段文句的結構，兩人默思苦吟，一個抓痛了頭皮，一個蹀躞的腿疼。他們整個身心完全浸沉在寫作的熱忱裡。幾乎忘記了小樓外的世界。

不久，綠村若干詩中的一首十四行詩，首先在《××日報》的副刊上發表了，兩人欣喜萬分，認為那是勝利的前奏，為這個，他們破例喝了四兩米酒，彼此碰杯預祝日後的成就。

可是，當綠村接到那張稿費通知單時，臉上就像給挨了一記巴掌般紅起來。

「這簡直是一種侮辱！」他怒吼著拿起通知單來就要撕掉，卻給凡甯一把搶了過去，一看，數額裡是一個孤零零的「伍」字：

「我花了三天的工夫，嘔了那麼些心血……」

「你曉得真正的藝術品是不能以俗世的錢財來估價的。」凡甯勸慰著，「我們是有一分熱，就發一分光。只要那分光有人感到明亮，有人感到溫暖，有人能夠分享我們所感受的一切，那便是最大的收穫。」

「可是我看到這個，總覺得對我那首美麗的小詩是一種侮辱，我不想再把作品寄出去。」綠村沉痛地說，隨手把通知單夾進一本書裡。

「不要計較那些瑣事，主要的我們還是把書刊當作媒介，讓它把我們的作品介紹給大眾。」凡甯的見解總是比較深刻。

又隔了不久，凡甯第一篇八萬字的中篇小說〈沉淵的邊緣〉殺青了，兩人都感到十分亢奮，把所有的刊物列了張名單，會商著揀了最喜歡的一個，連同一封懇切的信以及無限的希望，鄭重地寄了出去。立刻，凡甯又開始了第二篇的構思、寫作。但不久第一篇稿子退回來了，當它再換第二條路徑寄出去時，後面又跟著第二篇、第三篇……彷彿是做打回力球的遊戲，一拳打出去，立刻又彈了回來，寄出和退回的稿子越來越多，川流不息，凡甯跟它們取了個名字叫作文化巡迴團，它們有的黯然踅返，有的佩一張「限於篇幅」的條子，有的半途失蹤，有的僥倖被留住的，報酬則是一本刊物，數十張紀念信箋，甚至連這些也沒有的。有時凡甯也挾著作品去找過書店老板，但有的推說不景氣不肯出版，有的看了看又還他，說是：「不夠刺激，銷路沒有把握。」

文化巡迴團的行列一直不斷地在巡迴，在擴充，這裡面也有綠村的作品。

有時，綠村感到十分苦惱，和長久的精神上的疲倦所引起的煩躁，他會把筆一丟向凡甯。

「我們就永遠這樣寫下去嗎？」

「當然。」斬釘截鐵地回答。

「為什麼？」

「為理想。」

「可是這理想太渺茫，這工作也太艱苦了。」

「寫作本來是最艱辛的工作，但我們既然選擇了這條路作我們的終身事業，便不能半途而廢，你曉得沒有一個成功的果子是不經過苦心培植的。不要忘記了你可以操縱的工具，恆心、耐心。」

凡甯的堅毅，沉著的語態，像給了疲倦中的綠村一支手杖。他又支著走上未完的路。

有時，凡甯也會感到一種身心交瘁的沮喪，彷彿自己的精力全部消失了，只想躺下去，像一條魚一樣浸到水裡去，什麼也不想。在這樣的時候，他便暫住放棄正在寫的，找一個僻靜處，悄悄地坐下來讀一遍那卷他心愛的《馬丁・尹登》。

傑克倫敦筆下的馬丁・伊登是一個執著堅定由苦鬥成功的人，他發奮寫作，一天只睡四小時，挨餓，被人蔑視，愛人叛棄，稿子投不出去——最後終於在一切都失去，開始放棄生活後，他的一本書出版了。於是名譽、金錢、愛情，滾滾而來……凡甯一直把這部書當作他精神上的導師，當作他苦惱時的啟示錄。

日子平淡地在他們的筆底下，沉思中悄悄溜去，他們微少的一點積蓄用完了，他們的一部分衣物變賣了，他們欠下了房租，他們甚至挨餓……

三

儘管凡甯和綠村一心浸沉在寫作中，對時間老人的動靜向來漠不關心，但一天中有一個時間卻是他們所迫切盼待著的，那個時間可以決定他們的命運，可以操縱他們的情緒，那個時間說不定會帶給他們無比的榮譽、金錢——那是每天下午一點多鐘，郵差來的時候。

這天，他們同樣地盼待那個時間的來臨，而且比平常更迫切些，因為兩人還空著肚子，連買饅頭的錢都沒有。也許，郵差會僥倖地給他們送來一點稿費，不久凡甯有一篇七千多字的小說在一本最近創刊的《今日文藝》上刊登了。

到那時，兩人雖然手裡握著筆，在想，在寫，但聽覺卻似乎比平時特別敏銳，樓板上經過一隻貓，風吹動一扇門，平時聽不到的聲音這時都聽見了，偶爾有人打從樓梯口走過，更連心都拎了起來，蹦蹦直跳。要到聲音遠了，這才暗暗地透過一口氣來。終於一聲——

「樓上有信哪！」兩人同時竄跳起來，幾乎撞了個滿懷，凡甯走先一腳，先一陣風似的跑下樓梯，綠村便把著欄杆在樓梯口上守著。不一會，凡甯喜孜孜地抱了一大捧信件上來，往桌上一放，那真是十分可觀的空前的一大堆，綠村趕緊過來揀出二封屬於自己的，等他看完那一封退稿，和一本刊了他二首詩的，由幾個文友合辦的詩刊，正想問問對面的凡甯有沒有什麼好消息，抬起頭來，卻見滿桌狼藉地拋棄著包郵紙和一卷卷的原稿，凡甯將臉埋在手掌裡，一言不發地伏在桌上。

全部信件——除了《今日文藝》代替稿酬的一疊紀念箋——都是退稿，平日雖然亦有稿子退回，卻是此去彼來，川流不息，而這天卻似會合了回主人面前來大檢閱，凡甯一封一封拆下去，心裡一截一截地冷下去，最後他像一個跋涉了許多艱辛的路程，已是筋疲力竭，困頓不堪的旅人，原望勉力爬過這重山，可得一平坦處稍事喘息，一抬頭，卻見屹立在面前的又是萬丈峭壁，他陡然一下子覺得全身已沒有一絲精力，沒有再挪一步的勇氣，他頹然跌倒了。

綠村呆呆地望著凡甯，一時不知該說些什麼，他一直那麼堅強、沉著，不像綠村那樣有時愛發牢騷，有時覺得洩氣，他比綠村大五歲，也比他數倍的懂得應付生活，懂得克服困難。他從來不把他的懊惱，他的失望表露出來，可是他今天卻被這過分的打擊壓倒了，他悶聲不響，只是讓痛苦和絕望緊緊地扼住他的咽喉。

「凡甯，」綠村撫著他的肩頭，試著勸慰地說。「凡甯，我們可以把這些稿子重新再寄出去，至少像《今日文藝》還是歡迎你的作品的。」

「可是，我們已沒有一分的郵票可以寄出去。」凡甯從手掌裡發出來的聲音是那麼沉痛、絕望。

綠村用勁抓著頭髮，在桌子到板壁那幾尺空隙裡躑躅著，屋子裡湧塞著沉悶得令人窒息的氛圍，這時，遠遠的傳來清越的鐘聲響了二下，綠村本能地舉起手來對了對手錶，突然，一個主意浮上他的腦際，他對凡甯說了一聲：

「我出去一下馬上回來。」便一手拿起外衣，匆匆地走下樓去。

等綠村從外面回來時，凡甯還是伏在桌上，不過手裡又拈著那支派克，退回的原稿擱在一邊，在他面前是那本展開的《馬丁・伊登》。

綠村從褲袋裡摸出一方郵票和數十個信封擦在凡甯面前，接著打開另一個報紙包的小包——裡面是幾個饅頭和二根香腸。

「趁熱的吃飽了再去寄信。」綠村一手一個饅頭，一手一根香腸，狼吞虎嚥地往嘴裡送。

「這是？……」凡甯翻弄著郵票，懷疑地問。

「總不會是偷來的！」綠村塞了一嘴饅頭，含糊地說。

凡甯還是固執地，疑惑地盯著綠村，彷彿要一眼看進他心裡去似的，當綠村舉起手來把香腸送進口裡時，凡甯終於發現了他腕上須臾不離的那隻手錶不見了，空餘下一圈淡淡的痕印，他立刻領悟到那是怎麼回事。

「綠村，你是把你的手錶——賣了？」

「嗯。我們本來用它不著。我們永遠是走在時間前面的，不是嗎？」綠村故意說得輕鬆來減少凡甯的不安。

「你不應該不聲不響就賣了。」凡甯半是歉疚，半是譴責地望著綠村，他知道那手錶在他是有一段紀念性的故事的。「我本來可以把我的……嗨！」凡甯未說完的話，被綠村塞到他嘴裡的饅頭堵住了。他勉強嚥了一口，覺得那味道帶點鹹——那是他流向喉際的熱淚，他不願綠村看見他的窘狀，悄悄側轉臉去，卻又看見了被冷淡在一邊的，歷盡風塵的原稿，他不由得伸出手去撫摸著——

這些都是他嘔心瀝血的作品，為這些作品的產生，他貢獻了他的熱愛、血汗、睡眠，以及大部分生命，為這些作品的產生，他嘗盡了孕婦生產的痛苦，礦工掘煤時的艱辛，以及無限的忍耐和恆心，它們是他心血的結晶，是他疼愛的孩子，可是它們在人世卻遭受著漠視、冷淡、打擊和挫折，太多的挫折幾乎使他信心動搖，他懷疑自己的作品，他又一次以嚴正的，客觀的態度審視那些原稿，但審視的結果還是覺得比那些標榜著名作家，大作家的作品，不見得遜色多少，他感到一種悲哀，從神經末梢，從心底涼起……

「嘿，簡直豈有此理！」綠村猛捶了一下桌子，把沉思中的凡甯驚醒，綠村正拿著那張包饅頭的紙在看，一臉不平憤激的神色，接著又往凡甯面前一摔，憤憤地說：

「你看！」

那是一張報紙的下半截，上面還黏著饅頭皮和浸著香腸油漬，但印的字還是看得清楚，在一列廣告中有一條很顯目的，用一號正楷套紅色印著：徵求間諜小說！接著說明內容要有關反共抗俄，情節曲折離奇而富於刺激性的間諜小說稿件，本店願意收買或出版，稿酬從優。

「什麼間諜小說！完全是變相的，加上大帽子的色情小說，血、手槍、女人、風情，低級趣味，永遠是那一套！」綠村不屑地揶揄著。

「可是就是這樣的東西有人肯出版稅，肯付印，也有人肯買，」凡甯苦笑著搖搖頭，預備將報紙揉攏來丟掉，忽然，他眨著眼睛，彷彿有什麼感觸，驟然又把揉皺的報紙打開來，重新再把那則啟事默默地看了一遍，二遍……

四

「春天，陽光氾濫了大地……」從早晨到中午，綠村苦吟深思，只寫成了這麼一句：春天，陽光氾濫了大地……他感到這天的文思特別滯澀，他像一個掘礦的苦工，辛苦地掘呀挖呀的鏟了半天，原指望掘出點金塊銀塊，不想掘到底只是些砂礫亂石，一些無法鍊製的散沙，他苦惱而煩躁地擱下筆抬起頭來，對面空空的，凡甯又不在——這傢伙這些日子不知忙點什麼，老往外面跑！

他想抽一支煙，有時一支煙會像一朵花的氤氳，把靈感似同蜂蝶般招引得來。但他翻遍桌子上的書冊稿件，只發現了一只壓癟的空香煙殼子，連煙灰缸裡都找不出一截可以過過癮的煙蒂頭！

綠村覺得頭裡有點暈，頸項後面涼颼颼的，身子似乎想浮起來，又覺得心裡有點不舒服，一種像要吐出來的噁心，他虛弱地扶住了頭，心想不是病了吧，突然，他聽見一個聲音，好像在很遠很遠的地方回響著一個空雷，又像就在這桌子下面有什麼在滾動，他詫異地定下神來靜聽著，果然聲音又第二次響了，這次他聽清楚了聲音的來源是自己腹中，原來從早晨到現在他只吞過一個用涼開水過著吃的白饅頭，難怪要飢腸轆轆了，他下意識地摸進幾個褲袋裡——明知那是徒然的，早晨已搜過一遍了，卻還希望有個僥倖，僥倖能搜到塊把幾毛漏下的錢好去換取點食物，就在這時，那咯登咯登聽熟了的一大一小腳聲又打從樓梯上響過來，綠村驚覺地停止了搜索。

「討厭！蠢婆子又要來嚕嗦了。」綠村一面在肚子裡嘀咕，一面敏捷地滑下椅子，就勢朝地下的被鋪裡一鑽，臉向裡躺著，正當他做完這些動作，紙門已拉開了，腳聲紛沓地走了進來。

「喂！先生，喂！先生。」

綠村紋絲不動，還特別使呼吸粗些。

接著又粗聲粗氣地喚了一遍，等了半天見還是沒有動靜，於是只得大聲咕嚕著，一路捶得砰砰蹦蹦地走了。

他們走了，綠村卻沒有起來的意思，他望著枕頭邊翻開的一本《雪萊詩選》，連手都懶得舉起來。

「沒有意思，發表一首詩嘔盡心血還要碰釘子，受人家冷淡。」他想：「要是自己有錢，乾脆自己出版，精印他一萬八千本，在各雜誌報刊登他一、二個月廣告，再找朋友寫兩篇捧場文章，我綠村的名字還不響徹文壇！這社會只曉得崇拜偶像，以耳代目，一個人說好，就個個人鼓掌附會，被凍結的時候，可誰也不來理會——哎，凡甭這傢伙出去這一半天還不回來，這些日子看他心神不寧，不知在搞什麼鬼？……」綠村胡思亂想的，不覺迷迷糊糊睡著了，等他給什麼推醒時，卻見凡甯滿面春風地站在他面前，把手裡提著的一瓶紅露酒向他揚了揚。

「怎麼？……」綠村忽的撩開被子爬起來，見桌子上還有二三個荷葉包和一包方方的東西。

「反正不是偷來的！」凡甯學著他嘲弄地說，在各人茶杯裡斟滿了酒，又動手去解那二包滷菜，「先喝一杯。我還叫了兩碗排骨麵。」

綠村正覺得喉苦舌乾，不問情由先喝了一口，來不及用筷子，便兩指拈了塊牛肉放在嘴裡。

彷彿是約好了的，樓梯上又響近來了，這次凡甯不等人上來，便掏出一捲鈔票來先數了一疊在手裡，等人一進門，馬上遞了過去。

「對不起，害妳等了這麼久。」

阿婆先是怔了一怔，接著馬上換上笑臉，點了一點數，點著頭走了，這次下樓的腳聲似乎特別輕些。

「你發了橫財嗎？」綠村驚異地瞪著凡甯問。

「我餓得很，吃點再告訴你。」凡甯似笑非笑地掀了掀嘴唇，像是賣弄關子。「來，乾杯！」

「乾杯！」綠村望著凡甯說，覺得他的高興中似乎掩飾著點什麼，聲音不大自然。

「為達到目的，不惜任何手腕，你覺得這主張對不對？」兩人喝了幾杯悶酒，凡甯先開了口。

「要看用在什麼地方。」綠村狐疑地說。

凡甯拉過那個方方的紙包來解開了，抽出了一本書丟在綠村面前，那是一本像一般黃色讀物一樣，封面印著色彩鮮豔，庸俗的圖畫書。

「《紅色女間諜》，這大概又是冠著大帽子的什麼變相色情小說，你哪裡弄來這樣的書？」綠村拿起來，漫不經心地瞥了一眼，鄙夷地說。但他一抬眼，卻發現凡甯的神色有異。「這，這不會是你寫的吧！」綠村困惑地問，迫切地望著凡甯。但凡甯只是低著頭喝酒，他的無言替代了默認。

綠村急遽地翻開書來：一串串的香豔的句子，大膽的描寫，暗示著某種關係的譬喻、隱語，令人肉麻的對白……這些都像一支支黃蜂的尾刺，刺痛了他的眼睛，他猛地把書一闔，一摔，書從桌上拋落到地下，「真的是你寫的？凡甯，你會寫這種誨淫誨盜的東西！」綠村半個身子伸過桌面直瞪著凡甯。口涎幾乎噴到他臉上，凡甯避開了他責備的眼光，又大大地喝了一口，這才緩緩地說：

「這便是為達到目的，不惜任何手段。我們要從事寫作，但不能不生活，為使寫作生命延長，不能不先使生活安定，不愁一日三餐。」

「所以你就不惜破壞操守，出賣人格？」

「我並沒有用我的名字……」凡甯為自己辯護著。

「沒有用你的名字！你這簡直是自欺欺人，」酒意同著怒意，使綠村的臉紅漲著，手指凡甯大聲說：「一個女人要化了姓名去出賣肉體、靈魂，她可以說那不是她的靈魂、肉體！」

「我在寫作時也只用了我的手和思想，不曾用我的心靈。」

「這一點更是情無可恕，你不用你的心靈去寫，你怎又知道讀的人不用心靈去接受！人家把『文藝工作者』當作靈魂的工程師，而你卻讓那些年輕的、純潔的心靈中毒……」

「別說了，只是這麼一次——」凡甯兩手捧著臉，求恕地說。

「只要一次便已白玉有瑕，遺害無窮。」綠村陡地站了起來，把面前的半杯酒碰翻了，酒液沿著桌子流到地上。「我當初錯認了你的為人，我再不能共你呼吸一處的空氣，再不能住你出賣人格租下的房子，我要搬家，我讓你。」他憤激地提起枕頭來摜在被子上，又把散開的書丟在一堆，可是不知怎麼一來，身子卻又躺了下去，兩手擺在腦後氣咻咻地望著天花板。

凡甯凝望著虛空，木然坐在桌前。臉上的表情不知是內疚，是惶恐，是怨懟，是憤恨，死樣的沉默——突然他又抓起酒瓶來斟了一杯，一仰而乾，酒精使他的臉色由白裡泛青，額上青筋暴起，眼睛裡布著紅絲，他嘴唇顫抖著說：「是的，我是個墮落的人，失節的人，我的靈魂上有了污跡，我的人格不完全。走吧，離開我，大家都離開我，搬出這個小樓，搬到你的『藝術之宮』去。」他又呷了口酒，聲音由低而高，由緩而急，起初像一支憂鬱的溪流，突然越過隘口，一發而奔瀉直下。「是的，人都有個理想，我的理想只是做個勤勞的文藝工作者。然而我碰了多少釘子，受了多少冷淡，親友們蔑視我，譏笑我，說我沒有出息，編輯認為我的稿子是填字紙簍的貨色。書店老板又嫌沒有生意眼，最後還有一重難關——生活，縱使你能夠忍受一切，但總不能空著肚子寫文章，那天我的全部作品退回來了，我們卻沒有一分錢去買郵票，而你賣了你唯一可變賣的紀念品手錶，那時我看到那則啟事忽然有了個動機：人生是一場戰鬥，追求理想也是一場鬥爭，在戰鬥中既是被允許採取各種戰略；我為什麼不能寫一部那樣的小說來延長寫作生命……」

「那不是戰鬥，那是市儈的投機取巧！」綠村打斷他的話，重重地向他擲過來一句。

「……我寫的時候，我的良心亦曾幾次三番命令我，阻止我，但是，你曉得一個將被水流淹沒的人，他會毫不選擇地抓住一塊向他漂來的爛木頭，只望能達到彼岸，生活的濁流不正浸淹著我們，幾乎使我們沒頂！

「我忍著苦，我承受著打擊，我做著世上最艱辛的工作，但我從沒有氣餒過，也沒有出過怨言。我知道通到理想的道路是崎嶇的，一路有重重的障礙、陷阱、誘惑，我也從未忘記過一個文藝工作者的使命，疏怠過一個文藝工作者的操守——可是，唉！」凡甯激昂的聲音無力地低瘖下去，頭低垂著，絕望把他壓倒了，仰臥在榻榻米上的綠村看見他那痛苦痙攣的臉，聽著他絕望的申訴，一腔激憤不由得化作同情，他覺得剛才對他的責備似乎太過分了，但他還是抑制著自己的情感，淡淡地說：

「你喝醉了。」

「我沒有醉，我比平時還清醒，我要說出來那些鬱積在我心底的痛苦，我從來沒有說過。」凡甯說著，帶著那種自暴自棄的神情，索性抓起酒瓶來就仰著脖子往嘴裡灌。綠村忍不住跳起來過去一把搶住了酒瓶。

「凡甯，你這是在戕害自己。」

「你不要管我！」凡甯掙扎著站起來要搶酒瓶，不料頭一暈，腿一軟他晃了兩晃便一手撐著桌子嘔吐起來，吐出來那些發酵了的酒汁，變味的菜餚，正落在那本嶄新的《紅色女間諜》上，封面上那個妖豔風流的女人，立刻被穢物淹蓋了。

「躺下歇歇吧。」綠村把凡甯扶到他鋪位上。

「我知道你打從心底鄙視我，是嗎？」凡甯一把拖住要走開的綠村，問他。

「沒有。」綠村無可奈何地說。

「為什麼我們要受這樣的苦，為著理想，那是不對的嗎。」綠村沒有作響。「你不理我，綠村，你還在氣我，我是個墮落的人。噢，綠村，你說：走錯了一步的人還能不能走路？做錯了一次事的人還能不能做完人？」凡甯半撐著身子，迫切地等著綠村的答覆。

「《聖經》上說：犯了錯失的人若是真心懺悔，上帝將寬宥他的罪過。」

「我不管上帝，我需要的只是朋友的原宥——你的原宥。」

「我會原諒你。」綠村感動地說，向他伸出手去。

「我們還是戰鬥中的夥伴、同志？」

「是的。」

「你不搬出這個小樓？」

「不搬。」

「綠村，綠村……」凡甯激動地緊握住綠村的手，哽塞著，眼睛裡閃爍著淚光。「過去我們沒有失敗吧？」

「就是過去失敗了，我們還有明天。明天，我們可以展開一個更熱烈的戰鬥。」綠村被凡甯的激情感動也緊握住著凡甯的手，深深地望入他眼中說。

「明天！噢，還，有，明天……」凡甯含糊地重複著，嘴角浮上一抹稚氣而自信的微笑，被酒精催眠著，帶著那種釋去重負的平靜，矇矓睡去。

小小的樓房中瀰漫著混濁的空氣，綠村替凡甯掖好被子緩緩地站起來，推開窗子，薄暮涼沁的空氣夾著有鹹味的海風，撲撲地打從他臉畔溜進房裡，他深深地呼吸了一口氣，摸摸發燙的臉頰，覺得那點暈意已被海風吹走，他的眼光不經意地落在樓頭唯一的一棵樹上，卻見那光禿禿的枝椏間，已不知何時點綴著無數片柔嫩、光澤，像綠絹剪貼的新葉。「啊！春天已經來了！」綠村喃喃地自語：「春天當真來了！」突然，遠遠的鐘聲響了。那清越沉緩的聲音，一記一記迴盪在寧靜的黃昏，使人興起一種對宗教似的虔敬，莊嚴的情操，綠村肅立在窗前，矚望無垠的遠方，在鐘聲的餘韻中，耳畔彷彿聽見一個低沉的聲音在說：

「人生，是一場無止盡的戰鬥！」

民國四十二年二月初於屏東

編註：本文原刊於《晨光》第一卷第四期，一九五三年六月一日，頁二十〜二十六。

生命的綠洲

「我為什麼不盡量享受人生？既然生命在我已是這樣短促——是的，我要加倍地獲取，在這僅剩的短促的歲月中獲取我所曾想望的一切，然後，沒有遺憾地告別人間……」這個意念像一只小喇叭清越的旋律，凸出在交響樂曲，那嘈雜紛亂的雙簧簫的哀鳴，豎笛的尖音，以及銅號和鼓點的急奏聲中……終於一切漸趨沉寂，只剩下小喇叭的獨奏——那些一上午從醫院裡出來以後，一直威脅著翊甯的恐懼、沮喪、絕望，因為那個「意念」的出現而逐漸隱淡，消失了。「我要活得滿足，死得沒有憾恨！」她重複著這意念，又變得執著而堅決，又恢復了與生存搏鬥的勇氣，她幾乎忘記了這三個月的期限是她留在世上僅餘的日子，而彷彿那些日子正是預備著待她去展開一個計畫，一個十幾年來她夢寐求之的理想——遊歷，她忽的拉過枕畔的那只須臾不離的黑色皮包，從裡面摸出一本紫紅皮面的存摺，又抽出一支筆和一張紙，於是起來坐在那張破條桌前，把凌亂的碗盞什麼的一把推開，咬著筆桿仔細地計算著；她要把這些年來省吃省用，一分一厘辛苦積下的錢，在三個月中花盡！

沒有誰知道翊甯的身世，她是在孤兒院裡長大的，一個冷天，當院裡的管理員在門口雪堆裡發現裹在襁褓裡的她時，已凍得奄奄一息了，那時院中正人滿之患，她的不徵求同意便驟然抱入，從院長到保母沒有一個表示歡迎。她被安排在已經餵有二個孩子的奶媽名下，當輪到她吮食時，總剩下二隻空空的、乾癟的乳房。她本來就生得瘦小，這下更成了個皮包骨，院裡的姆姆全是修道女式的老女人，嚴厲而冷酷，孩子們只要聽見她們的聲音便不寒而慄。永遠帶著半飽的肚子，受著枯燥的生活技能訓練，做著體力所不及的苦工，她就在這沒有溫暖，沒有愛情的環境中一天天長大，她不懂得什麼叫美，什麼叫愛，什麼是歡樂，什麼是童年的幻想！白天，渴望著能多吃一碗、半碗飯，晚上，累得納頭便睡，連個夢也沒有。只有一次，在她十二歲那年，有個什麼大人物來參觀，送給她們每人一袋糖果和一本畫冊，那本畫冊上印著色彩鮮明的風景，給了她啟示，從此，她那未開墾的瘠地似的小心靈裡，便萌發了一枝希望的嫩芽——她希望大起來有一天能去那些美麗的地方，當她被姆姆罰她餓一頓飯，或是關在黑屋裡時，她便噙著一眶熱淚，默默地讓那點希望伴她度過苦難。

孤兒院裡那些無父母的苦孩子唯一的幸運，就是給有些沒有生育的夫婦領去做螟蛉。但翊甯在四歲多時卻染了一頭的癩痢，誰也不拿正眼看她一眼。女孩子還有條出路是嫁出去，但翊甯那副瘦小怯弱的樣子永遠像個發育不全的孩子，沒有一個男人會挑這樣的小女人做自己的妻子。一直到二十歲，孤兒院認為她一定得出外謀生了，於是，憑著她在院裡勤奮練下的一手字，她考取了一個書記。

那個機關很大，但做為繕校室的卻是又黑又狹的房間，六年來翊甯所進出的便限於這間房間，那裡也有四五個同事，但由於工作忙，幾乎連寒暄的時間都沒有，永遠抄寫不完的公文從各處送來，早上一上班，就匆忙地攤開筆硯來寫，下班時一個個就似榨了汁的甘蔗，困頓萎縮。翊甯在辦公處附近租了一間小得不能再小的閣樓，一張板鋪，一張破條桌，一把竹椅，便塞滿了一房，她自己在煤油爐上煮飯，早晨煮了，兩餐吃冷的，下飯菜常常一只蒸了又蒸的酸鹹菜。她終年穿一件自己手縫的藍布大褂，一雙黑布鞋。她拚命刻苦自己，卻在存摺上添下一串一串的數目，但除了那個希望，她不知道還有什麼目的，什麼願望。

她今年是二十六歲，但那件道袍式的寬大的藍布褂子，那雙自製的黑布鞋子，和那不短不長，中年婦人似的撩在耳畔的頭髮，使她顯得土氣十足，完全失去了女性的風韻，沒有人看得出她——也沒有人會估計她究竟停留在女性的哪一階段。

寒冷的冬天過去了，接上是綺麗的春天，炎熱的夏天過去了，接上是明朗的秋天——但季節的更番流轉，翊甯除了在藍布大褂裡面加上或脫掉些衣服，向來沒有一點感觸，可是——這個春天卻有點不同。

翊甯感到特別容易感到疲倦，也特別容易煩躁。有時她忽然覺得心裡空虛得發慌，彷彿被挖去了點什麼，一點輕微的聲音可以嚇得她猛地一竄，耳朵裡嗡嗡地響著，心蹦蹦地跳著，臉上直發燙。有時又覺得胸口似乎堵著點什麼，悶得發脹、發痛。睡覺時她常常被夢魔嚇醒，醒來又怕周圍黑沉沉的陰影。精神恍惚，心志不寧。這徵象越來越厲害，以致她在抄寫時也常常漏掉或寫錯字。而有時又煩躁地無法寫一個字。

「我病了，但這是什麼病呢？」翊甯惶惑地去請教醫生，醫生敲敲、打打、聽聽，神色嚴重得讓病人心悸。

「是癌。」

「癌？」

「唔，很嚴重。」

「能不能治？」

「這個……很難。癌是絕症，唯一的特效藥是鐳。但這種東西中國還沒有。」

「啊！」

「做為一個忠實的醫生，還有一句話要告訴妳：就是……妳的生命頂多還有三個月。」

翊甯掙扎著從醫院回到小樓，便癱瘓在板鋪上。——不治的絕症，三個月的生命，這可怕的宣判一上午磨折著她的心靈。她一直為生存而生存著，從來沒有理會過生命。她從來不過問生命需要點什麼，也從來沒有給過生命一點兒溫暖，一點兒愛撫，一點兒滋潤……寂寞而不為人注意地降生，又將寂寞而不為人注意地消逝。突然，她覺得自己可憐起來，她那荒漠似的心田中忽然起了一個從未有過的衝動：她想擁抱，緊緊地擁抱那捉摸不著的，追隨了她二十六年的生命！

……當她決定讓短促的生命活得更充實，對死的恐懼反而沖淡了。

翊甯辭去了她的職務，小樓退租，炊具和一些零星雜物贈予房東，一身輕裝，攜著簡單的行李，從一個市鎮蹀躞到一個市鎮，像一片無根的浮萍。

她不喜歡有人工鑿斧的名勝，她只愛粗獷純樸的大自然。她會在一處僻靜的草墩上待一日，她會為一座幽邃的森林在一個城市待上十天八天，她諦視著一枝欣欣向榮的小草，一朵鮮妍綻開的花朵，默默地在心裡說，啊！這便是生命。她凝望著一對蹁躚互撲的蛺蝶，一雙跳躍相逐的小鳥，悄悄地自語；啊，這便是生命！她第一次像這樣完全擺脫了現實，徜徉在大自然中，在新鮮的氣氛裡，她彷彿感到自己的身體也有什麼在茁長，自己的胸腔裡也有什麼想飛，想浮，但在這茁長和飛的意識下，心裡那點空虛也更空虛，只想抓住點什麼，執著點什麼，究竟什麼是什麼，她自己也不能解答，也許，她想：那是那絕症的徵象。

她盡量揀好的吃，不是嘴饞，而是享受人生，她穿起裁縫為她設計的細軟柔滑的綢緞衣服，她不再自己梳那筆直的，不長不短的頭髮，讓理髮師為她整理，她在她乾枯的臉上擦著潤膚的脂膏。這些，都不是為了美，為了漂亮，主要的是享受人生。

日子很快地過去，將要三個月了。那天，三個月的最後一天，她在一個以潭水聞名的城裡歇下了，她住在一幢豪華的旅館裡，開了一間最漂亮而舒適的房間，她賃了一隻小舟在清澈的潭中徜徉了半天；又去美容院裡整了容，回到旅館裡吃了一頓豐盛的飯，把剩下的錢都在窗口撒給底下的窮孩子了。於是，她平心靜氣地等著死神來臨——

但是，她絲毫沒有要死的徵兆，她的脈息和心臟都跳得跟平常一樣正常，除了那點想執著點什麼又想抓住點什麼的空虛。那無法排遣也無法填補的空虛。深沉的夜，遠遠傳來隱約的爵士音樂，兩隻貓在屋脊上呼喚，她感到一股無端的煩躁，起來把窗開了，暮春夜沁涼的空氣拂著她發燙的臉頰，她深深吁了口氣，轉身捩亮了燈，在對面的著衣鏡裡，她看見了自己！短短的鬈髮襯托出一張緋紅的臉，潤濕的嘴唇，灼灼發亮的眼睛，蔚藍軟綢的衣服緊裹著豐腴、勻盈，充滿了青春活力的身軀，她迷惑了。

「我看來似乎很好看，也許，那是迴光返照！」

三個月另一天，她不得不變賣了一件外衣做這一天的揮霍，三個月另二天她又賣去了一些零星衣物，三個月另三天，她覺得自己還活著簡直是一樁不可恕的愚蠢。

清澈而平靜的潭水隱伏在淡淡的月光下，彷彿明鏡上罩著層濛濛的霧，翊甯徘徊在潭畔，當她惘然注視潭水時，深邃的水底似乎有一股潛力吸引著她，誘惑著她，她不由得停下腳步，深深地，深深地凝視著潭水……

「等待什麼，等待什麼？人世已別無留戀，又何必拖延！就這麼一步一步緩緩地走下去走下去……，靜靜地躺在潭底，長久的安息，永遠的安息，再沒有苦惱，沒有煩擾……」這不正是翊甯所想的？然而她自己的嘴唇分明不曾動，而那囈語似的聲音也十分陌生，不像出自她自己的嘴裡，她愕然環顧四周，在潭的那端，她看見了另一個灰色的、幽靈似的人影。

「啊，有人！」她懊傷地自語，縮住了腳步。

徘徊又徘徊，躑躅又躑躅，翊甯焦灼地等著那人離去，可是，瞅那人時，卻也躑躅又躑躅，徘徊又徘徊，彷彿正等這邊的人離去。

上弦月悄然下墜，只剩下閃爍的星星。潭水更幽邃，更深沉，更神祕，翊甯坐在岸上，不耐地伸出腳去探著潭水，潭水冰涼沁骨——突然，那樹樁般佇立著的灰色人影急促地向這邊走來。

「請問，這般深夜在這裡有何貴幹？」粗魯的聲音帶著責問。

「我正想請教你呢？」翊甯縮起腳來，在隱約的星光下看見站在她身後的是一個高高的青年，他似乎也看清了翊甯是個異性，立刻轉換了溫柔的口氣，吶吶地說：

「對不起！我是說——像這樣的深夜，對一位單身的女士似乎很不相宜。」

「對一位男士呢？」

「那——我是為貪戀月色，忘記時間。」

「就不許人家有同感嗎？」

「可是，月亮早就下落了。」

「還有星星。」

「妳──」對方頓了一頓，試探地說，黑暗中仍可以感到他灼灼的眼光。「妳不是有什麼企圖吧？」

「那是我自己的事。」翊甯悻悻地說，別過臉去。

「也許，我們還是同病相憐哩！」

「你？」翊甯迅速地瞥了他一眼，「不，不會的，我患的是無藥可治的絕症。」

「絕症！可不，我患的也正是無藥可救的絕症。世上還沒有一個醫生能夠治這樣的病──心靈上的創痛。愛情是生命的源泉，生命之苗全仗愛情滋潤。如今，我已枯竭了──我把我的全部愛情奉獻給一個人，但她把她給我的收了回去轉送給另一個人，我卻無法收回，我已經付出的──沒有愛情便沒有生命，剩下殘破的心靈和一片空虛又怎生治療！唉，又怎生治療？」他囈語喃喃，浸沉在自己的情氛中，翊甯睜大了眼睛，困惑地望著他。什麼愛情愛情，愛情又怎與絕症扯成一起，這人莫非瘋了！她不禁畏縮地退後一步，那人似乎這才記起旁邊還有個她，冒失地問：

「我們既是同病，可否告訴我是妳的愛情被玩弄了，抑是愛河裡起了波浪？」

「不，都不是。」翊甯把頭搖得像波浪鼓。「我不懂愛情，我也從未涉足愛情。」

「妳不懂愛情？」這次輪著他睜大了眼睛。

「那有什麼稀罕！世上沒有愛而活著的人多著哩。」翊甯揚著頭不屑地說。

「啊！無愛而能生存，才是最勇敢的！」

「只是勇敢並不能克服生存的敵人——我得了癌病，也許，生命就在瞬間……」

「真的？」

「醫生這樣告訴我。」

「醫生，醫生的判斷，可不一定準確，我看妳就似盛開的菡萏般光輝煥發，哪有半點萎謝的徵象！」

「我不像在生死邊緣掙扎的人？」

「相反的，妳一身都閃耀著，不，一點都不像，除非妳預備去做那樁蠢事……」

「蠢事，你認為那是蠢事！那麼請教你這聰明人，當你心靈上受著死神的威脅時，你又怎樣對付？」

「不理它，勇敢地活下去。」

「不理它，勇敢地活下去！」翊甯重複著這句話，如同咀嚼一枚橄欖。「謝謝你的鼓勵，我將對自己寬容一天，看看生命裡是不是會出現奇蹟——可是，聰明人，你忘記了你也曾有這樣的企圖？」

「我，我也將對自己寬容一天，看看生命裡是不是還有什麼值得留戀——能否告訴我妳的名字？」

「翊甯。」

「喬琪。」

「那麼，喬琪先生，再見！」

「再見，翊甯小姐。祝福妳！」

那句祝福蘊蓄著如許深情，溫柔的聲波震撼著翊甯的心弦——那從未為愛情和歡樂彈奏過的心弦，走遠了，她不禁還回過頭去，只見那人兀自癡立著向這邊矚望。

第二天翊甯比昨夜更早些去潭畔，喬琪已守在樹下。

「妳來啦！」

「你早！」

兩人歡洽地招呼著，像一對在此約會的友侶。

「今晚的月亮比昨晚亮。」

「也比昨夜豐滿。」

「妳說我們像不像一對傻瓜！」

「為什麼？」

「妳看這彎彎的月亮，這月光下盈盈的水流，這深邃的藍天，藍天上閃閃的星子，這軟軟的春風，春風中花香幽幽，樹影婆娑，夜色何等美麗！然而我們卻一味耿耿於自己的煩惱，忽略了這般詩情畫意。」

「詩情畫意。」翊甯一字一頓唸著這四個字，彷彿孩子在學舌。

「有興趣沿著這水岸走一會嗎？」

翊甯微微頷首，喬琪自然地伸出手來，當他的手挽住她的手腕時，她忽然像觸電般一身顫慄著。

「冷嗎？」

「噢，不。」她囁嚅地回答他關切的詢問。感到有一股毅力，正從那隻曾使她顫慄的，異性的手掌中傳布到她身上，霎時她想擺脫他手臂，但身子卻不曾動，她抑制著自己的激動，只是下意識地讓腳步印上軟軟的草褥。

「妳準備下遺囑沒有？」他在她耳畔悄悄地問。

「遺囑，沒有。生命如同雲煙，又何必留下痕跡。」

「可是，妳沒有什麼想說的，譬如向妳知友傾心相訴一番身世，有時把心裡的鬱抑發洩了，會感到無比地暢快——妳可以暫且把我當做妳值得傾心相許的朋友。」

喬琪誠懇、溫和的聲音似一支鑰匙，輕輕啟開了翊甯深鎖著的心扉。她感覺有一股衝動的力量在心內激盪，彷彿一支泉水正欲奪石流瀉。她開始輕輕地訴說，訴說她那一段黯淡平庸，無助無援的生活，那份孤獨，那份寂寞，孤獨和寂寞中「病」又怎樣來廝纏，這些年來，她從未這樣對人訴說過自己的一切，喬琪默默地傾聽著，不多打岔。

「虧妳捱過了這些沉悶的日子！」喬琪充滿同情，將挽著她的手臂向身邊靠近點。「那時妳找錯了醫生。」

「我不知道你還是學醫的。」

「不，我只是憑我所體驗的，妳沒有病，妳只是缺乏生命的力量——愛情。」

「又是愛情！你且說你那個愛情的故事吧。」

他搖了搖頭，用低沉的聲音說：

「我的愛情故事還是不提，那是一個荒唐的夢，夢散了，心也碎了，我正待將它結束——」

「連同你的生命？」

「嗯。」

「那麼，這是行動的時候了。」

「妳還不曾放棄昨夜的企圖？」

「嗯。」

「好吧！讓我們攜手同行。」

兩人像一對同赴婚席的愛人，攜著手，緩緩地踩入水裡，平靜的水面立刻漾開一圈一圈的漪漣，水慢慢地從腳踵漫過了膝蓋，喬琪用那帶著點詼諧的口吻說。

「明天人家發現了我們，準以為是一對情殺的愛侶。」

翊甯立刻捽了他的手，「讓我一個人先去。」

「我怎能見死不救？」

「那就你一個人先去。」翊甯止住了腳步。

「妳就有這樣硬的心腸？」

「那怎麼辦？」翊甯急了，話沒有說完，鞋底在青苔上一滑，身子向水裡栽下去，卻被喬琪拖住了，又抱回岸上。

「這可不是演劇！」翊甯有點惱了。

「反正還有明天。」

「明天？難道說再寬容一天？」

「不行嗎？這世間還不失美麗。」

「但沒有奇蹟。」

「卻值得留戀。」喬琪握住翊甯的手腕含意深長地說，在那一點朦朧的月光下，深深地凝視著她，翊甯也不自覺地看著他，望進他眼睛深處，那裡有一些她不懂的挑撥性的東西在閃爍！突然，又是一陣顫慄，她猝然摔開了喬琪的手，像一隻逃避獵犬追逐的兔子，飛快地奔離潭畔，轉過一片林子，消失在黑暗裡——

翊甯把自己深深地埋在被褥裡，但喬琪的聲音笑貌依然清晰地映現在腦際，她感到心裡有一種新的情感在萌生，不，應該說是某種一直沉睡著的情感正在甦醒、伸展……一下子就充沛了全身，彷彿浸浴在初春的陽光裡，她便在那溫暖的氛圍中迷糊睡去——睡得從未有過的香甜。

隔天，翊甯還未走到潭畔，喬琪早便迎了上來。笑著說：

「我等了妳半天。」翊甯笑笑，挽住他遞過來的手臂，又沿著水岸緩緩走去。

「昨晚妳為什麼跑得那麼快？」

回答是一個沉默。

「我說妳缺乏勇氣。」他挑逗地說。

「為什麼？」翊甯眉毛一揚，昂著頭反問。

「妳只敢逃避現實，卻不敢接受人生。」

「因為我已無意於人生。」

「這就像小孩子吃蘋果，咬了青的一面，味道是酸澀的，就丟了。卻不去嘗試那紅熟，香甜的另一面。」

「未見得那另一面就一定是美好的，就像你……」翊甯諷刺地睨視著他。

「我不否認我遭遇了一次失敗，但我終究已嘗試了。再說，未見得每一個走路的都會顛仆，每一個游泳的都會溺沉，所有的不幸只是『偶然』造成的。」

「那所有的幸運倒是『必然』的？」

「也許，只要妳願意爭取。」

「遲了，」翊甯悄然地說，一聲輕微的歎息像微風掠過樹隙，消失在夜空，「我已安排好了我應走的路。」

「難道不能更改？妳的意志便是妳自己的主宰。」

「我有病。」

「生命越是短促，越要加倍爭取，死馬尚且當活馬醫，你又何妨嚐嚐愛情那味萬靈藥！」

「我告訴你不懂愛情。」

「愛情是與生命一起賦予的，有愛才有生命，是妳自己把它錮禁了。」

「如是這般，我已無能開啟。」

「唯有愛才能喚醒愛，如果妳不見棄，我願意奉獻我的赤忱……」

「你？」翊甯仍在嘴角浮一抹嘲笑，「不怕開出來的是毒蛇猛蠍，烈火兇焰！」

「被烈火焚作煙灰，卻比孤零零一人沉在冰的潭底幸福萬倍。翊甯，看這溶溶的月光，這閃閃的星星，還有這歡唱的夜鶯，讓我們抓住生命，哪怕僅僅是一剎那……」喬琪湊在翊甯耳畔溫柔地低語，聲音充滿了誘惑，翊甯感覺到他的呼吸像一支羽毛輕拂著左頰，他突然閉上口不響了，只覺得心猛烈地跳著，血液迅速地流轉，直湧上兩頰。

「翊甯，」挽著的手臂滑落在她腰際，緊緊地。

一個衝動，翊甯想逃出那有力的，男性的臂彎，但她沒有這樣做，反覺一陣昏眩，幾乎不能舉步。

「翊甯！」他立刻停下來，挾持翊甯面向著他，一手托起她的下頦——一陣震撼心靈的顫抖通過全身，翊甯感到有什麼在胸口爆發，擴張，遏住了她的呼吸，又彷彿自己將在一種模糊的眩暈中飄去，整個身心溶解在溶溶的月色裡，融解在夜鶯的歌聲中——那歌聲彷彿持續了一個世紀。

「懂得了嗎？這生命的力量，」喬琪貼著她的臉頰輕輕說。

翊甯半沉迷地偎在他寬闊的肩上，沒有作聲，一霎時她彷彿生了根，渾身充沛著新生的力量，不再是那株虛飄飄的浮萍。

喬琪撫著她的頭髮，顯得無限柔情，在她耳邊呢喃著：

「生命畢竟是美麗的，如今已無憾恨，讓我們去吧！」

「去投潭？」翊甯猛地把他一推，抬起頭來，聲音裡有著驚惶。

「不，妳這可愛的小傻瓜，我們永遠不會去那裡，我們該去的地方是教堂，讓上帝的代言人證誓我們的愛情。」

「哦！」翊甯深長地吁了口氣，重新接受喬琪熱烈地擁抱，彷彿獨自在枯竭、荒涼的沙漠中經過了艱苦的跋涉，終於投入一片蔭涼的綠洲。

《晨光》・民國四十二年三月

編註：本文原刊於《晨光》第一卷第六期，一九五三年八月一日，頁二十三～二十七。

螟蛉

一

「緯倫，你看！」毓芬挨著她丈夫坐下來，將報紙上一小則分類廣告指給他看：

女嬰割愛，外省籍，周歲，貌秀體健，凡高尚家庭而無子女願撫養者，請於每日下午一至四時，駕臨復興路嘉賓旅社十二號面洽。

「怎麼？……」緯倫唸了一遍，困惑地把視線從報上移注到太太臉上。

「這機會不是很好嘛！」毓芬帶著那種抑制著的亢奮，吶吶地說。結婚七年未曾生育，她想孩子快想瘋了。「我想去問問……」

「妳是說妳想收養一個螟蛉子？」

「嗯，先帶一個解解寂寞。你說好嗎？」她熱切地望著他，有所期待。

「沒有意思！」緯倫放下報紙，冷淡地搖著頭，「人家的孩子。」

「張太太家的小龍不也是兩袋麵換來的？還有蔡家的阿英，我記得我有一個嬸嬸也是七八年沒有生孩子，結果帶了一個，第二年就生了，一生一連串三個哩。」毓芬執著自己的意見，並且還舉例為證，顯得十分熱心。但緯倫依舊無動於衷，懶懶地聳聳肩膀，在几上拿一支煙燃上。

「自找麻煩。」他悠悠地噴一口煙，不經意地說：「養孩子可不比養來亨雞，按時餵食就算數了。麻煩可多著哩！」

「這個我當然知道，反正不要你操心就是了。」毓芬堅決而帶點不耐煩地說，意思好像說我雖然沒有生過，帶總會帶。她拿起報紙來，重又看了一遍那則小啟，然後，小心地摺好，一個熱烈的願望燃亮了她的眼睛。

第二天緯倫已完全忘記了隔日閒談的事。因此，當他下班回家一眼看見毓芬正抱著一個很小的孩子在逗引，不禁怔了一怔。

「怎麼，妳當真把孩子領回來了？」緯倫濃濃的眉毛一皺，大不以為然。「真不怕麻煩！」

「我原是問問去的，不想一談就成功了。」毓芬笑著迎上來，向他解釋。「白太太——就是小玟的母親倒是個爽快人，她說她絕不是想把自己的骨肉換錢，只為丈夫死了，她要去謀生，孩子沒人管帶，有合適的人家，她情願送撫，只是將來要當親戚走動。」

「哼，當親戚走動！妳看將來有麻煩的哩，又是敲詐，又是勒索……」

「緯倫，不要這樣侮蔑人家！」毓芬攔住他說下去，「我看人家也是好人家出身，哪裡就會這般無賴——你看小玟盡望著你，抱一抱吧，乖得很哩。」她把孩子送到他面前，他勉強伸出手來接著，孩子卻也不怕生，烏溜溜的眼睛盯著他看，圓圓的臉，小小的嘴，一頭柔細的黑髮覆在額上，像個洋娃娃似的，正當緯倫這樣端詳時，忽然覺得褲腿上有什麼熱溜溜的沿著腿流下去。

「糟糕！溺了我一褲子！」緯倫看清楚是什麼時，忙不迭把孩子舉得遠遠的，粗魯地向太太手裡一塞，孩子嚇哭了，他脫下那條新縫不久的凡立丁褲子，一肚子說不出的懊惱。

二

孩子被毓芬收養了以後，緯倫在感情上沒有起什麼變化，但生活習慣卻有些變動，本來一進屋子，立刻有一雙手專等著接過外衣為他掛上，如今卻得親自動手了，本來每天下班總有一杯為他新泡的香茗擺在茶几上，如今卻常常要等他開了口才記起給泡。房間裡已失去往日的整潔，那份恬靜的空氣也被孩子破壞無餘，榻榻米上不是拉了尿屎就給擱幾塊尿布什麼。書桌上，椅子上丟滿了玩具，晚上，毓芬的注意力被孩子分散去，已不像平常一樣專心一注地傾聽緯倫跟她閒聊，而兩人睡慣了的牀上，平白地給嬲進一個小東西來，更是不慣，有時孩子半夜裡要痾要吃，還攪人清夢。最使緯倫憤慨的，就是他在家裡的地位、尊嚴，和別人對他的關切，都打了個折扣，這一切都引起他一種不快的情緒，由於這不快的情緒而對孩子產生了一種莫名的憎厭。因此，每當毓芬抱著孩子迎上來教她喚「爸爸」時，他只是敷衍地在喉嚨頭嗯一聲，有時他坐在沙發上看報，孩子一個人蹣跚地摸了過來，他在報紙的掩護下狠狠地向她瞪一眼，慌得孩子連忙跑到毓芬那邊去——孩子的到來並沒有給這個寂寞的家庭帶來熱鬧和歡笑。相反的，一種不融洽的潛藏著什麼不安的空氣，正逐漸在醞釀，發酵——直到某一個星期日下午。

那是剛吃過午飯，毓芬在廚房裡忙著。緯倫去廁所轉了個身進來，卻見小玟站在沙發旁邊，正聚精會神地撕著他在看的一本書。

「小混蛋，怎麼把我的書撕了！」他厲聲吆喝著，三腳兩步趕過去把書搶下來，順手將她一推。孩子一個踉蹌，倒退了二三步，小身軀往後一倒，頭正好重重撞在桌子腳上，她「哇」的哭了一聲，歇了好半天才透過氣來，毓芬聽見她哭喊，已急忙跑出來，看見小玟摔倒，顧不得兩手稀濕便過來抱起在懷裡哄著，摸著被撞的地方，不住疼惜地說：

「可憐，可憐，撞了這麼大一個包！小玟乖，不哭，噢不哭……」

緯倫發洩過後，也深悔自己太猛浪，但為自尊心所抑止，卻連向痛哭中的小玟看一眼都不曾，逕自沉著頭拼湊被撕破的封面。毓芬在痛惜中更為他的冷靜所激怒，忍不住用譴責的眼光望著他，嚴峻地說：

「我知道你不喜歡孩子，但想不到你竟是這樣冷酷的人，忍心摧殘一個柔弱無能的小孩子。」

緯倫不想分辯，只是近於執拗地沉默著。

「這樣大一個人生小孩子的氣也不覺得慚愧，」毓芬繼續埋怨著。「早曉得你討厭，不該領了來，倒不如明天送回她媽去——」

「稀罕！人家的孩子！」緯倫惱羞成怒，陡地把書一掉，憤憤地站起來，「家裡面這樣吵吵鬧鬧，我可沒法待下去！」說著，他一手拿下衣架上的外衣，便奪門而出。

三

緯倫一個人看了場電影，又逛了會馬路，看著到晚餐時候了，踅回家裡卻又在門口躊躇了一下，該板著臉還是溫和一點，這時門內忽然傳出來一片談話聲和孩子的嬉笑聲，他料著有客，便不加考慮地推門進去，只見一個穿淺灰色旗袍，淡黃絨線衫的背景，正抱著小玟同毓芬說笑，看見他進去，毓芬介紹道：

「這位是白太太，這是外子……」

那女的轉過身來，緯倫彷彿驟然遭遇了電擊，嘴張大著想喚未喚，驚愣地木立著，那女人的眼睛裡也掠過一道驚喜，但只一瞬那便恢復了冷靜，她那莊嚴凝重的神態阻止了他上前相認。

「金先生，打擾你們了。」她帶著那種禮貌上的微笑，向緯倫點頭招呼。旋即回過頭去把孩子交回毓芬，「我要回去啦！」

「怎麼？妳不是答應了在這兒吃飯！」毓芬挽留著。

「謝謝妳，我剛才想起了一樁要緊事，下次再來。」說著，她在孩子臉上吻了一下，又向緯倫點點頭，匆匆地走了。

緯倫一直迷亂的，呆呆地站在房門口，直到毓芬送了客人回來，他才夢遊似地走進客廳，在客人剛才坐過的沙發上坐了下去。

他內心感到十分紊亂，被他密封了這些歲月的記憶，驀地裡被一隻手指撥開了，就像撥翻了一只蜂巢似的，數不清的往事如同蜂群般亂飛亂竄——那是她，不會錯的——他在沙發角落裡摸著個方盒子，下意識地在手裡撫弄著——想不到相隔八九年，又會在台灣看見她，她現在……

「呀！白太太的皮包都忘記帶走了。」毓芬忽然望著緯倫的身上喚起來。

「白太太的皮包！」他茫然重複了一句，低頭一看，才發覺自己手裡撫弄著的正是一只黑色的皮包，他忽然靈機一動，連忙說：「那，我就送去！」走到門口他又猶豫了一下，

「如果追不到她呢？」

「她住在嘉賓旅社十二號。」毓芬接著說，驚訝他何以一下子變得這樣熱心！

四

隨著一聲嬌媚的「進來！」緯倫微微顫抖的手推開了門，首先映入他眼中的又是一個背影，這背影依舊是坐在他客廳裡的背影，所不同的已換上一件華貴的，鵝黃鑲黑絨的長睡衣，端坐在鏡前化妝，聽見他進去，頭微微一側，鏡子裡立刻露出一張化妝後容光煥發的臉龐，那雙明澈而嫵媚的眼睛，那甜蜜而微微上翹的嘴唇，不正是他熟悉而曾經蓋滿了他的熱吻的？……她在描著一隻眉毛，只在翹起的唇角挑起一個甜甜的微笑。

「琛，我猜到你一定會找得來！」她那語氣和神態，平靜得如同他們是昨天才分手的。

「當真是妳，玟，我終於又找到了妳！」緯倫撇下皮包奔過去雙手按住她的肩頭，聲音因激動而顫抖著。

「不是你找到了我，應該說在人生的驛站上，我們又一次相遇。」

「不管妳怎麼說，如今我找到了妳，可再不能讓妳從我身邊飛走。」緯倫像一個小孩子般執拗地說，把她的頭，肩緊攬在自己胸前。

「傻孩子，」她笑著輕輕解開他的手指，「沒想到你隔了這些年還是這樣容易衝動。」

「沒想到隔了這些年，妳越變越冷酷！」緯倫為她的冷靜和淡漠激怒，恚懣地抱怨。

她揚了揚眉毛，唇畔浮起一個輕蔑的笑意。

「冷酷！這是我有時不得不用來對付男人的武器。」說著，她起來挽著緯倫在沙發上坐下，「你先坐下，細水長流，有話還不能留著慢慢說麼，目前我們首先要解決的是民生問題，我請你吃飯好嗎，就算是我負荊請罪。」

她喚了工友來叫了幾個都是緯倫愛吃的菜，還有一瓶紅露酒。

緯倫望著她，覺得她比從前更美更魅人了，從前的美是少女那種綽約含蓄的美，如今卻完全表露在外面，像一只熟透了的蘋果，豐滿嬌豔，芳香四溢。處處都透露著誘惑，只是在眉梢眼角，隱約嵌藏著風塵的痕跡，他一伸手拉她坐在身旁。

「玟，妳先答覆我一個在心裡憋了八年的問題：是什麼使妳在我們結婚的前夕悄悄出走？」過去的回憶，仍使他感到絕望的痛苦。

「那時我忽然覺得我實在不適宜做個主婦，我不能讓家像樊籠般關住我。」她凝望著窗外，夢囈似地說：「我要像雲雀似的飛得高，飛得遠，飛在廣闊的天空，盡量領略宇宙的美，享受自由的愛。」

「那妳為什麼不告訴我，我一直是以妳的意見為意見，以妳的行動為行動。」

「不，我知道你那時企望的是家的溫暖，生活的安定。」

「那麼，如今還不遲，就讓我背著提琴，妳挽著我，讓我們像一對吉普賽人們的浪跡天涯！」他握住她的手，溫柔地說，眼睛裡閃爍著希望的光芒。

「遲了！」她微喟著輕輕搖頭，「我如今已倦飛歸來，創痕累累，卻又盼望享受生活的安定，家的溫暖。」

「我會為妳安排，像八年前一樣。」他搶著回答。

「你？」她燃著一支煙，輕蔑地向他噴了一口。「你不已有了一個賢惠的太太，一個溫暖的家！」

一道痛苦的攣痙掠過他臉部，自嘲地做了個苦笑。

「是的，我有一個家，一個太太，但這其間卻沒有愛情——玟，妳不知道妳出走後我多麼痛苦，我完全失去了生命的憑藉，生存的樂趣，我幾次想到毀滅自己，但終被守寡十幾年撫養我的母親的眼淚軟化了，毀了我，也是毀了她的希望，毀了她的希望，便是毀了她。於是，我只得忍著痛苦，把過去的一切——連同妳曾經喚過的名字，一起埋葬了，只當我已經死過一次。這就是我現在為什麼不叫金琛而叫金緯倫。我像一個傀儡似的由著她的安排，玟，妳知道別人安排的沒有愛情的約束，是隨時可以擺脫的。」

「你只說你自己，為什麼不問問我這些年來是怎樣生活的呢？」她用嘲弄的口吻說，向緯倫睨視了一眼。

「妳？」

「是的，我。」她沉靜地帶著那種玩嬉的微笑噴了口煙，但在煙霧中，不難看見她隱藏在平靜後面的激動。「我果然飛到了廣闊的天空，但沒想到廣闊的天空一樣地遍張著情感的羅網，一次又一次，我撞著了網——告訴你我已經不是八年前與你相處時的玟了。」

「不，我不管這些！」緯倫執拗地叫喚，「過去的隨它死去，我只當妳這八年的生活是一段空白，就同我一樣，妳依舊是八年前的妳……玟，妳看我為妳忍受了這幾年痛苦，失去人生的歡樂，妳還忍心再拒絕麼！」

她睫毛低垂，眼睛不安地閃眨著，顯然有什麼在她內心掙扎——忽然她深深地吸了口煙，把煙蒂一擲，陡地站起來端起斟滿嫣紅酒汁的杯子，笑著遞一杯給緯倫。

「看我們這對傻子，盡為著過去苦惱，卻不曉得及時行樂。來！為我們的重逢乾一杯！」

玻璃杯相碰的清脆聲震盪在空氣中，杯子空了，杯底的嫣紅卻染上了兩人的雙頰。

一杯接著一杯，兩人的臉更紅了，血液循環得更快了，心跳得更猛烈了，酒精燃起了沸騰的，不可抑制的情熱，他們談著過去的親愛，過去的密切偎依，一切時間的隔閡驟然消失了，彼此的眼光裡燃燒著對愛情的渴慕：互相瞅視著。驀地四片嘴唇黏在一起，像燒融了的膠互相黏住了。澎湃的激情像洶湧的浪潮吞噬了兩人，片刻間時間彷彿停住了走動，地球彷佛停止了運行——

「玟，」緯倫的聲音埋在她頭髮裡，如癡如醉地，「就這般讓我們兩個在生命融成一個，永遠永遠不要分離——」

「這還不夠抵償八年的相思嗎？」

「不許妳這麼說，」緯倫用嘴唇蓋住她嘲弄的聲音，又喃喃地說下去：「我們要幸福地生活在一起，把未來的日子建築在愛情上，玟，答應我，不再離開我！」他勾起她的下巴，懇求的視線深深地注入她眼中，她閃爍了一下，眼簾低垂下來，就似那兩道迫人的視線是炫目的陽光，使她不敢正視。

「玟……」

「不要貓兒守住耗子似地盯住我，」她微嗔著，避開他的視線，坐正來撫著鬆散的鬘髮，「是你該回去的時候了。」

「不，沒有妳的答覆甩不走我。」

「明天，」她哄孩子似地哄他，「明天給你答覆。」

他猶疑著，她把臉偎在他的肩膀上，在他耳畔輕柔地說：

「這些年的睽別，我們不還有著太多的衷曲，留待明天細細地傾訴！」

「好吧，依妳，我明天下午向公司裡請半天假來。」緯倫無可奈何地說，深深地吻了她一下，這才戀戀不捨地向門口走去——

「琛！」她柔聲喚著。

他立刻回轉身來。

「好，就這樣站著別動，讓我看看，這幾年可有變化。」她深深地，默默地，諦視著，用柔情脈脈的眼光包圍著他，緯倫覺得在這樣的凝視下再久一點他便將融化了，而這眼光足以將任何事物的形象，像攝影般深刻地攝入心中。

「再會吧！琛，」半晌，她才幽幽地說。用一個微笑掩住了歎息。

「再見，玟，祝妳晚安。」緯倫輕輕掩上了門，自然，他沒有知道那兩道深情的視線仍舊停留在他身後掩住的門上，似癡，似悔，似悵惘，忽然眼角潮潤了，遽而熱淚溢眶，她伸手掩面，俯伏在沙發扶手上……

五

第二天緯倫依約去嘉賓旅社，十二號的門關著，他用手指敲敲，又捩捩轉柄，寂無回音，顯然門是鎖了。

「這位先生是姓金嗎？」一個工友在背後問他，他一轉臉看見他手裡一封信，就感到一種不祥的預兆，一陣顫慄通過他全身，一時竟連話都說不清，「那位白小姐今早走了，這是她留給你的信。」

工友把信交給他走開了，他急不容待的就在廊上拆開了信。

琛：

我從來不相信命運，命運卻又給我們安排了這次相逢，是緣，還是債？

八年來，每當在片刻的寧靜中，在狂歡後的沉寂裡，或是午夜夢回，常有一個影子在內心浮起，那便是你，在情感上我對你一直有著太多的欠負，我知道若見面，你一定會向我索取，但是，我卻無法償付，現在以至將來。雖然我是那麼疲累、厭倦，亟願有一個溫暖的巢，尤其是你為我安排的巢，讓我憩息下來調養好累累的創傷，重新安排未來的生活——可是，琛，如果你還記得我們在一起看過的那張〈魂斷藍橋〉的片子，當那夢魂縈牽的愛人意外地未曾戰死回來時，那一度墮落的女角為什麼不與他團圓而投身鐵軌上，你便能諒解我為什麼還是離開了你，更何況你已有了個賢淑的伴侶——當第一眼看見她而放心把小玟託付，便知道那是個善良的人，你不應該虧負她！

昨晚考慮了一晚，我已決定了今後的路向，如果說過去我一直是懷著太多荒謬的幻想遊戲人間，那麼今後的生活方式將是腳踏實地去領略人生，願為我新的開始祝福嗎？

如果你對我還有一份感情，那麼請你好好看待小玟，如同你自己的女兒一樣。

也許，將來我們還有見面的日子，但不在這裡，你總該猜到那是哪裡，希望這日子不會太遠！

祝福！

玟留字

得到了又復失去，比永遠得不到更令人悵恨難遣，緯倫看看手裡的信，又呆望著昨晚在裡面無限溫存繾綣，如今卻緊閉著門，這一切彷彿是曇花一現，他懷疑自己是做了一個夢！昏亂而沮喪地走出旅社。

當緯倫走回家中，毓芬正伴小玟在客廳裡玩積木，見他不到下班的時候回來，十分驚訝，小玟自從受了那次驚嚇，看到他的影子便躲避開來，這時她慌忙撇下木塊，蹣跚地向毓芬懷裡跑去，突然間，緯倫像個巨人般攔阻了她的去路，一伸手，把她高高地舉了起來。

他臉對臉地諦視著那似同被獵犬追逐得慌亂惶恐的兔子似的孩子，在那烏溜溜的眼睛裡，嬌嫩的唇畔，他依稀看見了那嫵媚而魅人的眼神，那甜甜的微笑……他驀地把她抱到面前，將熱吻瘋狂地印滿在柔嫩的臉頰上，眼睛上，小嘴巴上，……在心裡喃喃地呼喚著：

「玟，玟，我的玟……」

毓芬在一旁暗暗地吁了口氣，心裡一塊石頭落了地，由於丈夫的突然變得慈愛，感動得在眼睛裡迸出了淚水，她一往情深地用眼光愛撫著父女倆只是溫柔地叮囑孩子：

「小玟，喚爸爸嘛！」

《大道》・民國四十三年一月

編註：本文原刊於《大道》第八十三期，一九五四年三月一日，頁十八～二十二。

落寞的女客

「這音樂美極了，不是麼！」我正待收回視線，已為她所投射過來的眼光捕捉住了，她衝著我神經質地笑了笑，突兀地說。

「啊？……嗯，美極了。」我有點窘，臉上訕訕的。

真的，我注視她太久了，這實在是不禮貌的事。

南台灣沉鬱的雨季。咖啡店裡很空，除了一個前額微禿的男人獨自占有一隻電扇，好整似暇地翻閱著桌上一大疊報紙，和另外一個角隅裡一對正喁喁談心的情侶，便只有我和斜對面那個落寞的女人——我對其他的都不發生興趣，而引起我特別注意的正是那女人。

那女人約莫有三十多歲，臉色很蒼白，蒼白得有似蠟人館中的塑像，薄薄的，下面有點向外凸出的雙唇淡至欲無，未經燙髮的頭髮鬆散地披在傾斜的肩胛，襯得清癯的臉龐更見狹長，高高的鼻子似乎略嫌瘦削——這在年輕豐腴時該是美人胚子的臉型如今卻憔悴不堪了。

她一手扶著杯子，一手在桌上支著臉腮，大而無光彩的眼睛凝注著手頭的杯子，一臉漠然而漫不經心的神情。那纖細蒼白的手指讓橙紅的橘汁烘襯著，看來似乎是透明而脆弱的。她的服飾更是奇突而引人注目，瘦削的身上穿一襲長及腳背，低領寬袖，而質料很精美的蟬翼紗花旗袍，那式樣還是十年前流行的，寬寬蕩蕩，就像掛在衣服架子上。一雙黃白相間的高跟鞋，也有著同樣的歷史——自我進去到那時，她一直都保持著那個姿勢坐著，似乎連眼睛都未曾眨過。

這時店內又陸續進來了三五個顧客，女侍把收音機扭開，擱上了唱片，那是一張孟德爾松的〈仲夏夜的夢〉序曲，柔美的旋律頓使人忘懷了門外的風雨。乍聽見樂聲，那女人似乎驟然吃了一驚，睜開那雙迷惘的眼睛向周圍打量著，但不一會彷彿受了催眠術似的，臉上那僵直的肌肉鬆弛了，頭部微微前俯，嘴唇微啟，眼睛半閉，閃爍著夢一般朦朧的光輝，那種柔和嬌羞的光彩，只有在戀愛中的少女臉上才看得見。突然間她看來變得更年輕而美麗了，她那樣全心靈浸沉地傾聽著一直到樂聲完了半晌，才恍如夢中驚醒，茫然向四周搜索，卻驟然捕住我正注視她的眼光……

「它給人帶來了什麼……曾經失落的或是遺忘的。」她夢囈似地悄語了。

「妳有這份感覺！」

「夢醒後的人，往往容易惦惹起對夢景的憶戀，但正耽迷在夢中的人是不會有這種感觸的。」

「妳是說？」

「做夢跟戀愛是一般的。」她忽然狡黠地眨眼睛，突兀地問我：「妳的那個人還沒有來？」

「誰？」

「妳的朋友，妳不是在這裡等妳的朋友麼？」她故意把朋友兩個字音咬得很重。

「不，我只是我一個人。」

「不用瞞我，沒有一個女孩子會有興趣獨自一人來泡咖啡館的。」她擠著眼睛，眼角疊起一堆皺紋，「我是過來人哩。」說著，她似乎有所感觸，舉起眼睛來回地在室裡打量了一周，微微搖著頭，聲音裡有著無限感傷，「景物依舊，人事全非。」

「妳不是指這兒吧？」我記得這家咖啡館還是去年開的。

「正是這兒，而且播奏的也是這支迷人的樂曲——是他叫侍應生放上去的。」回憶又燃亮了她的眼睛。

「我猜那一定是十分美麗而動人的故事，」這時，有兩個顧客看中了我對面的空座，我索性端著杯子挪到她對面去。

「動人？嗯，也許；美麗卻不然。」她慘笑了一下，神情有點激動，無意識地把左手無名指上一只藍寶石戒指取下又戴上，戴上又取下。這時我才發現她兩隻手背上都貼著一小方橡皮膠布——普通用來封住針眼的。突然她放小了聲音望著我，神情十分嚴肅神祕而緊張地說：「相信嗎？三年前在這裡發生過一件謀殺案，而我是兇手。」

「謀殺了一隻雞，抑是一條魚？」我笑著調侃她。

「一個人。我雖不殺伯仁，伯仁卻由我而死，我是引起這慘案的主角，也是我隱蔽了那個真兇，而且我還讓他沾著血跡的手愛撫擁抱我……妳不會去告發我吧，當我告訴妳那件謀殺案時。」她的眼光像一支寒光炯炯的利刃，冷然投向我。

「人格擔保！」我也鄭重地回答，疑懼參半。

●

雨更大了，唱機上換上了柴可夫斯基的〈悲愴交響曲〉。室內瀰漫著沉悶的氣氛。她像呷啤酒般拿起瓶子來吞了幾口橘子水，手支著下顎，雙眸直視前面，此刻，沉默低緩的聲音像古鐘撞擊在暮靄沉沉的黃昏。

每年的今天我都來這裡，不是圖拾取失落的夢，而是來領受心靈上的懲罰，觀感和回憶的印證，讓我的感情受著撕裂，讓我的良心受著絞刑——儘管歲月流轉，在我有生之日，永遠無法遺忘這一天。

我還記得是在朋友家一個小型的茶會上認識了他，他是一個詩人，白皙的臉上有一雙海水般深邃的眸子，挺直的鼻子，豐潤的嘴唇，風度瀟灑，儀態俊逸，他即席背誦了一首拜倫的詩，當他唸到那些熱情充沛的句子時，那雙蘊藏著無限情熱的眸子不住睨著我，像鐵塊遇上了磁石，我那顆驕矜的處女之心，不自主地被他那深情的凝視，低沉的男中音，牢牢吸引，席散後，我答應了他來探訪我的請求。

他脫俗的儀表、風采、修養，立刻在包圍我的星群中取得了優勢。詩人的感情是奔放的，他一認識我就毫不掩飾地供認他對我的愛，在他呈獻給我的小詩中，熾燃著那些灼人心靈的字粒，一粒粒串起了他的讚美，他的愛慕，他的思念。他那低沉的聲音充滿了誘惑，他那閃耀著機智和情感的言語又似一條涓涓細流，無盡止地繞著我流轉，我竟不能自己地浸泳其間，從他吸取豐富涵博的溫情和學識，以致後來當我一旦離開他，便像魚兒缺了水似的感到枯寂無以排遣。

摒除一切奉獻，滿懷信心，伸出手去，正預備接納他呈獻於我的愛情的玫瑰，供奉在我那初戀的聖壇上，驀地一雙巨手以迅雷不及掩耳的疾速向我伸來——我被病魔攫住了。

我患了很嚴重的傷寒症，在痛苦高燒的痙攣中，我完全失去了知覺。他那感人的詩句不能祛除我的病痛，他那機智的言語無法喚回我失去的知覺，他的熱情已燃不起我的熱情——愛情在這時卻是百無一用的！

彷彿從一半昏沉的惡夢中醒來，當意識一回到我身上時，第一個意念就是想到他，在死亡的邊緣掙扎過來，我是多麼希望一睜開眼就看到那雙深邃的眼睛正關切而焦急地俯視著我——我睜開眼睛，果然有一雙眼睛諦視著我，然而即不是那海水般深邃的一雙，而是澄清，明亮，富有魅力的另一雙，這雙眼安嵌在一張略帶方型的淺棕色的臉上，配襯著一個正直的鼻子，和一張薄薄的血色充潤的嘴唇，柔密的頭髮自然地往後梳理著，整潔的白衫披罩下是一個碩偉的身材，顯得一副溫文爾雅的樣子。看見我醒來，他在抿緊的嘴角曳上一個寬慰的微笑，興奮而詼諧地說：

「謝天謝地，總算把妳從死神手裡奪回來了。」說著，他熟練地一手揭去我身上的被蓋，一手探向我胸前——我這才領悟到他是個醫生，可是當他在我胸口敲敲聽聽時，我虛弱的心丸不禁猛烈地跳了一陣。

在我留院治療的那些日子，醫生每天都來我病牀前診視，我覺察他似乎是故意的東問西問，動作慢條斯理，藉此多挪移時間。有時，不是他巡視病房的時候，他也會到我病房裡來陪我聊一會天。他那安詳持重的風度，誠摯而略帶詼諧的語言，和那雙富有男性魅力的眸子，帶給我一種心理上的鼓舞，勝過他開出的藥物。

記得在莎士比亞的《仲夏夜之夢》裡有這麼一個故事說是有一種叫「愛懶花」的植物，若用這種草汁滴在睡熟的人眼皮上，醒來時便會熱戀上第一眼看見的任何人物。我不知道在那一段昏迷中是否有什麼落在我眼皮上，不然，我絕不會這樣輕易地對一個男人發生好感。

我每天迫切地盼待著他來診視的時刻，而他稍微來遲點兒，我便若有所失惆悵無以排遣。自然，那時詩人也照常每天來探視，慰藉我病中岑寂的是他的美麗的詩句，熱情充沛的言談——同醫生在一起彷彿傍著一支潺潺的清泉，同詩人在一起彷彿偎著一團光焰閃閃的烈火，我愛傍著清泉，使我心怡神曠，我愛偎著烈火，使我陶醉沉迷，因此，當我離開醫院時，已分辨不清兩人在我愛心的天秤上孰重孰輕！

就似兩顆行星循環地繞著太陽打轉，詩人和醫生勾心鬥角地向我採取了包圍的攻勢，雖然我對兩人的愛無分軒輊，但事實上三角關係是無法存在的，我必須有所抉擇。這便是使我為難而痛苦的事。

那天，我們三人都在這裡聚會了，詩人的感情是不懂得掩飾的，愛和憎一樣。他一見醫生就擺出一種蔑視的神氣，嘲弄的聲音裡帶著挑釁性，我記得他說：「慈航先生，」詩人總是這樣稱呼醫生，意思譏諷他普度眾生。「當你跟愛人Kiss時，會不會想到她櫻唇上有多少細菌！」

醫生卻寬大地笑了笑——像大人寬恕一個孩子的魯莽說：「醫生是不會有這樣敏捷的聯想力的，倒是你們詩人，只要觸一觸女人的手指，便立刻想出無數的形容詞，做出無數讚美的詞句。」

「真好笑，我老覺得一個女人做醫生的妻子，就像實驗室中豢養的小白鼠，隨時供丈夫解剖，實驗之用……」詩人毫不放鬆進攻。

「那麼，請述做為詩人的妻子又如何？」

「那是女神，因為詩人向她奉獻了全部聖潔的愛情，以及所有心靈的寶藏……」

「還有月亮築成的殿堂，彩虹織就的衣裙。」

「呼吸著玫瑰的芳醇，晶瑩的露珠和燦爛的晚霞是最好的營養……」醫生用詼諧的口吻吟誦著，詩人的臉卻掙紅了。

「這是侮辱，」詩人憤憤地說：「如果事實允許，我將向你擲出比武的手套。」醫生滿不在乎地聳聳肩頭。

「你該不至於忘記這裡是自由中國——酷愛和平的民族。」

兩人一面呷著沙士，一面不停地唇槍舌劍地作戰，醫生還沉著，詩人的話卻越來越尖酸、刻薄了。突然，詩人沉默了。一手按著腹部，彎下腰肢，涔涔的冷汗從變得慘白的臉上額上直冒出來，喉嚨裡低低的發出痛苦的呻吟。

「哪裡不舒服嗎？」我驚惶地問他。

「是不是腹痛？近來正流行急性霍亂，要當心！」醫生又換上關切的態度。「讓我替你看看。」

「謝謝你，我不想做你的小白鼠。」詩人倨傲地說，做出強笑，扶著桌子，搖搖欲墜地站起來，又呻吟了一聲。

「這不是爭辯的時候……」我勸阻他，但他不聽我說的逕自晃出去，跨上車子，頭也不回地走了。

望著詩人走了，醫生向我微微搖頭，有半天都浸在杯子裡沒有作聲——

沒有想到第二天卻傳來了詩人的耗音，據報上說他倒斃在路上，送醫院去急救已經來不及了，想係天熱中暑……驟然間一個可怕的思念像電流般擊中了我——越想越覺得可疑，不會錯的，這是一樁——謀殺。沒有人知道詩人曾和我們在一起盤桓，除了我，可是我該檢舉嗎？我能告發嗎？我已損失了一半愛，又焉能將這僅存的另一半愛抵償……

這驟然的打擊和內心的矛盾，使我的神經受了嚴重的刺激，我發著高燒，說著囈語，又不時從昏迷中驚跳起來出一身冷汗，每當我醒來，總見醫生守護在牀前，小心為我拭汗，按脈、掖被、餵藥……一個月後我熬得一身肌肉都似筍殼般一層層剝掉了，憔悴得就像一根才變黃的細竹子，我的手竟無力舉起一張紙，我患著嚴重的神經衰弱症，一點點微小的聲音都會嚇得我四肢發冷，心跳不止。有時無緣無故的我會變得歇斯底里，哭笑無常，我變得像一個低能的白癡兒，一刻不能離開大人的照顧。就在這時，醫生向我提出了婚約——我猜他一定曉得我曉得了那件事兒，這樣好讓彼此間有個默契，而我也需要一雙有力的手支持我活下去。這樣我就嫁給了他——一直到現在，我做著——一個謀殺犯的妻子，承受著那雙血手的愛撫……」

●

她——那女人因說話太多而微微喘息著，瘦長的頸子暴露著一條青筋，一面緊緊看我，彷彿要從我這裡獲得信任和解答。

「真有這麼一回事？」我為這故事的奇突性緊緊抓住了。

「百分之百的真實。」

「可是，妳的丈夫——那位醫生，似乎在這件事中並沒有任何謀殺的嫌疑！」

「嘿，」她在鼻子裡輕蔑地笑了一聲，「這事只有我清楚，我看見醫生在詩人不注意時斟的兩杯沙士，似乎是不經意的，他用敏捷的手法把兩人的杯子對調了，詩人在喝完沙士後不到半個鐘頭發的病。」

「啊！」我驚懼地望著她，只覺得身上的雞皮疙瘩一顆顆豎了起來，半晌不能作聲，忽又聽見她小聲說：

「他來了。」

「誰？」

「我的丈夫。」她平靜地說，開始俯下頭去呷橘子水。

我愕然回頭向身後望去，卻見一個身材頎長的人正跨進室內，雨後初露的陽光照在他後面，投下一張巨大的陰影。他的容貌風度正如她所描述的儀表整飭，眼睛明亮有神，薄薄嘴唇抿緊著顯得有點嚴峻，他向室內張望了一下，一眼看見了她便向這邊走來，拍拍她的肩膀俯下頭輕輕問著：

「該回去了吧！」

她默默頷首，柔順地站起來，等他付過帳，便像個影子般傍著他緩緩走出去——連看我一眼都不曾，彷彿我們從未相識。

這個故事困惑了我好些日子，但咖啡館裡卻再遇不到她落寂的影子。直到有一天，我又遇到了那個被指為謀殺犯的醫生，他正從一家藥房出來，我冒然迎上去：

「你太太好吧！」

「我太太？」他怔了一怔反問我。

「是的。」

他眨了眨眼睛，在眼角曳了一個淺笑，說：

「恐怕密斯認錯人了吧，我還沒有結婚哩。」

「想賴，做賊心虛！」我心裡氣憤地想，但還是彆住氣，理直氣壯地問下去，「怎麼，那天在銀波咖啡館的不是你太太？」

「唔，妳指那一位！」他笑了一下，笑得我更生氣。「那是我的病人。」

「你的病人？」

「不錯，我在精神病療養院工作，她是我主治的病人。」但看見我惶恐困惑的神情，又耐心地加上解釋說：「她是我們院裡留院治療資格最老的一個，她大概是由於愛情上的刺激起的，平常不吵不鬧，但有點歇斯底里，有一次她堅持著說有人約她在咖啡館見面，我就陪著她找就近的咖啡館泡一泡，自然，那不會有什麼人約會她，但她坐著聽聽音樂卻顯得特別安靜，直到我告訴她該回去的時候。那一天不知怎麼門沒關好，她又一個人偷偷地溜出來了。是不是她同妳談過話？」他帶著那種寬大的微笑，用那雙富有魅力的美目注視著我，我卻瞠目結舌不知所答。

「病人還等著我服藥，少陪了，希望下次妳問我那句話時，我能給妳個滿意的答覆。」他揮揮手，邁開健捷的步子，匆匆地越過馬路，我站在人行道上發了會呆，下意識地也朝著他同一個方向走去。經過一條馬路，我看見他在拐角上一幢灰色圍牆前停下來，推開笨重的鐵門，一閃便進去了。鐵門又在他身後嚴嚴地關了起來，森嚴沉寂，只有門楣上一排用泥金塑成的「精神病療養院」六個字，在夕陽裡反射著幽暗的閃光。

編註：本文原刊於張潄菡主編《海燕集》，台北：海洋出版社，一九五三年十二月初版，頁八十三～八十九，原題〈落寞的影子〉。

菲菲

菲菲迷迷濛濛的從午睡中醒過來，一張嘴便喚了聲「媽咪」，但除了時鐘滴滴嗒嗒地答應她，房裡再沒有一點聲音。她知道媽咪又出去了，於是揉揉眼睛，一個翻身從榻榻米上爬起來，抱著她那寸步不離的布娃娃，沒精打采地走出房間，靠著門框在大門口的石階上怔怔地坐下來。

巷子裡也是靜靜地沒有一個人，只有乾燥的秋風不時竄進來，挾起一捧灰沙，飛快地滾跑一陣子，又一鬆手，讓它散了個一天一地，把太陽的金光都遮得淡淡的。對院那一排垂在矮牆上的小紅花，就似一盞盞小燈籠似的，底下還曳著細長的流蘇，風一吹就晃呀搖的，襯著綠油油的葉子，菲菲一看就可以看上好半天。現在菲菲又坐在石階上看著，小小的心音卻充滿了寂寞與悲哀。從別條巷子裡隨風傳來一陣陣孩子的嬉笑聲，雖然是那麼富於誘惑，但她一點也不想去玩，她頂討厭那個總是斜著眼睛看人的鐵牛兒；鐵牛兒饞死了，看見別人吃東西就要討，就是今天早晨，媽咪說要出去來不及燒粥，便給了菲菲幾片餅乾，鐵牛兒饞得像黃狗一樣，菲菲噏一口餅乾，他就噏一口口水，後來他索性伸出一隻生滿了疥瘡的手，碰碰菲菲的餅乾：

「給我一片。」

「不！」菲菲看看那隻髒手，趕緊把餅乾收在背後。

鐵牛兒衝著菲菲做了個鬼臉，一會兒擦擦鼻涕，抓抓手，便遠遠地跑開去拍著手唱起來：

沒爺妹

野小鬼

爸爸不要

媽媽不愛

嘻嘻！菲菲是個野小鬼

……

說菲菲是個野小鬼可真傷透了她小小的心。鐵牛兒的爸爸算得什麼：只曉得打牌，打鐵牛兒。菲菲的爸爸就好，會帶菲菲出去玩，會講故事，會買玩具……哼，菲菲不跟鐵牛兒玩，菲菲要找爸爸……哦，可是爸爸呢？菲菲眨著明亮的眼睛，又回到這使她困惑的問題上。她想起好些天以前，一個晚上，她正在做夢，夢裡跟小仙子、布娃娃在跳舞，跳呀跳的忽然嘩啦嘩啦打雷下大雨了，她一嚇嚇醒過來，房裡真的嘩啦嘩啦的只聽見媽咪的聲音不高興地說：

「家裡沒有錢買菜了，你也不管，天天這麼晚回來在外面幹什麼！」

「幹什麼，那是我的自由。」爸爸也狠狠地說。

「你的自由沒有哪個干涉你，可是你要在外面荒唐我可不依。」媽媽說，這下爸爸可發起脾氣來了。

「誰說我在外面荒唐？就是荒唐又怎樣？」

……

就這樣你一句我一句地吵了起來，爸爸拍桌子、摔東西，媽咪氣得伏在牀上哭，菲菲嚇得不知怎樣好，也爬下牀來偎依著媽咪哭，爸爸猛然把腳一頓說：

「要這樣下去，乾脆離婚好了。」

「離婚就離婚！」媽咪擦一下眼淚，一個翻身站了起來。白牙齒把嘴唇咬得緊緊的。……就這麼著，第二天爸爸便不見了，媽咪哭了一天，就一直沒有露過笑容，臉上的肌肉就同鼓皮一樣綳得緊緊的，白天就跟爸爸一樣跑出去，把菲菲託給後面張家婆婆照顧，一回來又急急忙忙地趕著燒飯洗衣，再沒有時間同菲菲說笑，教菲菲認字了。從前媽咪是不會一個人出去的，就是買菜也還帶著菲菲一路去，飯燒好了，總叫菲菲去門口等著：遠遠地看到爸爸，菲菲就飛快地奔過去，往他身上一撲，雙手便抱住了他的長腿，爸爸是個高個子，兩手把菲菲一舉舉得高高的，放下來又將硬邦邦的鬍子戳著她紅潤的臉頰，或者將糖果什麼的塞在她手裡。頂有趣的是晚上，媽咪縫著點什麼，爸爸讓她跨在自己膝上當馬騎，還講故事，當她快睡熟時，就會把她放在媽咪溫軟的懷抱裡。而第二天早晨醒來，卻又總在牀上，爸爸是疼她的。但他現在到哪裡去了呢？她有一次忍不住去問媽咪，媽咪卻板著臉狠狠地說：「死了！」死是怎麼一回事，菲菲不清楚，只記得隔壁黃先生緊閉著眼睛，面孔白得和蠟人一樣，不聲不響地躺在門板上，後來就裝進了一個很大很大的木盒子，大人就說：「黃先生死了」。難道菲菲的爸爸也這樣了嗎？不，不會的，菲菲就沒有看見爸爸閉著眼不聲不響地躺在板上，更沒有看見爸爸裝進木盒子裡……她知道那準是媽咪生氣的話，但爸爸究竟哪裡去了呢？她偷偷看著媽咪陰沉的臉色，卻不敢再問，她記得媽咪罵爸爸在外面「放糖」，她想爸爸也不應該，家裡不是有頂好的白糖，為什麼還要一個人偷著在外面放糖呢？媽咪不是說吃多了糖要壞牙齒嗎？……

「菲菲！怎麼一個人待在這兒吹風！」張家婆婆挪著雙半大腳扭拐出來，伸出乾癟的手摸摸菲菲的頭髮，就像菲菲摸貓咪一樣。

「婆婆，妳曉得我爸爸哪裡去了？」菲菲仰起頭來，眼睛亮亮地望著張婆婆。

淚。

「唔……到很遠很遠的地方去了。」

「要幾時回來？」

「妳那個沒有良心的壞爸爸，要他回來做啥？」張家婆婆憤憤地說著乾嗆起來。

「我要，我要！爸爸頂好。」菲菲著急地扯著張家婆婆衣角搖撼著，眼睛裡洋溢著熱淚。

「噢，好爸爸，好爸爸！妳這可憐的孩子。」張家婆婆苦笑著扯起衣角來拭眼睛，「進去吧，外面風大。」

「我不！」菲菲倔強地說，講她頂喜歡的爸爸是壞爸爸，這是怎樣傷了她的心呀！她想，張家婆婆也是壞人。

「看，那不是妳媽咪回來了。」菲菲睜開淚眼看時，巷子口那穿著黑衣像影子般閃進來的不正是媽咪。她歡叫一聲，立刻拖著布娃娃迎了上去，媽咪伸出手來牽住她，顯得十分疲倦的樣子，溫柔地問菲菲：

「肚子餓不餓？」菲菲搖搖頭，默默地將媽咪的手按在臉上摩著。「怎麼妳哭了？」媽咪一手撩開她蓋在額上的頭髮，注視她的眼睛。

「沒有。」菲菲忍著一肚子委屈，轉過臉去。

「事情有沒有點眉目？」張家婆婆揚著嗓子問媽咪，媽咪卻苦笑著搖搖頭。「唉！這年頭找事可真不容易，只有耐心點慢慢兒來。」說著，大家便進了屋子。

媽咪進屋子一脫下旗袍，就忙著生起爐子來，菲菲蹲在她的一角，學大人哼著催眠曲把布娃娃哄睡了，一會兒又假裝醒來給她把尿，但沒多大一會兒她就覺得厭倦了，她抬起頭來，眼光正接觸到壁上懸著的日曆，今天印的是紅字，菲菲知道這是星期日，從前星期日爸爸就不去上班，會待在家裡陪菲菲玩各種遊戲，有時更同著媽咪一起去逛街，看電影……可是現在呢？現在這些事都像隔得好遠好遠了。爸爸不曉得去了哪裡，媽咪原是頂可愛的臉上又罩了一層冰霜，像隻螞蟻般忙忙碌碌的，撇下小菲菲一個人，只有不會開口的布娃娃陪著她打發這長長的一天。

吃飯時，菲菲悶悶地扒了幾口飯就不吃了，媽咪關心地望著她。

「菲菲怎麼今天只吃這一點飯呢？」

「飽了。」菲菲淡淡地說，坐進自己的小椅子裡。

媽咪望著她眉毛皺了起來，菲菲在她光滑的額上發現了跟張家婆婆一樣的皺紋。

「媽咪等下帶妳到公園裡遛遛去，好不！」

「好！」菲菲立刻高興起來，公園裡有綠茸茸像絨氈般可以打滾的草地，有美麗的噴泉，還有溜溜板和鞦韆……想著想著，就從小心裡快活起來，她耐心地等媽咪洗了碗，梳梳頭髮，一切弄好了，便將小手塞在媽咪溫暖的手掌裡，一起跨出了大門。

街上可真熱鬧，來來往往的人跟車子，晃得人眼都花了，收音機「嘩啦嘩啦」地唱著，店鋪櫥窗裡陳列的全跟童話裡的仙宮一樣，菲菲的眼睛來不及地東瞧西看。喜悅就在她小心眼裡綻放了一朵鮮花。像一隻出了樊籠的小鳥般活躍地跳著蹦著，在一張廣告畫上欣賞一會，在百貨公司的櫥窗前瀏覽半天。走到擁擠的電影院門口時，菲菲的眼睛忽然一亮，從喉際裡迸出一聲驚喜的歡呼，正想作勢奔向目標，但握在媽咪手裡的手卻被緊緊地捏住了，手的力量正迫引著她向另一個方向避去。眼看一對依偎著的男女，冉冉地走上台階，那穿得花花綠綠蛇一般緊攀在那個高高的男人臂彎上的女人正滿面嬌媚地向同伴笑說著什麼，男的略微俯下頭全神貫注地傾聽著，一瞬間便隱沒在電影院的進口處——那不是菲菲的爸爸是誰？但這時菲菲身不由主地給媽咪帶進另一條巷子裡，她的喚聲給市囂吞沒了，她拚命想擺脫媽咪的手衝出去，但又擺脫不了，她忍不住頓時「哇」地哭起來：

「我要爸爸呀！我要爸爸呀！」

「菲菲乖，菲菲不哭，我們去公園玩溜溜板去。」媽咪哄著抱起菲菲，自己眼眶也濕了。

「不，菲菲要爸爸。」菲菲抽抽噎噎地說，眼淚大顆地滴在媽咪臉上。

「爸爸不要菲菲，菲菲也不要爸爸。」媽咪狠狠地說。

菲菲那份純真的感情第一次受到斲傷，菲菲那稚嫩的心靈開始蒙上一層灰色的陰影。

到了公園裡，菲菲一點也不想玩。菲菲不想玩，媽咪更沒有心思玩，一歇歇就回家了。在路上，菲菲便沒精打采地伏在媽咪肩上睡去。媽咪給她買的花生沒吃到十顆便一路撒回家。

當晚，菲菲幾次從睡夢裡嗚咽著醒過來，媽咪輕輕地拍著她，第二天菲菲覺得頭很痛。嘴裡又乾又苦，躺著不想起來。媽咪成天守著她沒出去。她覺得有點高興，因為她又占有了媽咪。

菲菲又記起昨天爸爸同那個陌生女人看電影的事，爸爸沒有聽見菲菲叫他嗎？媽咪說：「爸爸不要菲菲，菲菲也不要爸爸。」那麼爸爸當真就像鐵牛兒說的不要菲菲了嗎？哦，爸爸……菲菲幾乎又哭了出來。但爸爸一直是最愛菲菲的，一定是那個陌生女人搶走了菲菲的爸爸，叫爸爸不愛菲菲和媽咪，媽咪說過：搶東西的就是強盜。警察怎樣不抓那個陌生女人呢？……菲菲想不通，菲菲想著想著又迷迷糊糊睡熟了。

菲菲病好後一個星期的一天，媽咪又在外面奔跑了一天回來，臉上卻堆著爸爸走了以後一直沒見過的笑容，一進門就興奮地抱起菲菲來，吻著她的臉頰說：

「菲菲，這下好了，媽咪有事做，菲菲也有了玩的地方了。」

「就是上次妳說起的那個保育院嗎？」張家婆婆聽見媽咪快活的聲音也拐著腳趕來問著。

「就是那個保育院，已經說好了明天就搬去。菲菲，那裡有溜溜板、鞦韆，還有許多許多小朋友。妳說好不好？」

「好。媽咪也去？」

「媽咪也去。媽咪要去照扶那些可愛的孩子，他們才真正需要愛的溫暖，愛的鼓舞。媽咪過去把愛的種籽錯撒在瘠地裡，還妄想著它蓬勃繁榮；如今媽咪要用真摯的愛去灌溉那些善良新生的生命，讓它們長芽、茁壯，開出人性至善至美的花朵。」媽咪激動地說著，眼睛充滿淚水，臉上泛起淡淡的紅暈，菲菲忽然覺得媽咪從來沒有像今天這般美麗過。她雖然不甚了解媽咪的話，她卻懂得媽咪是在說要去愛那些保育院裡的孩子，於是著急地問：

「那麼媽咪還愛不愛菲菲呢？」

「當然愛囉！小傻瓜，妳以為媽咪愛了別人就不愛妳嗎？妳要曉得愛如果把它分成一份一份，它的分量不會減少；若是再把它揉成一團，它的分量也還是一樣。……哈哈！看，媽咪糊塗了，盡跟妳講些大人話，快去把妳那些洋娃娃，花狗什麼的撿到盒子裡去，媽咪也得收拾收拾東西啦。」

第二天，菲菲跟媽咪一起走進那幢米色的房子，立刻就被許多小朋友包圍了，有的把手指含在嘴裡，有的拍去手裡的沙土，全瞪著烏黑的眼睛朝她們看。一會兒從裡面走出一個帶眼鏡的女人來，跟媽咪招呼了，轉向小朋友說：

「小朋友，這兩位一位是你們的新老師！楊老師。一位是你們的新朋友，楊菲菲。你們歡迎不歡迎？」

「歡迎！歡迎！」小朋友拍著手，跳著，像一群小麻雀般唧唧喳喳地喚起來，有二個大些的還過來牽菲菲的手，菲菲有點怕羞，躲到媽咪身後，媽咪輕輕地拍拍她的背鼓勵地說：

「菲菲，妳先跟小朋友去玩吧？媽咪收拾好東西就來。」

菲菲怯怯地讓小朋友牽著手走到院子裡，大家都客氣地邀她玩這樣玩那樣，一會兒她便祛除了羞怯，隨大家快活地捲進遊戲的漩渦。

到了院裡幾天，菲菲便習慣了那裡的生活。媽咪也不再愁眉苦臉，成天只忙著帶小朋友，講故事，做遊戲。只有在晚上，睡在牀上的那一歇，菲菲有時還是會想爸爸，她很想問爸爸現在哪裡，又怕傷了媽咪的心。慢慢地時間一天天過去，那份思念在菲菲小心靈的一角，蒙上了一層淡淡的浮塵。

但求日後不再有殘忍的手指，去撩撥她柔荏的心靈深處那永恆的創疤！

舊作改・民國四十年九月三日

編註：本文原刊於《中華婦女》第二卷第五期，一九五二年一月，頁十二～十三、十九。據未結集小說〈小明的悲哀〉添筆修改而成。

漁家女

一

我蹲下身子，正伸手去拾取那枚在朝陽下閃耀著七色虹彩，美麗而發亮的貝殼。不提防旁邊亦同時伸過一隻瘦瘦黑黑的小手來，這突然的巧合，使兩方都愕然停止了動作。我抬起頭來，見站在我面前的是一個八九歲的女孩子，穿一件綴了補釘但洗得十分清潔的灰白衫子，背上還不相稱地揹了個小小孩，被太陽和海風薰染得黧黑的臉蛋上，有一雙烏溜溜的，大而活潑的眸子。好奇地打量著我，當她遇著我的眼光時，忸怩地低下頭望著自己赤著腳的腳趾在沙礫裡搔爬，接著，忽然倏地俯下身去，把那枚貝殼撿起來坦率地遞給我，操著生硬的國語說：

「給你。」

「妳拿去好了。」

「不要，我們家裡很多這個東西。」說著，她把貝殼投進我那小藤筬裡。一面又勾下頭幫我在沙裡尋著，看到一枚好看的，她就活潑地跳過去撿了遞給我問一聲「好不好？」看到我讚許的神色，她又高興地去尋第二顆。

「妳的國語說得很好，是誰給教的？」

「老師。老師說我們是中國人，就該把中國話講好。」她帶著點誇耀地說；露出細小的牙齒向我笑了笑。她笑得很可愛，而那帶著點粗野的活潑和率直，是在城市中的孩子身上找不到的。於是她打著半生不熟的國語，我運用這一知半解的台灣話，兩人就一面兜搭著，一面尋找貝殼。

「妳上幾年級了？」我問她。

「本來，這學期該念第七冊的。」她明亮的眼睛黯淡了一下，委委曲曲地說。

「現在呢？」

「爸爸說家裡沒有錢，下學期再叫我去。」

我說：「妳叫什麼名字？」

「何翠英。」她邊說邊蹲下去用石子在沙上大大地寫了何翠英三個字。「在家裡他們都叫我阿英。」

「妳爸爸是不是捉魚的？」

「當然是囉。」她好像嗔怪我不懂事似的瞥了我一眼。「這裡的大男人都是捉魚的，不像你們那邊——爸爸說海那邊的人有種田的，有做工的，也有捉魚的——很少很少。」

「妳爸爸是不是坐機帆船出海去？」

「我爸爸沒有機帆船。」她搖搖頭，臉上掠過一陣輕愁。「他總是駕一隻竹划子，人家請他去機帆船做事，他不去，他說情願一個人駕一隻竹筏自由自在。二叔就在機帆船上幫別人做事，爸爸老早就想要一隻機帆船，二叔也想，爸爸說等大家存了錢，合夥買一隻——你猜我爸爸要是有了機帆船賺多了錢，送我什麼？」她立停了，側著頭嬌憨地問我。

「給妳縫新衣服。」

「才不是呢，我爸爸有了錢就送我城裡去進中學——噢，城裡真好玩死了！爸爸有一次帶我去，那裡有用手一轉，就嘩啦嘩啦流不停的水。不像這裡，用水都得爬那麼些坡子去山澗裡挑。還有一掀就亮的電燈……嗨，看這個！」她向我高擎著一隻比拳頭還大的海螺，一半喇叭似地捲緊著，一半卻似羽扇般撐開來，周身都灑著赭紅色的，精緻斑斕的花紋，在光滑潔白的一面啟合處呈現著霞色，扇末又是淡淡欲無的淺綠。

「真好看！」我接過來欣賞著說。

「我家裡有一個比這個還好看，是爸爸從海裡網到的，明天我拿給你看好不？」

「妳知道我在哪裡？」我笑問她。

「知道，哪！住那裡——你是王鄉長家裡的客人。」她遙指著岸上靠邊那一幢屋子說，轉過臉來時，忽然瞇上眼睛，用手遮住陽光向海面上眺望著，接著一聲歡呼，卻轉身向岸上迅速地跑去。

平靜的海向遠遠的，遠遠的天際伸展著，像從天邊掛下巨幅暗藍的緞毯，只在微風裡輕輕擺動。燦燿奪目的陽光映著水光，幻成一片撲朔迷離的金色的霧，籠罩在海天之間。就在那金色的霧中，緞藍的毯上，一葉輕巧的漁筏，緩緩地向岸邊駛來，還伴著一串宏沉，悠揚的歌聲。

當漁筏划近沙灘時，阿英同著一個中年婦人，一個比她小些的男孩，正也趕到迎上去，兩個孩子幫著將漁筏挽攏沙灘，筏上那個袒裸著半身古銅色肌肉的壯年漁夫便敏捷地把竹簄一放，將筏上的米，菜什麼的遞給伸手來接的婦人。接著，一家合作，把竹筏拽上沙灘，反轉來擱置好，又把漁網抖開晾上。——這時沙灘上已曬著好幾張漁網了，於是，一家子揹的揹，提的提，滿懷著收穫的喜悅，向岸坡上走去，阿英跟那個男孩子本來落後了兩步，忽然，那個小男孩嘻笑著奔上前去，阿英也跟著他奔跑起來，一手托住背上的弟弟，一手提著一串魚，奔到半途，還回過頭來遠遠地望著我笑了一笑，細小潔白的牙齒同著手裡的魚鱗，一起在陽光下閃光。

二

這是一個很小很小的小島，小得在地圖上常常遺忘了它的存在，很少引起人們的注意。

小島位於台灣的南端，天氣晴朗的時候，隔海可以眺望到一抹黑影，彷彿是誰遺忘在那兒的一頂本地人戴的那種頂兒高高的笠帽，無依無傍，孤零零地屹立在海中央。白天，強烈的陽光映著波光，幻作一團金色的霧，小島便隱藏在霧中間。黃昏，暮靄似一片縠紗，輕輕籠罩著小島。小島就這麼隱匿在虛無縹緲間。

小島叫琉球嶼，是隸屬於屏東縣的一個鄉鎮，因為缺乏水的灌溉，全島沒有一丘稻田，也沒有一畦菜圃。島上的男人都是打魚為生的漁民，侮浪狎波的海上健兒。所以也可以說是「漁島」。有機帆船的漁民總是出發到更遠的海外去，一去三四天不等。貧困一點的便只得在裡海逡巡。黃昏出海天明歸。不管是風雨淒迷的黑夜，寒冷的日子，為著明天的生活，都得憑著一點燈亮，一張漁網，在黑茫茫渺無邊際的大海中尋取一尾二尾受了誘惑的魚。凌晨，把筏子划向港口，賣了一夜辛苦的收穫，換取點菜米油鹽，回到引頸等待著的妻孥身邊。

大海是詭譎多變的，風浪更是無情無義。在海和風浪中討生活的人，生命失去了保障，他們只是把信心交託給冥冥中的「神」，當漁夫出海後，女人便在廟裡虔誠地為他們祈禱，求菩薩保佑出海的人兒平安歸來，因此，這裡廟宇裡的香火比哪裡都盛些。——然而，儘管漁家的生活充滿了驚險和酸辛，儘管這多石的土地是那樣僻寙、貧瘠，小島上那份靜謐淡泊，與世無爭的氣氛，卻令人神往！試想頂上是蒼茫無際的藍天，腳下是浩淼奔騰的大海，除了濤聲風嘯，再無車馬市廛的煩囂。這不啻是紛擾的塵世外一個小桃源！

醫生囑咐我最好去海邊住一陣，我也正想收集點有關漁民生活的材料，於是，我就擇定了曾經涉足一次的小島，向王鄉長借了一間房子，王鄉長自己有一隻機帆船，兩個兒子都跟著船出海去了。鄉長太太一天至少有三四次，在堂屋角隅裡那個神龕前又是膜拜，又是祈禱，大媳婦是個老實人，除了管家裡的雜務，空下來便編結魚網。屋子裡十分清淨。打開我房裡那扇釘著木柵欄的窗子，迤邐而下的沙灘，一碧千頃遼闊無垠的大海，便盡收入眼底——我乃擁有人間最生動、壯麗的一幅圖畫！

就在遷來第二天的清晨，我在沙灘上認識了阿英——這給粗獷的海風吹大，給強烈的陽光曬大的漁家女。

翌日，我正離牀做柔軟運動，木窗上「嗒」一響，一顆貝殼滾落到我腳跟前，向窗外一望，原來是阿英。她捧著一塊什麼，笑著朝我一揚：

「給你看寶貝。」

「進來嘛。」

我一轉身，她卻已悄然立在我身後了。

阿英那樣小心翼翼當作寶貝的東西確是罕見的小玩意，迥非用人工膠合的那種小擺設、盆景所能比擬。底下作暗紅色，好像珊瑚枝，向下逐漸淡去。頂端潔白如綻開的百合，而且透明像雲霧，整個形態恰如一艘滿帆行駛中的帆船，透剔玲瓏，勢形矯捷，如果配上玻璃框供在案頭，真是美極了的小擺設，——我愛不忍釋地把玩著。

「真是罕見的寶貝！」

她半張著嘴望著我，似乎就等我這句讚賞，烏溜溜的眸子立刻輝朗起來，她又當作祕密般，天真地告訴我說：

「我爸爸叫我好好收著，他說打魚的人家貧，將來就把它當作我的嫁妝哩。」

「好呀！」我忍不住笑了。「娶著妳這樣聰明的姑娘，還有寶貝作嫁妝，不知誰家郎君有這份福氣。」

「什麼狼？」她睜大了眼睛瞪著我，「老師說狼是最兇狠的動物。」

「妳這小傻瓜，這個郎不是那個狼。」

「什麼狼我都沒有見過，我爸爸也沒有見過。爸爸最怕海裡的大鯊魚咧，說是只要鯊魚一擺尾巴，竹筏準得翻身，魚就把人吃啦！」她說著還做手勢，臉上做出恐懼的表情。

我抓了一把餅乾給她，她大方地接受了，卻擱在桌上不吃。我勸她吃，她拿起一片來咬了很少一口，又擱在桌子上。

「妳不愛吃餅乾？」

「愛。」她憨笑著。

「那就吃囉。」

「我要帶回家去給弟弟他們分著吃，他們從來沒吃過這好吃的東西呢。」她直率地說。瞥了一眼窗外，忽然驚覺地喚起來：「噢！太陽爬上榕樹第三個枝枒了，我要去接爸爸啦。」說著，她小心翼翼地捧起那塊寶貝，緊抓著一把餅乾，從我屋裡跑出去，光腳丫子打著泥地辟辟拍拍地響。

從此，阿英來為我破除寂寞，她關於海洋的智識懂得很多，一講起什麼來，總喜歡遠兜遠轉地繞個大圈子，聽她絮絮喋喋，十分有趣。同時她還是我最盡責的小嚮導，她帶著我去玩島上的名勝，像烏龜洞，龍蝦洞，花盆石……那些深邃幽暗的岩洞裡陰氣森森，冷風淒淒，不由得令人想起電影裡那些可怖的盜穴。倒是那些偏僻的沙灘，幽靜曲折，別饒情趣。有一處沙灘上伶伶仃仃地直豎著一幢巨石，下狹上寬，石頂上繁生著雜樹叢草，宛如一只碩大無比的花盆，供奉在海天之間。阿英告訴我那就叫「花盆石」。是海龍王呈獻給天上娘娘的。

阿英來同我玩時，總是幫她媽媽挑完了水，或是揹著弟弟，但就是這樣，她的手也總不閒著，她帶了一只蒲包，一路的尋取海田螺，海田螺有芋頭那麼大，有的更長些，紫色的，薄而脆的殼，色澤很美麗。阿英說回去煮了佐飯吃，味兒鮮得很哩。

阿英還有一樣絕技——削水片。她拿一塊薄薄的石子，用三個手指鉤著向海裡那麼輕輕的一撇，石子一路輕捷地滾過去，海面上立刻串起長長的一串圓環，圈連著圈，直展延到很遠很遠的海面才消失。她嬲著我同她比賽，結果我最多只能打成七八個圈，她在一旁直拍著手笑。

同阿英走在一起是不會寂寞的，她一路上跳跳躍躍，或前或後地走著，一忽兒停下來用足趾挖挖沙土，一忽兒翻開浸在海水裡的石頭看看，或是連削幾塊水片，曼聲唱著跟她父親在漁筏上唱的一樣的曲子，我要她譯出意思來，那是一支古老的漁歌：

太陽出來喲！曬漁網。
太陽落山
漁筏兒漂蕩在海上。
夜茫茫喲！
海茫茫，
吃魚的人兒夢正香，

捕魚的人兒漂蕩在海上。
海風吹唷！
浪花急
風浪裡喲討生活，
魚兒捕得換米歸。
妻兒才得免凍餒。
太陽出來喲！曬漁網。
太陽落山喲！
漁筏兒漂蕩在海上。
捕魚人兒的酸辛有誰知，
捕魚的人兒酸辛哪
有誰——知——？

這一支世世代代在小島上傳下來的歌子，說盡捕魚人的苦辛，而由阿英曼聲唱出來時，更是哀婉感人。

有一次，阿英在我桌上發現一冊彩色的兒童讀物，就像被磁石吸住了的鐵似的，緊瞅著書上的圖畫，貪婪而又小心地翻了一遍又是一遍。

「看得懂嗎？」

她搖搖頭又點點頭，眼皮都不抬一下。

「送給妳。」

這下她可猛地抬起頭來，不相信自己耳朵似地瞪住我。

「我說妳帶回去好了。」我笑著補充了一句。

她還是不明白似地張著嘴，瞪著我，最後才領悟過來。眼睛因意外的喜悅而潮潤了，漲紅著臉不說一句話。——忽然，她朝著我深深地鞠了一個躬，像前些日子捧著，捧著她那寶貝嫁妝似的，小心翼翼地捧著那本薄薄的書飛跑出去。

第二天她就「投桃報李」給我送來一件禮物——一隻煉製過的龍蝦，足有七八寸長，釘在一塊白木板上，火黃色的背上，灑著紅褐色的斑點，糾糾雄姿，鬚眉如生。但阿英彷彿不好意思這件微小的禮物，卻在我午睡時悄悄拿來放在桌上，只在木板角上小小的寫了三個字，阿英送。

三

一天晚上，我彷彿覺得又置身在來台灣的船上，風浪中，船身不住地顫盪搖晃。我驀地驚醒過來，一下子就弄不清楚自己究竟置身何處，眼前是漆黑的一片，耳邊只聽見排海倒山的浪濤聲，風打著呼嘯猛獸似地竄來竄去，震撼著門窗軋軋地響。牀在搖動，不，應該說是屋子所建立的那個基地——小島，恐怕像那些浮動的冰島似的正給風浪捲著跑，我驚惶地跳下牀來，摸著手電筒打開房門，卻見房東一家全在堂屋裡。鄉長焦灼地滿屋子走來走去，婆媳兩個跪在神龕前，大聲祈禱著誦著佛號。黑黝黝的房子裡罩滿了恐懼。

天快亮時，風勢漸漸小了，王鄉長第一個開門出去，浪濤像一個發洩一頓狂怒暴虐的怪物，如今瘋狂過去，正疲倦而醜惡地翻滾著，泥濘污穢的沙灘上已站著好些人，女人、孩子和老人，一個個在獰厲的海風裡蒼白著臉，守候出海未歸的親人，中午時第一隻在暴風後回來的漁船攏岸了，立刻所有的人都包圍上去，看見自己丈夫或兒子的人歡喜地流出了眼淚，沒有接到的也喋喋地打聽著有沒有她親人那隻船的消息。逐漸地，所有出海的船終於都陸續回來了，有的訴說著自己與風浪的搏鬥，有的船受了損傷，當一隻斷了桅桿的漁船攏岸時，人叢裡起了騷動——一個青年的女人要向海裡投去，人們把她攔住後，她便慟哭著，倒在漬著海水的砂土裡打滾——她那結褵才三個月的丈夫被海浪噬了。

房東太太又在神龕前添了三柱香，慶賀兒子平安歸來。

隨著黑夜裡的來臨，沙灘上又恢復了冷靜，夜潮開始上漲，海風變得更強獷。掩上了木窗時，我發現沙灘上還有個小小的白色影子，在黑茫茫的海天之間看來是那樣渺小、輕微，但它卻似石柱般挺立著，那影子很熟悉，我想起了阿英，在這緊張的一天中卻不曾見過阿英。我很想走上沙灘去看個究竟，但夜是那麼黑，沙灘是泥濘的，潮浪洶湧地撲擊著沙岸，悍猛的海風一下子會吹得人窒息，我缺少這份弄潮兒郎的勇氣。

第二天打開木窗，第一眼看到的就是沙灘上那個小小人影，依舊站在那裡，只不過又多了幾個人——那正是阿英和她母親他們。

我走去沙灘上，阿英卻不像平常一樣以笑靨迎人，我驚奇於一天之間她就有了這麼大的改變，她那赭紅色的臉看來那麼蒼白，以致襯得那對眼睛更大了，但黯淡無神，失去了往日炯炯的光彩。只是焦憂地矚望著遠遠的海天交接處。

「妳爸爸還沒有回來？」

「沒有。」她搖，黯然地瞥了一眼，一副泫然欲涕的神情。我想不出什麼話安慰她陪著她望了一會海，又悄悄地離開了。

回到房裡，我不好好的看一頁書或寫一行字，歇不歇地抬起眼來望窗外的海——那哺育著漁民又脅害著漁民的大海。而它卻裝得那麼平靜，彷彿什麼也不曾做過，只是像人們悠舒地噴著煙圈似的吐著一朵朵小浪花，像綻開著一朵朵忽明忽滅的曇花，上午過去，午後我把自己從窗前拉開，躺在牀上假寐，正迷濛間，忽然沙灘上傳來一陣歡呼，我走去窗前一看，只見阿英跟她弟弟不住地揮手跳躍，沙灘上原來在修理船具，織補魚網的人都停下工作在海邊眺望，海上，一隻漁島少見的白色小艇正向島邊駛來，艇上彷彿有三四個人，其中一個正在向岸上揮手，當我跟著王鄉長走到海邊時，小艇已攏岸了。兩個英雄壯健而又樸實和藹的戰士同阿英的父親走下船來。

阿英的父親一走上沙灘，便指著那個更年輕的戰士，用激動的聲音告訴迎著他的親友：

「這位戰士是我的再生恩人哪！我的性命是他救的。」

於是，所有感激、親切而帶點好奇的眼光，全集中在戰士身上，就那樣一位鐵錚錚的漢子，也不由得被看得靦腆起來，後來還是王鄉長邀大家在坪上榕樹底下休息休息，沏上茶，再把經過情形慢慢地說一說。

原來阿英的爸爸那天晚上沒有捕到什麼魚，他就划到很遠的海上去，不想到了半夜颳起颱風來，那時離小島已很遠，他便想划到東邊的××島去避一下風，但半路上那小小的竹筏終於被風浪覆沒了。他與浪濤掙扎了半天，神智已迷糊了——那時，年輕的戰士交了班回營房去，經過海邊，彷彿看見波浪中有什麼白皚皚的東西翻滾著，用電筒一照，才看見是個人，他便忙叫另一個放哨的同志給打著電筒不管風浪湧急，奮身跳下海去，巨浪一個跟著一個猛撲過來，好幾次都幾乎同遭覆頂了，結果憑著他純熟的游泳技術，總算把他救了上來，但已失去了知覺。後來施行了半天人工呼吸，才重行活過來。給換上阿兵哥的乾燥衣服，就在營房裡歇了一天，他本來再留著將息幾天，但他怕家人擔憂，急著要回來。

大家聽了這段驚險動人的故事，又把無數揉合著尊敬、欽佩、感激的讚頌和道謝堆積在年輕的戰士身上，弄得他又漲紅了臉，只是吶吶地說著：

「那是應該的，那是應該的。」

鄉長跟阿英都堅留著他們要款待一番，又想送一點禮物作紀念，但都被他們婉謝了，同來的那個班長說：他們必須趕回去集合點名，海上還得走一二個鐘頭哩。

說什麼也留不住，小艇終於在無限惜別中緩緩地啟碇，……忽然，一個尖銳的聲音大聲喚著「等一等！等一等！」接著，阿英像一頭莽撞的小松鼠般，手裡捧著她那塊當作「寶貝」的珊瑚石，從岸上飛跑下來，排開人群，便向海水裡衝下去，在淺水裡跑了一截，水深了，她用手托著「寶貝」，一隻手游泳過去，終於攀住了艇舷，將「寶貝」塞在那位驚愕的戰士懷裡，立刻頭也不回地游了回來，站到她父親身邊，臉紅紅地喘息著，海水兀自從她身上往下滴，大家都為她這突兀而天真的行動逗得笑起來，她父親也溫和地撫著她沾濕的頭髮笑著說：「真是孩子……」但阿英不理會這些，她只是凝望著逐漸遠去的小艇，不住揮著手臂，黝黑的眸子中閃爍著晶瑩欲墜的淚水！

《幼獅》・民國四十二年十月

狼

激情：是一頭兇狠的狼。它噬傷了多少青年男女！

——岡洛察夫

一

淡淡的秋陽灑落在一幢灰色建築的後園裡，那是個經過設計而在綠色褪蝕的季節顯得荒蕪的院落。牆上和假岩上牽延著糾蔓的藤蘿——暗綠的纏著薑黃的。星形的花壇裡，除了萬壽菊還在伶仃地開放，剪秋蘿和美人蕉都已凋零結子了。一些落葉喬木無力地拖著幾片稀少的黃葉，懶懶地佇立在陽光下。空漠和靜穆統治了整個庭園，幾使人疑惑這是久無生物涉足的所在，然而就在那一堆假山石畔，卻正蹲著一個女郎，與其說是人，不如說是幽靈來得恰當些，因為她的行動是那麼飄忽輕盈，她的舉止是那麼撲朔迷離。蓬鬆的長髮毫無束攔地散披在肩上、頰旁，掩住了臉龐。一根帶子繫住了睡衣式的長袍，底下卻是一雙赤足，她拿著一根樹枝在地上掘著劃著，那麼聚精會神的，就跟好奇的孩子在發掘著蟻窩一般。當她站起來時，頭髮隨著她的擺動滑到背後去了。這才露出一個蒼白清癯的臉龐，一種罕見的淡漠而恬靜的神情流露在姣好的臉上，眼睛大大的很秀美，但仔細一看，就會覺察那與常人有些不同；似乎是缺少點什麼，總是那樣失神地，癡騃地漠然直視著前面。她從山畔站起來，凝視著地上劃下的痕印，然後又伸出赤著的腳來擦著踩著，看看滿意了。這才揮動著樹枝，悠悠悄悄地走到一只石凳前，坦然地躺下了。頭髮像密密的絲絡般披下來，上面還黏著些枯葉，像困倦的羊兒或貓咪般，她無所思慮地闔上了眼睛。

這裡是精神病療養院。這個愛孤獨的，名叫葛潔如的十二號病人，住院療養已有一二年的歷史。但她失去的知覺智慧，就如星星失去的光輝，不再回來了。人們忘卻了這樣一個人，她也與紛擾的人世脫了節。

二

××處的員工醫院，不僅醫治著職員們的疾病，同時還附帶治療他們精神上些微的抑鬱，和工作帶來的困倦。由於它是附屬於該處的一個機構，接觸的多半是熟悉的同事與他們的眷屬們，因此沒有一般營業性醫院那種裝模作樣，像煞有介事的派頭；但也沒有它們那種肅穆清靜的氣氛。當你穿過那一片綠草綿綿的園地，跨進洞開著歡迎你的玻璃門時，那種活潑輕鬆而又恬然的空氣，馬上將你給枯燥的等因奉此、數目字以及辦公室特有的沉悶氛圍薰陶的煩厭的心情消融了。病人在診察時往往會與醫生海闊天空地亂扯一頓，或向護士小姐說幾句詼諧的俏皮話，因此在八小時辦公時間，總不斷有人藉頭痛傷風來調劑一下空氣。太太們亦老為孩子有點咳嗽或是討點凡士林，順腳拐來這裡，從掛號處到配藥室的一條T形走廊上，經常擠滿了人。瑣碎的閒話，愉快的笑聲，盪漾在走廊上，要沒有幾個形容憔悴，雙眉緊蹙的真正病人和門口懸著的木牌，陌生人準攪不清這是個醫院。

在十幾個護士小姐中，葛潔如是最年輕的一個。她有著嬌小的身材，圓圓的，小麵包似的臉龐，白嫩的皮膚襯著一對黑鑽石般烏溜的大眼睛，嬌小的鼻子和嘴角翹翹的唇，雖稱不上怎樣美麗，但整個地配合起來，卻另有一種可愛處，尤其是兩眼下淺淺的一點緋渦，這在老年人喚作淚渦的苦命表記，更增加了她的嫵媚。當喜悅浮上她的唇畔時，那裡便洋溢著甜甜的笑意，青春的熱情。誘使人們忍不住想去親近她，就像人們看見一隻溫馴的鴿子忍不住要去撫拍牠一樣。她的體貼與溫存，使每一個病者對她懷著好感，當她的白工作衣從這個門飄到那個門時，就像一隻象徵和平的白鴿，展開純潔的翅膀，安詳地翺翔著，因此人們就給她題了個美麗的綽號：「小白鴿」。

小白鴿來這裡不過是五六個月，同她同來的是她一個表親高雪芝，比她大五六歲。沉肅、落寞，具有嚴重的憂鬱性，認識她的人在記憶中找不出她曾大聲笑談過的印象。她對天真率直的潔如雖儼然一個大姊般愛護督促，但她的情感是含蓄的，只有熟悉她的潔如才體會得到那冷澀的言語，生硬的舉止裡是安嵌著一片怎樣的關切與好心。

一個週末的下午，十一號病房裡又新添了一個精神健旺的病人，一身挺括西裝，微胖的臉有著過於修剃留下的青白，劍眉，大眼，有一點美男子的典型，矜持而稍帶矯揉的神態，處處表達他的身分和地位，他叫張子皓，××處的會計課長，處長的外甥。

「這一陣食慾不振，神情恍惚，常常感覺昏眩，左腹又時會作痛……」

不清楚究是慢性盲腸炎，還是神經衰弱症；總之據他跟醫生說他必須住院療養。

病人呼喚護士是權利，護士服務病人是義務，一個病人想接近護士只要他有耐心。張子皓人雖睡在病牀上，花樣卻特別多，逢到別個護士班次還在其次，要一輪到小白鴿，他的差遣便永無了結。逐漸地，只要十二號的鈴一響，白衣使者們便披披嘴，眨眨眼：

「又在喚小白鴿了。」

一顆天真未琢的心是不懂虛矯偽飾的，別人對她笑，她也報之笑，別人對她哭，她也報之哭，當一隻懵懂的小鳥高興去啄食人們給牠安排下的美餌時，牠又怎識得後面給精密地掩護著的陷籠呢。

「密斯葛，妳真美……」

「葛小姐，妳知道我生什麼病？為什麼來住院？……」

「沒有認識妳，我是不懂得生命的可愛的⋯⋯」

「潔如，妳的心是我心靈的天堂，請為我開啟妳聖潔的心扉吧，我將貢獻上誠摯的愛與一顆忠實的心。⋯⋯」

「我的鴿兒，我的自由，我的幸福，甚至我的生命，一起都繫在妳翅尖上哩；帶它們去海闊天空地飛翔吧⋯⋯」

「如果我的生命不能偎傍著妳，那麼我只有親自毀滅這卑微的生命⋯⋯」

言語是心靈的鑰匙，葛潔如緊閉著的純潔的心扉，被張子皓的甜言密語轉動了，那溫存，那殷勤，純潔的心靈那能抵禦？而那對眼睛，那帶著挑釁性，富有魅力的眼睛，少女的羞澀那經得它的勾引？在潔如初戀的聖壇上，終於容納了子皓的納獻。

謠言像山城的霧，瀰漫在每個角落，最平凡的事，人們偏愛當作新鮮。

三

午夜，嘈雜的風雨聲統轄了整個醫院，東首一間宿舍裡還亮著燈光，潮濕的風從半啟的窗戶裡掠進來，掀起了柔軟的白紗簾。春雷像一隻暴怒的野獸，餘威未息地低吼著，撒拉的雨聲逐漸變成輕緩地飄灑，終歸於寂杳。只有簷水還在滴答地敲著磚階，沉重的鐘聲從遠處傳來，敲了一下，高雪芝從書本上抬起倦怠的眼簾，望望對面，對兩只褶疊的一般整齊的鋼絲牀，微喟著，又低下頭去。

房門輕輕地開了一條大縫，葛潔如像個幽靈般走進來，臉龐有似四月的薔薇，正綻放著緋色的光豔，是誰盜取了幸福泉注入她明亮的眼中？亮得更亮了。一種歡樂的，洩露著心的激情，靈的顫慄的神情，大膽地在晶瑩的眸中閃灼著。那是一種新奇的美麗，更添了臉部的光輝，她夢遊似的輕輕掩上了門，帶著一個羞怯的微笑回轉身來，當她那做夢似的眼光一觸到兀自坐著的高雪芝時，顯然有點慌亂了，緋紅的頰上更湧上更可愛的玫瑰色，她走向窗畔，仲春沁涼的晚風輕拂著她滾燙的臉，柔和的空氣就像新鮮牛奶般浸浴著她，她感到一陣清醒，一種窒悶的解放，不禁深深地吸了口涼氣，將炙燒著的臉頰貼在冰冷的玻璃窗上。外面是一片濃厚的夜色，倏地掠過一個閃電，被雨沖洗過的景物只那麼一現，又落入深沉的黑暗中。

「潔如！」

潔如吃驚地回過頭去，眼睛正接觸到二道嚴峻的目光。她像一個正在偷拿糖果而給大人當場窺破的孩子。迅速地垂下眼簾，貼緊窗櫺站著。

「望著我，潔如。」

潔如的眼簾反而垂得更下了。

「怎麼啦？今晚，該不是什麼邪惡附在妳身上吧！」雪芝冷峻地說；原想警誡她一頓，但望著她那畏怯地，一個小女孩似的神情。女性容易感動的心禁不住又軟錫了，她走過去將一隻手搭上潔如的肩胛。

「並不是我要干涉妳的行動，在世故，在人情，在這混淆齷齪的社會上，妳懂得的究竟只有那麼一點，而暗箭陷阱又遍地潛伏，一顆未曾設防的心是容易中傷的。我始終把妳當我的小妹妹看待，我不願有一點瑕疵沾污妳潔白的身心……告訴我，妳是捲進了戀愛的漩渦嗎？」

潔如羞澀地點點頭。

雪芝沉默了片刻，又接著說下去：

「這在青年人總是免不掉的一著，願維娜絲賜福予妳，可是，阿潔，妳得當心愛護妳那份純潔的愛，千萬謹慎它的付出，那是收不回來的。多少矯情偽愛給粉飾得潔白瑰麗，多少卑污的獸欲掩蓋在甜言蜜語下。男子多半是自私的，叫得那麼響亮，那麼迫切的愛情，也許就是占有就是破壞，信任他們的心倒不如去信任閃灼不定的水銀……怎麼？妳不以為然？我的小妹妹，妳還只嚐到蘋果紅熟的一面哩，可是我，我已嚐盡了酸澀。」

「哦！」潔如驚詫地望著她，伸過手去緊緊地握住了雪芝垂著的那隻手。

「是誰說的『當愛情從前門進來時，理智便從後門出去』。我要妳警惕的就是這點，用妳真正的眼與心去觀察，不要用『愛』的。在未獲得完全的了解與信任時，千萬別讓感情過於奔放。激情像洶湧的浪潮，它猛烈地沖來捲走了一切，又突然地降退了。激情是一隻危險而殘忍的狼，它會噬毀了崇高的貞潔與尊敬，而留下心靈上不可磨滅的傷痕。妳必須控制它，別讓那該死的誘惑激發它竄出禁錮，懂嗎？哦，潔如，妳怎麼抖得這樣厲害？冷嗎？妳……妳不會給那狼噬了吧？」雪芝恐懼地擺脫潔如那隻冰冷的手，托起她的下頦來，那剛才進來滿面光豔的臉上，如今剛剛褪落一層紅潮，變成蒼白的了，眼睛裡閃射著惶惑不安，她畏縮地避掉雪芝的眼光，讓眼皮輕顫著闔攏來。

「難道已經遲了嗎？妳說，妳……」雪芝激動地震撼著潔如的肩頭。沒有回答，兩顆晶瑩的淚珠濡濕了秀長的睫毛。

「遲了。」雪芝頹然倒在椅子裡，兩手撐住了臉孔。「遲了，我該早告訴妳，這都怪得我的自私；一個受傷的人總是怕揭著傷口的。為了一直不願戳痛自己的創傷，我誤了妳……但願妳彌縫還不遲——趕緊，趕緊結婚。」

空氣墜入死一般的岑寂中，夜的氛氣更寒冷了，潔如握著雙手木然佇立著，宛似一尊石像。揉雜著驚愕，迷亂惶惑的眼光茫然注視著雪芝，頰上還殘留著凌亂的淚痕。

四

子皓出院只一個多月，潔如卻為猛烈的胃病襲倒了，進了離城十數里路的病院。

病院在一座被開墾的礦山上，就是春天，綠色在這兒也是稀罕的。平常除了單調的爆炸聲，鑿石的叮噹聲，再沒有別的聲響。然而這裡乾燥明淨的空氣和含有礦質的泉水，對病人倒是個好所在。潔如的房間正靠著從山麓硬闢出來的園落，而在她窗前不遠，一棵纖瘦的李樹，貧弱地在枝頭裝飾起白色的花朵，潔如轉輾在榻上，除了煞忍錐心的疼痛和斷腸倒胃的嘔吐外，其餘的時間就只有對著李花遐想，時間對她是一塊粗糙的鐵板。平原該是一片多明媚旎旖的春光喲！無情的病魔偏囚禁了活躍的身心，七天中僅僅一天是甜蜜的，那就是當子皓來看她時，而她六天的希望也就在這一天。浸浴在愛河中的心兒究竟是充滿了幸福的。

「我們要建立一個小小的溫暖的家，像一個美麗玲瓏的鴿窠一樣；不要財富也不要珠寶裝潢，我們的青春，情熱，便是最好的點綴……」子皓上星期的話還在耳畔邊響著，一片美麗的遠景展開在她面前。「還不曾告訴他這個呢，」她記起了醫生那天的診斷，下意識地撫摸著腹部，彷彿真有什麼在蠕動著，幸福而羞怯的微笑展開在失血的頰上：

「今天告訴他；但怎樣啟口呢？告訴他這是我倆愛的結晶，他會怎樣？欣喜呢還是……」

星期日依舊是單調冗長的度過了，是給事情絆住的，還是病魔又從她這兒奪去了他？這一天，潔如在頻替的焦慮期盼中煎熬著，直到白日的光明在她窗前褪卻，希望著的心終於疲倦了，但隨著翌晨第一道曙光新的希望又在心頭萌了芽。一天、二天……又一個星期過去了，他仍不見來，也沒有一點動靜，一紙音訊。潔如由焦灼不安陷入絕望地痛苦中。猜疑、恐怖，緊緊地絞著她的心。她不由得想起了死在醫院裡的那個少女，看樣子正是鮮花般的年歲，可是她給抬來時，因失血過度已慘白得像一朵暴風雨裡的梨花。原因是墮去那熾熱的愛的結晶，洋溢著青春力的柔軀只拖延了一日一晚，便終止了呼吸，臨死時還頻頻地低喚著一個人的名字，許是那愛人的名字吧，然而沒有一個親人在她身邊……哦！多慘哪！……她又記起了雪芝的話……哦哦！她的心要碎裂了，她想捺下悲慘不幸的念頭，然而它們還是執拗地不斷地絞弄著她柔弱的心……

五

「你是不是存心要坍我的台，存心要刮我的鬍子！幹下這種荒唐事，人家說起來還要說你是仗著舅父的勢力，玩弄女職員。就是玩也要玩個分寸啊！現在把肚子玩大了，把我的顏面放到哪裡去？」鄭處長臉鐵青得跟廟裡的塑像樣，一拳頭捶得滿桌碗碟都跳躍起來，唾沫和菜屑直向對面的子皓噴去。

子皓竭力鎮定著自己，想扒完那一口飯。但那些飯粒卻都變成了有芒刺的穀粒，再也吞不下去。他只得無可奈何地擱下飯碗，臉上紅一陣白一陣地變化著。

「我問你，你究竟預備怎樣？」

「我……我會和她結婚的。」

「什麼？結婚！你昏了頭，你忘記你已同谷祕書長的三小姐訂過婚了。」

「我想那也許可以解除婚約。」

「廢話！解除婚約？講得那麼輕鬆，我好不容易給你攀了這門好親，讓你將來靠靠泰山的牌子，你倒要解約！我看你簡直給那狐媚子迷了心肝，白活了這些年紀。要不我帶你出山，提拔你，扶掖你，你早不知跟你那寡婦母親去哪裡討飯了，沒良心的東西，如今這樣來報答我，你，你！」鄭處長怒叱著，筷子幾乎截到子皓的額角上。

「剛吃飯，何苦氣傷了肝脾？這又不是才發生了三五天的事，什麼總有個商量呀！」鄭太太翹著蘭花指，有意無意地用筷子在一碗肉片裡攪著，眼睛也不望那一個地插進來說：

「現在我給你兩條路，一條是設法與她斷絕關係，一條是馬上同她帶著你的鋪蓋一起離開這裡。別的沒話說。」鄭處長說罷氣吁吁地進了內室。

子皓臉變得更慘白了，牙齒將嘴唇咬出了白痕。半晌，衰老了十年似的站起來，帶著一種自知病入膏肓不得不去嘗試最後一帖藥的神情，走向門口。

「去哪兒？」鄭太太喚住他。

「走，去告訴潔如我們走。」子皓用力想擲出生硬的語句，然而那裡面卻滲透著一種無可奈何的悲哀。

「走！」鄭太太輕輕地在鼻子裡笑了一聲，「走到哪裡？你有錢嗎？有工作嗎？一個病著又能走路嗎？這些，你都考慮過沒有？」

子皓就像只洩氣的皮球般，才鼓起的一點勇氣又給幾句話洩掉了，他重新頹然地跌進椅子。

「那麼妳說該怎麼呢？好舅母，可憐見給我出個主意吧。」

「主意倒有一個，不知你願不願意聽！」

「我一直不都聽妳的話？」

「乾脆一句話：擺脫她。」

「那怎麼能呢，不太忍心了！」

「忍心？你親手葬送自己的前途不是忍心？你毀掉谷家那樣好的婚約不是忍心？你辜負你舅父栽培你的一片好心不是忍心？世上原沒絕對的殘忍和好心，如果能成全自己採取某種手腕是不能算殘忍的。為你的前途著想，葛潔如將成為你的累贅。而你廝守著她，亦未見得能給她多少幸福。假如你給她一筆生活費，各走各的路，事情不就解決了。」鄭太太委委婉婉地搬出了她的處世哲學。

「她一定不肯的，我答允了和她結婚的。」

「傻瓜，口頭答允就作得準嗎？只要橫一橫心，她不肯又能怎樣？」聰明的鄭太太，她就料定了潔如是個稚弱的雛兒。

「你可以慢慢地與她冷淡，同時透風聲讓她知道你家裡已有太太……再不就乾脆不出面，挽別個替你擺布。」

「可是錢呢？我哪裡去籌那麼一批款子！」

「那個麼？只要你拿定了主意大概總可以想想辦法。」

子皓沒有作聲，只是困惑地直視著地面，地上鋪地是一塊五彩的毯布，那些色彩在子皓的凝視下會集成迷離的一團，那一團中又呈現出一幕幻境：

彷彿是離開了闊綽而帶著貴族氣派的××處，兀然一身伴著潔如跨上了新的路程，另一種生活的開始有著新鮮醇美的味兒，有如嘗著才摘下枝頭的荔枝般鮮甜。但愛情總是當不得麵包的，逐漸襲來的困難沖淡了愛情的醇味，微薄的積蓄已將告罄，職業卻依舊無著，慢慢地愛撫變成牽強，熱情降退了；繼著一段愁米缺柴而起的是口角、怨恨、詛咒，接著又是孩子、柴米，孩子、柴米……子皓咬一下嘴唇，讓思潮暫落入渾噩的黑暗中，然而再突入另一個明朗的境界——他穿著華貴的服裝，挽著一個光彩奪目，驕矜高貴的婦人——谷三小姐，從嶄新的八缸別克上下來，走進他們的家——有著衛警的洋房，由於丈人泰山的提攜，他已在社會上有了不凡的身分，交際的是高官顯爵，往來的是華貴場所，有巴結他的也有諛媚他的，……愛情的光輝只是一時，事業的光輝，卻是一世……

「那麼就請舅母跟舅父說一聲，我總是聽他吩咐的。」

六

潔如從窒息的痛苦中呻吟著醒來，昏迷間只聽得耳邊嗡嗡地響著，彷彿有人說：

「有救了，有救了。」

她疲憊地睜開眼來，燈光刺得她眼睛痛澀，牀前圍滿了全院的醫生和護士，牀畔一只白瓷盆滿載著一些血淋淋的東西，像是才斫下的什麼獸血，潔如的眼光一落在那上面，醫生便示意叫護士端了出去。

「為什麼不讓我死！」當意識從空中歸返到潔如身上，便想大聲叫喚起來。但那輕微的只發到口腔內便散失了，她掙扎著想舉起手來，身肢一轉側，一股濕瀝瀝的熱流在下身氾濫開來，渾身都是疼痛。她重重地呻吟了一聲，眼淚不由自主地從臉頰上掛了下來。

醫生把把脈息，對護士說了聲什麼，帶著聽筒出去了。

「靜靜地養養吧，別再胡思亂想了。」一個護士伏在她耳畔柔聲地說，為自己的同情激動著，眼眶紅了。連忙轉過身去收拾器械。

「死，連死都死不成。」潔如痛苦地思索著，憤懣的眼光又見了枕畔一堆撕碎的紙片……一紙免職令和一張支票。

「欺騙、侮辱，沒有人格的東西！」她氣憤地轉側著，一陣徹骨的疼痛痙攣了她的臉龐，她想起了瓷盆裡的血肉，「那一定就是那孽障，那畜生遺下的禍根，……但他有罪嗎？……他糊裡糊塗來到我肚內，共我一起生活了三個多月，如果生在別人肚裡，又何嘗不是寶貝心肝！這可憐的小東西，不知是男還是女？……我原想用安眠藥結束自己的生命，不想卻殺死了它……可惡，他們為什麼要把我救活來呢？當一個人已走到了絕望的深淵，活只成為痛苦，成為長期的酷刑的時候，還能活下去嗎？」她彷彿看見幾十隻手指在她背後指指點點，無數對眼睛都揚射著不屑、輕蔑。「社會上已沒有我立足之地，更有什麼顏面去見生身父母？……父親曉得了絕不會放鬆的，也許登報……母親，母親曉得了準得傷心死了，哦母親，可憐的母親，妳只當沒有生我這不肖女兒吧！還是想法死，只有死才能解脫一切痛苦……」

虛掩著的門在這時打開了，驚惶失色的雪芝倉皇地衝進來，看見她，就像溺水的人撈著了一塊浮木；潔如抖慄著伸出一隻瘦骨峻峻的手臂，雪芝趕緊握住了她，感到薄薄的手心燒得火炭般燙人。

「芝姊，我，我……」潔如哽咽不成聲，大顆大顆的眼淚奔瀉出來，雪芝一手撫著她的頭髮，淚珠亦不斷地滴落下來。

「芝姊，我真沒有面目再見妳……」

「不，不要提過去，過去是已經死去了的……」

「我能忘得掉這恥辱嗎？可是他們偏不讓人死……」

「為什麼要死呢？我們偏要倔強地活下去，活下去給魔鬼看；我們的靈魂是不受屈辱的。」

「我，我還能活下去？」

「自然能。妳看我是怎樣活下來的，阿潔；丟開一切吧，等妳恢復了健康，我們到另一個環境去，尋求新生。」

……

一月後，一個初秋的清晨，朝陽照例照射著車站屋頂上的大鐘，候車處已滿是人和行李，二個女郎攜著簡單的箱筺，擠上了車廂，喇叭放開啞喉嚨吼了幾聲，車身震動了，那女郎中衰弱清癯的一個，從胸坎裡迂悶地吁了一聲，帶著那種冷漠的神情側轉身來，正接觸到二道關切的眼光：

「疲倦嗎？」

「不。」

她掀一掀嘴唇角，想報以一笑，但沒有成功，只在頰上顯現了二條紋印，接著馬上又掉過身去，癡騃地注視著車旁揚起的灰沙。

這便是葛潔如和雪芝，她們走了，遠遠地想走去另一塊乾淨土。但最後傳來的消息彷彿是潔如在路上有點神經失常……此後便沒人知道她們的行蹤了。

至於那位張子皓，他已順利地與谷三小姐結了婚，在泰山身邊當著很紅的隨從祕書。

民國三十八年十一月

編註：本文原刊於《寶島文藝》，第一卷第三期，一九四九年十二月十五日，頁二十三～三十一，原題〈小白鴿〉。

艾雯全集6

小說卷一

魔鬼的契約

魔鬼的契約：台南市，人文出版社，一九五五年六月初版。三十二開，一二八頁。

◎人文出版社版原目：

罪與恨、偶像、魔鬼的契約、表兄妹、春歸夢殘、海嫁、家庭教師、一個女作家。

◎說明：

本集據人文出版社初版編入。

罪與恨

那天下午，我端著那一大盆瓶瓶罐罐的跟著燕大夫在產房裡巡行了一周，收拾收拾，又快到下班的時候了。我給太多的酒精味薰得有點頭暈，便走到院門口去小立一會，這時，沿著大門口那條鵝卵石鋪砌的路上，一個凸著大肚子的女人正蹣跚地走過來，因為她身材纖小，更顯得肚子凸得高，走起路來向二邊一搖一擺，像不勝負擔似的。走到門口，她向我微微一笑，放下手裡的提包，扶著門框喘息著。儘管風塵滿面，十分憔悴，看來還是很年輕，黑白分明的眼睛，端正的鼻子。笑起來時露出雪白的牙齒，很嫵媚。但此刻卻有另外一種神情，使她看著有點冷峻。

「掛號時間已經過了。」負責掛號的張小姐正在看一本《婦女俱樂部》，冷冷的，頭也不抬地回答她的問詢。

「可是……我也許馬上要生了。」她吶吶地望著掛號小姐說。

張小姐用日本話咕嚕了幾句，將書本使勁往旁邊一擲，隨手拉過二張紙，從窗洞裡塞出來叫她自己填——

「先繳住院費用一百八十元。」張小姐瞥一眼填好的單子機械地說。她怔了一下，羞澀的，用情商的口吻悄悄地請求：

「不能以後一起付嗎？」

「醫院裡沒有這樣的規矩。」

「那麼，那麼……」她躊躇著，勒下指上的戒指，很不好意思地遞進去。「能不能把這個作數或者——抵押？」

「妳這個人！這裡是醫院，可不是當鋪。」張小姐從鼻子裡嗤笑著，很不耐煩地盯了她一眼。「我看妳乾脆明天來好了！」

她看見張小姐把紙張往抽屜裡一塞，一伸手便預備關窗門，急得幾乎迸出眼淚來，連忙去攔阻著：

「小姐，請妳！我，我……」突然她說不下去了，臉上掠過一陣痛苦的痙攣，手按在隆起的肚子上，頭便頂著牆，身體像弓一般彎縮著，大顆的汗珠從額上冒出來……

「肚子痛？」我忍不住走過去湊著她問，她點點頭。

「痛一陣緊一陣？」

「唔，」一陣痛過去了，她虛弱地抬起頭來，一綹短髮被汗水浸濕了黏住在額上，沒有血色的嘴唇半張著，樣子很可憐。

「妳最好是馬上去牀上躺下。」我望著她下墜的肚子告訴她。「沒有別人可以替妳辦手續嗎——譬如妳家裡的人。」

「一個鐘頭以前我剛才到這裡——不是怕在火車上生孩子，我還不會下來——這裡我沒有一個熟人。」

「那麼……如果妳認為我可以信託的話，我或許可以替妳做點什麼事。」人類的同情促使我自告奮勇地說。

「噢，那太好了！那就麻煩妳把這只戒指兌了——這還是母親留給我作紀念的，如今也說不上了。」她鄭重地把戒指交在我手裡，黯淡的眼睛裡揚射著感激喜悅的光芒。

「張，妳就替她把住院的手續辦一辦，等我回來再補繳款好不？」我向張小姐說情，她好像嫌我多事似的，無可奈何地說：

「好吧！妳就喜歡去找麻煩。一切可得由妳負責。」

「當然。」

這時，下班鈴響了。我迅速地脫下護士制服，把戒指放在皮包裡預備出去，她又一把拉住我說：

「小姐——噢，我還忘了請教尊姓……那麼閔小姐，索性再麻煩妳一樁事，買一套純白的嬰兒服，要女孩子穿的。」

「女孩子穿的！妳就曉得妳生下來的一定是女孩子？」

她望著自己的肚子，吶吶地說：

「我希望——我也有這樣的自信。」

當我兌了戒指，選擇了一套美麗的白緞子嬰兒服，另外還給那伶仃的小女人買了一束鮮花。回到醫院時，她已躺在白色的病牀上輾轉著，看見我，像看見了親人似的，眼睛發著亮，在痛苦中用力迸出一絲微笑，我把花遞給她，她用狐疑的神色望著我。

「這是給我的嗎？」

「是的，為一個小母親和一個新生命祝福！」我笑著說。

「噢，妳真是太好了！」她喜歡地把花擁在胸前，頻頻用臉頰在花上摩挲著，眼睛裡閃爍著激動的淚光——但驟然間她那兩支濃密的眉毛又深深地蹙攏來，手一鬆，花散落在枕畔，像一頭野獸般，露出那雪白的牙齒緊緊地咬著被角，身子在被裡蠕動著——大夫來檢查了一下，關照我準備手術室。

葉涓——這是小女人在表上填的姓名——因為流血過多和營養不良，產後衰弱得像一片落葉，當她第一次從昏厥的狀態中清醒過來時，用探詢的眼光，望著牀畔的我。

「要看看妳的寶寶嗎？」我問她。

她不作可否地表示，只是嘴唇顫動著，彷彿問我是男的還是女的，當我告訴她是男孩時，她似乎陡然一驚，眼睛瞪得大大的，嘴張開著。一會兒咬住失色的嘴唇，做了個深恨的表情，倏地轉過頭去。

接著幾天，她一直發著高燒，說著囈語，在生和死的邊緣掙扎著。醫生盡心的醫治和針藥的神力，終於又把她從死神掌握中接了回來，她的神智雖然清楚了，體力卻隔了很久都不能復元，她是病院裡最安靜的病人，從來不訴說這裡痛哪裡難受，也不撳鈴喚護士來要這樣要那樣，她很少睡眠，但常常連續數小時不翻身地躺著看天花板。那種沉思是可怕的，就像一個無底的深淵，小女人便讓她整個心靈不可拯拔地沉落下去……這期間，她從未問起過她的孩子。

她的孩子生下來只有六磅重，看來似乎很荏弱，當她母親還不能餵他乳汁時，我們便抱他去那些乳汁豐富的一個嬰兒吮不完的產婦那裡吮食，但一星期過後，他還是那麼嬌小。那天，醫生認為可以讓他的母親餵乳了，我便抱著他到葉涓牀前去。她收回凝視在天花板上的，冷漠的眼光落在我身上，彷彿沒有理解那是回什麼事。

「小母親，該給妳的寶寶餵奶啦！」

起初她怔了一怔，接著迅速地坐了起來，伸出手來接過去，抱在懷裡，神情激動著，像打量一件從未見過的事物般，半天半天地盯住那張皺縮的，赭紅色的小臉，一種複雜的，揉合著愛和恨的表情流露在她臉上。孩子閉著眼，張大了嘴，小手不住地在空中揮舞著，哭著索食。

「他餓了哩。」我提醒她。

她猶疑了一會。出於那種母性的本能，她終於羞怯地解開了鈕扣，讓孩子的小臉在她胸脯上撞著、碰著，一會兒便安靜下來，喉嚨頭發出輕微的咕咕聲，葉涓綳得緊緊的臉上那僵直的線條，忽然消失了，一種溫柔的光輝洋溢在她蒼白的臉上，使她看來顯出進院以來從未有過的煥發！母愛，母愛可以融解一切。我帶著那種如釋重負的心情，走開去照顧別的產婦，當我正把一支溫度表從一個產婦嘴裡拿出來時，忽然聽見一聲微弱的哭聲，彷彿被什麼窒息著，我轉身向哭的方向尋去，只見一房間的孩子都安靜地躺在母親懷裡，只有葉涓的孩子頭納在懷中，手和腳卻在空中掙扎著，我連忙跑過去從她摟得緊緊的臂彎中把孩子搶過來，孩子的臉已悶成紫色了，我在他背上拍了二下才委委屈屈地哭出聲來。

「這是怎麼回事？」我低聲責問著她，用背擋住了別人的視線。

她愧疚地低著頭，緊咬著嘴唇幾乎咬出血來，只是絞著自己的手，沒有作聲。

「虎毒不食兒，妳——一個做母親的，不覺得慚愧嗎？」

「我，我恨他！」她用牙齒縫裡迸出來的聲音說。

「恨這麼一個無知的，脆弱的小生命？」

「他是孽種，他的血管裡滲著有毒的血液。」

「不，孩子是沒有罪的，父母只塑造了他的肉體，上帝賦予他的靈魂就像天使一般的純潔——卸罪給孩子的父母，比自己犯罪還更不可恕。」

孩子在我手上哭著，小身子一屈一屈的，葉涓突然抬起頭來，向我伸出了手。

「給我吧！」

我作了個猶疑的表示。

「我不是恨他，我是……」她咽住了，沒有說下去，卻迫切地露出那種懇求的神色，「給我吧，他還沒有吃飽哩。」

孩子重新回到她懷裡時，她緊緊地抱著，好像唯恐再失去他似的，她深深地吻著他的臉頰，怨懣的眼睛裡卻噙著兩眶滾滾欲墜的熱淚！

我沒有把這事告訴醫生，但每天喂乳時，我總是暗暗地注意著葉涓的動作，提防著她。這以後她倒一直相安無事，只是有時百般地愛撫他，吻他，恨不得一口氣把他吞下去似的，有時卻又驟然把他從乳頭上拉開來，半天半天地端詳著，彷彿要一直看進他的臟腑裡去。不管他哭著，掙扎著。當我們把餵飽的孩子從她那裡帶開去後，她總顯得有半天不安寧，之後又恢復了凝視天花板的習慣，她活在她的沉思中，與她周圍的一切完全脫了節。

快一個月過去了，她的牀前沒有一朵花，一句慰問，一個來探望的人！

好幾次我想問她的身世，但看到她那諱莫如深的態度，又深怕挖著她的隱痛。

「閔小姐，請妳給我幾張信紙，我想寫封信。」

我把信紙給了她，笑著問：

「是寫家信麼？」

她苦笑了一聲：

「家信？家已破散，信又往哪裡投寄！」

「那麼……孩子他爸爸？」我試著探詢。

「死了！」她說得那麼乾脆，接著眼睛一閉，一副不願意再談的表示。

她倚著枕頭，從上午寫到下午，寫了又撕，撕了又寫，一會皺眉，一會咬牙，費煞思考，我忍不住勸告。

「寫多了會傷眼睛的，該休息休息啦。」

「再寫一段就不寫了。」她用手掩著信紙，頭也不抬地說。

可是到晚上電燈亮了，她還在那裡停停，又寫寫，顯得很吃力，也很苦惱，就像患著牙齒痛，偏又去按那痛處。

「妳這樣寫不但傷害自己的身體，也違反院裡的規矩。」我厲聲地說，預備收了她的信紙。

「請妳，好心的閔小姐，請妳讓我寫完這幾句。真的，馬上就寫完了。」她當作珍寶般按住那些信，迫切地向我請求著。我的心不禁軟化了。

「頂多再寫五分鐘，不然我就要沒收紙筆了。」

五分鐘後我再走到房裡，她果然已不再寫了。在黯淡的燈光下，那對睜得大大的眼睛卻顯得那麼明亮，激動地揚射著一種光芒，彷彿剛從火中錘鍊出來的鋼晶，燃紅的褪了，卻發著冷澈的光。

「信寫好了可以交給我，明天早晨有人去寄。」

「唉，不，我想明天再補充一下。」她的眼睛閃爍著，忽然撐起身子來一把握住了我的手臂，懇切地望著我說：「閔小姐，我請求妳一樁事好不好？」

「什麼事？」

「我要看看我的孩子。」

「那不行。」我搖著頭拒絕她，「現在不是餵奶的時候。」

「妳可以帶我到他那裡去，唉！我多麼渴望著看看他熟睡的樣子——妳知道當一個人起了個迫切的願望時，心裡就像火在焚著似的難以忍受。」

「我知道。可是醫院裡的規矩：產婦不能隨便到嬰兒室去。」

「我只要看一眼，絕對不動他，妳不讓我去，我會一晚都睡不熟的，閔小姐，妳對我一直是那樣好心的，不是嗎？」她仰著臉，一個小孩子似的，等待我的答覆，那對明亮的眼睛充溢著一種令人不忍拒絕的，懇求的神色。我又一次被她軟化了。

我打開嬰兒室的門，室內均勻地響著輕微的鼾聲，顯得十分安謐，葉涓的孩子把兩隻小手擱在雪白的枕上，雙頰酡紅著，鬱密的睫毛在臉上投下一排陰影，睡得那麼香甜。

葉涓扶著小牀，眼睛都不眨一下的深深地凝視著，彷彿要把孩子的印象深深地攝入腦中，突然一個衝動，她把手伸向孩子……我趕緊攔阻著她。

「不能抱，孩子醒了哭起來怎麼辦？」

於是，她深深地俯下身子，在熟睡的孩子臉上吻了一下，等她抬起頭來時，我看見她的眼睛潤濕了。

我感到她的神情有點特別，怕她太傷神了又引起發燒，便督促她回房去睡覺，我把被子替她塞好。扯平了帳子。

「閔小姐……」她在帳子裡喚我，聲音有點顫抖。

「唔。」

我等著她的下文，但只聽見她在牀上不安地轉側著。

「好好睡吧，別東想西想了。」我像哄小孩子似的勸她。

「謝謝妳！閔小姐。」這句話她用了那樣豐富的感情，以致當我回值星室裡時，那溫柔的聲音猶在耳畔迴盪著。

這晚上正輪著我值班，我獨自拿了一冊《茵夢湖》在值星室讀著，因為白天太疲倦了，看不到三頁我就沉沉睡去。這晚上沒有人揿鈴，一直到清晨四點鐘鬧鐘鬧時我才驚醒過來，就像公雞司晨一樣的準確，四點鐘一到，嬰兒們就一個個此起彼落地哭起來，我去隔壁喚醒了尹小姐，兩人便分頭把嬰孩們送進病房，有的貪睡的母親還睡得沉沉的，必須把她們一個個推醒來，有些機警的母親卻早已披衣坐起，等著給孩子餵奶。當我按著次序把孩子送到葉涓牀前，卻見牀是空的！

葉涓呢？葉涓，沒有誰曾見著，一檢點，但見疊得很整齊的枕頭下，露出一角信箋，一封是給醫院的，另一封寫著由我收。

閔小姐：

是妳，是妳伸出溫暖，同情的手，把我從幾乎瀕於絕境的邊緣援引起來，說聲謝謝不足以表達我內心的感激，我將把妳的名字鐫刻在心碑上，用祝福替代回憶。

首先得請妳原諒我，原諒我曾經拒絕了妳那份善意的關切，我知道妳願意把妳那泉源般無盡的溫情澆沐我的痛苦，如果我把所遭遇的告訴妳。但是，我始終缺乏開口的勇氣，妳曉得，心靈上受過烙印的人，複述一遍，就等於再受一次烙印。如今，我用了最大的努力，給妳寫下這封信。

跟無數無辜的同胞一樣，我從那給共匪荼毒了的大陸逃亡出來，但更不幸的是我剛逃出一個陰謀，又陷入另一個陰謀。

生活在父母身邊，我一直像溫室裡的花朵那樣被嬌養著，因此當我懷著家破人亡的悲痛，孤苦無告的開始那逃亡的路程時，我徬徨失措，就似一頭迷途的孤雁。在那時，我的感情脆弱得連一根髮絲便能牽住，在那時，我認識了他——他的殷勤迷惑了我，我們在一起住下來，原望共度患難，不想他逐漸露出本性，變得粗暴，陰險，最後，最後我發覺他竟是民族的罪人，我不共戴天的仇人——他正從事覆滅這反攻基地的陰謀，我不過是被他利用的掩護。

就在我偵悉他底細的那天，他遁跡了。

當我想到我曾與我的仇人生活在一起，我的身體內有他留下孽種，我恨不得為所蒙受的恥恨將自己撕成片片，用海水來沖洗消滅，但自殺是弱者的行為，我以死去的雙親起誓，我必將報仇！儘管在防守嚴密的台灣，犯罪者終難逃層層法網，但我一定要親自把他尋獲，我要站在他面前細數他的罪狀，憑著一點兒線索，我趕了一站又是一站——

孩子我本來不預備留在世上，妳卻說孩子是無罪的。我相信妳說的，但我不能帶著他，我不能在以後的日子裡由他想起他父親而不恨他，而這事以後，我已為自己安排好一條生路：我將獻身在一個神聖莊嚴的工作中，更無暇兼顧這孩子。考慮再三，我只有把他留下了，有人收養也好，送孤兒院也好，我相信妳的處置是不會錯的，我不想留下他父親的姓氏，為的怕玷污了他，希望他有顆正直的心，將來做個好國民！

請恕我，恕我悄悄地走掉，恕我給妳留下麻煩。再見了！好心的閔小姐，當妳有朝回到大陸時，也許我已先在那邊恭候著妳！

葉涓留字

看完信，我怔了好一會，昨晚她那些舉動明明含有惜別的意思，然而我卻那麼笨，竟沒有猜透而加以提防！

孩子在我臂彎裡哭著，揮舞著手和腳，眼淚被滿了小小的臉龐，他餓了，需要媽媽的乳汁，他冷了，需要媽媽懷中的溫暖。可是……可是，我抱著他——被父母遺棄的小孤兒，惘然站在病房中間，不知如何是好？

屏東・民國四十二年元月

編註：本文原刊於《中國一周》第一五八期，一九五三年四月，頁十九～二十。

偶像

一

夜，靜靜的，晚風帶著點涼意，我拉上窗扇，留著檯燈和座燈，灑下一片柔和的光輝，收音機裡輕輕地播送著一支小夜曲，我倚坐在藤圈椅裡，沒有倦意，也不想寫，坐著，只是為領略那份恬靜，像呷一杯清醇的香茗——忽然，院裡起了很輕微的腳音，像有人躡足進來，我屏息凝神傾聽著，卻又寂然無聲，只遠遠隱隱傳來啾唧的蟲鳴，也許，是風捲落葉吧，這樣解釋著，心裡也就釋然。可是，隔了一歇，我幾乎為另一個聲音嚇得毛髮悚然，那是一種很輕的喟歎，彷彿來自一個靈魂被壓抑著的深沉的歎息——我忍不住強自鎮定著，拉開窗來——

一個人影靠在那株蓮霧樹上，正對住窗子。

是一個女人，藉著透過濃蔭的，黯淡的燈光，依然看得出她窈窕的體態，她似乎並不曾為我的乍然出現而受驚，仍保持著原狀，用那帶著鼻音的聲音淡淡地說：

「對不起！」

「妳是……」我困惑地向黑地裡睜大了眼睛打量她。

「不做什麼，只是——欣賞妳這裡的燈光。」

「我這裡的燈光有這樣好看嗎？」

「有時我走過這裡，當別個屋子的燈全熄了，妳這裡卻總是亮著，那樣柔和如水的燈光，使人聯想到一個恬美、溫暖，充滿了幸福的家！」她那沉緩的聲音裡充滿了羨慕和思念。

「那妳……」我把「沒有家？」三個字又嚥了回去，她卻似未曾聽見，逕自夢囈似地說下去：

「老是看慣了那些刺眼的深紅慘綠的霓虹燈，再看這一抹幽幽的燈亮，眼睛和心頭都像盛暑中吃下一杯冰淇淋。」

「……」

「我這樣做——分享妳的光和熱。不會對妳有所損失吧！」她望著我說，在黑暗中依舊感到那略帶譏訕的，灼灼逼人的眼光。

「當然不會。」

「那麼，請原諒我的冒昧。」她讓交叉在胸前的雙手垂下來，慵懶地離開樹身，舉步向門口走去：

「請等一等，」我喚住她，被她那種神祕，落寞的舉止所吸引。「如果這值得妳留戀，為什麼不進來坐一會！」

她停立了，側過臉來，遲疑的。

「不太打擾了麼？」

「不，一點都不。在這樣的夜晚，總是願意跟人談談的——尤其是跟素不相識的陌生人，妳想：就像兩朵飄浮著的雲，偶然被風吹送在一起。說一會，談一會沒有一點兒拘束、隱諱。一會兒風又吹散了，各走各的，不留痕跡。」

「就憑妳這可愛的邀請，鐵石人也會點頭。」

她轉身踏上石階，我出去為她開了門。

她一進來，屋裡倏地一亮，彷彿飄進了一片彩霞，在燈光下，我才驚她竟是這般豔麗——一件有著琥珀色澤的軟綢衫裹著她那纖細適中的身材，月白色的披肩上面佩了一朵紅豔的玫瑰，一對鑽石耳墜微微晃動著，像二顆閃爍的星星，襯得那張勻淨白皙而又刻意修飾的臉更是光豔奪人，在那弓一般彎彎的眉毛下，是一對夢似的，深不可測的眼睛，四周塗得黑黑的眼圈，又給增添了幾分神祕。玲瓏的鼻子宛如一件精美的象牙雕刻。豐潤的唇角微微上翹，永遠似掛著一個玩世的嘲笑。她整個儀態中揉合著貴夫人的高貴、嫻雅，和某種特殊女人的輕佻、猖狂、不在乎。而後者所表露在形態上的似較多於前者內蘊的教養。我不覺感到有點反悔，怎麼會邀這樣女人來自己家裡，而且，她還帶著點薄薄的醉意。

她習慣的用那種名角亮相的姿態先在門口一站，眼珠滑溜溜地向屋裡打量了一眼，柔媚的唇角挑起一絲笑意。

「妳一個人住這間屋？」

「不，但可以說是我一個人的私室。」

「幽雅得很……噢！妳這裡也收藏了他的畫，妳也欣賞他的作品？」看到牆上那張油畫——一個新露頭角的青年畫家的作品。她忽然收起那矯揉的矜持，喜悅地趨前審視，用親切而尊敬的語氣迭連說了二個「他」。

「是一個朋友送我的。」我說。

「畫家本人？」她回過頭來追切地望著我。

「另外的朋友。」我搖搖頭，淡淡地說：「妳認識他？」

「我……呃！不，我不認識他。」她閃爍其詞地說，恢復了原來的矜持。也許，她已從神色上看出了我的冷淡和勉強，嘴角上那抹嘲笑更尖峭了，轉身把自己投在沙發裡，像一頭刺蝟豎起了牠的硬刺，她採取了防衛的姿勢，故意誇張的，滿不在乎地把眉毛一揚，聲音裡帶著點挑釁。

「也許，妳在後悔這一次邀請。」

「為什麼？」

「這還看不出來！我是怎麼樣的女人，」她熟練地從皮包裡取出一支香煙用打火機燃上，然後輕巧地拿開香煙，悠悠地噴出一口煙來，半瞇著眼睛睨視我，「我便是那種被你們喚作出賣靈肉的女人。」

「那有什麼關係。」她的直率和自嘲反沖淡了我對她的嫌惡。

「我還做過交際花、酒家女、貨腰女郎、模特兒，——」

「妳的生活經驗倒真豐富。」

「妳不下逐客令嗎！妳是有權利蔑視我，卑棄我的。」

「人類生下來原是平等的。」我平靜地說。「至於每一個人怎樣生存下去，採取怎樣不同的生活方法，那又是另一回事。」

「妳不把我當作有毒的蛇蠍？妳不把我當作洪水猛獸？」她的聲音裡仍滲有敵意。

「我不管這些，我只曉得妳是我請來的客人。」說著，我把一杯新泡的香茗端去放在几上。

「噢，謝謝！」她感激地看了我一眼，突然，戒備的神情鬆懈了，她把煙蒂擲掉，調正坐的姿勢，嬌慵的，像隻懶貓似的偎在沙發裡，披肩從肩頭滑落下來，顯露出整個優美的身軀，圓熟、勻盈，正是添一分嫌肥，減一分嫌瘦。

「真是上帝的傑作！」我不由得讚美著。

「什麼？」她怵然一驚，從沉思中抬起頭來。

「我說妳真是上帝的傑作。」

「上帝的傑作！」她重複著，抬起頭來凝視著那張油畫，憂鬱的眸子像燃上支火柴般亮起來。用著做夢的聲音呢喃地說：「這正是他說的話，他第一次和我說的話。」

「妳很欣賞這畫！」

「我是道地的門外漢。」

「可是妳一進來最使妳感興趣的卻是這張畫。」我跟著她的眼光停留在那張畫上，但一會兒她又垂下眼簾，意味深長地歎了口氣，緩緩地重複我那句話……

「……就像兩朵飄浮著的雲，偶然被風吹送在一起，說一會，談一會，沒有一點兒拘束、隱諱。一會兒風又吹散了，各走各的，不留痕跡——好吧，讓我告訴妳一個隱藏在心底而從未向旁人說過的愛情上的祕密，隱藏了這麼久，它像酵母般在心裡發酵。尤其是在這樣的夜裡，我必須找人說一說……」

她呷一口濃茶，眼睛裡揚射著柔和的，為愛情所激動的光輝，不知是酒性抑是亢奮，白皙的臉上泛上一片紅暈，顯得更美了——

二

也許，妳正在心裡嘲笑我，像我這樣的女人還扯談什麼愛情！真的，我那未成熟的愛情就似一條稚弱的蠶蛹，還沒有長成到能夠飛的時候，就被厚厚的繭殼包圍著窒死在裡面——愛情建築在尊敬上，但從來沒有個男人對我有敬意，愛情需要誠意，而我亦從未以誠意對待過男人。一個的目的是占有，一個的目的是金錢，這其間永不會有真情。可是，沒想到窒死的蛹蛾一旦又會復活，而且更強壯，竟至破繭突飛——

我過的是荒唐靡爛的夜生活，但我沒有忘記新鮮的空氣和一份悠閒的心情，可以保持容光煥發，體態輕盈，因此，每天我總在下午抽出一小時去散步。那時我不讓任何人知道，揀一身樸素的衣服穿上，悄悄地打從後門出去。穿過二條小巷便是一條幽靜的街道，兩畔盡是茂密的鳳凰木。而路的盡頭有一座花圃，每天，我總從那裡帶回一些鮮花。

有一天，當我正在到花圃去的路上緩緩走著時，感覺到有二道視線從一枝鳳凰木下投射過來——對於異性的注視像我這樣的女人是經驗得太多了，但這視線似乎有一種特別的吸力，我裝作不經意地瞟過一眼去，當我的眼光與他的眼光碰著時，一剎那全身忽然通過一陣抖慄——那是怎樣的一種注視呀！

我從男人眼睛裡看到的總不外是欲焰、色情、貪饞和戲弄。但他的眼光卻似二支明澈的顯微鏡，一直深索到人靈魂深處。而且摻著那種虔敬，崇拜的神情，彷彿他注視的是神而不是人。

那人穿一套淺灰的，舊得走了樣的西裝，頸下打了一個皺皺的黑領結，一雙黯淡無光的皮鞋，一直梳到耳根的長頭髮下覆蓋了一張清癯的臉，一對蘊藏著太多智慧的，明澈的眼睛，卻使整個顏面顯得富有活力——他的寒傖卻掩蓋不了他那瀟灑不羈的風采。

接連三天，他用同樣的目光迎送我。

第四天，我停步在他面前。

「這樣看人，不太沒禮貌嗎？」

「請原諒！小姐，」他顯得十分惶惑，但聲調卻依然保持著平靜。「我這樣做，絕對沒有絲毫褻瀆的意思，而完全充滿了敬意來瞻仰一件上帝的傑作。」

「你認為有這份權利？」

「應該說是義務——瞻仰的目的是使之永垂不朽。」

「這樣說你是一個畫家？」

「稱不上什麼『家』，」他謙虛地一笑，「只是對一切美，有執著的愛慕，遂使寂寞的靈魂抹上多幻的色彩。」

「如果你認為我值得浪費你的色彩，為什麼不請我去你的畫室？」

「啊！這個……」他的眼睛閃著光，卻望著我輕輕搖頭，「我不敢希冀有這份榮幸。」

「為著使你更忠實地執行義務，走吧！就是現在。」

「那真是太……太那個了！」他喜出望外，嘴唇因興奮而微微顫抖著，深深地看了我一眼，半天才說出了：「謝謝妳！」

他的畫室在一條僻巷的小樓上，滿房亂七八糟地拋擲著紙團，凍硬的畫筆，各色的瓶瓶罐罐，牆角裡還有一小塊上了霉花的硬麵包。但是，只要一眼看到那些琳瑯滿目，美不勝收的排在壁上和靠在牆上的畫幅，立刻就忘記這屋子的寒傖和蕪亂，而彷彿置身在瑰麗華貴的殿堂上。

「髒得很，髒得很，真是太不成話了，連個坐的地方都沒有。哎！開水都沒有了。」他一進門就慌慌張張地忙著收拾東西，張羅這樣那樣的。

「別張羅，先給我看看那張畫。」我笑著攔阻他。

他果然停止活動，帶著些許嚴肅的神情，過去把窗前那座畫架的畫布揭開。

展現在我面前的是一巨幅偉麗莊嚴的油畫：下首是一個可怖的深淵，裡面隱隱藏著魔火，毒蛇……一個男人屈一膝跪在淵邊，祈求什麼似的向上伸出待援的雙手，雲霧縹緲間，一位曳著白紗裙裾的女神正冉冉下降，伸手援引，在她身後遠遠的雲彩深處，隱約掩映著一座金碧輝煌宮殿——那男的臉譜還是一片空白，女的雖亦只勾了個輪廓，但容貌神態無一不肖我。

「這是《神曲》裡的一個題材。」他在旁邊解釋：「但丁遊過地獄界、淨罪界，專待他那貞靜、純潔的愛人——貝雅特麗琪援引他去天國。」

用我來畫成《神曲》裡那個貞嫻婉靜，天使般純潔的貝雅特麗琪，這不啻是一個諷刺，我覺得我的臉有點發熱。

「沒有一個字批評？」他迫切地望著我緊閉的嘴。

「畫得太好了！只是……我不配。」

「我不是先有了畫題才填上妳的。」他誠懇地說：「而是那天在街上遇見了妳，才啟發了我的靈感，我要畫一個美和純靜的化身。」他的眼光從畫面移到我身上，帶著那種崇拜、仰慕的神情。我在他深摯地注視下一剎那忘記了那些醜惡，那些充滿了罪愆的生活，我第一次找回失去了的「自我」。

三

從此，我每天下午把散步的時間，消磨在他的畫室裡。讓他照著畫。

為不使他識破我的行徑，我始終沒有告訴他我的住處，他也沒有深究，也許，他根本就以為我是來自那白雲深處，或是深山古林。因為他從來不把我當作有血肉，有情感的凡人！

我說過那間畫室看來是寒傖、簡陋而散漫的，但當我坐在那裡時，卻感受到一種寧靜、恬淡的氣氛，霧一般輕柔地包圍著我。使我疲乏的身心，彷彿一隻倦於作長途單飛的小鳥，無意中尋覓到一角可以遮風避雨的巢，而這巢裡卻有如許溫暖！

在那氛圍中越是薰陶得久了，對我自己那份生活越是感覺厭倦和嫌惡，到他那裡去成了我生活的重心，每天，我懷著亢奮，激動的心情去他那裡，而從他那裡出來時卻似一匹待送上祭壇的羔羊——不知不覺中，我已深深愛戀上那小室那些畫，自然，主要的是他——屋主人。

當我那麼靜靜地坐在那裡時，有一個願望像種籽在心裡萌了芽，而日益茁壯。以致我心園中的沃土全為培植它而隨別的種籽瘦死了——我想，我想做這小室的半個主人！是的，我要分享並擁有這小室的一切，我要照顧他的生活，當他疲乏之時，我將為他調煮一杯濃濃的咖啡，當他飢餓時，我將他烹煮一頓可口的飯菜，我要幫他調弄顏料，安排畫具，把畫室收拾得富於詩意，他作畫時，我悄悄地站在他後面欣賞，他出去寫生時，我幫他分負畫箱——自然，我仍然願意做他的模特兒，讓我們兩的精神貫通在作品裡。我要用我的手和心，把愛情和親切，摻入那寧靜恬淡的氣氛，凝合成一個幸福、溫暖的家！

「請留我在這裡吧，只要你說一聲，我們是可以生活在一起的，轄管愛和美的女神不是維娜絲一個人麼！」多少次，當我的作畫時間已到而不得不走時，我想這麼說，多少次都缺乏開口的勇氣，倒不全受制於自尊心，而是受制於他的神情，那虔敬、嚴肅的神情——在他的諦視中我會感到我那份感情是卑微的、自私的，而必須裝出莊穆、貞靜的神態，他眼神中所有的讚美、崇拜、愛慕，只是屬於對一件上帝親手製作的藝術品的。他的感情是崇高的性靈上的昇華。

如果我坦率地告訴他我的身分、我對他的愛情，不啻親手摧毀他心目中的偶像，而他的偶像一旦幻滅，我自己也失去了生存的重心，因為，因為……我不曉得該怎麼說，就說因為他也成為我愛慕備至，唯一寄託溫情與期望的偶像罷。

日子一天一天悄悄地過去，我對他的愛與日俱增。我的畫像完成了，他賦予畫中的我有一種新的氣質，看來確是聖潔嫻雅，而莊嚴如神。我愛他筆下的我甚於自己。

他徵得我的同意，把但丁的臉譜勾上他的，本來，我的模特兒工作告一段落，我就用不著去他那裡了，可是每天我還是身不由主地讓腳——應該說是讓心帶去那裡。也有時我強制著自己一天不去，而那一天的情緒就特別惡劣，覺得生命裡一切都失去了意義。我把那一段時間當作我最幸福的時間——就是當我靜靜地站在他身後，看他對著鏡子一筆一筆描上他那俊逸的雙目，隆直的鼻子，堅毅的嘴唇，我在他身後挨得那麼近，幾乎可以感到他的呼吸，嗅到那來自男人身上的特殊的氣息。我竟有那麼傻，有好幾次我都忍不住想把吻印在他那淺棕色的頸項上……

「學畫半生，就只這一幅，才讓我感到生命不曾浪費。」畫完成了，他癡然凝立畫前，完全忽略了我的存在。

「藝術生命是永恆的，只有人類的生命才短促。」

「噢！不。」他這才回過頭來，「是妳賦予了藝術的生命，妳也就永垂不朽了。」

「這稱譽應該加在你自己身上，因為你才是賦藝術予生命的藝術家。至於我，」我淡淡地一笑，抑止著不得不離去這裡的沮喪。「現在已沒有我的事了。」

「不，不，至少，請妳允許我再為妳畫一幅肖像，妳看我什麼都已準備好了。」他迫切地懇留著我，瞥一眼牆角尚待裝配的畫架，又用那誠摯而虔敬的眼光望著我。

我還有留在這裡的理由！我的沮喪和惆悵頓時煙消雲散，立刻很高興地答應了，還幫著他支好畫架，在帆布上潤了水，敷上薄薄的一層底粉。

他照例送我到門口，恭敬地為我拉開了門。

「明天，明天讓我們有一個新的，更好的開始。」

「好的，再見！」在他的一瞥中，我覺得我自己失落在他眼眸深處。

我被男性玩弄，我也玩弄男人。但他的一瞥一笑，卻牢牢吸住我的心靈，我知道我自己有點癡，我已陷入自己織就的情網不可自拔！

四

那天晚上，我同著我職業上的朋友去逛街，走過百貨商場不經意地踅了進去。那裡的文化部經常有畫寄售，但我從未注意過，那天我正在它對面的化妝品部選購一支口紅，忽然聽見那個為我所熟悉的聲音在後面問：

「我的畫賣掉沒有？」

「一張都沒有賣掉哩。」

「也沒有人問過？」

「也沒有。」

片刻的沉默，店主用同情的聲調試探著：

「先生你為什麼不找那些名人在報刊什麼介紹介紹呢？」

「我覺得沒有這個必要。」聲音裡有不可侵侮的倨傲。

「哦，我想起來了！有一家電影院託我找一個畫廣告的人，潤筆從優，我留心了許久，覺得先生你最適合不過的了。」

「謝謝你，只是那是畫匠們的事。」

「可是人家畫那個的賺大錢哩。」

我聽見他淡笑了一聲，然後，吞吞吐吐不好意思地說：「我明天要畫一幅大油畫，需要添點顏料，能賒幾瓶給我嗎？」

「那個……」

「有畫作抵，還不相信嗎？」

「不是不相信，我是說……我的意思是你若肯畫一幅廣告不是就不用賒了。」

「如果你相信，那還是賒給我好了。」

這時，我一直俯首低眉在選擇口紅，我知道憑那妖嬈華麗的束裝他是不會從我後影認出來的，直等他走遠了，我才轉過身來，向文化部走去。

「我客廳裡牆上還缺幾張畫，幫我選擇兩張吧。」我似對友人又似對店主說，店主推著笑臉走過來，殷勤地為我介紹：

「這張長橋夕影是國內第一流名畫家××的作品，這幅幻夢的作者×××在美術界享有盛譽……」

「這又是哪一個名家的作品？」我指著有他簽名的一張歸帆和一張雲海問道，店主只不經意地瞥上一眼，輕描淡寫地說：

「是一個新畫家——」

「你的意思是說那是值不得推薦的？」我向他搭訕著。

「也不是這個意思，不過一般顧客總喜歡買名家的作品。」

「其實我覺得這畫得很好。」

「可是畫得好也沒有用，不出名就像一顆珠子埋在沙土裡。」

「就不會逢到賞識的人麼？」

「難，難。」店主搖著頭。「我見過不得志的窮畫家太多了，除非能找大人物聯名給介紹介紹，開個畫展，報紙給捧捧場，要不……」他也許覺得自己太嘵舌了，笑著把話嚥回去。

「要不什麼？」

「要不人死了，當作遺作。」

我不由得倒抽一口冷氣。

「好吧，」我說：「不管是不是名家，這兩張我訂了。回頭派人來取。」

我想到他桌子上的陳麵包，他老是那一身單薄的衣服，寒傖的房間——藝術家都是貧窮的，我忽然記起了〈珍妮畫像〉裡那個畫家，不亦是忍著寒冷和飢餓？

我為自己想到的，可以資助他而不使他發覺的計畫感到高興。

我開始收購他的畫，特此委託了二個人專為我辦這樁事。

五

我們開始畫第二張畫像，他屋子裡的寒冷驅除了，他桌子上常堆著新鮮的麵包和牛奶，他更選購大捧大捧的鮮花獻給我，滿堆我坐位的左右前後，可是，他獻花時那虔敬的神情，卻似奉敬莊穆的神龕，而不是供奉在戀愛的聖壇上。

那店主的話始終縈繞在我腦際，除非開個畫展，沒有人會注意埋在沙土中的真珠。有一次我忍不住問他：「你為什麼不開一個畫展？」

「想是這麼想……」

「那為什麼不付諸實現？」

「與其不能獲得別人的了解，不如孤芳自賞。」

「你是說對自己的作品沒有信心？」我故意激勵他，他立刻停下筆望著我。

「誰說我沒有信心！」

「那你不該缺乏嘗試的勇氣。」我深深地看入他眼裡說，他吟持了一下，又拿起筆來隨意在畫布上抹上二筆，緩緩地說：

「妳說得對，這真是給我自己一個考驗的機會。」

這以後，他果真為籌備開畫展而忙碌起來，三個月後，展覽會假中山堂揭幕了。

開會的經過出人意外地圓滿。所有展出的畫件幾乎訂購一空。而最為激賞的是那幅但丁和貝雅特麗琪的畫，有人出了重價收買，但他卻在畫上標著「非賣品」。

報上刊出了他的相片和他的作品，批評他是天才洋溢，前途無限的青年畫家！

他果然一舉而成名了，我為他高興得暗暗流出眼淚，我未曾親身參與他開會的盛況，我怕在那樣的場合會逢到熟人在他面前洩露出我的身分，但我為這次畫展所耗的心力是沒有人會曉得的，我各方奔走，用種種藉口，請那些顯要朋友在畫展中訂一張畫，最後，我動用了我所有積蓄，還變賣了幾件飾物，託人給我訂購下他大部分的作品——在這番苦心他是不會知道的，也永遠不會讓他知道。

他成名了，他從狹窳、黯淡的小室搬到光線充足，環境幽靜的房子，他不再孤獨寂寞，不時有慕名而來探訪的人。有請他作畫的，有請他指教的……一天我去畫室時，見他正偕同一個少女站在我們那張大畫前熱烈地討論什麼，當他為我作畫時，她便佇立他身傍，興奮地注視著他畫筆的移動，不時交換一二句意見，有時她退後兩步欣賞著，有時她靠近他側著頭幾乎貼在他肩上。她不算十分美，但我得承認那對明亮靈活的眼睛，在長長的睫毛上閃耀著，顯得聰慧照人，她的樣子熱情機智大方而隨便是屬於他——藝術家們所特有的風度。

我也曾在別人的注視下讓他畫過我，但從沒有像那天那樣感到煩躁，不耐和一種厭惡的情緒，我不能解釋那是不是妒嫉，因為從來沒有一個男人值得我為他妒嫉過。接連幾天，她都先我而在，而每次作畫，她總在他身旁不時交換一句話，一個會意的微笑。就在沉默中我似乎也感到他們是心靈交融的。她也用那種審美的眼光端詳著我，當他這麼審視我時，我覺得他的眼光彷彿是溫柔的手指輕撫著我，而當她這麼看時，我就覺得似荊棘扎著我，我恨不得有面盾牌擋住她的視線。

當他兩笑談融洩時，我覺得我只是一座沒有生命的雕像。

我越來越不耐煩坐在那裡被端詳了，每當走出畫室時跟自己說，明天不來吧，何苦自尋煩惱，但翌日還是去了。他的聲音笑貌已為我生命不可缺少的滋潤，我不能抑制去看他的衝動。直到有一天——

我說過他對我永遠是用那種虔敬、崇拜而稍帶嚴肅的注視，但那天我卻在他的眼神和微笑中發現了新的因素：是那樣溫柔、甜蜜，而含情脈脈。我盼待了多少時日為這眼神！然而，然他並不是向著我而是向著那個女人——他在愛她。

我感到一陣寒冷從指尖涼起，眼前一黑，幾乎栽下我枯坐了這些時日的「寶座」。

我這才知道我自己有多麼癡，多麼蠢！他尊敬我、愛慕我，只是把我當作一件藝術品鑑賞，讓我與他的作品結合，而他那有血有肉的愛情是要獻給與他志趣相投，精神貫通的女人。這中間有著不可跨越的鴻溝，而我卻被癡情蒙蔽了眼睛。

從那天起，我離開了畫室，再沒有重去完成那幅畫像的勇氣。

我永遠不會忘記他對我的尊敬、崇拜，他把我視作貞靜純潔和美的化身。我把這些在心靈深處築成了一座橋樑，當我在污泥中掙扎得厭倦時，我便悄悄地佇立橋頭小憩一番。

到現在，我還一直收購著他的作品，我唯一的財產是兩箱他的畫——

……

「我真不知道怎麼一下子會把這乏味的故事告訴妳——但說出口的話是收不回來的，但願妳記著妳的諾言，如今雲散了，各走各的，不留痕跡。」她——陌生的來客，夢囈似的結束了她的敘述，有好一會緘默，然後喝乾了杯裡的茶，不經意地扣上披肩，一邊帶著手套，一邊從沙發上站起來說。憂悒的眼光停在那張油畫上又落下來巡視了一遍房間，懶洋洋的聲音中摻著無限依戀：「柔和如水的燈光，溫馨而充滿幸福的家……啊……」她搖搖頭，悄然離去。

等我想起送她，她已走出院門，踽踽地向昏暗的街道走去，消失在拐角上。

這晚，我一晚沒有熄燈，這以後所有的晚上，我都不熄燈。然而我再沒有見到這個神祕的女人。

民國四十二年八月

編註：本文原刊於《晨光》第一卷第八期，一九五三年十月一日，頁十三～十七。

魔鬼的契約

一

我把一些零零碎碎的事情收拾乾淨，又安頓孩子們睡下。一天的家務算是告一段落，伸一個懶腰，自己不由得也想放平一下疲困的身體，可是，想起還有玲玲的衣服和維平的二雙襪子要補，只得重新振作精神，端著針線盒去桌子橫端坐下。

我補著玲玲的衣服，心裡有所感觸，這件花洋布衣服還是她前年過六歲生日時縫的，這些花色早便褪光了，穿著又短又小，一點也不活潑，可是這還是她唯一可換替的一件，七八歲的女孩子沒有不愛漂亮的，玲玲沒有一件比較新穎的衣服，只是眼巴巴看隔壁莉莉同安琪競賽似的今天妳一件花麻紗的，明天她一件派力司的。玲玲近一陣變得總是默默地，從不再向我要索這個那個，我記起在一本什麼兒童心理學上說過，一個孩子如果常常感到在各方面都不如人家，會養成一種自卑感，我真擔心……噯，小平又在咳嗽了，醫生說他肺弱，需要良好的營養，可是……唉！空想又有什麼用？命運犯著窮，連下一代也跟著受罪！我使勁抓起一隻破襪子，補襪子是最煩人的事了，補好襪跟，襪尖上又開了一排天窗，補好襪尖，襪統上還有幾個出氣筒，甚至補綻上再加補綻——胸口一陣噁心，好不容易把二雙襪子補完了。我鬆了口氣抬起頭來，維平還是保持著我坐下來時的姿態，埋首在那本厚厚的經濟學裡。只是背似乎彎得更厲害了。兩眼瞇細著凝聚在書頁上，攢著肩頭，額上縱起了山川似的皺紋。嘴上圍著一圈黑隱隱的髫子椿，更顯出兩頰削陷——噢，我彷彿第一次才留意到他已是這般憔悴和落魄！

夜深沉，屋子裡更沉悶，像密雲欲雨時的氣氛。我的凝視不曾引起他的注意，我沉重地歎息一聲，這裡面包含著我的疲困，我需要溫存，至少，說幾句話，破除這令人窒息的沉默。但他就像沒有聽見似的，連眉毛都不曾動一下。我感到一種被冷淡的憤激，忍不住尖酸地說：

「你呀！就只曉得成天埋在書本裡，耳朵也聾了，嘴巴也啞了。」

「啊？」他從書上抬起頭來，瞠然瞪視著我。「妳要同我說什麼？」

「說什麼你也聽不進呀！看你一天到晚研究經濟學，自己家裡的經濟都不能調度。」我冷冷地說，帶著點譏諷。

「怎麼？是說家裡又沒有錢了嗎？不是前天才借的薪！」

「瞧你，說這種話，好像我一開口就是向你要錢，」我有點惱了。「其實那幾文錢也是買了醋買不了醬油的。真是，就像能夠填飽肚子就是活著最大的奢望了。」

「不是這麼說，靜宜，妳忘了現在是什麼時候，國家正在苦難中，我們……」

「得啦，別又來向我說教了，那些空洞的教條不能當飯吃，當衣服穿咯！」我向他揶揄著，站起來將針線盒放在壁櫥裡，無意地向掛在壁上的鏡子看了一眼——每天除了上菜場前匆匆地對鏡梳一下頭髮，很少再有攬鏡的機會——鏡子裡的我有一頭蓬亂的頭髮，一張憔悴的臉。下巴尖得可以挑田螺，薄薄的嘴唇淡至欲無。那個從前被譽為希臘型的鼻子，現在卻因瘦削而顯得刻薄，那對從前被譽為一泓秋水的眼睛，如今卻黯淡無神，眼梢還縱起了魚尾隱隱——忽然間我心中充滿了一種傷逝的悲哀和憤怒，這哀怨引起了滿腹牢騷。

「這倒楣的生活要過到哪一天終止喲！也算活了快半輩子了，半輩子的勞碌，就沒有過過一天享受生活究竟有什麼意思，有什麼意思！」我越說越憤激，說出了連自己也想不到的話：「儘管物質文明一天比一天進步，而我們卻永遠在生活的泥淖裡掙扎，掙扎得筋疲力竭。如果下半輩子還是過這樣的生活，我情願拿來換取一年半載的享受！」

「靜宜，妳今天怎麼啦？」他惶惑地阻止我，「不要胡思亂想，使魔鬼有隙可乘。」他雖然不能算虔誠的教徒，卻受過教會學校的薰陶。

「如果魔鬼給人以享樂，而上帝給人的卻是苦難，為什麼不能同撒旦交往！」我頑強地說。

「妳瘋了，靜宜，願上帝鑑諒——」

「你與你的上帝同在吧！我可要去會撒旦了。」我故意地逗著他生氣，把衣服一脫，逕自睡上牀去。隔了帳子見他猶自半張著嘴，嘴唇顫動著，坐在桌前發怔。他身上那件破汗衫上千百個洞孔，就像千百隻白眼瞪著我，直瞪得我閉上眼睛……

「謝謝妳為我辯護和對我的恩寵，我將因此引妳為畢生的知己。」一個深沉蒼老的聲音，像暮鐘敲響在我耳畔，我猝然回頭去，只見一個頎長嚴厲的陌生人正站在我背後，也不知什麼時候，打從哪裡進來的。

「你是誰？」

「我更是妳今晚相約的人，有人叫我撒旦，有人叫我魔鬼。」

「啊！你，你就是魔鬼！」我驚退一步，重新打量他，他的外形並不像傳說中的那樣猙獰可怖，一襲黑色的披風從頭到腳裹住了身體，只露出一對炯炯的眼睛，和一個鷹嘴般鉤鉤的鼻子，說話時白皚皚的牙齒一亮一閃，陰氣迫人。

「怎麼，怕我嗎？霍霍。」他的笑聲像深夜啼梟。「不是妳自己約了我來的？」

「我……」我瞠目結舌，一時不知所對。

「妳說得不錯，凡是信賴我的人，我將一律予以享樂，而上帝，」他輕蔑地在鼻子裡嗤了二下。「那吝嗇的老頭子，他要賞賜人類一分幸福，至少要人先流一尺眼淚。」

我俯首無語，他又接著說：

「我是最了解人類的需要的了，我總是盡可能地滿足他們的欲望，至於人間為什麼流傳著關於我的，不良的謠言，那就同狐狸吃不到葡萄說葡萄是酸的一樣，全是那些得不到我恩澤的人的詭計。

「我瞧不起那些傻瓜，那些讓活生生的欲望窒煞在心裡，讓青春和美麗像瘠地裡的花朵般萎凋的人，我也瞧不起那些怯弱的懦夫，在命運的支配下只曉得等待、詛咒、怨恨，卻全沒有反抗的勇氣。至於妳，我知道妳反叛生活的勇氣與妳外在的美麗，內蘊的智慧同樣地充沛——妳不滿現實，妳要享受生活而不做生活的奴隸，妳要把妳的玲玲打扮得人見人愛，因為女兒的美麗就是媽媽的榮耀。妳要用魚肝油、肝精、雞蛋、奶粉調養孱弱的小平和先天不足的小安，使他們像牛犢似地壯健。這一切在我看來，簡直是輕而易舉的小事。」

「噢，你知道這些！」他說來語語中的，我不禁為之動容。「難道說你能貸給這一切？」

「千百倍於此。」

「那麼，譬如說要不要代價？」

「霍霍霍！」他又揚聲作梟啼。「我不早同妳說過：我不像那吝嗇的老頭子，施予一點恩惠，便勒索人家供奉、貢獻，還要到處宣傳他的德行。我一向都是施恩不望報的。只是有一點點，咳，那也不是代價，只能說是一種憑藉。」

「什麼憑藉？」

「那就是說，要妳的靈魂暫時歸附予我。」

「靈魂！」這名詞在我多麼疏遠，多麼隔閡啊！歲歲月月為著謀取肉體的溫飽，我完全忘記了這生命的權威。更不知道它現在是沉睡在我身體中的哪一部分。

「這是暫時的，我並不要運用它，主要的是做為妳信任我的一種憑藉，妳若沒有了靈魂——不，應該說暫時離開了靈魂，跟妳現在不用靈魂生活一樣，並不妨礙妳享受人生。」

這時，我的意志如同懸在纖細的蛛絲上，而魔鬼誘惑性的言語像一陣陣天風，只吹得搖搖欲墜。他看出了我的猶豫，更向著我的弱點進攻。

「妳仔細考慮，妳是不是願意祛除玲玲小心靈所受的威脅，而恢復她的自尊心，妳是不是願意小平、小安有良好的營養，而從死亡病弱的威脅中解救出來，壯健得像一條小牛。妳是不是願意擺脫生活的枷鎖，去享受更綺麗的人生，撕掉窮困的囚衣，恢復妳的青春美麗……噢，我的時間很匆促，我數到三字，妳必須答。一、二、三！」

「我接受你的條件。」我咬緊牙關從喉際迸出了答覆。就像一個渴極了的人，不管擺在面前的毒液還是污水，橫著心嘗試一口，「只是，請給我選擇時間的自由。」

「可以，妳說吧，五年，十年，終身……」

「一年。」

「一年！一年不太少嗎，好吧，反正到時可以延期的。」魔鬼把一直藏在斗篷裡的手伸出來，鷹爪似的手裡握著一卷紙據。「這裡，簽個字吧。」

「怎麼？還要訂契約！」我想起了賣身契，想起了手術時的死活志願書，我又變得消失了勇氣。

「沒有關係，這是一種手續，妳曉得向我貸款的人類不知有幾千萬，如果沒有一點憑據，我又怎能記得清楚，簽吧，不是用墨，要用妳胸前的血，只要用針刺一點，對了。」

魔鬼的聲音有一種左右人的力量，我糊裡糊塗便刺出血來簽下了名。

「唐，靜，宜。」魔鬼一字一頓地唸著，當他唸出我的名字時，我猛然打了一個寒噤，背上感到一陣徹骨的冰冷，頭裡一陣昏眩，眼睛直發黑，身體頓時虛飄飄地飄浮起來，我連忙伸出手來摸著牆強自鎮定，恍惚中聽見魔鬼躊躇滿志的聲音在說：

「今天是七月十三日，七天後便分曉。好吧，一年後再見！」

等我從昏眩中定下神來，那黑色的人影已去得無影無蹤了。

二

……那準是個夢，一個荒誕無稽的夢。可是，胸前的針疤卻赫然存在。那麼這難道竟是事實，難道我竟與魔鬼打了交道，有時我但願那是個荒誕不經的夢，我譴責自己荒唐、糊塗。有時我又盼望真能出現什麼奇蹟。我的心裡充滿了矛盾和不安，精神也因此恍惚迷離。說話顛三倒四，做事忘東失西，有時又感到莫名的恐懼，一點響動便嚇出了一身冷汗。我一直沒把這事告訴維平，但一天吃飯，他忽然停下筷子望了我半天。

「靜宜，我看妳這幾天精神恍惚，好像有什麼心事！」

「胡說，我有什麼心事！」我裝作不在意地挾了一筷菜便往嘴裡送，但嚼了兩嚼，又忙不迭地連飯吐了出來，原來是一片薑。

「我還以為妳學會了吃辣的哩。」他嗤笑著。指指另一碗菜。「還是嚐嚐這個好菜吧。」

我順他的意挾了一筷茄子，猛然一股酸味衝鼻，可不比青梅子還酸！一想，準是放醬油時錯拿了醋瓶子，我趕緊和一口飯吞下茄子。淡淡地說：

「這醋溜茄子還是我新學來的哩。」

「醋溜茄子！不是擱醬油錯拿了醋吧。」他故意調侃我。

「才沒有那麼糊塗！」

「對，妳是沒有那麼糊塗，那麼讓我舉二個例子請妳解釋：譬如說前天晚上飯鍋裡煮出塊抹布來，昨天早上妳跟小安穿褲子，兩隻腿穿進了一個褲腿，還罵他不好好站著……」

「孔夫子還有三錯呢，人還會沒疏忽的；你別盡著挑剔我，明天找廚子，找保母侍候你們父子好了。」我惱羞成怒，說著喉嚨就梗塞了。不管他再說什麼，擱下碗筷就跑進廚房去——我不知自己這兩天為什麼就變得這樣容易激動，容易傷感。

日子一天天過去像輪齒在心頭輾過，白天，我像一輛缺少機油的機器般轉動著，完全失去了飲食的胃口。晚上，我在牀上轉輾反覆，一闔上眼，就為夢魘驚擾，有時那窒悶，那煩擾，使我有暴發一陣歇斯底里的衝動。

我知道維平一直以不安的眼光窺探著我，儘管我在他面前極度裝作忙碌，但事後往往發覺有些動作是十分可笑而愚蠢的。

那最後裁判的日子終於來了，終於來了。是夢，是真，這一天便能判決，如果是夢，我只是做了一星期的惡夢。夢醒了，精神上的桎梏也就解除了，如果說是真的？噢，會是真的嗎……突然間我覺得十分懼怕，我懼怕得不敢一個人待在家裡，我需要別人的支持，我很希望他能留在家裡伴我度過這一天，但我沒有說，我幾乎絕望地看他戴上帽子，走下台階——我猜我的神色一定洩露了我心中的祕密，他就在下台階的一瞥間停住了腳步。

「靜宜。」他的聲音那麼懇切，「妳不要瞞我，妳不是有什麼重大的心事，就是有什麼……」

「不要瞎說，我好好的什麼也沒有。」

「可是，妳的臉色很不好看。」

「是嗎？也許起早了受了點涼，」我說，故意輕輕地推了他一下。「別婆婆媽媽了，回頭看脫了車子。」

他猶豫地挪動著腳步。想說什麼，但沒有說出口來。

我看著他走遠了，頓時感到自己的孤立無助。我開始盡量使自己忙碌著，不讓自己有片刻思索的機會，但我總不能使緊張的心神鬆懈下來。由於神經過敏引起的虛驚，我覺得我的心臟隨時將停止跳躍，我第一次感到一天的時間竟移動得那麼慢，慢得像蝸牛在爬行。這一天我除了燒飯、洗衣、餵小安的例常事，還把榻榻米搬出去灑掃了，擦了二間房間的玻璃窗，又將壁櫥整理了一下，到下午煮飯時，我已累得筋疲力竭，昏沉欲睡地在廚下搧著爐子……突然，「靜宜！」維平急促而震顫的呼喚聲音從外面喚進來，意味著發生了什麼不平凡的事，我的心猛地向上一拎，驟然停止了，「靜宜！」我意識到他正向廚房裡走來，但我竟不能出聲，不能轉身，只覺到眼前一陣昏黑——心弦綳得太緊，經不起一點震動便斷裂了。

等我恢復知覺時，我覺得我躺在房裡的榻榻米上，三個孩子圍繞著我，玲玲在啜泣，他驚慌失措地俯視著我，臉色蒼白得像一個蠟人，額上閃爍著大顆的汗珠。

「靜宜，怎麼會這樣的！真把我嚇壞了。」他拿掉我額上的冷手巾，一手摸著我的額角。

「我也不知道怎麼回事，我聽見你喚我，一下就糊塗了。」我虛弱地說：「你的臉怎麼這樣蒼白，噢，你剛才一進來就急急喚我，是發生了什麼事嗎？」

「唔，沒……有是有點事，一點小事。」他閃爍其詞地支吾著。「等一會告訴妳。」

「不，馬上告訴我。我現在已經完全好了，好得可以接受任何刺激。」我說，掙扎著站起來。

他的眼睛裡揚射著激動的光彩，說話有點結巴。

「我們獲得了一點錢，中了一張獎券。」

「多少？」我一把抓住他的手腕。眼睛幾乎奪眶而出。

他望著我，半張著嘴沒有作聲。

「說呀！我不會嚇死的。」我用力搖撼著他的手。

「二十萬！」他從牙齒縫裡迸出了聲音，接著抖簌簌地摸出一張愛國獎券和一張號外遞給我——七一三五四五，七一三五四五。不錯，特獎，二十萬。我覺得我執著獎券的手心裡直冒黏濕的冷汗。但心裡卻反慢慢地冷靜下來。像給判了罪的犯人，是徒刑，是流放。釋去了精神上的重負，反覺坦然——魔鬼的契約生效了。

「好運氣！」我在重複地，沒有感情地唸著這三個字：「好運氣。」

他惶惑地撫著我的肩頭——猜他以為我神經失常了！

「靜宜，這幾年困苦的生活把妳累壞了，拿到錢先送妳去一家設備完善的醫院休養休養。」

「進醫院幹嘛？」我把手裡的愛國獎券向他一揚，「這才是萬能的醫生哪！」我說著暴發了一陣歇斯底里的狂笑。但又淚流滿面。我抱起孩子來一個個狂吻著，最後忍不住伏在他肩頭上又是哭又是笑……

三

有錢萬事足！現在我們的生活已無缺憾，我們購置了寬敞幽美的新房子，房子裡一如理想的擺設著華貴的家具，裝置著日光燈、冰箱，以及一切電氣設備。琳瑯滿目的化妝品堆滿了妝台。玲玲穿戴得像神話中的公主，小平跟小安就是小王子。吃的、玩的、用的全是舶來品，維平早便丟棄那件捉襟見肘的外衣，一身筆挺的扎別克西裝，儼然有當年作新郎的風采。至於我自己，整個地陶醉在新的環境中，盡量地領略，盡量地享受，反正家裡一切粗細事情自有傭人操作，孩子又有保母照顧，我將大部分的時間花費在打扮上，逛街，買東西，過去一直被抑制著的欲望，像一匹出籠的猛虎，幾乎有一口吞盡世上一切需要或不需要的東西的胃口——可是不管什麼東西，越是可望不可即，越是富有誘惑力。一旦當金錢可以換取時，也就平淡無奇了。因此，不自覺地，當我妝罷慵倚沙發不經意地翻閱著電影雜誌什麼的，或是憑窗俯眺花木自生自落的，靜悄悄的院落，一縷淡淡的寂寞會像薄霧似的掠過心頭，有時竟至惦念起孩子們牽衣攀肩，雞鴨群圍繞索食，而手裡洗著衣服，耳眼卻關注著飯鍋的忙勁——但幸好這過渡時期的空虛感並不太長久，不久我和維平的時間差不多全放在逐漸繁忙的交際應酬上去了。

不久以前我們還是沒有什麼朋友的，就是有幾個舊相識，也因為大家忙於生活，平時很少往來，不想一下子我們就擁有了這麼多朋友！她（他）們看來都是那麼親切，熱情而慷慨，彼此饋贈宴請，頻頻往來，大有「三日不見隔個秋」的感覺，每天不是張太太，王太太結伴來訪，便是我偕趙太太，孫太太連袂去看錢太太，黃太太，……在一起時笑語紛沓，毫無顧忌地談時裝，談電影，談牌經，談家庭內幕，談丈夫的缺點？一扯總是半天，起初我常常驚奇她們的大膽和坦率，慢慢地也就習慣了。而她們又那樣熱心地願意擔任我的義務教師，很快地教會了我打牌，使我成為她們中一個最熱心的同志。

那時維平還沒有辭去××局會計主任的職務，而因為不曉得怎樣運用，我們的錢全部還存在銀行裡。

那天我正檢點錢包，預備去赴王太太家的牌局。維平興匆匆地跑了回來，劈面一句話就是：

「靜宜，我決定辭職了。」

「我不是老早叫你別為這幾百塊錢煩神了。現放著舒舒服服的寓公不做？」

「我倒不是想做寓公，妳曉得錢本來是活的，可是擱著不用就死了。昨天我那個老上司顏處長同我說起，他正預備頂下一個合作社，拋出幾十根條子來經營。他歡迎我投資合作，而且要我兼經理吶。」

「合作社？合作社又有多大做為呢？」在我心目中合作社就是機關上的福利事業之類。

「不，人家業務可大著呢，存款，放款，動不動就是十萬八萬的。」

「那不是放高利貸嗎？這玩意最危險了，千萬來不得。」我談虎色變，某人某人放拆息放倒了，連一個本錢也收不回來的故事我聽得不少了。

「哪裡，人家是經過政府批准的，還有合作金庫作後援，完全跟銀行一樣。」接著他又背上一大套合作社的組織和利益，末了用神祕的口吻說：「後台是顏處長，其他的股東不少知名之士，還有什麼不可靠的？再說，顏處長說的，合作社辦好了，將來回大陸的時候便可以把金融事業接收過來。」

我終於給他說動了，同意把存款從銀行裡提出來，投資合作社。

不久，合作社老店新開，股東們有一次盛大的歡宴，席間，我又認識了一批雍容華貴的太太們，其中最使我折服的是一位余太太。

余太太的先生現在是合作社理事兼會計，世故練達，長袖善舞，余太太則儀態萬千，擅長交際，言談間更善於體貼人意，使人有一見如故的感覺，不多久，她就成為我的閨中密友。

維平辭去××局的職務，反而更忙碌了。而真正有經濟運用時，他那些幾年來須臾不離的經濟學什麼，反不知擱置在哪裡承受塵灰，他常常忙得不在家裡吃飯或是很晚才回家。同時我自己的牌癮亦越來越大，起初還只是白天打上八圈、十六圈，慢慢地延續到半夜甚至通宵。精神不夠時，我也學會了用香煙來刺激。因此每當我就寢時，他已酣然熟睡。而當我一覺醒來，旁邊卻是人去牀空。每天我起牀後修飾一番，不是牌友們連袂來赴約，便是有電話來邀，從前我總是瞧不起那些愛打牌的太太們，譏笑她們是自甘墮落的賭鬼。再沒想到那一百三十六張骨牌卻賦有那麼強的魔力，除非有特別應酬，不然一天不摸到牌就像熱戀時一天不曾見到「他」那樣使人坐立不安，我不管地球是不是還在轉動，我幾乎忘卻了丈夫和孩子，我的世界，噢！我的整個天地便是一百三十六張骨牌築成的圍城。

那天，我的風頭很好，面前的籌碼堆得幾寸高。手上又是一副滿番的牌，已是三方落地，等嵌五筒和牌。這時摸來一張三筒。自然，等二五筒上張更容易，而嵌五筒卻加一番。正自猶疑不決，就在這時余太太同著李太太來了。

「宜妹，打了這牌要李太太代幾副，我有句話要同妳說。」余太太一本正經地關照我。

我心裡陡然一慌，隨手就把三筒打了出去，不想一轉手對家就放下張二筒來，卻被下家和了。

「芳姊，有什麼事嘛？」我讓余太太在內室坐下，懷著一肚子說不出的懊惱。

她卻賣弄著關子往沙發裡一靠，悠悠地噴了一口煙，把我從頭到腳地端詳了一番。

「宜妹，不是我做老大姐的數說，妳亦未免太不檢點了。」

「我哪裡不檢點？」我愕然反問，她只是淡淡一笑。

「妳先去照照鏡子再說。」

我過去扭亮梳妝台上的日光燈，一片柔和的光輝圍繞著我，明淨的鏡子裡立刻反映出我的容顏：一張脂粉剝殘的黃臉，唇上口紅狼藉，眼睛黯淡無神，鬆弛的皮膚裡還分泌出一種黃色的油質，使得臉上看起來帶幾分憔悴的病容，我連忙把燈關了，慚恧地說：「這都是晚上熬多了夜。」

「就是囉，打牌本來是為的消遣，如果為了消遣戕害自己的身體，甚至影響家庭，那是最不合算了。妳看我什麼玩意兒都來，但我玩什麼總把自己的容態健康放在第一位。」她說到這裡，忽然做出神祕的樣子，放低聲音問我：「嗯，我問妳：這一陣妳有沒有發覺維平有什麼特別的行動？」

「這個，唔，沒，沒有，我沒有留意。」我預感著有什麼壞消息，心裡不禁忐忑不安起來。

「哼，妳還睡在鼓裡呢？妳的維平在外面有女朋友了。」

「真的？」我一把抓緊了她的手臂。

「怎麼不真！我早就聽到風聲了，昨晚卻是三妹親眼看見的。說是參加湯局長家的派對，兩人同出同進，跳了一晚。那女的是一個小寡婦……」

一個晴天的霹靂把我震落下冰窟，一霎時寒冷透徹心腑，而妒恨、羞憤，又似一股灼烈的熔岩猛竄出冰層。我激動地，像隻受傷的野獸般捏緊了拳頭，嘴唇咬出了血。

「這沒有良心的東西！他不記得過去含辛茹苦的日子了。有幾個錢就蒙蔽了心肝，他也不想想錢是哪裡來的——我找他去！」我盲目地衝到門口，余太太一把拉住我。

「慢來，妳現在找他預備怎麼辦？」

「馬上離婚！」

「宜妹，我看妳平常也是個聰明人，怎麼一生氣就糊塗了，妳現在就是找著他，一無物證，二無人證，他就會輕易承認？妳又那麼甘願把自己的丈夫送給別人！再說你們已有了三個孩子，在社會上也有點地位，離了婚吃虧的還是妳自己。」

經她冷冷的幾句話一點撥，我為自己的魯莽慚愧，我痛苦地絞著雙手——忽然熱淚盈眶，嗚咽失聲。

「那麼，妳說該怎麼辦？芳姊，給我拿個主意吧！」

「妳先鎮靜一下，老實說，事先不防範，現在妳氣死了也是枉然。男人都是賤的，不能太放縱他也不能太冷淡他，他們一旦沒有管束時，就到外面去找刺激。而且越是兒女成群，在事業上有了成就的中年人，越是容易花花扯扯。不要以為他們一天到晚忙的是公事，其實三分之二的時間都花費在交際和應酬上，逢上那些應酬的場面，做太太的一定得跟去：一方面表示自己大方，善於交際，而讓人家看著你們夫妻恩愛，一方面也可以從旁監視，妳看我就向來不讓我們樹民一個人單獨行動，不過我也很少打牌打到天亮，把他冷清清擱在一邊。宜妹，妳要把老夫老妻無所謂的那種態度拿出來是要失敗的。我說句公平話，這過錯也不完全在維平，一半是妳自己替他造成的機會。妳想想看對不對？」

余太太娓娓說來，果然使我茅塞頓開。平時我確是太疏忽冷淡了，而最大的錯誤是我潛意識裡那點保守性，因為我父親是前清的翰林，家教很嚴。我自幼受著舊思想的薰陶，對陌生男女在一起跳舞、游泳這類娛樂，總不願學習，因此逢上開家庭派對什麼的舞會，我寧可在家摸我的一百三十六張。自然，他在應酬場中是免不了這一套的。這種銷魂的場合再加上太太不在身邊，天下又有幾個柳下惠？

「可是，現在要補救已來不及了！」

「有什麼來不及？最好的辦法是現在只裝不曉得，妳還是照舊玩妳的，不過得把打牌的時間抽一部分出來！」她湊著我的耳朵嘀咕了半天，然後笑著拍拍我的肩頭說：「這樣做去，一個月後妳不用去找他，他自己會回心轉意來求妳。」

我猶疑著，對她貢獻的計畫。她又一再鼓勵，我只得抱著「死馬且當活馬醫」的心理，無可奈何地說：

「好吧，但願我有足夠的耐心嘗試。」

四

從第二天起，我推說貧血病又復發，逐漸把麻將減少了。我盡量閱覽各種有關美容健身的書籍，訪問美容專家。每晨我用牛奶洗面，洗冷水浴，做柔軟操，吃各種營養而脂肪不太多的補品，極力摒除一切煩惱。每天下午我還到佘太太那裡去學跳舞。她介紹了一個地下跳舞學校，那個教跳舞的第一次試步，就誇獎我優美的身材是成為舞蹈家最優良的條件，我卻覺得從一二三四學起，怪彆扭怪新鮮的。

我不時找些小事情讓維平羈留在我身畔，我重新開始對他關切體貼，像從前一樣。他有時變得很沉默，眉宇間深鎖著沉重的心事，但只要一發現我在注意他立刻又掩飾過去，而我假裝沒有注意也從來不去探詢他。他推說業務忙，有時還是很晚才回來。有一天，居然一晚沒有回家，第二天早晨我起來不久，他悄悄地走了進來，神情困頓，向著我一笑，笑得歉疚而尷尬。

「今天怎麼這樣早就起來啦！」

想到他正從另一個女人的懷裡起來，一股猛烈的妒火焚灼著我，我恨不得跑過去打他一記耳光，但我還是極力抑制著，淡淡地說：

「起早碰著隔夜人，還是你早！」

「昨晚在張經理家打沙蟹，我一個人贏多了，大家拉著不放走，只得陪他們打了個通宵——喂，靜宜，我贏了不少錢，妳說送妳點什麼？」

哼，男人這一套，在外面做了虧心事，回家來就向自己太太獻獻小殷勤。

「你要送麼，那天我看見海福有一串珠項圈很不錯。」我記得上面的標價是五百美金。

晚上，我洗好浴，正對著鏡子搽潤膚的冷霜。他回來了，站在背後，小心地將一串晶瑩的珠子繞在我袒裸的胸前，然後把臉擱在我肩上，向著鏡子裡的我迷惑地凝視了一會，「這一陣妳的氣色真好，看著似乎更年輕了。」他說，又將一只絲絨的小盒子擺在我面前，裡面是一對鑲嵌精緻的翡翠耳墜。

「嗳，還是雙份哩，倒蠻像一份禮物。不是賄賂吧？」

「賄賂？什麼賄賂？」我在鏡子裡看到他猛然一驚，臉色立刻發紅發白，一手抓緊我的肩胛，瞪視著我。

「哪！怕我告你們違反政府法令，私放高利貸，而挪用公款豪賭——怎麼，說中了嗎？看你這急相！」

「唔，這個，妳可別胡說！給人家聽見多不好。」他強笑著偷偷拭去額上的汗。

「不是這個難道你還有別個不成？噯，說老實話，明兒個你給我提一筆款子出來。」

「股本哪裡又能隨便提出來？」

「那麼先貸十萬給我，可不是高利貸。」

「妳要那麼一筆款子做什麼？」

「這個你不必問，事後自會曉得。」

「可是總得用個名義去向社方開口啊。」

「那麼，你就用大華貿易公司好了。」

「這名字生疏得很，是新成立的吧，敢情妳還是股東？」

我抿著嘴一笑，不加可否。本來我圖個省心，錢財的事並不過問。余太太說：「抓不住男人的心，自己就該抓著點財產權。」接著她告訴我預備合股辦一個做進出口生意的貿易公司，只要我出股，不用我操心。不久大華貿易公司居然順利開張。我雖然負起了董事長的名義，實際一切都由余太太和她的裙邊人物操縱。對這些事情，我十足是外行。

一個多月很快地過去了，我的舞藝已十分純熟，只是還不曾在交際場合中露過臉。我迫切地盼望著那一天，那一天終於來了，那天是一個金融界的鉅子開晚會，下午回來維平只輕描淡寫地提了一句：

「今晚有個派對，妳去不去參加？」他明知我是不會去的。

「不去。晚上芳姊約了我有事哩。」

我盼望他吃了飯就走，他果然擱下筷子就匆匆地走了。我連忙把自己關在房裡，緊張地忙碌起來，我把頭髮高高梳起，使我的臉顯得更勻淨，鼻子隆起像一件精緻的象牙雕刻。我的眼睛本來水汪汪的十分靈活，勾上彎彎的眉毛更襯得嫵媚傳神，我把我的薄嘴唇畫成甜甜的圓菱形。最後，我換上訂製的水綠色晚禮服，帶上他那天送我的珠項圈和翡翠耳墜，對著衣鏡我做著翩然起舞的姿勢——一剎間我幾乎像希臘神話中那個因為迷戀自己的容顏而墮水死去的青年Narcissus，顧影自憐，不忍驟離……突然一陣汽車喇叭響，朱太太已在樓下喚我，我一陣風似地疾捲下樓，微笑著，提起裙子，在余家夫婦面前盈盈地彎了彎腰。

「哎，真漂亮極了！」余家夫婦兩同時從驚愕中迸出了讚美，余先生的眼睛盯在我身上就像黏住了捕蠅紙——男人的眼睛是女人最明確的鏡子，我預感到勝利的把握。

當余太太把我介紹給主人時，讚美羨慕的眼光，從四面八方向我投射過來，維平還沒有來，但當我坐下不久，坐在一旁的余太太便用手肘輕輕碰著我，他意態瀟灑地挽著一個女人進來了。一剎那我覺得血液全湧向頭部，眼睛裡要迸出火花來，暗地裡把牙齒咬得咯咯響，余太太扯一下我的衣服走開了，我迅速地把那女人打量一眼：個子不高，卻相當豐腴。大眼，大嘴，說話時把頭微微一側，眼睛便斜斜地睨視著對方，一半愛嬌一半逞媚的樣子——在這一瞥間我反倒更堅定了，我直覺地感到在風度和容態上我都勝於她，唯一勝過我的就是比我年輕、活潑。我把身子側轉著避免他發現。就當我這麼做時，憑女性的敏感我覺得有二道眼光已凝視我好一會兒了，我裝作不在意地瞥了一眼，視線的主人是一個有電影上的大眾情人，范倫鐵諾風度的兒子。一雙最能使女人著魔的，神祕深邃的眼睛，看起人來大膽而放肆，當他碰著我的眼光時，似笑非笑，帶著挑逗地閃爍了一下，我連忙轉過臉再在人叢裡尋維平時，音樂響了。那人以出人意外的敏捷姿態走到我身邊，彎著腰，用鼻音濃厚的沉綿的聲音說：

「請允許我自我介紹，我叫鍾偉，希望能獲得與妳跳第一個舞的榮幸。」

我微笑作答，隨著眾人同他一起走入舞池，他的舞跳得非常熟，輕飄飄的簡直不花一點氣力。

「唐小姐的舞跳得真好。」鍾偉用他撩人的男低音，不住在我耳邊說些讚美的話，「我猜妳大概來台北不久！」

「不，我一來就住台北。」

「可是，在一些宴會的場合中我從未遇見過妳。」

「那是因為我很少參加。」

「噢，請原諒我說妳冷酷，妳這樣做等於把金剛鑽埋進塵埃，把春天關在房裡——為什麼不讓那光輝和綺麗照耀妳周圍的人群！」

「鍾先生，你是在作詩哩。」很久沒有聽這些諛媚的話了，聽著真像吃了杯冰淇淋似的，但我沒有忘掉從人叢中去找維平，他與那女的摟得緊緊的在跳，就在我們左上角，那女的抬起臉來正嬌媚地說什麼，維平帶著愉快的微笑望著她，樣子很親熱，我不知不覺握緊了拳頭，忘記了手裡還握著陌生男人的手。他彷彿知道我的心意，帶著我向左角上轉過去。……維平終究看見了我，他的臉上立刻掠過一陣驚訝複雜的表情。嘴一張幾乎脫口呼喚。我卻神情自若地微微一笑，矜傲的眼光像滑過一堵沒有生命的牆般瞥了一眼那女人，然後頭一昂，一直保持著那高貴的姿態，緩緩地迴旋過去——我全神貫注地完成這一個照面的表情，以致我的舞伴對我說什麼都沒有聽見。

「唐小姐，妳剛才那樣子，真像一位神聖不可侵犯的女神。」他說。狡猾地眨著眼睛。

我微哂著沒有作聲。

「那位先生似乎急於要同妳講話哩。」

「嗯，那是外子。」我淡淡地說。

「哦！」他把尾音拖得那麼長。「我倒是常常在舞場裡遇到他——唐小姐，妳看過〈龍鳳配〉這部電影沒有？」

我搖搖頭。

「故事是說那位幸福的男主角有一位美麗、聰慧天仙似的妻子，但他偏另外愛上一個極平凡的女人。主題是說烏鴉只配與烏鴉相處，牠若是攀上了孔雀，一種相形見絀的自卑感會使牠心理變態。」

「你講這故事是什麼意思？」

「只是想到就講了出來，妳不會介意吧？」這時，一曲終了，他恭敬地把我送回座位，還沒坐下哩，維平追蹤過來。

「靜宜，妳怎麼來的？」他迷惑地打量著我，好像第一次見面似的。

「還不是主人請來的？」我滿不在乎地拿一支煙讓他給燃上，悠悠地吸著。

「可是，妳不是不會……」

「不會跳舞是不？可是如果丈夫是一個舞迷，做太太的卻一竅不通，豈不是太抱憾了？」

他由迷惑變成不安，沉吟地用手指敲著桌沿，又偷偷地窺視著我，這時音樂解救了他的困窘，我同他舞了一曲後，他又興奮起來，盡坐在我旁邊說些無關緊要的話，大有一舞再舞的興趣——音樂又響了，我看見主人向我走來。

「去找一個美麗的舞伴吧，盡守著自己的太太是不禮貌的。」我說。接受了主人的邀請。這一晚我一共同他只跳了二次。最後第二個是「森擺」，跳的人不多，因此僅有的幾對舞侶便成了表演的人物，我小心地周旋著，我的舞伴——鍾偉卻跳來輕鬆自如，一曲終了，在讚美的掌聲中，鍾在我耳邊輕輕地說：「我將日夜祈禱，祈禱萬能的主不久給我們安排一個再見的日子。」

我望了他一眼，他那撩人的眼光卻使我臉紅心跳。

回來時，我軟綿綿地靠在車墊裡，方才激動的情緒還不曾平靜下去，那些阿諛，那些眼神，那些男人們的殷勤，使我覺得青春的熱力重又鼓舞著我，我需要讚美，需要熱情，需要溫存，憑著青春和美麗，自然不難獲取——可是，我反花盡心計去別的女人手裡贏取自己的丈夫。我瞥一眼端扶著駕駛盤的維平，突然地湧升起一股憤恨，不知怎麼我又記起了鍾偉說的故事——

「累嗎？」維平卻側著頭問我。

「嗯，累得很！」我說，把頭故意擱在他肩上，闔上了眼睛——

五

第二天我醒得很遲，維平已上班去了。阿梅端上早點來時，懷裡捧了一大束鮮妍馥郁的花。

「啊！多美麗的花！」我驚喜地接過來，用鼻子和臉頰在花上摩挲著，鮮花代表著永恆的青春和美麗，當一個女人由少女而變成妻子、母親，誰還記取送她這一份禮？忽然手指觸著硬扎扎的，原來是一張卡片嵌在花叢裡。

帶我的祝福給妳！
偉

原來是他送的，我怔了一怔，阿梅卻已捧著注滿清水的花瓶來，我只得將花插進去。一上午對著花，想昨晚種種。

維平今天下班比平常早些，見我對花癡坐，便搭訕著說：「這些花真香！妳去買的嗎？」

「唔。」我含糊地答應著，趁勢站起來說：「今天找到了你愛吃的新鮮毛豆，你不是好久沒有吃毛豆子炒蝦仁嗎？等著，我下廚房去給你弄。」

在餐桌上，我們又獲得了那種許久未有的，輕鬆愉快的氣氛——我那欲擒還縱的手腕似乎已逐漸奏效。維平留在我身邊的時候更多，只是暗地裡他的眉峰卻鎖得更緊，好像有難言的隱衷。欲言又止的有幾次——我只是耐心地靜候著他的懺悔，只要他誠懇地告訴我實情，我便會寬恕一切。

花束還是每晨送來，我雖曾囑咐阿梅不要接受，阿梅卻說送花的人總是一言不發，擱下就走了。

隔不久，顏處長為做四十歲生日，又開了一次派對。那個女人也去了，我很高興看到她望著維平和我共舞時那妒恨、憤怨的眼色。維平也透著惶悚不安的神情，極力抑制著不向她所在的方向看，但一會兒又忍不住偷偷瞥上一眼。我已同他跳過二支音樂，原可以一直同他跳下去，整個地控制他，但在第三支音樂前的空隙，我又感受到那二道撩人的眼光，像磁力般吸引著我——忽然間我改變了初衷，當音樂再奏起時，我故意摸出鏡子來整容，還不等維平有時間站起來，鍾偉已疾步走來，向維平略一頷首，便邀我下池。

「鍾先生，每天是你給我送來的花？」

「這只是表示我千萬分敬慕之一。」

「謝謝你，可是以後請停止吧，我是不配接受的。」

「如果說妳還不配，那麼世上的花朵都該凋謝。」

「假使有主的花朵？」

「一樣需要陽光的溫暖，春雨的滋潤。我相信一個愛好自由的靈魂絕不會滿足溫室裡的灌溉。」他深意地凝視著我，我不覺錯了一個腳步，連忙糾正過來時，卻見他正暗示似地望著左方，我不經意地看去，看見了維平和那個女人。一個是一臉惶恐，一個是一臉責備——我的心又不禁為之煩攪。

「人生何處不逢春？聽！這音樂多美麗。」

那正是我最愛的〈魂斷藍橋〉主題曲，纏綿、幽怨的旋律緊扣著心弦，一霎時我忘記了現實，我的心意全融匯在旋律裡，彷彿受了催眠。燈光逐漸暗下來，節奏越來越沉綿，周圍越來越黑暗，而扣在我腰際的手也越來越著力了——驀地全場一片漆黑，我唇上感到一種壓力，濡濕而溫軟，我的腰被箍緊得幾乎透不過氣來，而全身的血液迅速地湧沸著，似將奪膚迸射，我整個地癱瘓了——一瞬那如癡如醉的昏眩，等我明白那是怎麼回事時，樂聲已倏然中止，燈光又明如白晝，我一眼也沒有看鍾偉，紅著臉，捺住心跳匆匆地走回座位。不一會維平也來了。我偷窺一下他的神色，也是那麼緊張慌亂。我記起了自己剛才那一個鏡頭，立刻聯想到他們。妒恨反淹沒了內心的羞愧。

「維平，我頭痛得很，送我回去！」

他沒有異議，順從地同我辭別了主人。一路上我們都保持著難堪的沉默。

抵家後，我卸了妝便去浴室，出來時卻見他正在脫下的上裝口袋裡掏著什麼，聽見我的腳聲，立刻裝作不經意地在撣灰塵，頭也不回地問：

「頭痛得好點嗎？」

「還是那麼痛。」我蹙著眉懶洋洋地躺在牀上，他找了萬金油給我，又問我要不要沖杯牛奶，張羅了好一會才上牀就寢。等他睡熟了，我又悄悄地溜下牀來，去搜他的口袋，裡面果真擱著一封信。我連忙赤著腳躲到浴室裡去。

緋色的信封，緋色的信箋。一抽出來便先嗅到一股濃郁的香味。開頭便這麼稱呼著：

我的維平……

維平是她的，真不要臉！接著是一些肉麻的想念的話，最後這麼寫著：

……來吧！親親，我調製下你愛喝的濃咖啡，插下你喜愛的夜來香，緋色的燈光為你而亮，舒適的錦墊為你而鋪——一切溫馨都是為你而安排。而為你所熟稔而迷戀的胸懷，正伸展著等著你熱烈的擁抱……來吧，來吧！如果你再要說不？……唉！我又怎忍把責備加諸予你！不過，你該知道：在愛的驅使下，做任何事情都無所畏懼！

萬千個熱吻在你頰上！

你親愛的　愛娜

我看了只氣得二手簌簌發抖，先想一把撕了它，繼而又想喚醒維平來問個一清二楚——我用冷手巾抹了一把臉，激動的情緒慢慢地平下來。一轉念，我照舊折起來鎖進了我的抽屜。聲色不露地回到牀上。

第二天中午維平回來跟我周旋一下便走了，傍晚打了個電話來說是有應酬不回家吃飯。晚上，我睜著眼躺在牀上，聽時鐘敲十二點、二點、三點……這一晚他又沒有回來。

懷著一顆在痛苦中煎熬了一晚的心，一對因失眠而倦澀的眼睛，早晨我一個人昏沉地衝出了屋子，盲目地在街上衝了一會，這才想起出來漫無目的，「去余太太那裡吧！」我自忖著，便站在路邊等一輛汽車過去，可是那輛車子偏在我面前停下來。

「唐小姐早！」推開車門下來的是鍾偉，瀟灑煥發，堆一臉殷勤的笑，「允許我送妳一程不？」

我糊裡糊塗坐了上去，他沒有問我去哪裡，我也忘了說。

「妳今天的神情似乎有點特別。」他看了我一眼俏皮地說：「像一隻惹怒了的孔雀。」

「嗯，有點不舒服。」

「也許是早晨的霧使妳受了寒，喝杯咖啡提提神。」說著，車子已在皇后咖啡館停下來，我猛然記起自己還不曾吃過早點，便沒有異議。

早上的咖啡館特別清靜，他彷彿知道我沒有吃過早點，叫了咖啡還有三明治和土司。唱機上有人擱下了一張蕭邦的〈圓舞曲〉。

「這音樂使我想起了他的『一舞難忘』。」

「『一曲難忘』。」我糾正他。

「可是，永遠銘刻在我心裡的卻是『一舞難忘』。」他特別加重「舞」字的口氣，一面深意地望著我，我不禁羞愧地低下頭去攪著咖啡。

「那天晚上，我曾經一直追隨著那個皎潔的月亮，但月亮忽然一下子不見了，儘管群星爭輝，我總覺得黯淡無光。我發誓要找著她，可是當我找著她時，卻不知為什麼蒙上了一層雲翳。」他看我不作聲，又接下去說。像在唸一首詩，「我想妳不會不知道，煩惱侵蝕一個人的青春，就像潮濕的空氣使銅器生鏽一樣。告訴我，也許我能盡我的力量為妳做點什麼！」

他那凝視，那迷死人地深深地凝視，幾乎把我看得要融化了。我聽著自己的心跳卻沒有勇氣抬起眼皮來。

「生命是享受，享受青春，享受愛情，享受歡樂，享受今天……」

「好吧，就讓我們享受今天！」我突然推開杯子站起來，努力把煩惱的根源——思想的閘門堵住。他立刻過來為我披上外衣。

我們去了郊外，去了海濱，去了舞廳——結婚以後，這是第一次單獨與異性做這樣的暢遊。

回家已是很遲了，維平一個人在室內不安地踱來踱去，房裡瀰漫著煙霧。

「噢，回來了！」看見我，他像撿還了什麼失去的東西似的，笑著迎上來。「我搖了幾個電話找妳，阿梅說妳早飯都沒有吃就出去了。」

「噢，家裡的吃膩了，出去換換胃口。」我諷刺地瞥了他一眼，他彷彿沒有覺察似的撣著香煙灰說：

「我還等妳去看〈飄〉哩。」

「是嗎？那真是抱歉得很。」他倒說得輕淡！等我去看電影，一夜不回來就提都不提一聲！

「昨晚又打了一夜沙蟹？」我忍不住裝作不在意地問他。

「嗯，手氣壞透了。」

「說謊！」我在心裡憤憤地怒嗅，「不要臉！」我使勁把腳尖一挑，兩隻高跟鞋一顛一倒地滾跌在地板上，我捺住怒氣一衝就衝進了浴室。

六

我和維平在表面上雖然看來還是很和諧，但我們之間的情感卻像逐漸陷落的地層，已坍陷了一道無法彌合的溝渠，我們彼此周旋著，敷衍著，說些不著邊際的話，儘管曉得這樣維持下去，後果將不堪設想，卻沒有人去扯開那沉沉低垂於我們之間的幕帷。

我掙扎在絕望和痛苦的逆流中，鍾偉適時獻納的殷勤像逆流中唯一援引我的一支槳，在感情的暴風雨中，與鍾偉在一起是唯一感到晴朗的時刻。我不知道維平究竟有沒有覺察到我和鍾偉的接近。但是——

那天早晨，我正在盥洗，維平擦擦嘴上班去了，但一會兒又很快地回上樓上。我以為他忘了什麼東西，不想他手上卻拿了一束花，一面翻看著繫在花上的卡片，臉色很難看。

「有一位先生給妳送來的花，阿梅不在，我替她代勞了。」他將花擱在梳妝台上，冷冷地說。眼睛從昨天插上的那瓶花轉到我臉上。「有勞那位先生每天解除我太太的寂寞，我還得向他致謝呢？妳能告訴我他是誰嗎？」

我瞥了一眼卡片上的字，不由得臉上一陣熱，但故意裝得淡淡地用揶揄的口吻說：

「那還不容易！不過我這裡也有一封一位女士送來的信，偏勞她照拂我的丈夫，我也得向她致謝哩！」說著，我打開梳妝台上的小抽屜，將那天晚上在他口袋裡摸到的信遞給他。

他一眼瞥見那封信，連忙一伸手搶過去往褲袋裡一塞，臉上白一陣紅一陣，嘴唇微微顫抖著，欲言又止，那惶恐狼狽的神情，顯得他還未完全昧卻本性。

我們彼此沉默著，那難堪的沉默一分鐘有一世紀的漫長，我彷彿聽見空氣流動的聲音。

「靜宜，」他眼望著地下，遲疑地說：「我希望我們能有一個時間開誠布公地談一談，也許，我們兩人都有過錯……現在我要上班去了。」

這麼一來，我心裡倒反覺舒暢一些。我早就希望能坦白地揭開幕帷談一談了，不管是眼淚，懺悔，抑是互毀或決絕，總比悶在心裡好受些——自然，我還是願意摒除一切芥蒂，言歸於好。

我一整天考慮著我應該採取怎樣的態度，和說些什麼話，我拒絕了鍾的約會，可是，他中午沒有回家吃飯，晚餐還是沒有回來吃，深夜，我被深思、憤恨弄得疲倦不堪，不覺迷糊睡去，矇矓中卻彷彿有人急促地喚我：

「靜宜，靜宜，」我張開眼睛來，看見維平顯得十分困頓地站在牀前，椅子上有一隻打開的皮箱。「社裡有要緊事，我一早搭飛機到香港去，大概要耽擱半個多月。」他吟思了一下，望著我說：「妳去不去？」

「去香港！」我心裡怦然一動，這實在是一個好機會。一個讓我們兩單獨相處的好機會。自從生活改變方式以來，我們一直不斷地應付著事務，交際，周旋在人群中。以致從無單獨在一起靜靜相處的機會。暫時離開這環境，也許我們的感情可以再經過一次鑄鎔。可是，在他未曾向我開誠布公以前，我的自尊心卻阻止我一上來就接受這份邀約。

「我不想去。」我矜持地說。

我看見一陣攣痙掠過他臉上，頓了一頓，用那種抑制著的憤激的聲音。

「我早就曉得妳不會去！」接著他用驟猛的動作打開衣櫥，把衣物捺進箱子裡，裝滿了一隻，又清出一隻來裝，彷彿預備去住上三年五載。

這時，天色已漸明，說他還有事要去一下社裡，回頭就直接去機場。我很想說我送你去，但我只是淡漠地答應著，沒有說什麼。

他東摸摸，西看看，實在已沒有什麼值得延留的了，於是蓋上了箱子，又鎖了半天。

「妳不再考慮一下？」

「不用再考慮。」我望著自己的腳尖說，指甲深深地插入掌心裡。

他深深地看了我一眼，似乎在肚裡歎了口氣，提起箱子走了。走到房門口卻又停頓下來，我多麼渴望他轉身向我走來，只要一聲溫柔地，情意深永地呼喚，我將……但我卻轉過臉裝作眺望窗外的天色，接著，一串急促而沉重的腳聲敲下樓梯。

當他的腳音在樓梯上消失時，我陡然感到一種空虛，一種可怕的空虛，這房子裡的一切看來竟是那麼陌生，我遏制不住一個衝動想奔下樓去，就在這時大門口喇叭響了二下汽車開走了。

這一天我究竟做了點什麼，想些什麼，自己也不知道，下午我自己開著車子出去溜了一陣，又溜到了余家。余太太的態度似乎沒有過去那樣熱情，她告訴我維平去香港還同了那個女的。

「原來要妳收回鷂子的線，不想妳反而把線割斷了。」意思好像怪我沒有用，弄巧成拙。

我像一個熱病患者，也不知跟余太太說了些什麼囈語，又昏亂地駕著車子跑了，我什麼也不想，我的心彷彿麻痺了，車子飛駛著就像駛行在冷濕灰暗的濃霧裡，我只是下意識地扶著駕駛盤，車子越來越快，越來越爬得高……怎樣也衝不出密密的濃霧。突然一聲警笛，一個套著白袖子的交通警察攔住了我。

「每小時超過了六十哩，違反了交通規則。」警察一面抄下我的姓名牌照，一面冷眼打量著我，好像我是那種徘徊在河邊準備投水自殺的人。

我知道這樣開下去一定會闖禍了，於是寧一寧神，掉頭向家裡開去。

「候駕多時！」鍾偉已在家裡等著了，他意態瀟灑地引我下車，進到室內又殷勤地替我掛衣、倒茶，就像他是這屋裡的男主人。

「我還以為妳去了香港……」

「不許你提這件事！」我惱恨地喝住他。

「是。」

「我討厭這個家，我厭倦了這種生活，我憎恨這城裡的一切！我要到一個乾淨的地方去換換空氣，我要，我要馬上就要！」我帶著那種近於報復的心理，激動地說。無端地把那個織錦緞靠墊上的絲綆扯下來。又把它丟在地下用力踩著，蹂著。

「對！妳早就該出去走動走動了。新鮮的空氣和愛情，可以醫治一切疾病創傷。」鍾偉用他那半真半假的口吻說，熱烈地擁護我的主張，並且立刻提供了一大串名勝，彷彿他早就等待著這一天。我心神不定地隨便安排了一趟旅程，先到阿里山、四重溪，再繞道日月潭北遁自然，鍾偉義不容辭地做了隨從騎士，向他「公司」裡告了十天假，第三天上午便起程了。

玩山水本來全憑著意境，山水是呆的，怎樣的心境就給抹上怎樣的韻彩情調。我雖然作了山水間的點綴，但山水卻不曾在我心裡留下深刻的印象。旅程並沒有預料中的愉快，和鍾偉在一起的那些日子裡，我彷彿是發了幾天高燒，燒得我神智昏迷，恍恍惚惚，回家後「熱」逐漸退消了，只剩下說不出的疲困。

行裝甫卸，余太太來了。一進門就大剌剌地嚷著。

「玩得痛快呀！」

「沒有什麼好玩，如果早邀了妳同去，也許還熱鬧點。」

「喲！我去幹什麼？去做電燈泡麼？」她譏嘲地說，我不由掙紅了臉爭辯道：

「芳姊，妳這是說哪裡話？」

「若要人不知，除非己莫為。」她冷笑著說，臉色陡然陰沉下來。「唐靜宜，妳做事也未免太不顧交情了，我問妳，我有哪一樁事對妳不起！」

「怎麼回事?芳姊,」我如墜入五里霧中,愕然望著她。

「妳明曉得鍾偉和我有那麼一段歷史,妳還硬把他拉進妳懷裡!」

「妳?鍾偉……」我越弄越糊塗了,她卻不管我的驚奇,逕自憤憤地說下去:

「可惜的是妳連自己的丈夫都管不住。不要說鍾偉這種專在女人身邊獻殷勤的人了。不信妳睜著眼看吧。總有一天妳不但是一個被丈夫遺棄的女人,也是被另一個男人玩弄過的女人——我今天只是告訴妳小心著,別太猖狂自負,目中無人了。」余太太像扳開了的自來水龍頭般,汩汩地放了一陣,說完拾起皮包,扭著腰肢,頭也不回地走了。等我感受到這侮辱而跳起來與她抗議時,她已一陣風衝下了樓梯。

我又是羞,又是怒,連忙給鍾偉搖了個電話,可是那邊卻回說他不在。

鍾偉竟是那樣的人嗎?我把自己埋在牀褥裡,苦惱地深思著,但驀地裡另一個思想像閃電般掠過腦際,我和鍾偉往來究竟預備做什麼打算?是的,這問題我從來也不曾想過,如果把二個人真的生活在一起的情形設想一下,那是不可能的。我只是一隻小舟,當遭受著感情上的暴風雨時,暫時傍著一個港口歇下來,自然,我有我的航程,我不能常此駐留。但,飲鴆止渴,我怕我已中毒太深了。

我又給鍾偉搖了二次電話,直到第二天下午,他才搖了個電話來,說是請假太多,積下事務蝟集,有事的話,等他空時面談,寥寥幾句話,電話就掛斷了。這以後便石沉大海,幾天來再沒有一點消息。

那幾天裡我感到從未有過的孤寂和煩躁，像被放逐在一個無人的荒島。唯一與我接近的余太太不再往來，鍾偉避不見面。如此，我不能不想起一直被極力錮禁的思想——遠在香港的維平和那狐媚女人，一想起他，心裡就同有千萬支銅針在戳。有絞索在絞。我越是不願想，越是執拗地盤踞在心頭，有時我成天不事修飾地把自己關在房裡一支接著一支地薰香煙，把房間弄得大煙囪似的。有時我開著汽車漫無目的地出去亂轉。我的脾氣變得特別暴躁、狷僻，傭人不敢多問我一句話，孩子都迴避著我。

七

那天我接到一份請帖，原來沒有情緒參加，想著也許能見到鍾偉，勉強振作精神，盛裝赴會。

鍾偉果真已先我而去。陪著一個珠光寶氣，風姿綽約的少婦。起初他沒有看見我，我俟機在跳第一個舞時跟他打了個照面。他很有禮貌地對著我頷首一笑。我以為他既然看見了我，總會過來找我。不想他卻一直陪著那女的親熱地談笑著，連正眼也沒有向我這邊望一眼。第二支音樂響了，他又挽著那女的下了舞池。我勉強跟一個蓄著菱角鬍子的跳了一會，推說頭痛，便下來在桌上匆匆地寫了一張條子，叫僕歐回頭送給鍾偉，自己便在紛沓歸座的人群中溜到陽台上去。

鍾偉沒有馬上出來，直到又一個音樂終止了，才見他瀟灑自若地走了出來。

「剛才是妳最愛跳的探戈，我去找妳，哪曉得妳已出來了。」他那殷勤的聲音現在聽來卻有些矯揉作態。

「嘿，不要人面前說什麼鬼話了！這些日子貴忙呀？」

「天地良心，我這幾天的確忙得一塌糊塗。」

「可不是忙得糊塗，就像今天晚上一樣——」我冷冷地說，忍不住把余太太的話責問他，他卻滿不在乎地聳聳肩頭說：

「妳聽她！有時撒網的人捉不住魚，就罵脫網的魚狡猾，她就是那種人。」

「是她網你？」

「嗯。」

「那你現在是落網的魚，還是撒網的人？」

「不撒網也不做落網的魚，愛游到哪裡是哪裡。」

「哼，恐怕你正安排了香餌，想釣那條美人魚吧！」我向舞廳裡努努嘴，想著他剛才對她那股殷勤親熱的勁兒，和對我的漠視。又想到這些日子來的冷淡，不由得氣上來了。我責備他欺騙、虛偽，責備他負心……

「噢噢，何必生那麼大的氣呢？動一次肝火要損三天壽嘞！」他還是那麼半真半假地說：「人生本來就是逢場作戲，厭倦了現實，隨時可以客串二齣。不過演戲原為的尋快活，不能把戲當真，也不能不散場，妳又何必認真！」

「你！……」我一時悔恨交迫，更受不了他那種口吻，突然伸出手去，清脆的一聲落在他臉上，但馬上又像被黃蜂螫了一口般縮還手來，為自己粗野的舉動怔住了。

鍾偉愕然舉起手來，摸著被打的左頰，望了我一會，嘴角上掛了一絲陰險的笑，聲音平靜得近於冷酷。

「沒有什麼吩咐了吧！林太太，」認識以來他第一次這樣稱呼我，「那麼，請恕我少陪了。不過我還是以隨時聽候差遣為榮幸的。再見！」他彎彎腰，一本正經地進去了。

我一時只氣得渾身發抖，找不著發洩的隨手抓起欄杆上一盆菊花摔了。衝下台階，便打從花園裡走出去，司機阿根似乎奇怪我何以回去得這麼早，不住偷偷地瞅著我，我恨不得也賞他一個巴掌！

回到家裡，阿梅開門一見是我，便欣然歡呼。

「好了，太太回來了！」

「不回來難道還死在外面？」

「不，不是，」阿梅受了我的叱責，惶恐地閃爍著她那雙小眼睛。「是小安病了，病得很厲害……」

我不等她再說下去，一手推開她便三腳兩步地走進育兒室，只見保母衣衫不整，正焦灼地在小牀邊守著。小安呼吸急促地仰臥牀上，兩頰血紅，呼吸時鼻翼一張一閃，歇不歇便一陣驚跳，小手握著拳頭抽縮著，一摸額上，乾焦焦的燒得燙手。

「怎麼一下就病得這麼厲害！是什麼時候起的？」

「昨天晚上就有點不安逸，我以為他受了涼，沒敢驚吵太太，不曉得一下子就……」保姆囁囁地說，不敢望我。

「真糊塗！為什麼不早告訴我？」我顧不得責備，衣服也沒有換，就抱著小安坐車子上醫院去，這時已是深夜，醫院都已關了門，好不容易敲開了一家私立醫院，出來一個陰陽怪氣的護士，隔了半天才把睡眼惺忪的醫生請了出來，兩人都用好奇的眼光打量我那一身豪華的晚禮服，我不曉得在他們眼中成了什麼身分的女人。

醫生診治的結果是急性腦膜炎。

「妳應該早把他送來，如今……」醫生做了個困難的手勢。「好吧，且把他留在隔離病房，如果妳家裡還有孩子的話，最好不要留在這裡。」

「不，千萬讓我照顧我自己的孩子，我必須留在他身邊。」我堅決地懇求著，已忍不住熱淚涔涔。醫生只得默允了。

小安的病況一刻比一刻轉壞，呼吸更急促而困難，嘴的四周呈現出一圈青色，頸項變得強硬了，孿痙的次數越來越密，身體逐漸變成弓狀，醫生每隔一小時來打一次針，我衣不解帶地守護著他，默默地祈禱著，懺悔著，淚水沿著唇角淌進嘴裡。不知怎麼我忽然想起了念教會中學時，牧師講的《聖經》上的一個故事，說是大衛王和臣子的妻子相戀，上帝乃奪去了他們的兒子，父母有罪，該兒女來贖——我又想起了這一年來生活上的變化，由於我的疏忽，我失去了維平，冷淡了孩子，孩子們不缺好的穿，好的吃，卻失去了母親的照拂。我與維平共度患難，我們曾有過不能磨滅的心靈上的默契。而如今，我多麼需要他在身旁支持我，我將寬恕他。沒有一點恨意，只要他能遽然來歸，為著我們兩的孩子……

祈禱、針藥，什麼也沒有效用，小安沒有睜開眼來看一下這曾經逗留了二年半的世界，沒有再喚我一聲「媽媽」，那麼活潑可愛的小生命，在痛苦中輾轉昏迷了三天二晚，就悄悄地結束了。

我像一個夢遊病患者，不知怎樣出了醫院，也不知怎樣到了家裡，一直是喧鬧的育兒室裡籠罩著一股陰慘的氛圍，保母帶著大的二個孩子卻屏聲息氣，用畏懼而不安的眼色望著我，我木然走到小安牀前，癡騃地望著空了的牀褥。

「太太，小安他……」保姆用顫抖的聲音怯怯地問我。

「他永遠不會回來了。」一個陰沉、啞澀的聲音囈語似地在說，那是一個陌生的聲音，我並不覺得是自己在說話，但接著這室內立刻揚起一片悲慟的啜泣和孩子的號啕痛哭，我驟然一驚，茫然環顧四周：這哭聲，這眼淚，把我從癡騃中喚醒，這才體會到錐心的創痛，我哽咽著喚出聲，「小安……」便覺眼前一黑，胸口似被什麼堵塞了，一口氣轉不過來……

阿梅用白蘭地把我灌醒過來，我虛弱得如一枝被折斷了的蘆葦，只是躺在沙發裡，眼淚如同泉水般湧出來——

阿梅去接了電話進來，神色猶豫，半天才惴惴地說：

「太太，是王金福打來的電話。」王金福是大華貿易公司的工友，阿梅的朋友。「他說上午有一批人到公司去調查，樣子像很嚴重，余太太她們又不在。後來王金福找熟人一打聽，說是破獲了一批香港偷運來的私貨，已查出來是大華幹的，他們把幾個負責人的地址都抄去了，怕他們到家裡來查，王金福要太太準備準備。」

「什麼，大華走私？」我那衰弱已極的神經幾乎給這一耗音震斷了，「這是不可能的，他們會瞞著我做下這等事？」我連忙叫阿梅撥個電話去余家，可是那邊回說余太太前天就出門去了，沒有回來。就在這時，門鈴響了，阿梅惶急地望著我。

「妳去開好了。」我從昏亂中極力鎮定著自己，我知道我必須振作起來應付一切，我用冷手巾擦了一把臉，又把剩下的半杯白蘭地喝了。

阿梅去開了門，只聽見人聲紛沓湧進客廳裡。似乎在向阿梅詢問著什麼，接著二個粗暴的聲音大聲嚷著。

「躲著不見面就能了事麼！」

「再不出來可不客氣要動手搜了！」

我忍不住打開房門，挺身出去，正在喧嚷的五六個人看見我便住了嘴，由一個穿香港衫的中年人走上兩步向我打了個招呼。

「妳是林太太吧！」

「是的，請問你們來這裡有什麼見教？」

「我們是來找林經理的，請把他叫出來。」

「他早在半個月以前去了香港。」我奇怪他們怎麼要找維平。

「騙人！」

「扯謊！」

有人無禮地叫喚著，我氣極了，站前二步，昂著頭說：「諸位請尊重自己的人格，不要出口傷人，我不曉得你們找我丈夫幹什麼，我也不清楚我丈夫幹下了什麼，我只知道他半個月以前到香港去，昨天他的小兒子死了，他都還不知道，我實在用不著污衊自己的人格來欺騙你們！」

「對不起，林太太。」還是那個穿香港衫的單獨出來說話。「人在氣頭上說話總是不加考慮的，妳說妳不曉得妳丈夫幹下了什麼，那麼讓我告訴妳：他們辦的合作社掛羊頭賣狗肉。騙了我們的存款倒閉了。我們辛辛苦苦積蓄幾個心血錢也不是容易的，剛才去找董事長，回說不在。如今這裡林經理又去了香港，這真是太巧了，可以說是一種有計畫的陰謀……」

當他滔滔地申訴時，我只是瞠目瞪著他，那些說話像一串毫無意義的音調滑過我的耳門，只關住了一句「合作社倒閉了，……是一種有計畫的陰謀」。有計畫的陰謀？我所遭遇的這一切不真是一個有計畫的陰謀！策劃這陰謀的不是人，而是冥冥中一種無比的力量……我覺得心裡一陣涼，頭裡卻熱烘烘的，汗從額上滲出來，我下意識地抓住桌沿支持著自己——

得不到結果，他們悻悻地轉身走了，有一個還回頭打量了一下房子，又盯了我二眼，咕嚕著：「哼，逃了和尚逃不了廟！看著吧，法律可不饒人。」

八

連一接二的打擊來得那麼快，快得像一串可怕的噩夢，從一個夢跌入另一個夢，還來不及喘一口氣，定一下驚惶欲絕的神魂，等我睜眼環顧時，我只覺得世界在我面前崩潰了。我自己正在向一個無底的深淵沉，沉，沉……突然有什麼輕輕觸著我的身體，我猛一寧神，見是玲玲，這早熟的懂事的孩子正一手按在我膝蓋上，黑亮的眼睛倉皇而憂愁地凝視著我——啊，是的，縱使一切都離我而去，我還有玲玲和小平二個孩子。我噙著熱淚，激動地在玲玲頰上吻了一下。

「沒有什麼事，玲玲，一切都會成為過去的。同著弟弟去睡吧，明天還要上學哩！」

保母領著二個孩子去睡了。阿梅去做就寢前的種種準備，空洞沉寂的客廳裡只剩下形單影隻的我，我像生了一場大病般，衰弱而疲憊地站起來，拖著沉重的腳步向樓梯口走去。一抬頭，在廊上的鏡子裡看見了自己——幾乎老了十年的自己。反映在鏡子裡的還有對壁的日曆，赫然印著「七月十三日」。

我怵然心驚，七月十三日，不正是與魔鬼訂契約的日子！不覺已是整整一年了，他說過一年後再來……

「要來的由他來吧！」我以絕望的心情喃喃自語著，我是這樣身心交瘁，我的大腦已停止活動，神經都強直不靈，以致當我一挨著牀，就不知自己是怎麼躺下去的……可是彷彿只是一剎那的事，我馬上又為一個聲音驚醒。

「別來無恙！」撒旦！我心裡說。打了個寒噤，一轉身，可不是他巨大的黑色身軀晃得滿房間都是陰影。

「這一年過得可愜意？」

「愜意？是的，愜意得很！」我痛心疾首，冷然回答，「謝謝你的賞賜，這一年我失掉了我的丈夫，喪失了一個孩子。這一年把我的幸福都葬送了。」

「這不關我的事，妳需求的是財富，而我也滿足了妳的欲望。至於你們因為有了錢而昧卻良知，做下荒唐無恥的事，那是你們人類應該自己負責任的。」他侃侃說來，幾使我一時為之語塞。

「我曾把靈魂付託給你，也許你在上面作了祟。」我猶自強辯著說：「好吧，既往不咎，如今為期已滿，請把契約交還我。」

「還妳？事情恐怕沒有那麼簡單。」他冷笑著說，「妳想我會白白地為妳服務一年，說聲了結就了結？」

「可是你說過那是無條件的。」

「無條件也就是無限期，妳若一輩子地依我，我便一輩子貸予妳富貴榮華。不然的話……嘿嘿……」

「你不用嚇唬我。」我憤然怒喚，「契約上明明訂著一年，一年期滿，自然無效。」

「可是妳忘了這上面有妳親筆用血簽的名字。」他向披風裡一摸，鷹爪似的手上正捏著那份合約。「只要我高興，憑這個名字，我便可以隨意支配妳的靈魂，使妳墮落，使妳永淪罪惡的深淵。」

「你這魔鬼，還我契約！」我憤恨已極，猛撲過去搶他手上的合約，卻撲了個空，他龐大的身軀向後移著，不是走而是浮。

「霍霍霍，我本來就是魔鬼，妳不是不知道，妳不請我我還不來哩！」他獰笑著，一面向後移，一面向我揚著那紙合約，我拚命追過去，手指總是相差一二分距離，他越退越快，終於消失在空濛中，只留下使人毛髮悚然的笑聲，迴盪在空中。

我不禁頓腳捶胸，號啕痛哭——

「靜宜，靜宜！」

是他，不錯，是他的聲音！我猛然睜開眼來，燦明的燈光耀得我有點昏眩。只見維平正撐起半身俯視著我，一隻冷汗涔涔的手還握在他手裡。

「噢！維平，你！你回來了！」我驚喜地扳住他的頸項，猶自感到枕上濡濕冰涼。

「我本來就不曾離開過妳。」他從黑隱隱的髭子樁裡堆上那種慈愛的笑，彷彿哄一個受驚的孩子。

「噯，孩子呢？小安他？……」

「睡得像三個小天使，我剛才還跟小安蓋過踢掉的被子。」

我屏息一聽，小牀上果然傳出此起彼落的鼾聲。我又撐起身子向室內環顧，一桌一椅，一張畫一本書，都曾經過親手安排而為我熟悉。而一切從前認為寒傖的家具雜物，現在看來都顯得那麼親切，簡陋的房間現在卻洋溢著溫暖和安謐。

「啊！」我深深地，如釋重負般從心處歎出一口氣，手一鬆，頭睡下去枕著維平伸過來的手臂。「幸好只是一個荒謬的夢！」

他輕輕勾住我的肩膀，溫柔地在我耳畔說：

「不要去想那些夢裡的荒唐，聽雞都啼了，再睡一會兒吧！」

我挪一挪身子，偎在他臂彎裡，重新闔上了眼。鼻子裡嗅到他那股為我熟悉的，男性的氣息。我像剛跑過萬米賽似的感到疲倦，也如洗過海水浴躺在沙灘上似的感到舒適和安逸。我的一縷意識逐漸模糊上升……

民國四十一年十月

編註：本文原刊於《暢流》第六卷第七期，一九五二年十一月十六日，頁二十九～三十一；第六卷第八期，一九五二年十二月一日，頁二十七～三十；第六卷第九期，一九五二年十二月十六日，頁二十八～三十一；第六卷第十期，一九五三年一月一日，頁五十三～五十六。

表兄妹

一

午後，讓太陽蒸烤了一天的屋子裡，更是悶熱得透不過氣來，榻榻米、桌子椅子，摸上去都是溫溫的。沿著竹架爬上窗戶的牽牛藤也都垂頭喪氣，看上去像沒有一點筋骨似的懸垂著。知了曳長了聲音一股勁地叫——

文璇又是一個人待在房裡，靠著窗台坐在榻榻米上，望著雲天呆想：一朵雲移動得很慢很慢，就像被樹梢釘牢在那裡似的。文璇看了半天覺得心煩。恨不得爬上樹去推它一把。而那單調聒噪的知了聲，更使她聽了不舒服。但如果沒有了它，四周又更顯得沉寂，彷彿一切生物都熱得消聲匿跡，連最嘵舌的蒼蠅也無力活躍。這時，文璇多麼渴望有一支輕音樂，像涼風穿過樹隙，像清泉來自天際……然而，這只是個瘖啞了的世界。那美麗的日子——母親奏著鋼琴，她曼聲和唱的日子，夢一般消失了。儘管記憶新鮮得還像才印上布疋的花紋。過去的一切都永遠永遠不會來臨。

「咪嗚！」一隻虎斑的花貓柔聲叫著，走過來豎起尾巴側著頭在文璇腿上磨擦，文璇把牠抱在懷裡，輕輕地撫摩著。貓在喉嚨頭親暱地發出「咕嚕咕嚕」的響聲。

「咪咪，你想不想回去？回到我們從前住的地方，那裡有你的好朋友阿花。」文璇把下巴頂在咪咪頭上，喃喃地說，咪咪也將頭一頂，咕嚕著，好像說：「是的，是的，我想阿花，我想那可以打滾的草地，那烹調的可口的食物——現在是多麼寂寞呀！」

文璇歎一口氣，又一次抬起頭來望著牆上那張十二寸放大相片。相片裡是一個風姿綽約的少婦。垂肩的長髮襯著一張清秀的臉龐，高高的鼻子，彎彎的眉毛，眼角長長的眼睛裡洋溢一種柔和的智慧的光輝。抿緊的嘴角浮漾著恬靜，溫柔的微笑——就似達文奇畫的〈摩娜麗沙〉那種神祕的微笑。當文璇凝視著她時，她也望著她溫柔地笑……

「媽！」文璇輕輕的在心裡喚著，同相片上十分相似的那雙眼睛逐漸模糊起來，彷彿她媽穿著黑綢長衣，冉冉地走到她身邊，纖長潔白的手按在她髮上，輕柔地喚「璇兒……」

在文璇的心目中，只有她母親才是最完美的人，也只有她的生活方式是最合理的——她不像外婆那樣一天到晚嘮嘮叨叨，愛管閒事，舅母那樣成天盤算著油多少一斤，肉多少錢一兩，空下來就在麻將桌上消磨半天，和表姊那樣只惦著髻髮花樣，衣服款式，哪一家的電影好看，哪一個舞廳的音樂好——不，文璇的媽媽完全不像她們那個樣子，如果她那常常掛著溫柔的微笑的嘴裡，會嘮嘮叨叨地數說東家長，西家短，那纖柔白皙的手會去殺一條魚或是執著油膩膩的鏟刀，她那纖細幽雅的身材會披紅穿綠，那簡直是不可思議的事。記得從前爸爸總是喚媽媽作「小雲雀」，「我的小雲雀，請為我奏點什麼吧！只要妳指下奏出的旋律，我的一切疲困煩惱便化為烏有。」——雲雀，文璇雖然沒有見過是什麼樣子，但一切鳥雀都能翱翔天空，再冠上個「雲」字，自然更高潔不凡。憑這點推測，文璇覺得媽媽被叫作雲雀是最合適不過了。可是，自從大前年她不得不撤下當作第二生命的鋼琴來台灣後，眼中那點智慧的光芒黯淡了，嘴角那絲溫柔的微笑亦越來越少見，常常像文璇現在一樣，半天半天癡坐在窗前，茫然凝望著空間。而臉色又那麼蒼白，蒼白後使文璇想起故鄉中山公園裡的維娜絲雕像——就似一枝擱在烈日裡曝曬著而又缺乏水分沃土的幽蘭。文璇的媽媽很快地枯萎下去，終於一個春天的早晨，當她親手栽下的剪春蘿綻開一朵小白花時，悄悄地撇下鍾情的夫婿和十一歲的女兒——文璇，溘然長逝。文璇同父親過了半年最悲痛的，失去了光和熱的日子。原是堅強豪爽的父親一天比一天消沉下去！最後，他接取了親友的勸告，為免觸景傷情，遠遠的去×埠開闢新事業。卻把文璇送來外婆家，與舅舅暫住。

舅舅家比他們先來台灣，一直住在南部，他們還是一到台灣時在舅舅家住了幾天，一隔便是三年多了。外婆自然疼文璇的了。舅舅是個實事求是的人，平常對家事向來不過問，舅母問寒問暖，很會做人。大表姊有點裝模作樣，二表哥頑皮蠻橫，雖然他們對文璇都客客氣氣，可是文璇來了一個多星期，總覺得同他們梗梗格格——只有大表哥一個人比較可親，也許是由於他的氣質與文璇的母親有幾分相似；也許是他對她說話時沒有那種大人對小孩子的口吻，而是平等的。記得是她住到舅舅家來的第二天傍晚，她抱著咪咪落寞地坐在園裡一棵樹樁上。這樹長得很特別，離地一尺多高時便分成二枝，而且平著橫生了二尺，再斜斜地伸展上去，看起來就像一張古拙精緻的綠色大躺椅。

「這綠色寶座很不錯吧，」文璇一抬頭，見是大表哥一手插在褲袋裡，悠閒地踱過來，嘴角浮漾著一絲恬靜的微笑。文璇覺得那微笑十分熟悉。「咪咪，牠叫什麼名字？」大表哥蹲下來摩弄著貓的頭，撳著嘴唇喚牠。

「牠就叫咪咪。」文璇靦腆地說。

「噢，牠的眼睛也是綠的，跟我從前養的雪兒一樣，不過雪兒的毛是全白的。」大表哥熟練地把咪咪抱在懷裡，文璇挪一挪身體讓他坐下。「雪兒不但會捕老鼠，還會捉麻雀，有一次還捉了條花蛇來哩！咪咪是不是這樣的？」

「咪咪兇得很哩！」說到她熟悉的東西，文璇高興了一點，她告訴他咪咪這樣那樣。好像談一個為他們熟識的友人，不知怎麼話頭一轉又轉到《小麵人求仙記》、《綠野仙蹤》、《愛的教育》……這些故事上去，文璇越談越興奮，說話也不再是吶吶拙拙，流暢的一股泉流似的。就似談話的對象是她最投機的一個朋友，而忘卻了那是比她大上一倍的大表哥——

「我有不少舊書都放在閣樓上的箱子裡，恐怕裡面還有妳沒有看過的。幾時有空同妳去找一找。」大表哥說。文璇用感激的眼光瞥了他一眼，站起來答應著外邊的喚聲跑進去——從此，文璇落寞的心裡又獲得了一點溫暖，一份希望——可是一個多星期過去了，大表哥再沒有提過這回事，她也一直缺乏勇氣提起——寂寞呀！文璇一鬆手，咪咪似乎嫌她懷裡太熱了，後腳在她膝上一挺，輕輕躍上窗台，又伸長著四肢睡了。

「文璇，怎麼又一個人待在屋子裡！要悶出痧來哩，哪，吃了這碗綠豆湯到弄堂裡透透去。」外婆端著碗進來，疼愛地輕責著。

文璇從外婆手裡接過綠豆湯吃了，無可不可地扱上木屐走到大門口去。弄堂裡因為有二棵大槐樹遮著，比屋裡蔭涼多了。左右隔壁的全聚集在那裡；男孩子在地上下著棋子，大一點的女孩子便坐在小椅子上閒談著，有二個把繩子繞在手上「挑綳子」，二表哥一個人在弄堂一端套著滑冰鞋試著溜。文璇不感興趣地轉過臉去，就在這時弄堂口一黑，一輛腳踏車載著一個穿淺藍網眼運動衫，白色西裝褲的青年，朝文璇面前駛來，文璇很想迎上去喚聲「大表哥！」但結果卻反而羞怯地閃過一邊，意思是給他讓路。

大表哥在門前下了車，從車座後面解下一個紫檀色的木盒。文璇羞怯的眼睛一接觸那盒子，立刻揚射出喜悅的光輝，從母親那裡承受得來的對音樂的愛好，也附帶喜愛一切樂器。她一眼就看出盒子裡裝著的是一只精緻的提琴。

「是你的嗎？」

「嗯，才修好，妳會不會拉？」

文璇搖搖頭，卻忍不住愛慕地伸出手去摸著光滑的琴盒。

「我曉得妳歌唱得很好，在學校裡得過音樂比賽的第一名是嗎？」大表哥看見文璇笑著不表示是否，又接著說：「今天晚上我們合奏一曲好不好？」

文璇只是怯怯地笑著，沒有作聲。

晚上，文璇一個人坐在桌前拿支筆胡亂畫著，一會兒又擱在嘴裡咯咯地咬，她要寫日記寫不出，卻在本子上畫了好幾個鬈髮大眼的女孩子頭臉……忽然後園裡飄來一陣輕悠的音樂，那樂聲就像一根柔韌的絲黏住了文璇寂寞的小心靈，一直把她牽引到園裡。大表哥正靠著「綠色寶座」在奏小提琴，看見文璇只咧了咧嘴，手還是不停地拉著。

自然，大表哥奏的可比不上文璇媽媽在鋼琴上彈的美，但柔和的旋律對枯渴已久的文璇仍不啻是一支滋潤心田的甘泉。她一眼不瞬地凝視著他，月光照在他臉上襯出那個高隆的鼻子和浸沉在夢幻中的眼睛，顯得嚴肅而又俊逸，文璇忽然在內心對他產生了一種敬慕的情愫。一曲終了，大表哥望著她說：

「妳唱個什麼？」

「不，我唱不好。」

「妳唱不好，我也拉不好，反正這裡沒有外人，我們唱輕點好了——〈快樂家庭〉怎麼樣？」

文璇點點頭，於是大表哥輕輕撥弄著琴弦，文璇就唱起：

我的家庭真可愛，美麗快樂又安詳……

這是她母親第一個教給她唱的歌，唱著唱著，文璇彷彿回到她學唱時的情景：那時她站在鋼琴旁邊還不過鋼琴那麼高，只看見媽媽細長白皙的指頭在黑的白的鍵上飛快地跳躍。「來，現在我們開始，一二三！」媽媽溫柔地對她說。於是文璇立刻把二隻手背在背後，仰著臉唱起來；媽媽不住用鼓舞讚美的眼色望著她。爸爸坐在沙發裡輕輕地用腳尖打拍子，那時的日子過得多愉快，多幸福……忽然文璇的聲音顫抖了，終於因哽咽而中斷。

「怎麼啦？璇妹。」大表哥停止演奏，驚奇地俯下來看她，只見那對明澈晶瑩的眼睛裡，像要氾濫的潭水般，泓著盈盈的水波，接著一顆淚珠，一串淚珠像斷了線的珍珠似的，撲簌簌直滾下來。經淚水沖洗過的臉頰在月光下發亮——她猛然舉起手來掩住了臉，一轉身向屋裡跑去。

「璇妹，璇妹，不要走，我有話同妳說。」大表哥的聲音在後門急促地喚她，但她頭也不回地一口氣跑進屋子——幸好外婆還在門口乘涼不在室內。她倒在牀上便把臉埋進枕頭裡，淚水像開了閘門似的急流般奔瀉出來……

二

這天，文璇一天都在自己房裡轉。她溫了二課國文，又煩躁地拋開了，拿起外婆給她裁的手帕縫了幾針，立刻又撇在一邊。摸摸這樣，弄弄那樣，最後打開一疊《兒童周刊》，照著上面的插圖畫下來。一連畫了十幾個大大小小的牛小妹，總覺得那二支辮子不是勁兒，「撕拉，撕拉」，三把二把便撕得粉粹。等外婆補好襪子，從老花眼鏡框上翻起眼睛來看她時，她又二手枕著頭，仰臥在榻榻米上望天了。

「文璇，做什麼不同琳瑛她們去玩？」

門外正傳來她們愉快的嬉喜聲。

「唔。」文璇淡淡地在鼻子裡哼了一聲，眼皮都不眨一下。

「妳大表姊像妳這樣大的時候，玩得可真野，吃飯時總得三請四喚地去找她，就是囉，現在是新時代，可不比我們老派，藏在屋裡不出來，小的時候不玩當真還到六十歲來翻觔斗，學打拳？聽，好像琳瑛在叫妳哩！」

「沒有。」

外婆見自己解勸了半天，文璇還是陰陽怪氣地躺在榻榻米上。不由得暗暗地在心裡歎氣：「這孩子……」猛覺得鼻子裡一陣酸，連忙掩飾地端起針線筐蹣跚地走出去。

晚飯後文璇在走廊上碰到大表哥，她俯著頭匆匆地打從他身前走過，卻被他喚住了。

「那天同妳說的藏書，現在可以同妳去看看。」

文璇略一遲疑，卻見大表哥已轉身朝樓梯口走去，她便離得遠遠的跟過去。

這在文璇看來簡直是索羅門寶藏，當大表哥打開那隻舊藤箱，露出一箱書來時，那裡除了三分之一是他讀過的課本外，其餘全是小說和童話。如《阿麗思漫遊記》、《神祕的大衛》、《小彼得》、《小婦人》、《帕利安娜》……都是文璇沒有看過的。而且還保存得很好。文璇翻翻這本，掂掂那本，愛不忍釋。

「妳可以把妳沒有看過的揀出來，放在妳那裡慢慢看。」

「哦！大表哥……」文璇激動地望望他又望望那些書，嘴唇微微顫慄，「謝謝你，你真好。」這句話卻只在喉嚨裡打滾。

像一隻才在鏽蝕的機件上加上潤滑油的鐘錶，文璇如獲至寶般捧了那一疊書來便開始忙碌起來。她把它排列得整整齊齊似一隊等待檢閱的隊伍，用綠色的書夾夾峙在桌上。可是這一對照，可把那些凌亂的課本、紙團、打開了蓋子沒有蓋的墨水瓶、硬得錐子似的毛筆……顯得更是烏七八糟的。文璇不禁暗暗叫聲慚愧，怪不得外婆要嘀咕。她一動手，不僅把凌亂的收拾乾淨，連外婆擱在桌上的鉋花水，梳頭盒一股腦兒都往壁櫥裡塞。

「好吧，好吧，看妳這孩子，怕不連妳外婆都要攆出去了。」外婆連笑帶說地大聲回答文璇的話，一面卻自動地把桌子底下的鞋子什麼都放進壁櫥裡去。心裡暗暗為文璇這難得的興致感到高興。

文璇又把她的「百寶箱」搬出來，撿出她心愛的畫片貼在牆上，還裝飾了棕葉、紙彩，桌上擺了幾件磁馬，鎮書的兔子，小洋娃娃。她足足忙了一個晚上，眼看屬於她的那一角小天地已是美輪美奐，這才懷著輕鬆的心情——鄭重地抽出一本書——大表哥要她先看的《帕利安娜》，睡到牀上去。

「文璇，很晏啦，睡，睡吧！」外婆催她。

「等一歇，稍微等一歇！」文璇請求著。兩人就這麼一遍一遍地重複著。最後，外婆忍不住了「克嚓」一聲，房裡立刻一片漆黑。

「這樣要傷身體的哩！」

文璇閉上瘦澀的眼睛，眼前冒著一朵朵金色的花朵，她把書中的情節咀嚼著像吃一枚橄欖似的。亢奮的心情沒有一絲睡意。慢慢地，從外婆那頭響起了勻均的鼾聲。她悄悄地溜下牀來，重新扭亮了電燈。

這是描述一個紅頭髮的女孩子怎樣克服環境的故事，她寄居一個性情怪僻的老處女姨母家，備受冷淡但她卻十分樂觀地把一切都往好處著想，她勇於正視現實，並設法改善，她的樂觀和純真善良的天性，使冷漠的人因內愧而感動。使消沉的人重新獲得勇氣，使斷了腿的人懂得怎樣去運用健全的手而忘卻了自己的殘廢……文璇一口氣把它看完了，彷彿在血液裡注進了什麼使人興奮的液劑，倦澀的眼睛猶自睜得大大地凝視著黑暗，她覺得心中有什麼在膨大充實，原來是一粒從母體跌落的微小的種籽，孤零零地落在泥土上，徬徨、淒涼，驟然間卻長了芽，生了根——她有了新的信心。

第二天早上，文璇趁大表哥吃早飯的空隙，便喜孜孜地告訴他。

「大表哥，看完了本書——《帕利安娜》。」

「看完了，一個晚上？噢妳真了不起！喜不喜歡那個紅頭髮，有雀斑的女孩子？」大表哥嘴裡嚼著一口油條，滑稽地望著她。

「喜歡。」

「我知道妳會喜歡她，她那種樂天的氣質，會使人對人生重新估價——就是說妳本來要是只看到滿天的陰霾，由於她的影響，忽然間瞥見了一縷陽光，妳會忍不住說：噢！原來並不是整個世界都是黯淡的，只是我自己所站的角度不對罷了！是嗎？」大表哥說出了文璇想說而說不出的話，她笑著點了點頭，表示十分同意。大表哥又接著說：「我希望她能活在妳心裡，做妳最親切的伴侶。」

是的，那個紅頭髮女孩子的印象總是鮮明地印在文璇腦中，但另外一個更生動深刻的印象卻是他——文璇最崇拜的大表哥。她看書有一點心得，總是說給大表哥聽，她遇上有功課上的疑問，也是向大表哥求教，大表哥奏起提琴來她就伴著歌唱，大表哥有時也帶著她在腳踏車上去兜兜風或是看一場電影……在寂寞的心靈深處，那小小的，專門接待親人的密室裡。大表哥的身影笑貌就像一縷溫暖的陽光，照耀著一切，他已成為她生活的，不，應該說是生命的一部分。

暑假結束，文璇考取了一座市立中學，生活又開始有規律了，就在這以後，大表哥也忽然變得忙碌起來，常常的吃了晚飯便看不到他的影子，本來對穿著很隨便的現在也刻意修飾起來，頭髮梳得發光，皮鞋擦得炯亮，走路時嘴裡吹著口哨。有時很晚很晚回來，帶著那種使人看起來顯得輕飄飄的喜悅。便支著下頦坐在桌前，眼睛裡揚射著明亮的似乎在黑地裡不點燈便可以照耀周圍的光彩，半天的，半天的朝前凝視著，但並不看什麼。由激動中平靜下來的臉上浮漾著一抹幸福的微笑，那種幸福的氣氛像一層透明的薄膜包圍著他；自然，聰明的文璇是不會在這樣的時候去打擾他。也有時他留在家裡，從黃昏到深夜拉奏著提琴，那曲子是文璇不知道的，但無限的纏綿、溫柔，聽著能教人心靈融化，而大表哥拉奏時那副一往情深的忘我神態，常常忘記了在他旁邊站了半天的文璇。

文璇永遠忘不了那一天。那天晚上她有一個算術習題做不出來，而第二天必須要繳的，她等了又等，終於在靜寂中傳來了輕快的腳步和低低的口哨聲。她忙不及待地走出房門走廊裡候著，在黯淡的光線中首先便看到那對明亮的眼睛，那裡面閃爍著一種她有點不敢正視的，奇妙的光輝，她躊躇了一下，他已走過來用愉快的口吻說：

「還沒有睡？」接著，似乎是很自然的，大表哥把她舉起來在她左頰輕輕地吻了一下，這動作是那樣的驟然，以致文璇一下怔住了，連手裡拿著算術書這回事也忘得乾乾淨淨，待至見大表哥吹著口哨悠然走開去，她這才像給什麼螫了一口似的，漲紅了臉，倏地向屋子裡跑去——

這一吻給文璇的感覺是陌生、微妙而帶點神祕的。她彷彿像做了一樁壞事似的，想起來就要臉紅，但又忍不住不想，只要她一閉上眼，那時的情景就會很清晰地映上腦幕。一些在電影上看過的鏡頭，一些在小說中讀過的描述，朦朧的被聯想起來，她偷偷地翻開從前看過的舊畫報對著那些熱情的鏡頭作遐想，踮起腳趾照著鏡子摸摸頭，拉拉鼻子，看自己是否已經長大了。她變得更渴望同大表哥在一起，但見了面卻又臉上訕訕的，正眼都不敢看他，連平時說慣的話都一下子梗住在喉頭，只是怯怯地看著自己的腳尖，或是東張西望的假裝要找什麼東西似地走了。

三

當她從外婆嘴裡知道還有五天便是大表哥的生日時，她把演講比賽的事都擱到腦後去，只想著該送他樣什麼禮物，她記起小學畢業時參加手工展覽的那件曾博得不少讚美的手工，那是一副用細竹子雕刻鑲嵌的相架，十分精緻，她決定再加工製一個，另外嵌上一張由她手繪的，富有意義的旭日圖。這該是最適合不過的禮物了。立刻，她就收集材料，動起手來，而且在事前，她不讓任何人知道她做的是什麼，她總在夜裡悄悄地湊著燈光又是磨，又是刻，又是畫的，她哄外婆說這是學校裡馬上要繳的勞作，不能不趕工，當她這麼聚精會神地專注在自己的工作上時，完全沒有注意到屋子瀰漫著的那種緊張忙碌的氛圍，大家彷彿為一樁什麼即將來臨的事準備著，隔日裡晚上，表姊和二表哥鬧著向大表哥索糖吃，還攛掇文璇藏起他的皮鞋來，要拿糖來贖，但文璇一心只掂念著那件未完成的禮物，什麼也不顧問便鑽到自己那一個角落裡去……當她在畫框上寫完最後一句：「祝你的前途永遠像朝日似的光輝！」十二點鐘已響過好一會了。

出文璇意料之外的，那天大家似乎都很重視大表哥的節日，客廳裡收拾得整整齊齊，舅母和外婆都換上了做客穿的衣服，另外還來了幾個客人，一起在客廳裡高談闊論起來，舅母和外婆一面陪著客人，不住用迫切等待的眼光瞥一眼門口！！這一天當真還不曾見過當事人大表哥哩。終於，門外響著咯咯的皮鞋聲。大家不由得一起停下談話，向門口望去——進來的果真是大表哥，穿著筆挺的灰色的西裝，玫紅領帶，文璇覺得他比平時更英俊瀟灑了，突然，大表哥一側身做了一個「請」的姿勢，文璇只感到眼睛一花，在大表哥身後閃出一個一身紅豔的年輕女人來，長及腳背的紅綢旗袍，紅色高跟鞋，紅皮包，白的耀眼的臉上，一張紅豔欲滴的嘴唇，頸子撐得硬硬的，頭髮燙得翹翹的，一進門眼珠滴溜溜地朝屋內一轉，塗得紅紅的指尖舉起手帕來按住半個羞怯怯的微笑。

大表哥向大家介紹那是「張小姐」，舅母立刻堆上一臉慈和的笑，表姊的眼光像一支探照燈在「張小姐」上照個不停。

大家就席後，那個他們叫他羅伯伯的忽然莊嚴的咳嗽一聲，站起來打開一卷紙頭用唸古書的聲調一字一頓地唸著，起初文璇沒有聽清楚他唸的什麼，末了，羅伯伯用更重的聲音唸了一句「訂婚人」，然後頓一頓，又唸著大表哥和張什麼的名字，大表哥訂婚？這話像一個晴天裡的霹靂，打得文璇愣然了一會，等她理解那是怎麼回事而向大表哥望去時，卻見大表哥正低俯著頭，眼睛卻悄悄向張小姐望去，而張小姐正也這麼做著，兩個人的眼光對著了，彷彿兩顆心靈全在這一瞥中融合了，幸福的甜蜜的微笑似清溪裡的漣漪，在兩張容光煥發的臉上擴漾開來……文璇恍然明白了大表哥這一陣為什麼老往外面跑，為什麼一個人會坐著做夢，發笑，為什麼會奏出那麼美妙的音樂——原來，原來他已有了愛人。文璇陡然間覺得心裡像有索子在絞著，接著似一個灌滿了氫氣的汽球從胸口湧起緊緊的，堵住了咽喉，她覺得燦爛的燈光，晃動的人影有點模糊了。她用力咬著嘴唇，直到疼痛使她重新清楚面前的人物，她慢慢放開捏緊的拳頭，手掌裡是一片濡濕的冷汗。

那個紅色的影子不住在她眼前晃動著，嬌笑著，像鬥牛士手裡的紅布惹怒著鬥牛似地激起了文璇的反感，她覺得她那濃豔的口紅掩不住下面厚厚的嘴唇，畫得弓一般的眉毛下面隱伏著另一條眉毛，塗得黑黑的眼圈依舊襯出微凸的金魚似的眼睛，而那麼一閃一眨都帶著狡黠的意味，文璇用那種揉雜著恨和妒的眼光凝視著她，她似乎覺察了。狡黠的眼光向這邊射來，文璇連忙閃避開去，忙亂中不提防將一杯酒碰翻了。紅色的酒液迅速地沿著桌子向鄰座身上淌去，席面上立刻起了輕微的騷動，文璇漲紅著臉茫然站起來，本能地覺得那些狡黠的、譴責的、譏笑的眼光一起集中在她身上，她恨不得有條地縫鑽下去，困窘不安地坐在那裡，就同坐在針氈上似的，又不能半途離席，這一頓豐盛的宴席她簡直沒有吃下什麼東西，好不容易挨到席散，也不管客人走沒走，她一溜煙閃進自己房裡，動作快得像一陣旋風似的，拉開抽屜，拿出珍藏著的一個用她的紮頭綠帶綰裹的小包，三把二把便扯散了。把那些花了幾天心血製成的鏡框用力拗著撕著，最後摔在地上。雙腳狠命地踩下去……

四

「文璇，妳曉得妳大表嫂是誰？」文璇的好同學林琴在上學的路上故意賣弄玄虛地問文璇，文璇乍聽見「大表嫂」這個稱呼，覺得怪不順耳的，只是淡淡地說：

「是誰？還不是兩隻眼睛一張嘴巴的人！」

「噢，她就是張老師的親妹妹！——住在張老師隔壁的王瑛告訴我的。」林琴誇張地說，好像認為文璇沾上這麼一門親應該感到榮幸似的。

「是張老師的親妹妹又能怎樣？」

「哎，我不過說說罷啦，看妳……」林琴閉上嘴，生氣了。

張老師是教文璇這班英文的，平時因為文璇的功課好，很有點對她另眼相看，這天第二堂課便是英文，張老師點過名，打開課本用和藹的聲音說：

「文璇，把昨天教的那課唸一遍。」

文璇臉向著窗外，紋風不動。

「文璇！」

文璇默默地站了起來

「把昨天教的書唸一遍。」

「不會。」文璇俯著頭連眼睛也不抬一下。

「不會？」張老師詫異地瞥了她一眼，聲音裡有點惱怒，「那麼把生字拼一遍。」

「也不會。」

張老師兩眼望著她，嘴唇顫抖著，顯然生氣了。但一轉眼她卻抑住了怒氣，喚另一個名字。

「王瑛！」

張老師不再理她也沒有叫她坐下，文璇就站著上完一堂課。

第二天上英文課時，文璇又是一手支著臉，那樣心神不屬地望著窗外。

「文璇，注意力集中。」張老師警告她。

但不一會她又滿不在乎地把臉向著窗子。張老師完全被她那種藐視的態度激怒了，冷冷地對她說：

「昨天喚妳唸書妳不唸，今天又故意不用心上課，妳要不願意上我的課可以不上，我不容許有這種態度。」

文璇立刻撿起書本，在同學們驚訝的目光下，一聲不響地離開座位，走出教室。

文璇一個人走到空無一人的操場上，覺得這樣做十分痛快，她不知為什麼無端的對張老師起著反感，覺得那對佯作和藹的眼睛裡正潛伏著那種狡黠的，使她憎恨的東西，看著它，她就抑制不住內心的憎厭，但她本心並沒有這樣做，卻不知不覺地做了。操場上粗獷的風迎面吹著，一陣激動的情緒慢慢地平靜下來，她又感到一種莫名的煩躁，彷彿有無數小蟲在心頭齧著爬著。——她從來不為所做的事追悔，她只是感到煩惱，感到自己一個人在世界上是多餘的。

那天，文璇仰躺在「綠色寶座」上帶著一臉的沉思和頹喪的神情，凝視著頭上那些在微風裡搖動的葉子，大表哥踱過來：

「璇妹，一個人好自在喲！是在做阿麗思夢遊仙境嗎？」

文璇做為回答的是淡淡的一笑，坐了起來。

「近來讀到什麼好書沒有？」

「什麼也沒有讀。」

「學校裡功課忙不忙？」

「不忙。」

大表哥故意裝得和藹的聲調反顯得有點不自然，他矜持了一下，顯然有重要的事要談，卻不知怎麼措詞。

「在功課上，妳沒有什麼感到困難的吧！」他看見文璇搖搖頭，「譬如說……英文，唉……我記得妳的英文在全班一直是名列前矛的，是嗎？可是最近……我聽見妳們張老師說……說妳上課的情緒不大好——張老師說她說那些話，原是維護自己的尊嚴的，因為妳太使她難堪了，不想妳當真一賭氣就離開了教堂……」大表哥望著文璇，極力把話說得婉轉，文璇只管低著頭看著地下，用力把腳尖去挑起埋在泥裡的一顆石子。

「妳曉得張老師一直是很喜歡妳的，這樣做使她很傷心……明天，明天妳一定會去上她的課的，是不是？」

文璇還是執拗的，全副心意去對付那塊石子，就像那顆石子妨礙了她，倔強的動作裡流露出無言的抗議——當大表哥沉悶地走開去時，覺得這個羞怯，溫柔的小表妹變了，變得頑強而不可理喻。

文璇當真變了嗎？不，她恢復了初來時的悒鬱和孤獨，再加上新的煩躁，從她那又恢復凌亂荒蕪的一角；未蓋蓋子的墨水瓶，吹硬了的毛筆，東一團西一團的字紙團，和橫七豎八的書籍紙張上，可以看出小主人內心的懶散和消沉。她變得不大愛整潔，也不用功。放學回來，不是去「綠色寶座」上呆呆地倚著，便是伏在那凌亂的一角漫不經意地東塗西畫。那雙明亮的，每天至少要回牆上的相片凝視二三次的眼睛，已逐漸減退了光輝，那薄薄的嘴唇總是抿得緊緊的，原是秀麗的臉卻稍嫌清癯了。但沒有誰留意到這個，外婆和舅母成天嘰嘰咕咕在一起會商著，計畫著那件「喜事」。

菊花開的時候，大表哥和張小姐結婚了。那天，一屋子人彷彿都比平時起得早些，文璇在外婆的催促下，懶洋洋地下牀來披上那件舊的校服。

「咳，今天好日子，別穿那件寒裡寒傖的衣服。」外婆說。

「我喜歡穿嘿！」文璇心裡想，什麼好日子干我屁事！

「妳這孩子，又來彆扭了！在舅舅家歇著，要不穿戴得挺括些，人家還以為妳舅母對妳怎麼著。來換上這件。」外婆巴的巴的拿了條新的格子布裙子和一件紅絨衣，迫著文璇換上，文璇想，原來要我穿得齊整點是替舅母裝面子！她一肚子的不痛快，逕自挾著本書去綠色寶座待著——她把那當作一件繫在避風港裡的小舟，任憑他屋子去興浪作波，呼風喚雨。

結婚，本來只是一個人的生活裡加入另一個人，偏偏卻有許多不相干的人幫著忙，幫著緊張，幫著高興，幫著操心。當大家從那些繁複的禮節，無聊的瑣事中掙扎出來。留給那對新人一份恬靜的，屬於他們自己的辰光，已是深夜了。外婆挪著疲痛的小腳回到房裡，發現房裡靜靜的，牀上空空的，這才想起有好半天沒有看見文璇了。她輕輕地對著廁所喚著，沒有回音，又在房門口喚了幾聲，廊上依然寂然無聲。外婆著急了，挨房的去詢問，舅舅、舅母也來幫著找，手電筒的光閃過了每一個角隅……

「啊！在這裡了！」電光停留在園裡的大樹上，那裡正蜷縮著一個披紅毛衣的身影。在周圍無邊的黑暗中，更顯得嬌小伶仃。

文璇在「綠色寶座」上睡著了。身體微側著，一手搭在胸前，一手懸垂著，雙眼闔得緊緊的，慘白的臉上還留著斑殘的淚痕，渾身吹凍得冰塊似的，就像一個沒有生氣的石雕像。

文璇病了。不飲不食，發高燒，說著囈語，呼吸十分沉重。

外婆焦急不安地守著她，不時替她牽牽枕頭，塞塞被子，把擱在外面的手給放進去。她全不知道。

舅舅陪著醫生來看她，她全不理會。

舅母將手按在她額上，她喃喃地喚：

「媽媽，媽媽，我想死妳了！」

大表哥同著新表嫂也來看文璇，她在牀上翻了個身，呻吟著說：

「水！」半睜著的無神的眼光正落在牀頭的大表哥身上，忽然間亮了一亮，嘴唇翕動著，似乎想說什麼。但一看到他後面的她，又立刻闔上了眼，柔髮披亂的頭向裡一側。

外婆端來了水，她沒有喝，大表哥輕輕地喚喚她：

「璇妹，璇妹。」她也不理……

一個進來，又一個個出去，屋子裡仍只留下一老一少，沉寂中，唯有滴搭的鐘聲伴著病人急促的呼吸——突然，文璇的手痙攣地向空中抓著：似想抓住從她那裡遁去的什麼。

「媽媽，媽媽。」她懇求地呼喚著，長長的睫毛上閃出一排淚珠。「我要回家，我要回家喲！」

「孩子，外婆在這裡哩！醒醒，醒醒……」外婆半身俯伏在牀上，執著文璇瘦小的手臂搖撼著，乾癟的老眼裡也不禁湧上一串熱淚，撲簌簌跌落在被褥上。

文璇傷心地嗚咽著，淚水浸濕了枕頭。這時，一支溫柔的悠美的，小提琴樂曲——是她所熟悉的〈快樂家庭〉。從隔壁大表哥的新房裡揚傳過來，像一片柔和月光，一支潺潺的清泉，緩緩地鋪瀉進房門……文璇悲慼的顏面慢慢地開展了，平靜了，忽然在抿得緊緊的嘴角浮上一絲淺淺的微笑，重又沉沉睡去——

民國四十一年十二月

編註：本文原刊於《文壇》第六期，一九五三年四月，頁十七～二十二。

春歸夢殘

愛情如行雲流水
機會是稍縱即逝

一

「媽，阿麗思是不是喝了井裡的水變小的？」

「媽，阿麗思拿到金鑰匙沒有？」

「嗯，阿麗思喝了井裡的水，她就變得只有一尺高的小人了。小得剛剛可以走進通花園的小門，可是，糟糕，她又把開門的金鑰匙忘記在玻璃桌上了。現在身體變矮，又搆不著啦。她想順著桌腿往上爬，可是玻璃桌腿又是滑溜溜的，她爬上去，滑下來，爬上去，滑下來……」

靜姍從學校接了小毅和小姍二兄妹出來，一路上耐心地跟他們講著故事，街上還不到熱鬧的時候，稀疏的行人、冷落的店鋪，勾劃出下午的安謐。靜姍同孩子們踏著緩慢的步子，不時悠閒地瀏覽一下街景。就在她舉眼想欣賞對街一枝出牆的茶花時，忽然覺得眼前一亮，一個似曾相識的身影掠過身畔。她不由得轉過臉去，不料對方也正回過頭來。四道視線相接，立刻兩人都停下了腳步。

「靜姍！」

「偉文！」

兩人喜不自勝，緊緊地握著手，一時激動得說不出話來。

「姍，想不到我們今生還能見面。」

「想不到……」靜姍覺得有什麼東西從心坎湧起，堵塞了咽喉，帶著酸溜溜的味兒逗在眼眶。她俯首四顧，只想一點什麼藉以倚靠軟癱的身軀。

「十年了，十年來為著尋求妳的音訊，我走遍了天涯海角。不想得來全不費工夫。姍，這不是夢吧！」他望望眼前的人兒，又望望遼闊的天空，天壁是蔚藍無塵，一輪夕陽正揚射著失去了熱力的光芒。

「但願那是夢，一個漫長的夢……」靜姍悃然低下頭去。微弱的聲音在喉際消失。

「為什麼？姍，這十年來妳做了什麼？噢，讓我們找一家咖啡館傾訴一番別後的衷曲。」

「那？……」靜姍猶疑著望望身邊的二個孩子，他們瞪著眼把偉文觀察了半天，現在已不耐煩地拉住她的手，扭著身子。「我看我們就邊走邊談好了。」

「這兩個是？……」

「是——我的孩子。」靜姍吶吶地把孩子向身邊拖近些，彷彿那是自己的什麼罪證。

「噢！妳的孩子！這樣說來妳早便有了一個幸福的家！」

靜姍內疚似的把頭俯得更下了。一剎那的無言，她只聽見自己的心，急速地在跳。一串沉滯的腳音敲過街磚。

「那麼，你呢？」她終於鼓起勇氣，抬起頭來怯怯地瞥了他一眼。

「我？我已將我全部的愛在十年前給了一個人了，如今，我仍為她抱著獨身。」

「難道說十年中你竟不曾遇到一個值得傾心相許的人？」

「可是，我忠於愛情甚於生命。」

靜姍咬著嘴唇不安地眨動那對亮而大的眼睛，把話題捩轉一個方向。

「十年來，你在事業上想必已有一番建樹。」

「唔，但那又有什麼意思，充其量只是一架空虛的、沒有畫幅充實的鏡框——」

「別說下去了！」靜姍急促地阻止他，一陣痛苦痙攣了她的臉。她抖慄著在一張紙片上寫了幾個字，遞給偉文：「這是我的地址，幾時你來我家或是另外約一個地點談談。」

他不經意地瞥了一眼，隨手將它摺得小小的。

「不必了，我想。」聲音是抑制得那麼淡淡的。「我實在不該攪亂妳那份寧靜。知道妳存在並且幸福，已是關懷妳的人莫大的欣慰。——我已經吞飲了十年苦酒，這最烈最苦的一杯，還是由我一人來細酌慢飲吧！」

「文，你不能聽我解釋嗎？……」

「事實已是一個難解的死結，任何解釋都是多餘的。」

「文，你……」靜姍忍不住熱淚盈眶，語音梗塞。怨恨交集的眼光深注在他臉上，彷彿一直要透注到他心裡——猛覺街上行人有向她注視的，又連忙轉過頭去，假裝著欣賞櫥窗。

「姍，別再感情用事，我先走了。」他湊在她耳畔輕輕地說。靜姍極力忍住哽咽沒有回頭。只聽見沉重的皮鞋聲緩緩地離她走去——遠了，她又忍不住側過臉去偷偷地瞥了一眼，把那仍是那麼英俊、瀟灑的背影，像瀕死的人呼吸最後一口空氣般，貪婪地吸入心坎深處。

半晌，靜姍面著櫥窗控制和調整著出軌的感情。方才那份悠閒的心情，換來了沉重的負荷，方才母子間那股恬謐的氛圍，現在已消失殆盡。她拖著沉重的腳步，迷惘地牽著孩子踏上歸程。

「媽，後來阿麗思怎樣了？」走了幾步，二個孩子不約而同地仰起了小臉，天真地追問。

「唔……嗯……」靜姍心不在焉地漫應著。孩子一連問了幾次沒得到結果。感到失望也感到困惑，也許從母親臉上看出了什麼異常的神色。便納悶著再不作聲。

夕陽裡，三個人影拉得長長的，六隻腳默默地印上自己的影子。

抵家，靜姍撇下孩子就匆匆地進了寢室。打開箱子，在衣服底下掏摸出一包用緋色絲帶繫著的紙包。紙包裡有一疊發黃的信和一只相片夾。

第一張抽出來的是他與她划船的照片，疏朗的柳枝叢裡，展現一泓明淨的湖水，一抹隱約的遠山。一葉小艇悠悠地盪漾在湖心。六支槳斜擱舷上，面對面的二個人兒一個吹奏著口琴，一個正望著頭頂的白雲在歌唱，青春的歡樂洋溢在心坎，在艇中，在醉人的波光山色間。

她還記得那時唱的是一支〈乘著歌聲飛去〉：

……乘著甜歌的翅膀去那恆河的兩岸，最美麗的地方……

我們要雙雙地倚偎在那椰子樹下，

互相戀愛，互相安慰，去做那幸福的夢……

他倆都曾為那美麗的歌詞神馳。兩顆年輕的心靈同時融化在歌聲裡——在那茂密的柳蔭處，少女的心第一次感受了愛情的陶醉——她輕輕地咬著嘴唇，在那裡彷彿還留著初吻的溫潤，她感到一陣潮熱從心底泛起，本能地舉起手來按按兩頰，噢，那裡也是灼熱的。她又抽出了第二張照片，背景是一角山峰，一枝蒼勁的古松。他倆背靠著背，頭抵住頭，正抱膝坐在樹下長長的草叢中。笑綻開在臉上，像春天裡怒放的花朵。她記得那是仲春的一個假日，她同偉文還有二三個朋友一同去遠足。偉文怕她爬不動山，她一賭氣就要跟他比賽。賭注是一個吻。結果卻比他遲到了十幾步，他向她索取賭注，她卻一味地繞著那棵樹躲閃。但他終於把她捉住了，那麼緊緊地，緊緊地摟住了她，她笑著喘著就像一塊餳糖般軟癱在他懷裡……就在這時，江和英驀地從岩石後面轉出來，拍著手大聲喝采。羞得她撒下他就向山後跑……

十年了，十年的星月流轉，十年的花開花落。縱使畫眉點唇，額上已添淺淺皺紋，縱使收藏在箱底的相片已有些許褪色，而拂去塵封，保存在記憶裡的往事——那純真的心靈上第一道愛的光輝，依然鮮明燦爛——

二

春天的花朵必須有雨露灌溉，春天的生命必須有愛情滋潤，初戀，是青春第一朵嬌豔的花朵，芬芳永存。

那時，她才離開學校，似一隻出林的小鳥，他也涉世未深像一匹鋒芒初試的駿駒。如同兩粒種籽被春風播送到一塊沃土裡，他們會合在人生的中途站——他們服務的一個國營事業機關。她學的是經濟，專做會計工作。他學的是土木工程，成天畫圖設計。因此他們雖然同時服務在一個機構，卻不太熟悉。可是，造物偏生為青年人安排下各式各樣的機會。她的一個同學同事與另一個男同事結婚，請她做儐相，而新郎請的儐相卻是偉文。

氛圍和情調容易影響人們的情操，猶如氣候的容易影響寒暑，在歡樂、神祕、瑰麗的喜慶場合中，年輕人彷彿都沾著一點莫名的興奮，一份躍躍欲試的心情。靜姍伴著新娘幾次無意地抬起眼來，總遇合了男儐相盈然欲語的眼光。她覺得他比新郎年輕，比新郎俊。可是，不知為什麼她一碰著他的視線，就同感著什麼微微的壓力般立即闔下了眼簾，心裡有點慌亂。

席間，賓客們鬧著向新郎新娘男女儐相勸酒，她也不免多喝了幾杯，新郎囑男儐相送她回宿舍。兩人都帶著點醉意。

那晚不知是十四還是十五，明淨的月光水銀般鋪瀉了一地。小城早便沉入酣睡中。從熱鬧、溫暖的新房中出來更覺街上清冷靜寂。靜姍緊了緊那件白色法蘭絨的披肩，玫瑰紅緞袍上的銀星閃爍著似同藍天上的那一群爭輝。

「林小姐累了吧！」

「還好……有一點。」一說起累，靜姍果真覺得一直讓亢奮壓抑著的疲困在她身上活躍起來。腿有點痠，而裏在銀色高跟鞋裡的腳趾更有點發痛。這時正穿過一條小巷，後跟只在鵝卵石上打岔。

「當心！」他說，本能地遞過手臂去。她也不自主地伸出手去攀住了。因為腳疼，力氣幾乎全放在那隻手上。

「今天妳喝了不少酒？」

「可不是，那些人真討厭。拚命敬人家的酒，好像專門想把人灌醉了看人家出醜呢。」

「中國人這個習慣最是改不過了。看來今天新郎也喝了不少。」

「噯，剛才舉行儀式的時候，你們怎麼一出來就走得那麼快。幾乎連拍子都沒按上。」

「就是嘛，我猜新郎大概有點上場慌。在這種場合，人往往會顯得過分緊張的。」

靜姍笑了笑，一陣冷風吹過她猛然打了個噴嚏。一聲溫柔的「冷嗎？」手挽得更緊了些，他們正走過一帶樹蔭，月光從樹隙透過，踏著那片斑斕疏落的影子，腳步奏出緩慢的韻律，那份醉意似乎更濃了。

「有人說一個人只要做上十次儐相，就不想結婚了。」

「你有這份感覺？」

「我嗎！」他意味深長地望了她一眼。「恐怕——已經遲了。」

冷風裡，她偏覺得臉上發燙，酒精在腹內發酵。

「有人說……如果人生是一齣戲，那麼女人便是一場電影，結婚是在一些美麗的鏡頭，熱烈緊張的情節後，最後在銀幕上放映的雪白耀眼的『完』字。」

「妳認為這比喻十分恰當？」

「不十分。可是我以為除卻美麗的鏡頭，熱烈緊張的情節外，更重要是應該有一份事業的奮鬥，生命才不太貧乏。」

「林小姐說得真對，我也有這樣的感覺。打一個譬喻，譬喻戀愛、結婚，以及那份家的溫馨是一幅美麗的畫，那麼事業便是精緻的鏡框，畫若沒有鏡框襯托護理，便將剝蝕褪色。鏡框若缺少了畫來充實，也只是空虛無用。兩樣原是相得益彰的。」

「畫與鏡框，嗯，你的譬喻打得真好。」她笑著送給他鼓勵讚賞的一盼。「這該是年輕人最好的座右銘。」

他的心神游泳在那一笑一盼中，一臉的癡笑還未收起，腳下卻已到了女宿舍。

「再見！」她退下手套，潔白的手在月光下就似一件象牙雕刻。她感到有一股熱力從他掌心裡傳布到全身，幾為之心神搖顫。

「再見，祝妳有一個甜蜜的夢！」他用那對懾人的眼睛深沉地望入她眼裡說，她回答他一個甜笑，甜得使人像才從蜜餞缸中浸過。

種子若是落在沃地裡，又適逢和風細雨，很快便會萌芽。這晚，靜姍果然做了不少夢，而綴成夢的是偉文的言語、笑貌。少女那戀愛的聖壇上，第一次容納了溫情的供奉。

從此，當春風吹綠了大地，當稻穗黃透了田野的季節，山林裡，田野間，到處有他兩遊蹤。當杜鵑花映紅了兩岸的時候，小溪畔，河水裡歡揚的歌聲常伴著流水的吟唱，而在寒冷的日子，靜姍那間小室裡總是生起一盆熾紅的炭火。兩人便圍著炭火讀一首優美的詩，說一個綺麗的故事，炭爐裡還烤著紅薯和板栗。窗外是寒風凜冽，室內卻洋溢著溫馨的氛圍。

多少個春日迷戀陶醉，多少個月夜流連忘返，多少個夢一般的日子在兩情繾綣中消逝！

兩人都年輕，兩人都有個酷愛自由的靈魂。心與心已是融成一片，靈魂與靈魂已是密密偎依。然而，每晚，一座橋，二條街，永遠是他們之間的距離。

是一個仲春夜，淡淡的月光替大地抹上了一層柔和的色彩，纖細的柳枝在微風裡輕拂、不時飄下三五縷柳絮墜入平靜的河面，隨著流水去追尋失落的春夢。暗藍的天上有數不清的星星，暗綠的水中有流不盡的漣漪。深密的樹叢裡有一隻夜鶯在歌唱。那悠揚的音波恰似一支泉水來自遙遠的天際。靜姍和偉文悄悄地坐在軟綿綿的草地上，柔和的景色和柔和的曲調交織成一面柔和的網，網著她和他。在那無言的偎依中，他們忘記了宇宙的存在，忘記了時光的流轉，只是盡情地，深深地汲取那一份醇厚的幸福。

「噯，又快十點半了。」靜姍驀地從迷醉中驚覺，望了望手錶說。

「一百點也不管。」偉文迷糊地，像個任性的孩子。

「可是，宿舍要關門啦。」

「那就索性別回去！」

「你！」靜姍笑著用食指在臉上劃一下。還是坐直來掠著微亂的頭髮。偉文悻悻地歎了口氣，將雙手枕在腦後，索性仰臥在草地上。

「回去吧！」靜姍湊過臉去溫柔地喚他。他趁勢又拉住她的手臂。

「姍，難道我們當真就永遠這樣下去嗎？」

「怎麼，這樣還不好嗎？簡直像一對飛鳥，沒有牽纏，沒有顧慮，只是無憂無愁地悠遊在天空……」

「可是，鳥兒雙飛也雙宿，而我們一天卻只有幾小時相聚。」

「月亮因為有缺人們才盼望圓，花兒因為有謝人們才盼望開。有缺陷才顯出美，有距離才顯得真。」

「噢，不。只有靈肉一致的愛才是完善的。妳不能指望人人都是柏拉圖的信徒。姍，二年多的日子已不算短暫，讓我們生活在一起吧！」偉文迫切地請求著，靜姍只是凝注著水流，沒有回答。

「姍，假如我們生活在一起，我們的步調一致，我相信我們的理想會更早實現。」

「那麼。」靜姍頓了一頓，緩緩地說，「難道說你就忘記了你自己說過的話，那畫與鏡框的譬喻。」

握在靜姍臂上那隻手像驟然受了一擊般滑落下去。夜鶯停止了歌唱，林中一片沉寂，只有流水悄悄低吟。

「鏡框與畫」，噢，鏡框對畫果真是那麼重要嗎？

三

又是一年過去，偉文和靜姍的愛情仍是有增無減。

又是一個春天，偉文亢奮而不安地約著靜姍至河畔，交給她一頁信箋，是一個父執邀他去昆明××局做獨當一面的工程師。

「噢，恭喜你，恭喜你這麼一個機會發展你的才幹。」靜姍興奮地挽住他的頸脖，像一隻啄木鳥似地吻他。

他笑著，承受著這份恩寵。彷彿自己在頃刻間成了她的英雄。但是，那笑就似一天雲翳中的一縷陽光，一會兒又淡去在陰雲中。他摸著靜姍那一頭柔滑的長髮，眼睛潤濕了。

「可是，我又怎能離開妳。」

「別這麼說，文，記得西諺有這麼一句話：別離之於愛情，猶如風之於火——吹滅小的，搧燃大的。我們的精神和心靈已相貫通，這小小的分離又算得什麼？」靜姍拈弄著他的領帶，強自說著勉勵的話，心坎卻沸騰著一腔熱淚。

「嗯，姍，昆明是個四季常春的樂園。我看我們就一起去好不？」偉文試探著說，像孩子怯怯地去燃點爆竹引線。

「一起去？」爆竹果然點著了。靜姍倏然抬起頭來，眼睛睜得大大地盯住偉文。「各人有各人的事業前程，我怎能像鋪蓋捲似地由你攜去？」

「我想那裡還怕找不到工作？」

「我這裡的工作十分合適，又何必丟下了再去找工作！再說機會是自己造的，沒有機會等著人。相處三年，我的個性你當然清楚，文，希望你把事業與愛情分清。」靜姍的一番凜然正言，說得偉文啞口無語，他淡淡地一笑，避開她的凝視望入那深沉的黑暗裡說：

「我原是跟妳說著玩的。」聲音裡卻充滿了悒鬱和失望。

靜姍忽然覺得心裡一軟一酸，掩飾地將臉頰摩著他的臉頰說：

「文，別忘了你自己說過的話便是最好的座右銘。」

「我知道。」他苦笑著點點頭。「要不是為了那個大前提，我又何忍親手安排下這次分離！」

行前，幾個比較親密的同事為偉文餞行。席間，汪青——偉文相知最深的友人忽然站起來向他兩說：「偉文這次走得那麼遠，而時局的變化更是不可預測。我們這批饞嘴的朋友生怕將來喝不到你倆的喜酒，因此，希望你倆馬上能舉行一個訂婚儀式，也讓我們先喝上一杯喜酒。至於怎樣布置，一切由我們籌備。你們贊成不贊成？」

在一陣熱烈的掌聲笑聲中，偉文激動地轉過臉去，以眼光向靜姍探詢。靜姍卻微微一笑，坦然地望著他，用平靜的聲音說：

「紀德的《窄門》你是看過的了。」偉文茫然點了點頭。

「唔，看了。」

「那麼，你記得芥龍說的那一段話嗎？……為什麼要訂婚呢？我們自己知道我們是，將來也是，屬於彼此的。不是已經夠了嗎！如果我們樂以終身相許。婚約、誓言，在我看來對愛情是一種侮辱……我想你總不至於要用約束來繫住我們的愛情吧？」

於是，偉文站起來先謝了眾人的好意，然後委婉地把靜姍的意思作兩人的意思向大家述說了一遍。

任是兩情難捨，偉文還是走了。汽笛聲聲催客，靜姍猶自緊握著偉文的手叮嚀。

「好自為前程珍重，我永遠等著你……」

「放心，為那幅美麗的圖畫，我將不惜付出任何努力來完成鏡框。」

偉文堅定的聲音有點梗塞。那對懾人的黑眼睛那樣深默地凝視著靜姍，似乎已將整個心靈交付在這深情地一瞥裡，從此，靜姍只要一闔上眼，那對深情的，默默的眼睛，便似黑夜的星星，嵌上她那無色的心版。

從此靜姍每天最大的欣慰是偉文的來信，每天最重要的功課是給偉文寫信。

靜姍彷彿是一座活在冰島的火山，儘管岩液在內部燃燒沸騰，外表總是一片冰雪晶瑩，在公餘之暇，在靜靜的黃昏薄暮，在午夜夢回，默默地，她忍受著相思的煎熬，像一個苦修的僧徒。但當這份沉重的想念從筆端滑落箋上時，偏又把來化作輕描淡寫。她那倔強的意志，似一道防洪堅堤，永遠防止著感情的氾濫。

六個月過去了，那時日寇已迫近柳州，眼看東南一角，又將截成二截，連樂觀的靜姍也感到惴惴不安，她似乎預感著有什麼不幸在醞釀，她並不害怕，但她很願意有一雙有力的手臂在她左右。就在那個星期六早晨，她照例又接到偉文的信，還另外有一只紅豆鑲嵌的心形別針，中間是一個琺瑯質的小愛神「寇畢德」。拆開那封比平時厚了許多的信，原來裡面還附著整整半年的日記。她不敢看，忙不迭地把它關進辦公桌抽屜。

晚上，宿舍裡的同事都出去了，靜姍關起房門，一個人靜靜地倚在牀上開始看日記，那一粒粒字句幾乎全是眼淚、熱情和痛苦所凝鑄。他把相思的痛苦描述得那麼深刻，以致靜姍不得不幾次停下來找手帕。最後，他在那封信上寫著：

姍：我忍不住了，我要說，我一定要說：我生命裡缺乏了妳便不能生活。我們的心已融成一顆，我們兩個便是一個，又為什麼把一個硬撕成二半，一半擱在山南，一半擱在山北！愛情原是青年人的動力，沒有妳在身畔，什麼事業我也不能推動。親愛的姍，我求妳別那麼殘酷，別再虐待自己的情感了。說什麼一定要等鏡框製就再鑲配圖畫。（怪只怪我自己不該說溜了嘴。）我們在一起分工合作豈不更迅速妥當！因為，我們都還年輕，但美麗的花都開在春天，春天的花開得繁盛，秋天才有收穫。我們又為什麼讓青春在相思裡窒煞！再說風雲日緊，瞬息萬變。萬一……噢，我不敢想也不能想。姍，這裡的會計部分正需要一位會計員，那工作不會差於妳現在所從事的。來吧，看在愛神維那絲面上，別再拒絕！如果妳不肯來，那只有我再回到妳身畔。什麼尊嚴事業我都不管，我唯一指望的是共同生活在一起。不再分離！

姍，這枚別針恰似我的心，密密地讓相思圍砌。只是中間的「寇畢德」應該換上妳！

長夜沉沉，我將祈禱達旦……

讀完日記和信，靜姍的熱淚已浸透枕頭。信箋上平添了三五朵淡藍的花。內心陡然掀起澎湃的浪潮，猛向堤岸沖盪、撲擊。一次、二次、三次……堅固的堤岸動搖了，抖慄了，終於給沖垮了一角，激流便瘋狂地奔過去——順著這股激流，靜姍馬上給偉文寫了封回信，告訴他一待事情弄妥立即起程。第二天她把信用快遞掛號寄了出去。可是，從此便再沒有得到回信——數日後，柳州即告淪陷，不久衡桂也相繼失守。路一斷，K城和鄰近幾個縣份雖然未曾陷敵，卻似一截被截斷了的壁虎尾巴。

憂慮、苦惱、惶惑、焦灼，這些情緒一下子就使靜姍老了十年。

等待中的第一年，她變得十分消沉，下了班總愛一個人待在宿舍裡。而當大家都睡靜時，她卻在小院裡徘徊到深夜。她拒絕了好幾個男朋友奉獻的殷勤。

等待中的第二年，她忽然把精神完全貫注在工作上。白天勤奮地工作，晚上更勤奮地自修，彷彿要不停地工作來麻醉自己，不讓自己有思想的時間。

第三年她轉去另一個機關，有一個較好的位置。在那裡她認識了心毅——追求她最激烈的一個。抗戰勝利了。她隨著機關遷移到漢口。打聽偉文時，他服務的機關早便解散，人不知去向。

那唯一維繫靜姍的一線希望中斷，她陷入了絕望的深淵。淵底黑暗陰冷，心毅及時小心地送去溫存和殷勤。心毅比她大上十二歲，是個事事求實際的人。志趣卻與靜姍不大相投。但溺水的人會不大自覺地搭上最近的浮木，感於他的耐性和誠懇，靜姍那將熄滅的餘爐裡又燃起另一點星火。她坦白地告訴他，她曾有過一個終身相許的愛人，雖然他行蹤不明，但她對他的愛始終不渝。可是心毅的答覆卻也妙，他說：

「這個我早就知道，但那又有什麼關係。年輕人鬧戀愛就同樹木每年必須落葉萌芽似的。不足為奇，要緊的是結了婚後的愛情是否專一，妳的意思是舊的愛情不曾死去，新的便不能產生。可是，你看那檞樹，不是等新的綠葉都長成了，老朽的葉子才慢慢脫落？靜姍，別盡把妳豐富的感情，寶貴的青春，浪費在不可知的等待上，這裡，請接受我忠實的獻納吧！」

終於，她默然接納了他忠實的奉獻。如今一晃眼便是七年了。他們相處得很平和，他們也有了兩個可愛的小兒女。來台灣一時找不到工作，只得安下心來做個賢妻良母，他不十分了解她，但愛她且疼她，而有了個溫暖的家，他更孜孜於自己的事業。盡著做丈夫父親的責任。可是有時她仍會感到一絲渺茫的空虛，輕煙般浮泛在心底。像是缺少了什麼，又像是失落了什麼。今天這一邂逅，她才猛然警覺她所缺少的是什麼——世上只有兩組相似的音符，才能湊出和諧微妙的樂章。

找到了重又失去，比找不到的失意更悵惘。

他說他只完成了一個空虛的鏡框，那麼自己呢？鏡框未完成，畫已褪色——鏡框與畫，噯，鏡框與畫！這究竟是誰負了誰？靜姍歎息著，唏噓著，猛然又想起為什麼似的，從手飾盒子裡找出一枚珍藏著的心形別針。那上面一排晶瑩的紅豆還是那麼鮮明紅豔，而它象徵的那顆心……她不由得激動地把它按在唇上，又緊緊地貼在胸前，睫毛上不知何時起已串起一排明亮的淚珠——就在這時，外面傳來喚「爸爸」的聲音。她本能地把別針納入口袋，跌坐在沙發裡。耳邊已響起那六七年來聽慣的男中音：

「靜姍，不舒服嗎？怎麼獨個兒坐在這裡發呆！」

靜姍凝望著牆上一幅月下泛舟圖，那幽幽的聲音像來自迢遠的夢裡：

「我正在，正在欣賞那幅圖畫！」

風過處，窗外送進一片凋謝的花瓣，正從靜姍肩頭滑落在膝上，她茫然諦視，眼梢卻掀起皺紋淺淺——春，已將歸去，夢向何處尋覓？

屏東・民國四十一年二月

編註：本文原刊於《暢流》第五卷第五期，一九五二年四月十六日，頁三十～三十一；第五卷第六期，一九五二年五月一日，頁二十九～三十一。

海嫁

——「汐止」的故事

那是一小塊充溢著安謐氣氛的樂土，青翠的田丘，清潔的街道，綠沉沉的樹蔭隱約掩映著一排紅磚瓦，領略著這一份樸質，幽美的田園風味，會使人暫時忘卻俗世的煩慮，淡水河的一小支流脈蜿蜒地潺流過市鎮的邊緣，是那樣地恬靜無譁，誰又能想到就是這泓平靜的流水，當年竟是興波作浪的海洋；而這恬靜安謐的小鎮，那時在波浪的威脅下一直恐懼地顫慄在陸沉的危險中。那也許是一件古老的傳說，一個荒謬的故事。但美麗的傳說常常給平凡的地方染上美麗神祕的氛圍，人，誰又不希望生活在美麗的氛圍裡……

很久很久以前，這塊臨海的荒地卻有著肥沃的土壤，就跟有陽光照耀的地方便有生物一樣，有土壤的地方便有人類的足跡。不知從什麼時候起，這裡也遷住著居民。他們開荒，播種，勤儉地懇植著，血汗灌溉出來的糧食正夠維持簡單的生存需要，耕作之餘，有時也在近海撒一下網，將捕得的鮮魚蝦蟹佐食噴香的米飯。他們過著與世無爭的生活，大家相處得十分融洽。可是，安謐的日子卻並不長久，災難追蹤著幸福就像狡狼窺視著羔羊，當草木開始萌芽的日子來臨時，海水彷彿也讓春的氣氛誘惑得如癡如狂，一到日落的時候，它便奔騰呼嘯，掀起巨大的水柱，挾著洶湧的浪濤，向這小小的陸地沖擊、猛撲。田地淹沒了，房屋財產捲進了波濤。人們與狂瀾搏鬥著，掙扎著，搶救著田地財產。才度過恐怖緊張的一晚，白天還不曾喘一口氣，又得憂懼著另一晚的災難。每一年的仲春到秋初，總有不少人在潮汐裡失去可貴的生命，不少人失去了辛勤掙來的財產。而過一個潮汐期，沙岸更被侵蝕若干。眼看一年年過去，土壤一年比一年減縮，那些樸質的居民乃常有著一份沉重的心情。

就如馨芬的幽蘭常常開在荒涼的山谷裡一般：美麗的女郎常常誕生在僻野之地。阿宮，這美麗的百花似的少女便是這一帶的一枝幽蘭。她那一對明亮清澈的眸子，像是摘下了天空的星星安嵌進她的眼眶，端莊挺秀的鼻子，就似白玉的雕刻。啟唇微笑時，恰如四月初綻的薔薇從花心湧出那一排潔白發亮的貝珠。漆黑的秀髮常常編成辮圈盤在額際，三五朵素淨的蝴蝶蘭斜貼在鬢畔，一襲淡至若無的淺藍單衫輕裹著纖柔的身材。體態是那麼飄逸，步伐是那麼輕盈，眉目間洋溢著那高潔超特的情韻，令人對她的美起一種崇敬的欽慕，像對一輪皎潔無塵的明月一樣。她不僅有上帝特賦的美貌，更有一個善良的靈魂，一份纖輝的智慧，為著珍惜她那一身細膩白潤的肌膚，她的父母從來捨不得給她下田；但她結的漁網比誰的都堅韌緊密，她織的布比誰的都細緻精美。她是這鎮上少女們模仿的榜樣，少男們企求的對象。可是她從未接受過一件表示愛情的禮物——有的是花費了幾年的精力雕刻成的耳環，有的是冒生命危險串集的珍珠手鐲……這些飾品全是少女們視同生命的恩物。——少男們雖從她那裡得到了溫婉的拒絕，而愛慕之情卻更熾熠。

「阿宮難道當真一輩子菩薩般供奉起來嗎？」阿宮的母親見阿宮總似雲中仙子般一塵不染地優遊自在，一天忍不住一半驕矜，一半擔憂地笑著說。

「真的，這鎮上又有哪個郎君配得我家阿宮的！除非是海龍王來求親，誰我也不能給。阿宮，妳說是嗎？」阿宮的父親更打趣著她，一面寵愛地向她凝視著，瞅得她似羞似惱地將紡車一推：

「你們壞，我不來！」

「噢，依我看起來，只有阿佳這孩子還不錯，阿宮，阿佳給妳送過東西沒有？」

說起阿佳，阿宮薔薇似的頰上更泛上了紅霞。阿佳是鎮上最健碩勇敢的青年，他對一切都看得很認真，他預定要做一件事，不管有怎樣的困難挫折，一定要達到目的才甘休。但是對愛情，他卻沒有把握。他不能像一般青年般忍受被拒絕的羞恥，因此，他雖然在心的深處深深地愛慕著阿宮，卻從未有過表示。而他那壯美的儀表，勇敢正直的行為，也早在阿宮心裡埋下了傾慕的種籽。

那天，阿佳的漁網破了，網是阿宮結的，鎮上沒有另一個少女有這樣的手藝補綴。本來，彼此協助，物物交換原是這鎮上的特色，阿佳拿著網去，說明來意，阿宮更放下紡車，撿出一串繩線來開始補綴。阿佳靜靜蹲在一旁守著，只見阿宮低眉凝眸，十個纖細潔白的手指在網裡網外穿梭般忙碌著。修長的睫毛羽扇般半掩著明亮的眼睛，那俏麗的鼻子，豐潤的嘴唇襯著窗外一角藍天，更顯出無比的諧美。阿佳無法使眼睛離開這一幅上帝精美的傑作，他呼吸著她輕微的呼吸和蘭花似的芬芳，就像呷著香甜的醇酒般。不覺悠然陶醉了。一直到阿宮把網補好，遞給他時不禁對他的呆相噗嗤一笑。

「補好了哩！」

「唔。」阿佳慌亂地伸手去接時，臉上感到一陣灼熱。但他終於鼓著勇氣將另一隻早便擱在懷裡的手伸出來呈獻到阿宮面前。放開手指，躺在掌心裡的是一串晶瑩奪目的珠項鍊。他惶悚地望著阿宮，無言的眼睛裡正熾烈地燒燃著愛慕和祈求的情焰。阿宮脈脈含情的眼光從珠項鍊上看進他灼熱的眼中，二道眼光接觸彷彿電流相交，那麼猛烈一撞又歡然汲取。阿宮含羞地俯下頭去，卻緩緩地轉過身子，將半袒的背部露在阿佳面前。

一霎時阿佳的心丸驟然如死般停止了跳躍，但馬上又劇烈地跳盪著彷彿要竄出心腔，渾身血管有若要擴張爆裂。他趨前二步，將手伸過阿宮肩胛，一股幽蘭似的處女的芳馨從阿宮身上散揚出來，幽幽地飄進阿佳鼻際，阿佳屏住呼吸，十分小心謹慎地抖慄著手指，綰住了項鍊。

阿宮輕盈地轉過身來，珠項鍊靜靜地偎在她胸前，晶瑩的珍珠與雪白的肌膚相映，只耀得阿佳眼花撩亂。

兩人相視笑了，二個赤裸裸的靈魂在一笑中緊緊地擁抱。

就在這時，一片緊急的鑼聲破空而起。

「潮來了！」兩人不約而同地驚喚著，適才泛著青春光輝的臉頓時轉成慘白，立刻一齊衝了出去。

潮汐正挾著排浪洶湧地向堤岸撲擊，來勢似乎比往年都更兇猛，一個冬季全鎮人用砂石砌成的防波堤，經不住浪濤幾番衝撞，一段段地圮崩了，鎮人冒著危險將成筐成籮的砂石向堤上堆去，但潮汐只用巨舌那麼捲幾捲，就捲得無形無蹤。好幾個搶救堤岸的鎮人來不及呼喚一聲，便被無情的波浪攫捲而去。一夜的搏鬥，天逐漸亮了，潮汐亦似狂怒之後感到乏力般慢慢退去。但一帶堤岸，已是蕩然無存。人們瞪著失神的眼睛，一個個狼狽委頓，精疲力竭地折回倖存的小屋裡。

太陽一落山，潮汐又準時帶著恐懼和威脅來襲，失去了搏鬥的憑藉，更沒有遮蔽躲避的事物，人們只有躲在屋裡等候命運的判決。駭人的浪哮風嘯中，大家緊緊偎在一起，孩子驚惶地哭喚著，大人屏住呼吸，木然相看，一陣海嘯，一次心裂膽碎，最難受便是懸在生死的邊緣又無法掙扎的時間。阿宮不忍再看父母弟妹那絕望的神情，更忍受不了恐懼的撕裂。她索性整一整衣裙，悄悄地走出屋子，那黝黑可怖的海便在她面前激盪著、澎湃著。她默然凝視著海面，雙手緩緩舉起合在胸前，就臨著波濤在濘濕的沙地跪了下去。浪花濺在她的身上、臉上，海風猛拂著她披散的長髮；但她屹然不動，只是全副心靈浸沉在虔誠的祈禱中。奇怪的是浪潮在她的祈求中彷彿和緩了些，只是在她身前激沖騰躍。終未越過她身畔。直到東方慢慢地現出曙光，潮汐退去，阿宮才支起麻痺的雙腿，依然悄悄地回到家裡，只是一夜獷厲的海風，已把她頰上的薔薇吹落了。

從此，阿宮每晚總在海邊長跪祈禱直至東方發白，潮汐也總在她跪的地方終止，沒有作更大的破壞，鎮人們知道了阿宮這偉大的舉止，都十分感動。許多青年人更自動地每晚隱藏在不遠的海邊，暗暗地守護著阿宮。

一連好幾個晚上過去，上弦月從彎彎的一線長成鵝卵石似的橢圓形。那晚，銀色的月光照耀得格外明亮，潮汐在銀光裡矗起一座座閃亮的冰柱又綻開萬千朵璀璨的曇花。浪濤起伏似乎有韻律和節拍。岸上跪著的阿宮靜穆地浸浴在月光裡，如同一尊莊嚴美麗的大石理雕像。

阿宮半闔著眼，全副心靈傾注在內心那無聲的祈禱上；慢慢地，她的意識超越一切囂嘩，像一縷輕煙般嬝嬝上升……「阿宮！阿宮！」一個粗獷而陌生的聲音，含糊地混淆在潮汐裡。阿宮突然從忘我的境界中驚覺，環顧四周，卻沒有一個人影。

「阿宮，我愛妳，妳真美麗。」那聲音彷彿來自遙遠的天際；又似來自深邃的海底。

「是誰在說話？」阿宮驚惶地問，語聲未畢，一小股水柱驟撲上阿宮頭臉，就如一隻冰冷的手魯莽地在她頰上撫了一下。

「我，就是我。我在這裡。」這次的聲音分明來自水中，水柱瀉落，潮汐發出譁然的笑聲。「告訴妳，我沒把你們吞噬下去，就為了妳。我要妳做我的妻。」

阿宮駭極，四覓援救，周圍卻寂然無人，她想站起來逃避，膝蓋又似生了根。

「妳不用逃避。」那聲音又說：「妳若答允我。我便同妳遠離此地，讓妳家裡和鎮上的人永遠有一份安謐的生活。不然嗎？妳看！」猛然間一股浪濤沖過阿宮身畔，直撲她家的屋子；一陣板瓦摧折聲和著人的驚喚，屋頂被捲去了一角。

「啊！請你，請你不要……我，我。」阿宮雙手掩住眼睛，顫慄得就如颱風下的一枝海棠。「給我三天限期，我再答覆你。」

「三天，好吧，就是三天。可是這是妳我間的祕密，切勿向任何人洩宣。」

狂瀾傾落，淺波猶自在阿宮身前拍擊迴旋。月波相映，漾出一海銀輝。

接連三天，阿宮把自己關在屋裡。

第三天日暮時，阿宮帶著堅毅肅穆的神情默然走出屋子，家人這時全熬受著飢餓的煎迫（糧食全沖淹了）。一個個垂頭喪氣，愁眉苦臉。而稍靜了幾天的潮汐又開始猛烈地震撼著天地，直懾人心膽。阿宮溫柔地擁抱過雙親弟妹。

「小心點。」母親握著阿宮冰冷的手指囑吩，以為她又是去海畔祈禱。

阿宮戀戀不捨地離開了家，明澈的眼睛更明澈得似晶瑩欲滴的水珠，卻為堅強的意志所噙住，海風挾著浪嘯，一聲緊一聲地從後面送來。阿宮望著那條水浸淹的小徑，躊躇趑趄，欲進又退。正在這時，阿佳神情迷惘地朝著這邊走來，老遠地看見阿宮，便關切地問她：「怎麼幾天都沒有看見妳。妳的臉多蒼白呀！是病了嗎？」阿佳緊握住阿宮的手，深切地望著她，阿宮沒有作聲，只是舉起晶瑩欲滴的眼睛，默默地，深情地注視著阿佳，這時隨風送來一聲銳厲的海嘯。阿宮全身猛然通過一陣顫抖。驟然間，她緊挽住阿佳粗壯的頸項，將濕冰冷的嘴唇貼上他嘴唇，只那麼閃電般一吻。她又馬上推開他正待摟上腰肢的手臂，迅速地，頭也不回地向海邊疾走去。

阿佳的熱情被激動得似一支讓驕陽炙升到頂點的寒暑表，但還來不及等他喘一口氣，轉瞬又被投進了冷水裡。他意識到阿宮臨走時塞了些什麼在他手裡，打開看卻正是他日前為她懸在胸前的珠項鍊。

「阿宮！阿宮！」阿佳惶惑地大喚著，但他的聲音立刻給排山倒海的浪濤聲掩蓋了。阿佳追逐著阿宮的足跡，向海邊奔去，只見她長髮飛揚，衣裾飄曳，足不停地地向前趲奔。看著臨到洶湧的潮前，她略一猶疑，突然雙臂舒揚，足尖挺聳，像一匹矯捷的海鷗般躍向萬丈波浪，就在這時，海面驟然湧升一股巨大的水柱，就如一隻擎天的巨臂，正好承受著墜下的身軀。白色的衣裾在水波中展漾飄散，如同一朵瑰麗的睡蓮，在月光下輕盈晃漾著隨波起伏，時隱時現。

阿佳奔至海邊，老遠便奮不顧身地躍身一跳，滿以為跳入狂瀾中凌波逐浪游去，不想頭部觸及的卻是堅硬棘利的砂石，猛烈地震撞和劇痛幾乎使他失去了知覺。略一寧神，才發覺自己竟是伏在沙灘上，霎時間只覺得四周靜悄悄的，再沒有浪濤的澎湃和咆哮。他爬起來一看，面前迤邐一片全是平平的沙灘。極目眺望時，才見沙灘盡頭一支水流，在月光下就如一條閃爍的銀帶般輕婉地在歌唱。海，已經離得很遠很遠了。……

這個大海為它改道的小鎮便是現在的「汐止」。它靜悄悄地蹲在台北基隆之間。是那樣地樸質可愛。當你覺得厭煩了都市的囂鬧庸俗時，隨便什麼時候可以在那裡遛達遛達，領略一會恬淡寧靜的田園風情。而當你對著那一泓潺溪的水流來尋味那一段富有詩意的傳說，更將為你造添無限綺思遐想。

民國四十年九月二十六日

編註：本文原刊於《暢流》第四卷第九期，一九五一年十二月十六日，頁二十三～二十五。

家庭教師

徵聘女性家庭教師一位，教七八歲小孩二名，兼帶照料，月薪四百元，供膳宿，願就者請於每日上午十時以前，赴中山北路三段××號面洽。

李虹反覆唸著這項啟事，默默在心裡盤算著，四百元的待遇可算得豐厚的了，雖然要兼帶小孩，但現在不能升大學，住在哥哥家裡還不是要照顧侄兒。她打定主意明早去試一試，先不告訴兄嫂。

中山北路三段緊靠著圓山，該是台北市最幽靜的區域了。這裡除了少數機關，大半是「高等華人」的住宅。森嚴的牆門，綠沉沉的庭院，都是一幢幢精緻的日式小洋房。李虹按著地址找去，在二扇沐著白漆的門前停下來。輕輕揿了揿電鈴，出來開門的是一個穿香雲紗衫褲的僕役，他向李虹上下打量了一眼，不等她開口，便在嘴角漾著個不大恭敬的淡笑說：

「是來應徵的吧！」說著揚聲朝裡面招呼：「張嫂，又來了一位。」

裡面慢吞吞地「噢」了一聲，又慢吞吞地出來一個半大腳的娘姨，一聲不響便領著李虹在一間奢麗的客廳裡坐下。那裡已先坐好了二個應徵者，一個梳著道士頭，穿了長及腳背的花旗袍，神情恰似電影裡的白光。一個較老的卻有一副嚴厲的、老尼姑似的容貌。李虹本能地感覺自己在儀表和舉止上都比她們占著優勢——她今天特地穿了件淺藍士林布旗袍，白皮鞋。臉上也只淡淡地描了眉毛，搽一點口紅。

第一個接見的是白光型的，不一會便見她昂著頭，撇著嘴，高跟鞋一路敲響著扭出去。那個老尼姑似的也只一會兒便在嚴厲的臉上布著沮喪的神情趑趄退出。最後只剩下李虹了。她以從容的態度飾掩住內心的緊張，隨著女傭走上樓去。

那是間寬敞明亮的書房，一個正開始發胖的中年男子肅然地端坐在書桌前，想來便是男主人了。面前雖然攤開了一本書，神情卻顯然迫切地在等待什麼。聽得傭人的腳聲退出去了，他才抬起那雙色情的三角眼睛，銳利而深入地審視著來人。李虹迎著那眼光，幾乎感到自己是裸體站在他面前，不禁窘迫地低下頭來。

「噢，李小姐嗎！請坐。」男主人望望手裡的一疊履歷表說：「李小姐還年輕得很哪，是才從學校裡出來嗎？」

「是的。來台灣閒了一年。」

「還沒有結婚吧？」李虹臉上紅了一紅，但想著是來應徵的，只得耐著性子說：

「沒有。」

「家裡有些什麼人?」

「在台灣只有哥哥嫂嫂。」

「唔唔,那很好,很好。如果李小姐不嫌棄的話,很歡迎妳來舍下屈就……不過,我得先跟妳引見引見內人。」男主人說著同著李虹又穿過樓廳,撩起對面那沉沉垂著的門簾,用造作的殷勤喚道:

「太太,我向妳保薦一位優秀的老師來了。」

門簾掀開時,李虹一剎那為房裡華麗的擺設和那種佚逸而帶點凌亂的氛圍耀花了眼睛,略一凝神才發現靠窗的一張綠絨沙發裡還埋藏著一個很瘦很小的女人。穿一身白紡綢繡花睡衣,指端還夾著支燃著的香煙,眼睛卻閉著在打磕。聽見聲音,迷迷濛濛地睜開眼來,眼珠向著李虹那麼滴溜溜地一轉,薄嘴唇掀一掀,話頭立刻像山澗流水般潺潺而來:

「唔,這還像個當老師的樣子。剛才那兩個呀?一個妖妖嬈嬈的就像什麼交際花草。一個又像個老巫婆。不過,李小姐,妳年紀輕,不曉得有沒有耐心帶孩子?本來嘿,七八歲的孩子早就該上學了,就是怪得在這台灣。一來呢,聽說台灣學校都保持日治時代的教育制度,採取高壓手段,我怕養成小孩子的懦弱心理,二來呢,孩子們不懂話也吃虧。所以我的意思給他們補習補習,等回大陸再念書不遲,同時我外面應酬又多,孩子在家也少人照料,請個老師嘍，一得兩便……」突然一個來不及遮掩的呵欠奪口而出，她感到自己在生人面前的失態，略帶歉疚而又嬌嗔地瞥了男主人一眼抱怨著：「就是你，早不揀遲不揀偏要挑這個時候考老師，害得人家到現在還不曾闔過眼。——那麼，李小姐，妳如果覺得還合適的話，就一言為定，明朝就請搬過來好了。被褥、日用品什麼的，我們這裡全備得有，妳只要帶點換洗衣服得啦。」女主人還沒讓李虹有插嘴的機會，便把事情給決定了。

事情成功得出李虹意料之外的輕易，第二天早晨她便搬過去了。一直走進客廳，屋裡還是靜悄悄的只聞鐘聲滴搭。張嫂懶洋洋地領著她去她的屋裡，一共有二間，前面一間作書房，擺了二張書桌，一座書架，一張小圓桌帶二只沙發。裡面的寢室裡也擺了二張牀，還有衣櫥，妝台，一應俱全。窗上全懸著蜜黃色的窗紗，淺綠的窗簾。庭院裡綠沉沉的樹影映著窗紗，疏落有致。李虹看了十分歡喜，這比她局促在哥哥家裡那二個半榻榻米上真有天壤之別。尤其是那麼幽靜，她很可以利用餘暇自己看點書。於是她高高興興地打開皮箱，將帶來的衣服撿進櫥裡，將幾本書擱在書架上。但等她慢條斯理地做完了這些，屋裡依舊靜悄悄的沒點聲息。她隨手拿一本書坐在沙發裡看著，忽然聽見門外「嗤」的一聲，接著便見門縫裡人影亂晃，腳聲悉率地過去了。隔了一會，又是這麼一套。李虹忍不住站起來打開門走出去，卻見二個孩子的背影正飛似地跑開，跑在前頭是較大的男孩，齷齪的襯衣跟配帶褲不知怎樣的牽扯著，後面跑著的女孩衣服帶子長長地散了開來曳在地下，一頭燙過的頭髮蓬亂得跟鳥窩似的。兩人全光著腳，一晃眼便消失在園子盡頭。

李虹回過身來，正逢著男主人挾著個大皮包從樓上下來，老遠便瞇細著眼睛向李虹打招呼：

「搬來了嗎？歡迎，歡迎。回頭請李小姐考一考兩個孩子，需要什麼課本，請妳開個單子給我。李小姐如用得著什麼參考書的話，也請儘管寫上好了。」

他走過李虹面前時，又停了下來，就在皮包裡掏出個厚厚的信封擱在李虹執著的書上。

「這是本月份的薪俸，請妳收著。」

「這，怎麼可以，我今天才來哩。」李虹無措地按著那個信封，不知怎樣才好。

「那有什麼關係，遲早點還不是一樣的。好，再見！」男主人迅速地在她身上掃射了一眼，走出去時，殷勤的笑容立刻換上莊嚴的神情。僕役卑恭地打開了大門，一輛雪亮的流線型轎車，緩緩地在平坦的跑道上駛出去。

男主人走了一會，女主人也在凸出的顴骨上抹著紅紅的胭脂，眉毛斜斜地插進了髮鬢；娉娉婷婷地帶著二個孩子來了。那二個孩子正是剛才在門縫裡偷窺她的二個，只是樣子卻不同了，一個換了淺藍短褲白襯衫，一個頭上頂著大紅緞子蝴蝶結，全像才從熨斗底下燙出來的。女主人以手推著他們上前說：

「哪，這就是你們的新老師，鞠個躬，叫聲李老師，以後要聽老師的話，曉得嗎！男孩子叫國瑞，就是國家瑞祥的意思。女孩子叫安琪，就是天上安琪兒的安琪。這二個孩子聰明還算聰明，就是淘氣，以後要李老師多費心吶。」

二個孩子勉強硬著頭頸叫了一聲，馬上又回過頭來相視著扮個鬼臉。

「噢，李小姐，這房子妳住著還合適嗎？」

「謝謝妳，太好了。」

「我曉得妳一定會滿意的，」女主人得意而誇張地說：「年輕人的心思總是差不多，我從前念書時也就想煞了這麼清清靜靜的房子，可是現在，麻繩串豆腐，別提啦！不瞞妳說，我們這一家哪，我們先生就是成天公忙私忙，忙得不可開交。我呢，也是讓那些應酬困住了身，很少在家裡，偌大一家人家交給幾個傭人，總讓人不放心，妳說是嗎？這下妳李小姐肯來屈就，我們就跟一家人一樣，家裡有些事情有時還要妳費神帶隻眼睛照料照料哩！」女主人一說起話來總像開了閘門的水源，滔滔不絕。

「只要我能夠做得到的事，自然義不容辭。」李虹不得不客氣兩聲。

「那就好了，李小姐，我就歡喜像妳這樣直爽的人。」女主人彷彿就等著她這句答覆似的，立刻親熱地拍拍李虹的肩膀，就手在皮夾裡摸索出一大串鑰匙來。「李小姐，這是貯藏室的鑰匙，我先交給妳，費心了。噢，車子來啦，人家三缺一等著我哩，以後再跟妳談。國瑞、安琪，乖乖地聽老師的話，回頭我贏了錢帶糖給你們吃。」女主人閘門一關，不管李虹那怔愣的樣子，逕自將一串鑰匙納入她手裡，一陣風似地走了。

李虹望著手裡的鑰匙呆了半天，家庭教師，貯藏室鑰匙，多麼不相關的事物！她覺得這屋子裡的人做事都有點一廂情願，只得無可奈何地苦笑一聲，隨手將鑰匙投入抽屜，轉身來對付那二個正預備腳底搽油的孩子。

二個孩子起初全對她抱著敵視的態度，不大理睬她的問話。李虹耐心地誘騙著，鼓勵著，最後還拿出二本彩色的兒童讀物作引餌，孩子們慢慢地自然起來，一打開話頭，可並不輸於乃母。使李虹奇怪的是他們對一般普通常識竟一無知，而一些大小的不良習慣，他們卻講來頭頭是道，什麼搓麻將，打沙哈全弄得清楚。

「李老師，妳看她多漂亮！」安琪指著書上一個仙女露出不勝豔羨的神情。「我叫媽媽照這樣給我縫一件銀的衣服，還要金的皮鞋，還要許多許多珍珠，等我大起來穿戴了，站在台上去唱『不要你喲不要你……』」安琪假聲假氣地唱著，還把眼睛做著表情。

「難聽死了，嗲聲嗲氣！」國瑞鄙夷地做了個憎厭的姿勢攔斷她。「要我大起來呵，哼，我就跟爸爸一樣掙許多許多錢買飛機，買洋房，買輛汽車自己開得頂快頂快，叭叭叭，壓死人不管！」

「媽說的有了錢就該放給人家收利息，大錢生小錢，盡生下去，生下去……」

「妳曉得個屁，老子有了錢愛怎麼花就怎麼花。」國瑞神氣地撐著腰瞪他妹妹，安琪卻將嘴一撇，扭著頸子說：

「你，你就是個歪種！」

「我揍妳！」國瑞一個虎竄舉起手來便想打過去，安琪往李虹身後一閃，兩人便一前一後繞著李虹追逐起來，李虹趕緊把他們攔住，她簡直給他們粗野的舉止駭著了。她真想不到這樣人家的孩子竟這麼沒有教養，一霎時她感到自己來擔任這種頑劣孩子的教育，實在太沒有意思了。但轉念她又記起什麼書上說過，孩子本身是一張白紙，染上什麼顏色就是什麼顏色，錯誤不在孩子，而把污點刷去再染上柔和、美麗的顏色正是她的責任。這樣一想，她又重新鼓起了勇氣。

吃飯時，寬敞的飯廳裡，就只坐了他們師生三個，二個孩子扒不到三口飯，又放肆起來，大家跪在椅子上，大筷的進攻著葷菜，大匙的舀著湯，飯粒帶進菜碗，湯汁又滴滴淋淋地灑了滿桌。末了為著一塊瘦肉，兄妹兩又展開了爭奪戰，兩人都伏到半桌上，互不放鬆地用筷在菜碗裡攪著。

「不要爭了，等我來給你們分。」李虹忍不住喝住他們，忙叫站在一旁的張嫂端二只空盆來，給他們每人布了菜，但對碗裡剩下的那些混合洗筷汁，她已失去了嘗試的胃口。

午後，孩子們玩去了，李虹正想趁暇寫二封信，張嫂來要開貯藏室的門拿東西，東找西尋，一拿就拿了半天，晚上廚子又把一張菜單和幾張發票送了來。

「太太吩咐交給李小姐過目的。」廚子望著李虹困惑的神情解釋。

李虹真有點惱了，很想叫廚子拿下去不管，但一想第一天便在下人面前使性子有點不太好，便悻悻地往旁邊一擱。

「你擱著好了。」

「這個要李小姐核一核，有沒有錯誤？」廚子說著見李虹沒有詢問的意思，便在嘴角隱藏著一個淺笑退了下去。

第二天，男主人把課本買齊親自送了過來，另外還有一些《退職夫人自傳》、《××日記》、《七彩》等一大批小說雜誌，他說是特意買來供李虹消遣的。他把書籍一一交代過了，手裡猶自執著那份清單不住反覆讚歎著：

「李小姐，妳這筆字寫得真秀麗極了，看看都可愛。我有一個冒昧的請求，不曉得李小姐肯不肯賞臉？」說著尖利的目光不住從單子上探過來徵詢李虹。李虹回想著昨天二句客套惹下那麼些麻煩，矜持著還沒有作聲。男主人已笑著接下去說：「就是我因為事情太忙，有一些往來的書信抽不出時間處理，想請李小姐大筆代勞一下。」

「那個我恐怕寫不來。」李虹忙不迭地推諉著。

「李小姐妳就別推託了，憑妳滿腹才學，再加上那一筆好字，寫寫這等平易的信還不是輕而易舉的事。」男主人阿諛著不管李虹同意不同意，便在書裡撿出夾著的二封信來，「就煩李小姐有空時給塗上幾筆，反正不急。」

「這個，我……」李虹還想推託，只覺得男主人那深入肺腑的銳利目光又緊緊地瞪著自己，瞪得她渾身都不自在起來，她不自主地勉強說，「好吧，等我試試看。」

這一試，她卻沒料著竟天天得試了，也不知男主人哪裡找出來那許多陳帳，每天也不多，總是送來個一二封，寫好了又自己來拿，拿時自然有一番讚歎，一副衷誠欽佩的模樣。而那個女主人也是只要在家的時候，李小姐長李小姐短，總不離嘴上，也不管她是不是在授課，只要她想著什麼便闖了進來，「噯，李小姐，後天我想開個派對，煩妳寫點請柬。」「李小姐明天妳帶國瑞、安琪去裁兩身式樣好點的衣服，星期日要去吃喜酒哩！」「李小姐，妳跟我……」僕人要什麼也找她拿，廚子每日交伙食帳，更是成了她的慣例，而管教二個孩子所耗的精力和耐心，簡直開得一座礦山。

那晚，她照例講一個故事哄二個孩子睡著了，自己洗了個浴，慵懶地坐到窗前，在桌上展開筆墨紙張，習慣地預備寫男主人交下的信。突然一陣厭煩的情緒襲上心坎，頭裡更是昏沉沉的，她擲下筆。拿起本書來也看不下去，索性推開桌上那一疊帳單發票，一手支著腮，怔怔地凝視著園裡朦朧的綠色。

她算算來這裡已整整兩個星期了，也不清楚這日子是怎樣渾渾噩噩過去的，一身兼著家庭教師、保母、私人祕書、管家婆……一天過去，心神總是十分疲乏，半月來別說進修，連書都不曾好好地看過一頁，如果這樣做下一年半載，退步不講，那些瑣屑事更不知將把她磨練成怎樣一個人！難道就為了四百元錢一個月這樣出賣自己嗎？她正越想越煩，一抬頭，卻見虛掩著的門輕輕地開了一條縫，接著探進一顆肥碩的頭臉來。

「李小姐還沒有睡嗎？」男主人迎著李虹的視線搭訕著進來，疊起的腮肉閃著紅光。

「沒有。哦，我信還不曾寫呢！」李虹詫異他這麼晚還來取信。

「那個不急，沒有關係。」男主人一屁股便坐在她對面椅子上，隨著一股惡濁的酒氣直衝進李虹的鼻孔。「李小姐真用功，這麼晚還看書。」

「哪裡，只是熱不過坐在這兒涼爽涼爽，一會兒也就要睡了。」李虹淡淡地望著室外說。

「李小姐，嘿嘿，不是我當面捧妳，妳真教人從心裡佩服，年輕輕的，人又聰明，做事又細心，還有滿好的才學，真是秀外慧中，允文允武。哪裡像我那個板鴨殼子，一天到晚就是曉得打牌，考究穿衣服，家事不管，孩子也不管，我的事業她更不關心！一個人找錯了對象，真是一生的悲哀，一生的痛苦。要解除這痛苦，除非離婚，是的，只有離婚。」男主人說到這裡，小眼睛往下倒掛著，彷彿真是泫然欲涕的樣子。

「王先生你有點醉意，該去休息了。」李虹不耐地勸說。

「哪裡，我從來沒有比現在清醒過，李小姐，我跟妳說的全是心裡話，妳曉得，現在升高官顯爵全仗著有一位能幹的賢內助，可是我儘管還有上進的野心，卻缺少一個良伴給我幫助，給我鼓勵。李小姐，我打從第一眼看見妳，我就……我就覺得妳可以掌握一個男人的幸福。我不曉得，我能不能有這份榮幸，獲得妳的……妳的手和心。」男主人一邊說一邊盡把身子伏在桌上去，看見李虹只是望著窗外，他忍不住將一隻厚厚的手壓住她擱在書上的手上，李虹就像給蜂螫了一口般，猛然將手一抽，人也跟著站起來，憤恨地說：

「王先生，請你放尊重一點！」

「李小姐，請不要生氣，我是一片誠心，皇天可鑑。」男主人涎著臉，也隨著李虹站起來。李虹連忙退到窗台邊。正預備等他近來便翻窗出去，就在這時門鈴一聲急噪，顯然是女主人回來了，這一串鈴聲就如給男主人打了劑清醒劑，他那泛紅的臉驟然變得蒼白，卻還強笑著對怒目而視的李虹說：「明天，明天我來候妳的回音。」一面說一面移著腳步，跨出房門便飛快地溜到樓上去。

李虹又是窘辱，又是氣惱，一時沒處發洩，恨恨地把硯台抓起來摔在地上，又猛力一腳把門踢得鎖上了。接著，女主人那尖銳的聲音又串起在夜靜的氣氛中，從大門口直嚷進來。

「噢！李小姐，還沒有睡吧，我早都忘了告訴妳，明天陶府上結婚，禮還沒送呢！明天一早妳就得去給辦份禮物，他們是場面上人，愛講排場，得辦富麗堂皇點的，還有陳太太要借安琪的粉紅跳舞衣作樣子，妳撿出來交人送去……噢！怎麼？李小姐？李小姐，睡了嗎？

燈可亮著吶！這是怎麼回事呵！」女主人在門口嚷了半天沒見動靜，只得嘀咕著咕咯咕咯地上樓了。

第二天早晨，跟李虹來的那天一樣晴朗，跟她來的那天一樣公館裡還是靜悄悄的全在做著夢，李虹提著來時的那只手提箱，將一只封得密密地厚信封交給張嫂，裡面是一串鎖匙，半個月的薪俸，一些發票，和一封請辭的信：

「回頭等太太起來了，交給她。」

「李小姐，妳這不是上街吧，太太昨兒個晚上吩咐的，教李小姐去買點東西。」

「唔，回頭等妳太太起來了再說吧。」李虹淡淡地笑著攔斷了她的話頭，逕自走出大門，讓張嫂和那個穿香雲紗衫的僕役在後面發怔。

三天後，李虹在報上又讀到那則同樣的啟事，想著不知又是哪個去領略箇中味道，她不由得嘴一撇，冷冷地在唇畔掛著一絲嘲笑。

民國四十年九月十六日

編註：本文原刊於《明天》第四十七、四十八期合刊，一九五一年十二月十六日，頁二十二～二十六。

一個女作家

一

黎玲這一時就像中了魔似的，不管在休息時，吃飯時，走路時，甚至在工作時，總是嚴肅地抿緊了嘴唇，眼睛不是眨呀眨的，便是將眼簾稍稍捲起，烏黑的眼珠固執地駐留在任何事物上，從瞳仁裡揚射出一種幻想的、智慧的光輝，使整個嬌媚的小圓臉浸潤在肅穆的對她不大相稱的氛圍裡，她雖是生長在南方的一個小城，卻有著海濱女郎的熱情，當她愛上一樣東西時，不僅是愛好，簡直就沉耽，整個身心的沉耽，最近她的幾篇散文和短篇小說陸續地在報紙上發表了，這便是使她染上寫作熱的原因，「我唯一的志願，就是將來做個女作家」，這是她在填什麼表上「志願」類裡，常寫的。

我們同住在一幢過街樓的宿舍裡，處裡女同事不下五六七八個，由於平常都愛咬咬筆頭，我和她不能不算是比較投機的，雖然她的性格是傾向於外，而我是九分九的內向，但這並不妨礙我倆的交情。

一個暮春的黃昏，我讀完了丹青科的〈文憑〉，倚著牀想那以丈夫為中心的女子該是多麼可憐和愚昧，黎玲亦側臥在對面牀上，出神地凝思著，月光從窗口照進來，鋪瀉在房間中央，薄寒的微風裡還摻和著清雅的柚子花香，她輕輕地喚我，用做夢般的聲音。

「我預備寫一篇小說，長篇的，要長得跟密宓爾的《飄》一樣，等它完成了，我相信黎玲這名字一定不會無聲無臭地帶到墳墓裡去了。」

「是什麼故事，請給我聽聽囉。」

她輕輕地理了理嗓子，眨著眼睛，嚴肅地，開始了背誦，聲音是那樣地挫揚有韻，像詩人在玫瑰叢下低吟著抒情詩篇。

「生命的意義，是克服生活。」像一切時髦的文章一樣，一開頭就來了個引子，「主題是寫一個女孩子的奮鬥，同時更揭露勝利後一般貪污舞弊者的黑幕，主角安綺是一個生長在豪富之家的少女，她有著倔強的性子，和聰穎的頭腦，很漂亮，也很驕傲。父親起初是個小官僚，繼而是由兼商而變為大富賈，現在是一個道地狡猾的投機家，母親是一個只唸佛不問事的老太太，還有一個弟弟，就如一般富貴之家的公子哥兒一樣，是專門來揮霍父親搜括得來的財產的，一個富麗華美的廳堂是少不了字畫點綴，從小學而大學，父親送她去讀書，完全為的是點綴這份闊綽的家，他毫不吝嗇地供給她買脂粉、衣料，『這是我的「寶」之一。』他有時誇張地向朋友說。他的交際相當廣，往來的大半是某種特殊階級的人物，其中走動得最勤的是一個學得一半英國紳士氣的什麼長，大鼻子，面上還點綴有幾顆白麻子，眼睛常常狡猾地半闔著，像在窺視什麼。仗著他在什麼部的姊夫，在S城，他是相當有勢力的。老頭子巴結他，他也來得勤，在他殷勤的走動裡，聰明人是不難看出一種潛伏著的野心的。

「安綺在這樣的環境裡生活了二十一年，經常接觸的也是相彷彿的人物，無疑的她該是屬於這圈子的人了，可是在熱鬧的宴會中，在眾口同聲的阿諛奉承中，或者在片刻的寧靜中，她往往會感到一種空虛，一種從內心泛上來的空虛和厭膩，但她還不明白那是墮落的生活與她磊朗純潔的心靈的衝突，直到她結識了一個圈子外的人物，一個才能高強的從艱苦中奮鬥出來的男同學時，才逐漸撥開籠罩在她心頭的迷霧，認清了現實。當然，父親曉得她跟一個清貧而無地位的窮學生密切來往時，就怒不可遏地喚來嚴責，威脅恐嚇了一頓，同時告訴她真需要伴侶的話，××長就是最好的對象，她自然不會接受這種條件，一口拒絕了。她父親見自己的權威失了效用，就把她軟禁起來。

「安綺這時才明白父親過去的寵她只是為了想利用，把她送給××長做姨太太，他的靠山自然更形堅固，活動範圍亦自然更大了，花小錢來供她，用她去賺大錢，這樣狼心狗肺的父親，利令智昏的人除了錢，還會有真『愛』真情嗎？她越想越恨，想著『死只能埋葬軀殼，生活卻能埋葬靈魂』，於是拚著一死從家裡逃出來，偷偷地找到了那個同學，她洗了鉛華，卸去了豔裝，一面自修，找著一份家庭教師的職位，勤懇地生活著。可是這慢慢地終於又給她父親探聽到了，利用××長的權力，便給那男同學加上一個莫須有的罪名逮捕了。

「她受著良心的譴責無可奈何，只得親自到××長公館裡去求情，說只要釋放那無罪的同學，她便無條件地投入他懷裡。那假紳士給美色迷惑了，滿口答應著下條子，一面卻欣然地答應她的要求，去市場，去餐館，去舞場，就在舞場裡，她將預備好的蒙藥下在香檳裡，自己卻溜出去會那同學，不料那同學卻執拗地懷疑她的行為，她一憤之下，便盲目地衝出來，想著父親的狠心，想著××長醒後的憤怒，想著那同學的無情，她頓時感到了生的可厭，便逕自向江邊走去，到了江邊她忽然記起了母親，這才是真正疼她的人，她除了撒嬌，從來不想過怎樣去孝順，父親對這慈祥儉樸的老婦人一向是漠視的，而弟弟又倔強放浪，她唯一的安慰唯一的希望便是這個女兒，她能親手毀掉她凄涼的老年唯一的寄託嗎？她只想納頭在母親懷裡痛哭一頓，然而她更無插翼之能，她流著熱淚在江畔徘徊著，搥著胸，扯著頭髮，最後忍不住跪在清冷的碼頭沉入歇斯底里的狀態中，忽然一隻溫暖的手掌撫上了她的肩頭，她吃驚地回過頭來，卻見是一個樸實的中年婦人，滿臉慈藹地站在她背後，她聲明自己是從江畔那隻輪船上下來的，因為不能睡覺，在甲板上站了二個鐘點，她在濛濛的月光下看到這一切，希望能為她做一點事。

「安綺起初猶豫著，後來見那婦人誠懇的言語和態度，便哽咽地述說了原委，那婦人很為感動，沉吟了片刻，便問安綺能不能吃苦，她正要去遙遠而貧瘠的遠方，創辦一個保育婦嬰的機構，她很願意有這樣一位助手，安綺毫不遲疑地答應了，第二天，××長雖然遍布下他的警犬，卻嗅不到一點關於安綺的蹤跡。」她舔舔嘴唇，在水瓶裡倒了杯開水。

「完了？」

「沒有，後來大概過了一年，城裡鬧了一次很大的『金鈔風潮』，安綺的父親和××長正是有力的操縱者之一，這次政府在民憤下沒有放鬆它的職責，一律嚴懲不貸，他倆自然亦難逃法網了。事後，安綺又出人意外地到了一次S城，雖然儉樸結壯，與前大不相同，但依舊是那樣地美麗和婀娜，只不過以前像溫室裡的玫瑰，現在如曠野的薔薇罷了。

「那男同學聽見她回來了，就來看她；她很客氣地接待他，當他慚愧地提到自己的過失時，她只是微笑著攔住他說：那都是狹窄的感情用事，請他不用介懷，她將永遠記著他，因為他曾啟發她對現實的認識，和對善惡的取捨；他在她心中的地位，將永無人能取而代之，但她不能成為他一人的愛人，她的愛是要給個那些需要愛的溫暖與鼓舞的人們的。

「她在家裡料理了個把月，又悄悄地去到遙遠的遠方去了，這次同行的有她唯一的親人——她的母親。」黎玲輕鬆地舒一口氣，結束了故事，眸珠在長長的睫毛上燃燒著，一種交雜著興奮和喜悅的光彩，輝朗了她嫵媚的臉龐，使她顯得更年輕了。

「懺悔是能贖取一切罪惡的，那對男主角是否太苛刻了點？」我說。

「一點也不，」她反駁著：「我就為著一般人把女子的情感看得太輕易太軟弱了，不管男的怎樣虛詐，怎樣不忠實，一懺悔，一哀求，女的又沒事人兒了，堅貞的愛情，應該是一塊完美的白玉，一沾玷瑕就不成為完璧了，何況安綺自有她的事業前途，一個真有事業心的人，是沒有空閒來攪戀愛這套玩意兒的。」

「妳倒成為個嚴肅主義者了。」我笑著說：「幾時動手創作呢？」

「這個故事雖在我腦中有了不少時候，人物都已大概地塑定了性格，現在只差材料，像交易商場各種情形，我都不大明白，也許，那些從報紙上可以找一點，只要材料一收齊，馬上就可以開始了。」

「放著現成的活材料不用，您不會去找業務主任陸先生嗎？」我提醒她。

「唔，我忘了，把這樣一塊好材料丟著不用，他過去不在交易所待過嗎？虧得妳提醒我，我明天就去找他，一定找他。」她興奮地嚷著，躺下又坐起。

「我期待著妳的成功哩！」

她矜持地笑了，將兩手擱在腦後，向疊好的被上靠去，眼睛炯炯地盯視著天花板，又落入沉思中。

「妳說我這個計畫好不好？」她收回凝集在天花板上的眼光，霍然坐起來，「我把得到的出版稅，完全拿來買書，什麼都買，不過主要的當然是文藝方面的，拿一批版稅就買一批書，拿一批版稅就買一批書，這樣繼續下去，不要多久我就有個小規模的圖書館了。」

「敢情好，」我望著她那嬌憨神情說：「連我都好叨光叨光。」

「一定這樣辦。」她將眉毛一揚，肯定地說，神情嚴肅而帶一點激昂，就像一個將軍決定了作戰的策略。

二

時間是人們最不講情的監督，它促成了勤懇者的成功，也竊去了怠惰者的收穫，這一段時期黎玲日夜孜孜地從事於長篇的計畫和材料的收集，不斷地構思和推敲，不斷地吟哦和顰眉，她的那種不懈的精神，確使人佩服投地，記得有一個黃昏，大家在公園橋上玩月，談笑間忽然不見了黎玲，起初還以為她故意躲著我們，後來遍覓不見，膽小的張莊英還認為她一定是去洗手跌下河去了，大家垂頭喪氣回到宿舍裡，卻見她正一個人悄悄地在燈下振筆疾書哩！

相似的人原是容易熟悉的，沒有幾久黎玲的文名已為本城一班愛舞文弄墨的小文人所知了，她是愛活動的人，做為一個文人，自然少不了文友，城裡兩家報紙副刊也少不了請她寫稿，而開什麼文會更少不了她列席，她一天比一天忙了，大本大本的書，借來堆在案頭和枕畔。

「工作限制了我，」當她感到時間不夠分配時，常常在我面前發牢騷：「這種平凡的瑣碎的工作不知抑止著多少向上的心，不知限制了多少天才的發展。」

她從那些文人集會裡回來，總喜歡告訴我一點他們的逸事。比如說：「我們今天討論了文藝工作者的聯繫問題……雷荻說那是當前最重要的問題」，或者是「今天我朗誦一首普式康的詩……雷荻眼睛都紅了，他說我的表情和聲調更加強了詩本身所不能表達的動人」。

雷荻這名字給她說得幾乎連我都脫口而去，可是我並不認識他。

「這個雷荻是誰呢？」

「雷荻妳都不認識？」她那詫異的樣子，使我感到有點惶恐，「他是這裡《自強日報》的總編輯，文藝協進會就是他主辦的。」

真是連這樣一位著名的人物都不認識，我只有慚愧自己的見少聞陋。

但沒隔幾天，我榮幸地認識這位本城的文壇鼎柱。

仲夏的黃昏是有點悠然的，我不停地揮著扇來驅走整日凝聚在小樓的炎熱，黎玲正對著臨窗的鏡子作浴後的化妝，白綢襯衣，黑綠的印度綢長裙，腳上是一雙半高跟的白皮鞋，這使她稍嫌矮胖的身體，顯得那麼玲瓏和飄逸，她是懂得怎樣去適合自己的，我暗地讚歎著，這時半掩著的門上忽然起了輕輕的彈指聲。

「請進！」

不是王小鬼就是余胖子，我想，偷偷地跑去躲在門後，然而進來的卻是一個我不認識的男人，聽見黎與他的招呼，我只好假裝著尋找什麼，低著頭從門後走出來。

「雯，來我給你們介紹介紹。」黎玲活潑地過來拍著我的肩膀說。我聽說就是那個聞名已久的雷荻，便大著膽向他打量一番。

這是個中等身材，踏在中年邊緣的青年，清癯的臉上架著副白邊大眼鏡，有點不勝負重的樣子，不時用手去托著，態度有點矜持，但很愛講話，講話時字音吐得很慢，常常咬文嚼字地搬弄一些新名詞。

「唔，這位就是艾小姐，」雷荻一字一句三字一頓像演講般拉長了調子，在眼鏡背後的眼珠翻上了額角，再從那兒居高俯下地注視著我，「聽密斯黎說，足下對文學很有研究，兄弟對此道亦很有興趣，我們可以算得是同志了，榮幸之至，兄弟主辦了一個文運協進會，題名思義，這回含意是很明顯的，希望艾小姐能參加指導，我們大家在一起學習學習。」

我覺得我的臉從耳畔升上熱來，我原是不慣受人奉承的，而與事實相去太遠的恭維，簡直有點像挖苦，除了平時愛閱讀些小說外，我這個人能稱得上「對文學很有研究嗎？」我只有紅著臉連說哪裡哪裡。

「我認為，」幸好他沒有理會我的羞澀，依舊翻著眼說：「研究文學是人類智慧最高的活動，記得是伊……伊理奇說：『文學是教養群眾的武器，認識現實的工具。』持有這兩種武器和工具，是值得驕傲的，問題就在這裡，我們要怎樣去運用這武器和工具？……我主辦文運協進會的主旨也就是這兩點，這個黎玲很清楚的，是嗎？」

黎玲把手肘支在膝上，托著兩腮，像一個聆聽大人講故事的小孩般靜靜地望著雷荻，聽到這裡，笑著優美地動了動睫毛。

「常常聽得你講，我也就懂得一點了。」

「妳的理解力相當強，」他讚賞地望著黎玲綻開的笑靨，「並且領悟性亦很高，憑這麼樣，加上妳的努力，將來的成就，可能凌駕冰心、丁玲她們之上。」

「你真會說話，我不過才學得塗鴉幾句罷了，哪裡又跟冰心她們這些老牌作家比擬。」黎玲似嗔似喜地瞟了他一眼，但掩不住從嘴角浮起一個被誇獎後那種得意的微笑。

「妳又來了，」雷荻托眼鏡，一個母親譴責她疼愛的女兒般望入她眼裡，「我一直說，自卑謙虛是成功最大的障礙，我們要有絕對的自信心，要有敢在人面前表達自己的勇氣，否則別人是不會擁護你的。」

我細味著他的成功論，發覺自己將永遠是個失敗者。

「妳們這裡真熱，」他第三次摸出手巾來抹著鼻尖，「去公園裡走走吧！」

黎玲立刻同意了，彷彿覺得自己加入其中有點梗格，我婉辭了他們的邀約。

她回來時已是燈火齊明的晚上了，老遠就聽見她哼著輕快的歌曲，像麻雀般跳跳蹦蹦地走進來。

「還沒有睡？」

「沒有哩！」我正在抄一段筆記，沒有回過頭來。

「哦，告訴妳，雯，雷荻想編一部文叢，包括小說、散文、戲劇。每部十二冊，一個月出一本。用文協的名義出版，他要我趕快把那篇小說寫起來，第一本就印我的。」

我雖然沒有看見她的臉色，從她興奮的聲音中，我知道她正從心底洋溢著喜悅。

「那妳就趕緊寫啊！」

「是囉，可是還只剛擬好大綱哩，這一陣簡直沒有寫什麼，嚕哩八嗦的事情總是一大堆。雯，其實還是妳好，可以一個人靜靜地躲在屋子裡，沒有人來吵妳。」

我漫應著，暗想妳少出去玩兒不就得了。

她離開我向自己那只角落滑步過去，嘴裡低吟著普式庚的詩句：

你來了，
給我帶來幾多憂愁！
春天，春天，
戀愛的季節……

夜深了，沉默和涼沁統轄了這小樓，我掩上書本，覺得房裡太靜了，回過頭去，卻見黎玲端然凝坐著，面前安放了幾張原稿紙，筆夾在手裡，托著腮顯然在那裡回憶一件愉快的事，一個幸福的微笑像四月的薔薇般綻開在頰上。當我看到她那長睫毛簇擁著的眼睛時，想起了她方才唸的詩句，也記起了《安娜・卡列尼娜》中司忒潘・阿卡締取維奇的口頭禪：

從腳印上分得出奔馳的駿馬。
從眼睛裡看得出戀愛的青年。

當榴花絢爛的時候，黎玲從小樓搬走了，她同雷荻另築了新巢。

……

三

黎玲開始在雷荻服務的那個報社裡充當一個編輯，對一個愛弄文墨的人，這是一種更有意義而較活潑的工作，這該不致再使她嚷著平凡和瑣碎了吧，《自強日報》在本城不算是吃香的報，但我是天天看的，一半也為的想看看有沒有黎玲的文章，一個愛寫作的人進了成天咬文嚼字的同志中，無疑的，這會使她有更多的成就，然而除了在記者節的一篇短文外，一直沒見過署名黎玲的作品，該是集中全力在那部鉅作中吧！我想。

為了要找一本書參考，我沐著秋陽走去黎玲家，走進門，靜悄悄地不由得教人連腳步都放輕了，掀開潔白的門簾，卻見黎玲正從後套房出來，眼睛注視著手中的一疊洋裝書，一手輕輕地把房門帶上，見到我她笑了，一種主婦們的略帶矯揉的，熱情的歡迎。

「喲！今天什麼風把妳吹來的，真是請都請不到的稀客。」她將一疊書放在書桌上，那裡原來也放著一本攤開的大書，旁邊是一本筆記簿，整齊地排列著娟秀的字粒，她攔斷我的視線讓我在椅上坐下。

「妳還不清楚我的懶脾氣。」我說。環視著房內，那些家具擺設都配置得那樣調和、熨貼，看起來彷彿都是天生這樣，主人並沒有為這些花過一點心思的。

「雷先生不在家？」

「在，我去叫他出來，」她不等我阻擋，疾速地站了起來走，到房門口卻又遲疑地停下了，「看看我們的書房不？」

「也好。」

我跟著她進去，見雷荻正迷糊地埋在安樂椅裡，聽見我們的聲音，略帶慌張地坐起來，卻又把膝上一卷書跌落了。

「哦！密斯艾，難得難得，」他托托眼鏡向我點了點頭，一面又解釋般向著黎玲，「我正在想文學與哲學裡的一段，文思像潮湧般浸潤了我。竟使我忘記了周圍的一切，甚至連自身的存在都忘卻了。」

「真對不起，打斷了雷先生的文思。」

「沒有關係，」他簡短地回答，隨手撿起地下的書來翻著。

記得屠格涅夫在《羅亭》裡有這麼一句話：「能有一間遮風避雨的自己的房子的人是有福了（大意如此）。」是這樣漂亮的房子的主子又該有什麼了呢？這是一間不大不小最適宜做書房的房間，陳設簡單而有致，牆是綠白二色的，中間束一條狹狹的鵝黃色，牆上懸著一幅米勒的〈晚鐘〉和幾張大文豪的肖像，一座尺餘高的愛神石膏像斜立在發亮的大書桌上，茶几上鋪著綠色滾邊的白布，用天青色的景泰藍瓷花瓶供著三五枝潔白的蟹爪菊，屋角高腳架上是一盆半開的水仙，幽幽地吐著清香，蘋綠色的窗簾用墨綠絲帶扣住，窗外是一個小園落，一枝含苞的綠梅斜倚在窗畔，花壇上各色的菊花盛開著，這一切都是那樣地明麗而有生氣，那兩口書櫥裡排列得齊整的書，晶瑩的玻璃，和那些發亮的家具，都顯示著主人的勤懇，這是男主人的功績嗎？我側臉看雷荻，卻見他正燃起香煙，把一根火柴隨便棄在乾淨的地板上。

「太漂亮了，這間書房簡單就是『詩』房，到處都是詩的色調，詩的氣氛。」我羨慕地讚賞著。

「這都是玲給擺布的。」雷荻瞟了一眼黎玲——她正敏捷地把火柴桿拾起來擱在煙缸裡，像一個父親對那硬要孝敬他的兒女，在親友面前抱怨著：「我只是說要間幽靜點的書房罷了，她就那樣挖空心思地布置起來，一點齷齪都不讓丟，拘得人怪不自由的。」

「罷喲！你幾時又檢點過，我收拾的時候你曉還不曉得哩！別聽他在那裡瞎嚼。」黎玲眼睛飛揚著笑，轉過來挽住我的手臂。

「不打攪你寫作了。」我們走出書房，黎玲順手拉上了門。

「他只要一回家，就把自己靜靜地關在裡面，我真擔心他會把身體弄壞，他說他那間書房是聖地，連僱的傭人都不讓涉足，平時又怕得打斷了他的煙士披里純，我總是趁他不在家的時候去收拾收拾。」她一說起他來就無止無休的。

「妳自己還寫寫東西不？」

「哪裡還有工夫喲！要編報，要料理家務，還要替荻抄這些，」她指著桌上那幾疊書說：「他計畫寫一本哲學和文學的書，要我給他抄摘些有關的筆記，一天也夠忙了。」

「妳的那部鉅作呢，難道也擱淺了？」

「那個，」她頓了一頓，順手把一綹長長的雲鈎髮掠向背後，「寫還在寫，不過寫得不多罷了，人家托爾斯泰一部《安娜．卡列尼娜》腹稿還打了十年哩！」她又亢奮起來。「寫，我一定會寫起來，只不過時間問題，荻告訴我說記不得是哪一個大文豪，他的著作完全是口述下來，由他太太用速記記下來的。荻希望我能做一個這樣的內助，我卻希望做一對夫婦作家，那多有意思！不過，當然，假使荻真能成為中國的文豪，我自然甘願犧牲一切來完全他。」我想起她過去那狷驕，好出人頭地的性格，現在又什麼使她這般謙和和自抑？可真是個謎！

一轉身黎玲已穿上了白圍裙，戴上小白帽，那樣子顯得更俏麗了。

「妳什麼時候又學會了這一套？」我更驚異了，記得過去有一次我們去野宴時，她和我在一群同事中是無能的幫手，現在卻親自下廚房了。

「這有什麼稀奇！荻說讓傭人弄菜簡直是糟蹋材料，我這個番茄炒蝦腰和咕嚕肉，也是才從烹調法上看來的，荻還說我炒得比館子裡還高明些，今天就在這裡嚐嚐我的手法好不？」她說著將頭一側，眉毛一挺，露出個愛嬌的淺笑。我很熟悉她那種神情，那是她過去當一篇文章刊出時，輕輕地送在你手裡問你「你看怎樣？」時的表情。

顧慮到小家庭裡量著肚子煮的伙食，我未曾嚐到她的傑作，便拿著書告辭了。

四

有一段時期我離開了K城，再去時已是另一年的初秋了，老早聽說黎玲已做了一個孩子的媽媽，回來我就趕著去探望她，走進房子依然是靜悄悄地，黎玲不在房裡，內套間的門卻洞開著，我放輕腳步過去一探，卻見她正伏在窗前的書桌上……聚精會神地寫什麼……兩支長辮子鬆鬆地垂在肩背上。

「喂！黎玲。」

「噯，雯，幾時回來的？」她滿面笑容地站起來，但桌上彷彿有什麼黏住了她，猶疑地瞥了一眼推開在桌上的那本大書，略帶歉意地向我笑笑：「妳先坐坐好不？我等一下就來陪妳。」

「妳有事妳儘管做好了，老朋友還講什麼客氣！讓我先來看看你們的小寶寶。」

「他正睡哩！」她溫柔地望了一眼牆畔的小牀，好像顯示那裡就是她的寶貝。我逕自走過去，她亦仍舊坐了下來。

在雪白的紗羅帳裡，孩子甜甜地睡著，一隻手擱在枕畔，一隻手搭在小紅被上，白胖的臉蛋微側著，透露出一層嬌嫩的紅暈，長長的睫毛靜靜地貼著眼簾，小嘴像一朵綻開的紅花，那種嬌憨可愛的神情，縱是畫家的神筆也難以描繪，我屏住了呼吸，欣賞著這件造物者最輝煌的傑作。

園裡的菊花又含苞待放了，這間富有詩意的書房，在布置上有了很大的變動，原來那兩口玻璃書櫥的位置上，安放了一張單人牀，茶几上的煙缸什麼的，換上了一個神采奕奕的大紅布娃娃。牆上那些文豪的肖像都不見了，中間是一幅彩色的聖母子圖，兩旁懸著美麗的靜物畫，裝潢得最精美的是牀頭那張孩子的放大相，裸露著滾胖滾圓的身體伏在草地上，在緋色襯紙的角上，用美術字寫著。

希望，寓於新生的一代！

我撿起枕畔的二本書卷，一本是《母教》，一本捲著大概正在看的是《嬰兒保育法》，我隨手翻了幾頁，抬起頭來，只見黎玲還是聚精會神地在大書上舞動著筆桿。寫什麼呢？這麼大一本書，筆記？不像，作文章嗎？怎又寫在書上？

「喂！妳在寫些什麼？」我忍不住問她。

「等一下妳就曉得，」她神祕地說，聲音帶一點抑制的亢奮，那神情，使我記起了她從前寫作時的樣子，當捉到一點靈感時，她是這樣熱情橫溢地書寫著，在未完工前是不願給別人看的。

我些微感到有點無聊，重新走到那幅聖母子圖面前鑑賞起來……

「呵！寫好了！」她像完成了什麼大事般，輕鬆地舒了口氣，闔上書本，雙手捧著舉起來。

「妳看。」

原來那是一本裝潢精緻的洋裝書，紫紅色縐綢封面上赫然燙了四個輝煌的金字「嬰兒日記」。

那裡面從嬰兒誕生時起，他的智力、舉動、表情、飲食、體格……每一項的生長發展都分門別類地詳細記載著，我全心欽佩地看了二頁，這時小牀動了，孩子發出嗯嗯的聲音，黎玲丟下她的解釋工作，趕緊去抱了起來，像獻寶般遞給我。

「妳看他像爸爸還是像媽媽？」

孩子睜著對大黑眼睛，骨碌骨碌盡朝我打量，小嘴巴扭呀扭的，一舉手就拉住我一把頭髮。

「完全是妳的模型，尤其是這對大眼睛。」

「真的嗎？」她不信似的又抱過去端詳了一番，迭連地把吻印在他眼皮上，突然「拍拉」一聲，一串黃漿沿著她的旗袍直瀉到地上。

「這小子，又拉你媽媽一身。」她半嗔半惱地拿塊尿布在小屁股上左抹右抹，又用水洗了一頓，等她換上旗袍，孩子已在傭人手裡放大喉嚨示威起來。

「來了，來了。」她一面整衣服，一面就跑來把孩子接去，就手扯開衣襟，將一只飽滿的乳房熟練地塞進他嘴裡，張大的嘴巴立刻闔了攏來，兩腮啜得一抖一抖地，黎玲低俯著臉，眼睛裡充溢著幸福慈愛的光輝，那光輝使她整個的臉煥朗而嫵媚，讓我模糊地記起在小樓上為我背誦故事的她。

「看樣子，妳是難得有情緒寫作了。」

「還有時間攪這一套！」她誇張地大聲說：「照料個孩子不知多費神，按時要餵吃的，尿屎又撒過不了，還得留心受寒受熱……因為不放心讓傭人帶，我連報館的職務都辭掉了。」

「辭掉了？」我不由得替她惋惜。

「為了孩子，這又有什麼辦法呢？不過我是不會放棄我的初衷的，等孩子大了，上了學，還不是照樣可以寫作？雷荻走時……」

「雷先生到哪裡去了？」我這才發覺這房間的布置似乎沒有他的形跡了。

「他的一個表親發表了T市市長，硬邀他去擔任點工作，本來做為一個文化人，誰願去攪行政工作！但這亦是為孩子打算，孩子必須要有良好的營養、良好的環境、良好的教育，而這些非經濟充裕莫辦，妳想待在這窮報館裡又能怎樣呢？」

「什麼都為了孩子。」我笑著和了一聲調。

「自然啦，誰叫他們是新中國的主人翁！」她莞爾笑著又吻了一下懷中的孩子。

半個月後，我們這位熱忱滂沛，情愛橫溢的女作家，帶著她的寶貝和未完成的鉅作，去T市做民政局長太太了。

從此，再沒有得到她的信息，我還一直惦念著她那部未完成的鉅作。

初稿・民國三十五年十月
繕正於屏東・民國三十八年九月

編註：本文原刊於《寶島文藝》創刊號，一九四九年十月一日，頁十三～二十五。

艾雯全集6【小說卷・一】

作　　者　艾雯
編輯顧問　張瑞芬　陳芳明　應鳳凰（依姓氏筆劃排序）
主　　編　封德屏
執行編輯　王為萱
美術設計　不倒翁視覺創意

編輯製作　文訊雜誌社
　　　　　10048台北市中山南路11號6樓
　　　　　02-2343-3142
出　　版　朱恬恬
　　　　　11147台北市忠誠路二段50巷8號
　　　　　02-2832-1330

排　　版　浩瀚電腦排版股份有限公司
印　　刷　松霖彩色印刷事業有限公司
初　　版　民國101年（2012）8月
定　　價　全10冊（不分售）平裝新台幣4,600元整
ISBN　　　978-957-41-9324-0（第6冊平裝）
　　　　　978-957-41-9318-9（全套平裝）

◎財團法人|國家文化藝術|基金會 贊助
台北市文化局 Cultural Affairs Bureau of Taipei 贊助

國家圖書館出版品預行編目資料

艾雯全集 / 艾雯作. -- 初版. -- 臺北市 : 朱恬恬, 民
101.08
冊 ;　公分

ISBN 978-957-41-9318-9(全套 : 平裝). --
ISBN 978-957-41-9319-6(第1冊 : 平裝). --
ISBN 978-957-41-9320-2(第2冊 : 平裝). --
ISBN 978-957-41-9321-9(第3冊 : 平裝). --
ISBN 978-957-41-9322-6(第4冊 : 平裝). --
ISBN 978-957-41-9323-3(第5冊 : 平裝). --
ISBN 978-957-41-9324-0(第6冊 : 平裝). --
ISBN 978-957-41-9325-7(第7冊 : 平裝). --
ISBN 978-957-41-9326-4(第8冊 : 平裝). --
ISBN 978-957-41-9327-1(第9冊 : 平裝). --
ISBN 978-957-41-9328-8(第10冊 : 平裝)

848.6　　101013788